섹슈얼리티 · 젠더 · 페미니즘

● 송명희

　<현대문학>(80)과 <세계의 문학>(79)을 통해 문학평론가로
등단했으며, 평론집에 『여성해방과 문학』(지평, 88), 『문학과 성
의 이데올로기』(새미, 94), 『이광수의 민족주의와 페미니즘』(국
학자료원, 97), 에세이집에 『여자가 가슴에 부는 바람』(일념, 91),
공저에 『여성의 눈으로 읽는 문화』(새미, 97) 등을 발간해 왔다.
고려대학교에서 문학박사학위를 취득했으며(85), 제 3회 <한국
문학비평상>(94)을 수상했고, 현재 부경대학교 국문학과 교수로
재직중이며, <여성연구회> 회장을 맡고 있다.

● 섹슈얼리티·젠더·페미니즘

1판 1쇄 발행 2000년 8월 30일
1판 3쇄 발행 2003년 8월 25일

지은이 ● 송명희
펴낸이 ● 한봉숙
펴낸곳 ● 푸른사상
편집인 ● 김현정
등록 제2-2876호
서울시 중구 을지로3가 296-10 장양B/D 701호
대표전화 02) 2268-8707 - 8
팩시밀리 02) 2268-8708
메일 prun21c@hanmail.net

ⓒ 2003, 송명희

값 13,000원

ISBN 89-951563-3-3-93810

섹슈얼리티
젠더
페미니즘

송명희

푸른사상

책머리에

작가 레이먼드 페더만은 오늘날 문학이 수많은 대중매체와의 경쟁에서 살아남지 못하고 소멸할 위기에 처해 있다고 우려했다. 비평가 레슬리 피들러 역시 '소설의 죽음'을 이야기하고 있다. 레이먼드 페더만과 레슬리 피들러가 문학 내지 소설의 죽음을 이야기하는 것은 멀티미디어 시대에 활자매체인 문학이 독자들로부터 계속 읽혀질 수 있을 것인가에 대한 위기감을 표출한 것이다.

그런데 글을 쓰는 비평가의 입장에서도 문학 텍스트는 점차 매력을 잃어가고 있다. 언제부터인가 나는 허구적 담론, 서사, 비현실을 넘어서서 사실의 담론, 비서사, 현실에 대해 바로 글을 쓰고 싶은 욕망에 휩싸이기 시작했다. 이러한 욕망은 자연스럽게 나의 글쓰기의 영역을 문학의 영역을 넘어서서 영화나 드라마를 비롯한 문학 이외의 텍스트로 확대시키게 만들었다. 이미 페미니즘 비평은 문학비평을 문화비평의 형태로 바꾸어놓고 있지만 문학 텍스트를 넘어서서 다양한 문화 텍스트를 읽고 글을 쓰고 싶은 욕망은 현실에 대해 보다 빨리 반응하고, 더 직접적으로 삶에 영향을 미치고 싶은 욕망으로부터 나온다.

문학비평을 보다 정치적이게 만드는 이러한 문화연구의 방법에 대해 스탠리 피쉬는 부정적이다. 그는 비문학 텍스트를 문학적으로 해석하게 되면 결국 비문학 텍스트가 문학으로 전환되며, 이는 여전히 문학적 읽기에 불과할 뿐이라고 반박한다.

하지만 비평 행위는 비평의 대상이 문학 텍스트에 한정되든 그것을 넘어서든 그 자체가 이미 정치적이다. 비평가로서 볼 때 문학은 현실에 발빠르게 대응하지 못하며, 현실을 충분히 표현해내지도 못한다. 때로는 현실을 초월하고 배제해버린다. 이 점이 현실에 대해서 관심이 높은 나로서는 늘 불편하고 답답하다.

사실 문화연구는 비문학 텍스트를 문학적으로 읽는 것으로부터 출발했다. 따라서 문학과 문화가 이항대립 하여야 할 이유는 없다고 본다. 또한, 글쓰기의 능력과 텍스트를 해석해낼 힘을 갖춘 문학비평가가 문학을 넘어서서 다양한 문화현상과 현실까지를 아우르는 글쓰기를 한다면 이는 권장해야 할 일이 아닌가.

이번 책의 절반의 텍스트는 소설이지만 나머지 절반은 문학 텍스트를 넘어선다. 섹슈얼리티, 젠더, 페미니즘과 같은 성담론을 읽어내는 문화비평이 이번 책의 주된 관심사이다.

우리말의 성(性)은 영어의 생물학적 개념인 섹스(sex)와 사회문화적 구성물인 젠더(gender), 그리고 성행위를 비롯하여 보다 다양한 성적 욕망과 정체성을 지칭하는 섹슈얼리티(sexuality)를 변별짓지 않는다.

글을 쓰면서 성은 결코 단일하고 단순하게 정의할 수 없는, 대단히 복잡한 개념이라는 것을 절감했다. 성은 개인의 생물학적 구조와 심리구조로부터 사회문화적 규범과 사회조직들과 연관된 복합적 총체적 개념이다.

누군가 나에게 이런 질문을 한 적이 있다.

"왜, 하필 성담론인가?"

미셸 푸코는 모든 언술(discourse)이 사회적 권력행위와 연결되어 있듯이 성담론(sexual discourse)이 남성들에게 독점되어 있다는 것 역시 남녀의 권력관계를 표현한다고 했다.

후기자본주의 시대의 최대의 관심사가 '성'이어서가 아니다. 또한, 이 시대의 유행이 성담론이어서도 아니다. 페미니스트로서 성담론에 대한 글쓰기는 매우 정치적인 의미를 지닌다.

'왜 성담론인가'라고 질문하는 사람들에게 나는 남녀의 권력관계를 해체하는 것이 페미니즘의 과제라고 답해주고 싶다.

섹슈얼리티, 젠더, 페미니즘 등 성담론에 관심이 많은 독자들에게 나의 글이 관심 있게 읽혀지기를 바란다.

2000년 여름, 해운대 바다를 바라보며

송 명 희

섹슈얼리티 · 젠더 · 페미니즘

차례

책머리에 / 5

제1장 페미니즘과 성담론

우리 시대의 성담론 ——————————— 13
세기말 성담론, 무엇이 문제인가 ——————— 40
우리시대 성담론의 쟁점들 ———————————— 60

제2장 페미니즘과 영화

영화 속의 성 그리고 여성
　— 영화 〈산부인과〉, 〈301·302〉를 중심으로 ——————— 85
사랑의 정열 못지않게 강조한 가족의 소중함 ————— 101

제3장 페미니즘과 여성

표류하고 있는 이 시대의 여성관
　—『부엌데기 사랑』에서부터『뜨거운 가슴에 좌절이란 없다』,『나쁜 여자가
　　성공한다』, 그리고『여성이여 테러리스트가 돼라』까지 ——————— 123
신여성 나혜석의 페미니즘 ———————————— 151

제4장 페미니즘과 소설읽기

이문열 『선택』, 왜 반페미니즘인가 —————— 169

「아내의 상자」, 그 소통불능의 관계 —————— 183

가족사 소설에서 핵가족 해체로 —————— 210

여성의 억압된 욕망과 남성중심의 성적 희롱과 폭력

　—신경숙 「배트민턴 치는 여자」 —————— 224

대모적 여성과 그림자 남성

　—선택의 여성과 남성 —————— 244

강경애 『인간문제』에 대한 여성비평적 연구 —————— 260

김정한의 『수라도』에 나타난 여성 원리 —————— 290

해녀의 체험공간으로서의 바다

　—김정한 · 오영수 · 심상대 · 이태준 · 강인수의 소설을 중심으로— 322

제1장

페미니즘과 성담론

우리 시대의 성담론

1. 머리말

오랫동안 우리 사회는 성에 관한 논의가 금기시되어 왔다. 학문적으로도 성문제를 논의하는 것은 점잖은 학자가 할 행동이 아니며, 그것은 수치스럽거나 부도덕한 행위로까지 여겨져 왔다. 이것은 단순히 성담론에 대한 금기나 억압이 아니며, 더 근본적으로는 성에 대한 억압과 금기에 다름아니다. 유교적 전통하에 놓여 왔던 우리나라는 말할 필요도 없고, 서양의 경우에도 성에 대한 억압은 여성에 대한 성차별과 더불어서 오랜 역사를 갖고 있다.

최근 우리 사회는 '성(sexuality)'에 관한 관심이 부쩍 고조되면서, 그간 금기시 되어 오던 성담론(性談論)에 대한 논의도 다양하게 활성화되고 있다. 이는 오랜 역사 속에서 억압되고 금기시 되던 성에 대한 억압과 금기가 느슨해지는, 즉 성의 자유화 물결의 한 현상으로 일단은 받아들일 수 있을 것이다.

하지만 성에 대한 우리 사회의 태도가 반드시 자유화라는 일정한 방향으로의 흐름을 형성하고 있는 것만은 아니라고 할 수 있다. 오히려 가치관의 혼란 내지 혼미 현상을 빚고 있다고 말하는 것이 정확할지 모른다. 가령, 미국 국적의 누드스타 이승희가 매스콤의 화려한 조명과 상업주의의 물결을 타고 안방 깊숙이까지 파고들었는가 하면 소설, 연극, 만화 등 작가의 창작물을 음란물로 처단하는 도덕적 보수주의가 그 어느 때보다도 성행하여 작가가 사법 처리되는 등 혼란스러운 양태를 빚어내고 있다. 즉, 마광수의 『즐거운 사라』에 이어 장정일의 『내게 거짓말을 해봐』가 음란물로 분류되어 작가가 형사적 처벌을 받게 되었고, 연극과 만화까지 사회통념과 미풍양속을 저해한다 하여 규제 대상이 된 것은 일백 년 전의 일이 아니고 최근 몇 년 사이의 일인 것이다.

이로 인해 정작 해당 작품의 예술성 여부에 대한 평가는 뒷전인 채로 작가의 창작의 자유와 법적 규제에 따른 양분화된 공방만이 문화계와 법조계 사이에 뜨겁게 이루어졌다. 성문제를 다룬 예술에 대한 공권력의 개입은 성이 개인적 자유의 표현이 아니라 정치권력과 연결된 문제라는 것을 명백하게 입증해준다.

그런데 마광수와 장정일의 작품을 음란물로 단죄하는 보수적 법률이든 이에 항변하는 작가든 그 어느 쪽에서도 이들 작품이 여성의 육체를 대상으로 한 성의 정치학, 즉 성의 영역에 반영된 젠더(gender)의 불평등을 표현하고 있다는 데에는 관심을 돌리지 않는다.

법률이 이들 작품을 보는 시각은 단지 도덕주의적 관점이다. 즉, 대중에게 특히, 청소년에게 그것이 '유해한가 그렇지 않은가', 또는 '좋은가 나쁜가'와 같은 잣대에 의한 판단만이 존재한다.

작가 측에서도 성해방, 특히 정치권력의 지배하에 놓여진 성의 자유와 민주화를 표방하면서도 정작 그것이 여성의 종속을 토대로 한 남성중심적 성욕의 해방일 뿐이라는 것을 인식하지 못한다. 이들의 성해방의 목표와 전략 속에 남성권력의 지배하에 놓여진 여성의 성해방은 포함되어 있지 않다. 그들에게 양성의 불평등은 양성의 차이로 인정될 뿐이다. 즉, 생물학적 결정론에 근거를 둠으로써 섹슈얼리티의 영역에 작용하고 있는 여성의 성적 예속과 정치학은 보이지 않는다. 오히려 이들의 작품은 남성의 성욕에 자발적이고 적극적으로 반응하는 '해방된' 여성을 창조함으로써 성적 불평등에 관한 문제를 희석시켜 버리고 만다.

성해방을 주장하는 급진적인 작가들은 나름대로의 논리로 무장하고 자신들의 작품에 대한 외설시비와 사법적 판결에 항변한다.

즉, 마광수는 "'성의 자유'는 이제 '음란'이나 '퇴폐' 같은 애매모호한 말이나 수구적 봉건윤리에 의한 '모럴 테러리즘'으로는 막을 수 없는, 이 시대의 당당한 화두(話頭)가 되어가고 있다. 성은 이제 쾌락의 문제이기 이전에 '인권'의 문제요, '문화적 민주화'를 추진시킬 수 있는 '합리적 지성'에 관련된 문제이다. 또한, 성은 '창조적 상상력'의 원천이 된다는 점에서 정치·경제·문화 발전의 원동력 역할을 해줄 수 있다."(『성애론』 서문에서)라고 주장한다.

장정일은 "한 나라의 문화라는 것이 성인의 세계로 표현되는 것이 성숙한 모습이지, 어린이 키에 맞추어 재단하는 것이 온당한 것인가"(한국일보, 97.1.6자 18면)라고 자신의 작품에 대한 청소년유해론을 일축한다. 또한 "청소년이 읽고 이해할 수 있느냐의 여부로 음란물을 판정하고, 청소년을 악영향에 빠뜨릴 위험성 때문에 음란물이 단속되어야 한다"는 논리를 '유치하고 우스운 논리'(상상, 97년 봄호, 「『내게 거짓말을 해봐』에 대해 바로 말함」에서)라고 반박한다. 그는 『내게 거짓말을 해봐』는 자기모멸의 극점을 보여주는 작품으로 작품의 포로노라는 형식과 주인공의 마조히스트라는 역할이 자기모멸을 표현하는 데 최상의 것이라고 여겨졌기 때문에 취한 형식이라고 진술한다.

한편, 성에 대한 담론을 다루는 것은 여성작가나 시인의 경우에 보수적 입장의 견지나 금기시하는 태도가 일반적이었다. 하지만 90년대 이후 일부 신세대 여성시인과 작가들의 경우―최영미, 신현림, 진수미, 한명희와 같은 여성시인, 신이현, 송경아, 김별아, 배수아, 차현숙, 전경린, 은희경, 서하진 등의 소설가―는 이러한 보편적 신화를 깨뜨리는 용기를 발휘하는 데 조금도 주저하지 않는다.

최영미는 베스트셀러가 됐던 시집 『서른 잔치는 끝났다』에서 여성화자의 입을 통해서 '그것을 했다'나 '마지막 섹스', 그리고 '씹'이란 시어까지 등장시키는 등 기존 시문법의 관행을 과감하게 깨뜨리고 있다. 그리고 신현림은 그녀의 시집 『세기말 부르스』에서 과감하게 성담론을 다룰 뿐만 아니라 자신의 몸을 찍은 누드사진까지 수록하는 파격적 행동을 보이기까지 했다. 나아가 신현림은 '왜 옷을 벗어야 하는가'라는 화두를 당당하게 세상을 향해 던지기도 한다. "여기 성적 노이로제가 심한 이 땅의 속좁은 자들은 편견과 선입견을 버려야 한다. 성과 누드를 죄악시하는 비뚤어진 세계관에서 탈출해야 한다. 옷을 벗든 말든, 잘났거나 못났거나 그것이 무슨 상관인가. 무엇을 어떻게 표현했느냐가 중요하다. 있는 그대로의 모습, 나신을 통해서 인간존재의 본질에 다가설 수 있다. 사회통념이나 자신을 포장하는 모든 것을 벗고 정신의 해방과 함께 인간의 거짓 없는 모습을 표현하고 싶다. 그러나 일상적인 것과 멀리 떨어진 방법으로 나는 내 사진에 힘과 생명을 주려고 한다. 이런 나의 생각도 무시하고 작품을 보이는 그대로 느껴보시라"(한국일보, 97.2.10일자 16면)라고 성과 누드를 죄악시하는 보수주의적 세계관을 비뚤어진 세계관이라고 규정하기도 한다.

최영미나 신현림에게 있어 성과 누드는 기존질서에 대한 반항이란 문화적 의미를 공통적으로 담고 있다. 특히, 남성중심문화의 여성에 대한 문화적 성적 억압에 대한 도전과 야유를 시적 금기에 대한 과감한 파괴를 통해 표현하고 있다. 이들은 자신들의 문학적 소재로 성담론을 다룸으로써 더 이상 성이 남성의 전유물일 수 없다는 점, 즉 여성의 성적 주체성을 당당하게 선언한 신세대 여성시인인 셈이다.

연극『미란다』의 외설시비, 김승근 댄스그룹의 누드공연「전쟁」이나 젊은 행위예술가 이불과 이윰의 신체를 이용한 퍼포먼스 등은 우리 사회의 성적 금기의 벽에 도전하는 예술행위들의 예이다.

성에 관련된 책은 외국서적의 번역물을 비롯하여 국내의 저서들도 심심치 않게 발간되고 있다. 성담론의 고전이라고 할 수 있는 미셸 푸코의『성의 역사』3권은 이미 몇 해 전에 번역되었으며, 조르쥬 바타이유의『에로티즘』, 보드리야르의『섹스의 황도』, 기든스의『현대사회의 성·사랑·에로티시즘』, 필립 아이에스의『성과 사랑의 역사』, 자크 솔레의『성애의 사회사』, 플랑드렝의『성의 역사』, A.드워킨의『포르노그래피』, 휘트니 챠드윅의『쉬르 섹슈얼리티』, 웍스의『섹슈얼리티의 정치』등 수많은 성담론에 관한 번역서들이 쏟아지고 있는 것도 저간의 우리의 성담론에 대한 증대된 관심을 반영하고 있다.

국내의 경우에 정신과 의사 양창순의『표현하는 여자가 아름답다』(96), 역시 정신과 의사 김정일의『아하, 프로이트 1』(96),『아하, 프로이트2』(97)나, 이정숙의『살아보고 결혼합시다』(97), 마광수의『성애론』(97), 김진만의『섹스 마인드』(97), 서동진의『누가 성정치학을 두려워하랴』(96) 등의 저서는 사랑, 성, 결혼, 동거, 오르가슴, 동성애와 같은 담론들을 취급하고 있다.

이러한 서적의 발간은 우리 사회의 빠른 속도로 변화하고 있는 성문화와 성풍속을 나름대로 담아내려는 노력, 또는 새로운 성문화와 성규범을 창출해보려는 의도의 일환으로 해석할 수 있을 것이다. 즉,

은폐되고 억압되고 금기시되어 온 성을 공적 영역으로 끌어내고 이를 담론화하여 대중과 함께 공유해 보고자 한 데서 가장 큰 의의를 찾을 수 있다.

본고는 국내의 필자들에 의해서 간행된 성담론에 관한 대표적 서적을 통해 우리 시대의 성담론이 어떤 방향에서 전개되고 있으며, '성'이 어떻게 자리매김되고 있는가를 살펴보고자 한다.

2. 성에 관한 논의와 성해방의 관점

성에 관한 논의는 크게 본질론과 구성론의 오래된 이원점 관점을 생각할 수 있다.

본질론은 인간의 성을 생물학적 본능이나 생물학적 차이에 기반한, 문화독립적이고 객관적이며 내재적이고 고정불변의 것으로 인식하여 성을 과학적 탐구대상으로 파악한다. 이들은 호르몬이나 생식기능의 차이, 유전자 등의 생물학적 요소, 인간의 정신 및 심리구조에 대한 과학적 탐구를 통해 성에 관한 정보를 밝히려 하며, 성을 인간의 내재적 본능으로 파악한 결과 사회 역사 문화 등과 분리된 초사회적 초역사적 초문화적인 객관적 사실로 취급하며 남성의 성에 성차를 인정할 뿐만 아니라 이성애를 규범으로 인식하는 특징을 가진다.

반면에 구성론은 성과 사회와의 연관성을 주장하며 성은 인간에 내재하는 본질적 속성이 아니라 개인과 사회의 상호작용을 통해 구성되는 것으로 파악한다. 따라서 구성론자들에게 성은 문화의존적이고, 관계적이며, 비객관적인 자질로 인식된다. 인간의 성적 정체성, 성적 욕망, 성적 관행들은 고정된 본질이나 본능에 의해 좌우되는 것이 아니라 사회문화적 관계망 속에 어떻게 놓여지느냐에 따라 구성되는 것으로 파악한다. 특히 푸코는 성적 정체성, 성적 욕망, 성적 관행과 실천을 가치중립적인 과학의 영역이 아니라 사회세력들이 각축을 벌이면서 구성되는 정치의 장으로 개념화한다. 또한, 퀴어이론(Queer theory)은 후기구조주의와 포스트모더니즘의 관점에서 동성애의 역사적 형성, 동성애제도와 이성애제도의 역사적 구성 간의 관계를 다루며, 성이 사회적으로 구성되어질 뿐만 아니라 성의 영역에 작용하는 본질주의적 개념과 범주들을 해체하고 기존의 담론을 전복시키고자 한다.

페미니즘에서 성담론은 구성론의 영향을 받고 있다. 즉, 남성의 성이 규범이 되는 것에 반대하며, 성의 영역에서도 젠더 불평등과 권력관계가 작용되는 것으로 파악한다. 여성에 대한 사회적 불평등은 가부장제를 통하여 여성을 성적으로 통제하고 지배해 왔다고 보는 것이다. 하지만 루빈(Rubin)은 젠더 억압을 곧바로 섹슈얼리티의 억압으로 동일시하는 것은 한계가 있다며 젠더와 섹슈얼리티를 구분해야 한다고 주장하기도 한다.

루빈과 같은 이론이 한편에 존재함에도 불구하고 페미니즘에서 성은 자연에 의해서 고정된 생물학적 결정론에 반대하며 역사적 사회적 문화적 구성물로 이를 이해하고 있다. 그래야 여성에 대한 성적 억압을 종식시킬 수 있는 변화 가능성의 토대를 찾을 수 있기 때문이다.

성해방에 대한 이론적 입장은 보수주의, 자유주의, 전통적 마르크스주의, 사회주의, 급진주의가 있다.

보수주의는 남녀의 생물학적 결정론을 토대로 남성의 성적 능동성과 여성의 수동성을 바탕으로 한 이성애와 생식중심, 성기중심, 나아가 남성중심의 쾌락을 정상적인 것으로 간주하며, 성의 자유화, 레즈비어니즘, 호모섹스를 비정상적이고 불건강한 것으로 거부한다.

자유주의는 양성의 역할에 대한 보수주의자들의 규정을 반대하며 양성의 권리는 자기표현과 자기충족에 있음을 강조한다. 이들은 섹스가 개인의 사생활로서 사회적 규범에 종속되어서는 안된다는 입장을 취하며 성적 욕구는 개인적 관심사로서 그것이 타인에게 피해를 주지 않는 한 어떤 방식으로 성적 충족을 추구한다고 하더라도 사회적으로 이를 간섭할 권리는 없다고 주장한다. 이들은 레즈비어니즘이나 호모섹스에 대해서 관용적 태도를 취하며, 다양한 실험을 통한 개인적 충족, 양성의 역할에 구애됨이 없는 쾌락추구의 균등한 기회를 강조한다.

전통적 마르크스주의는 엥겔스가 주장했듯이 성적 관계가 상호충족적이고 비착취적인 것으로 정의되기 위해서는 권력 및 부의 격차가 사라져야 한다고 주장한다.

사회주의는 마르크스주의에서 주장하는 권력과 부의 격차가 추방되어야 할 뿐만 아니라 전통적 성정체성을 초월하는 양성론적인 새로운 성정체성을 요구한다. 급진주의에서 성적 파트너의 선택의 자유는 중요한 정치적 문제로서 취급되며, 이들은 남성과의 종속적인 이성애가 얼마나 억압적인가를 밝힌다. 그리고 동성애를 이상적인 대안으로 제시한다.

우리나라 페미니스트들은 학문적 차원의 성담론을 성에 작용하는 가부장제의 권력, 성폭력, 포르노그라피, 매매춘을 통한 성의 상품화라는 문제에 논의의 초점을 맞추어왔다.

가령, 1989년도 한국여성학회는 성(sexuality) 연구를 테마로 설정하여 「현대 서양철학에서의 성」, 「성에 관련한 여성해방론의 이해와 문제」, 「성일탈과 여성」, 「성폭력의 실태와 법적 통제」, 「여성노동과 성적 통제」와 같은 문제를 다루었다. 여기서 발표된 논문들은 가부장제, 젠더 불평등, 남성중심적 성규범에 관한 비판이 기조를 이루면서 성적 도덕주의적 입장을 취하고 있다. 1988년에 열린 한 심포지엄에서 한 남성학자는 성해방이 없이 진정한 여성해방은 있을 수 없다고 하자 '누구 좋으라고 성해방을 하냐'란 여성학자들의 예민한 반응은 우리나라 페미니스트들의 성에 대한 금욕주의 또는 엄숙주의를 잘 드러냈다고 할 수 있다.

한국여성학회의 1997년도 춘계학술대회(97.6.21－22)에서 <한국의 성문화와 성교육에 대한 여성주의적 접근>이란 대주제하에 발표된 논문은 「성, 여성주의, 윤리」, 「대중문화와 성적 주체의 구성」, 「결혼제도를 통해 본 성문화」, 「직장생활과 성문화」, 「청소년의 성문화」, 「성교육에 나타난 성: 성교육의 내용, 방법, 담당자를 중심으로」, 「왜 성의 상품화가 문제인가」 등이었다. 한편 추계학술대회(97.11.15)에서 성담론에 관한 논문은 「본질론과 구성론의 논쟁」, 「서구 성연구의 흐름과 쟁점」, 「한국여성학에서의 성연구의 쟁점과 의의」와 같은 것들로서 추상적 이론적 차원의 논의에 머물러 있다. 십여 년의 세월이 흐르는 동안 본격적인 '섹슈얼리티', '에로티시즘'과 같은 문제에는 침묵과 무관심으로 일관하는 등 한국여성학회는 80년대와 큰 변화없는 연구태도를 견지해 왔다고 보아야 할 것이다.

반면에 여성연구회의 1997년도 학술발표회(97.11.14)는 <외설과 에로티시즘>을 주제로 다루면서 「외설물과 표현의 자유」, 「외설과 에로티시즘의 경계」, 「현대문학에 나타난 성폭력 모티프」 등 보다 현실적 접근을 시도하며, 발제자 정순진은 "오늘날 성적 쾌락의 상품화에서 기인하는 성의 만연은 외설과 에로티시즘의 경계를 불분명하게 만든다. 쾌락을 극대화하고자 하는 남성적 에로티시즘은 결국 외설과 닿게 마련이기 때문이다. 따라서 외설과 에로티시즘의 경계를 가를 수 있는 것은 여성적 시각이다. 여성의 성과 육체를 여가와 오락을 위한 소비상품으로 만들면 남성과 여성 모두 성의 노예가 되어 비인간화될 뿐이다. 성을 소비하도록 부추기는 것은 궁극적으로 무기력하고 탈정치화된 존재를 양산하려는 자본주의와 남성중심의 지배체제이다"(「외설과 에로티시즘의 경계」에서)와 같은 결론을 내어놓기도 했다.

3. 우리 시대의 성담론

1) 정신과 의사의 온건 보수주의

정신과 의사 양창순은 『표현하는 여자가 아름답다』에서 이 시대의 성적 자유주의에 대해 제동을 건다. 그녀는 "최근 신세대 사이에 유행하는 풍조 가운데 하나로 사랑과 성의 분리를 들 수 있다. 사랑없이도 섹스는 얼마든지 가능하며 심지어 결혼까지도 해치워 버릴 수 있다는 이 위험천만하고도 왜곡된 가치관은 여러가지 부작용과 문제를 일으키고 있다"라고 진단한다. 그녀는 프로이트의 이론적 토대 위에서 '성'을 단순한 '섹스'가 아닌 삶의 의지로 파악하며, 말초적 쾌락에 탐닉하는 '섹스'와 '아름다운 성'을 구분한다. 그는 "아름다운 성이란 도취와 환희를 경험하게 한다. 사랑하는 사람끼리 서로 일치감을 경험하게 하고 살아가는 기쁨을 느끼게 한다. 그러나 아름답지 않은 성은 오히려 사랑을 파괴시키며 삶의 기쁨도 소멸시킬 뿐이다"라고 성의 아름다움이라는 정신성을 강조한다. 그리고 사람들이 아름다운 성에 몰두하는 이유를 다음과 같이 적고 있다. 첫째, 육체적인 만족을 가져다 준다. 둘째, 사랑하는 사람과 성을 나누는 행위는 자신이 특별히 가치있고 보호받고 있다는 느낌을 갖게 한다. 셋째, 건강한 성은 자존심을 발전시키며, 진정한 성적 에너지란 생생하게 살아있다는 표현이며, 삶에 대한 열정 그 자체다. 그리고 진정으로 섹스어필하다는 것은 단순히 육감적인 몸매만을 이야기하는 것이 아니라 먼저 생을 기꺼이 받아들이고 자신의 삶과 일에 대해 열정을 가지고 있으며 남에 대해 따뜻히 배려할 수 있어야 한다. 또한, 오르가슴에 대해서도 정신과적 의미에서 건강한 성이란 이성간에 사랑을 전제로 공포와 갈등을 최소한으로 줄인 상태에서 충분한 전희로 두 사람이 흥분을 느낀 후 성기결합이 이루어지며 서로 오르가슴을 느끼는 것을 말한다. 이 모든 것이 적절하게 조화를 이루지 못한다면 그것은 온전한 성이라고 할 수 없다. 따라서 남성들이 성관계를 일방적으로 주도해야 한다는 것 자체가 편견이고 고정관념인 것이다. 진정한 오르가슴은 서로 사랑한다는 감정과 서로에게 자신을 열어보이는 것을 뜻하는 것이지 반드시 성기의 오르가슴만을 뜻하는 것은 아니다는 견해를 피력한다.

양창순은 프르이트를 수용하지만 프로이트 이론의 일부를 확대해석하는 오류를 경계한다. 그녀는 마치 성이 인격발달의 전부이며 그것만이 삶의 진정한 기쁨인 양 확대 해석하는 것을 경계할 필요가 있다고 충고한다. 그녀는 "완전한 성적 만족은 서로 마음을 열고 감정을 공유하지 않는 한 얻어질 수도 없고 존재하지도 않는다. 오로지 페니스와 바자이나의 결합만이 가득찬 포르노그라피가 우리에게 도움이 되지 않는 것은 그 때문이다."라고 성과 사랑의 정신주의적 요소를 거듭 중요시한다.

성적 환상이나 포르노그라피가 다 나쁘다는 것은 아니다. 그것은 일시적으로 정체된 부부관계에 어느 정도는 활력소나 치료제로 작용할 수도 있다. 그러나 앞서 예를 든 부인의 남편처럼 지나치게 몰두하는 것은 부부생활에 오히려 악영향을 미치며 파탄까지도 불러올 수 있다.

성적 환상도 심한 경우에는 과거 애인을 넘어서 리처드 기어처럼

섹시한 영화배우를 상상하는 사람도 있다. 이 역시 일시적인 성적
만족에 너무 집착해 생기는 결과이다. 완전한 성적 만족은 서로 마
음을 열고 감정을 공유하지 않는 한 얻어질 수도 없고 존재하지도
않는다. 오로지 페니스와 바자니아의 결합만이 가득찬 포르노그라피
가 우리에게 도움이 되지 않는다는 것은 그 때문이다.
　　　　　　　　　　　—『표현하는 여자가 아름답다』에서

　그녀는 혼전순결에 대해서 성의 주체는 자신임으로 상대편의 요구
에 의해서가 아니라 주체적인 의지에 따라 선택해야 하며, 이 경우에
도 물리적인 피임을 철저히 하여 임신이나 낙태와 같은 상처의 후유
증을 남겨서는 안된다고 충고한다.
　양창순은 동성애에 대해 "과거에는 모든 동성애를 정신질환으로
간주했다. 그러나 지금은 자신이 동성애자임을 받아들이는 데 갈등이
없고 그것을 고치고 싶어하지 않는 한 질환으로 보지 않는다. 다양한
삶의 한 형태로 받아들이자는 것이다"라고 정신과의 변화된 입장을
나타낸다. 동성애를 단지 다양한 성적 지향 내지 취향의 하나로 보는
해석의 일반화가 이루어지고 있음을 보여주는 대목이다.
　결론적으로, 양창순은 섹스가 육체적 만족뿐만 아니라 사랑이란 정
신적 친밀성의 교환, 건강한 생의 열정의 표현, 파트너에 대한 배려,
여성의 주체성의 표현이 되어야 할 것을 강조했다.
　역시 정신과 의사인 김정일은 『아하, 프로이트 1』에서 기본적으로
프로이트 이론을 받아들이며, 인간문명의 발달은 성의 억압에서 비롯
되었다고는 하지만 성은 생명을 이어가는 에너지이기 때문에 억압만
으로는 해결되지 않는다. 특히, 성충동이 왕성한 청소년에게 억압의
이데올로기만이 능사가 아니다. 따라서 맹목적 억압보다는 성교육도
적절히 하고, 성 에너지를 발전적 방향으로 돌릴 수 있는 놀이 문화,
문화적인 승화의 방식도 많이 개발해야 한다고 주장한다. 하지만 놀

이를 통한 대체든 예술적 승화든 억압의 한 양상임은 부인할 수 없고, 이 점에서 김정일은 성의 자유보다는 절제와 억압에 더 가치를 두고 있다고 해석할 수 있다. 그는 남녀의 성본능에는 차이가 있으며, 이는 성 호르몬의 차이에서 기인한다고 이해한다. 이 점에서 그는 프로이트 이론의 수용자이다. 그러나 다시 남성 안의 여성성, 여성 안의 남성성과 같은 칼 융의 이론을 통하여 생물학적 결정론에 토대를 둔 본질론을 피해 나간다. 또한, 그는 정신적인 요소가 가미된 사랑과 육체적 요소에 불과한 욕정을 구분하기도 한다. 현대사회가 아무리 성적으로 개방되고 인스턴트 사랑이 난무한다고 하지만 인간의 마음에 부합되는 하나만의 사랑을 강조한다. 따라서 서로 사랑하는 사람은 순결과 믿음을 지키는 것이 좋다고 순결과 신뢰를 사랑에서 중요한 조건으로 제시한다. 결혼에 대해서도 기본적 본능으로 여길 만큼 중요시한다. "현대에 이르러 합리주의가 발달하면서 결혼이나 가정의 구속보다는 개인의 자유, 다양한 만남, 이상적인 상대를 선택하고 싶은 욕망이 당연한 듯 설득력을 발휘하고 있지만 이것은 일시적인 과도기이고, 결국에 사람들은 기본적인 본능의 흐름을 찾아 결혼과 가정에 순응할 것으로 본다. 외로운 인간의 삶이 그 이상의 대안은 없기 때문이다"라고 결혼과 가정을 옹호하는 보수적 가치관을 보여준다.

전 언론인 이정숙의 『살아보고 결혼합시다』는 제목만으로는 결혼에 대해 매우 전위적이고 급진적인 태도를 나타내고 있다.

> 우리는 아직도 혼전동거를 정당하게 보는 사람들이 드물다. 그러나 이혼율의 증가를 사회적으로 내버려둘 수만은 없는 일이다. 그것은 이혼의 가장 큰 후유증이라 할 수 있는 자녀문제 때문이다. 부모의 이혼은 자녀에게 있어선 가족의 해체를 의미하는 것이고 그만큼 간단치 않은 일이다.

　　물론 동거에 대한 나의 생각은 단호하다. 이혼율을 낮추고 해체되
는 가족 수를 줄이기 위한 방안으로 수용되어야 한다는 것이다. 따
라서 미국의 사례처럼 동거커플의 경우 아이를 낳아선 안된다. 서로
에 대해 함께 늙어갈 수 있다는 확신이 섰을 때 아이는 그 때 낳아
야 한다. 혼전동거는 개인적으로는 성공적인 결혼을 위한 것이며, 한
사회의 이혼율을 낮추기 위한 방법론이지 그 자체가 결혼제도의 전
위적인 대안은 아니기 때문이다.

— 『살아보고 결혼합시다』에서

　　순결 이데올로기를 중시하는 우리 사회의 가치관에 비추어볼 때에
'살아보고 결혼하자' 는 명제는 전위적이라고 할 수도 있을 것이다.
하지만 그녀는 결혼제도를 옹호하며 가족의 해체에 동의하지 않고,
혼전동거마저도 이혼율을 줄이고 성공적인 결혼을 유지하기 위한 방
편으로 채택했다는 점에서는 보수주의적 입장을 나타냈다고 말할 수
도 있다.

2) 성 자유주의자 마광수

　　작품이 사회적 통념에 반하는 음란성이 있다 하여 사법적 처벌을
받은 바 있는 마광수는 최근 발간한 저서 『성애론』에서 이 시대를
'성에 대한 표현의 자유'조차 억압받고 있는 척박한 상황으로 요약한
다. 그는 우리나라가 '식욕중심의 시대'에서 '성욕중심의 시대'로 넘
어가는 전환기에 있다고 진단하며, 한국사회에 만연한 성에 대한 이
중잣대와 위선적 도덕주의를 공격한다. 그는 한 마디로 사랑과 성의
정신주의적 입장 내지 신성시에 반기를 들며, 육체중심의 쾌락주의
성애론을 전개한다.

　　에로스는 그 속에 아가페의 신적 요소의 사랑, 필리아의 우애적 요
소의 사랑을 모두 포함한 것으로 육체적 아름다움에 바탕한 미적 숭

경(崇敬)이 바로 동성간이든 이성간이든, 그리고 신과 인간 사이에든 똑같이 적용되는 사랑의 본질이다. 뿐만 아니라 사랑에는 에로스밖에 없고, 필리아나 아가페는 인간이 에로스적 사랑을 달성하지 못했을 때 그 대용물로 취하게 되는 자위적 성격의 사랑이라고 볼 수밖에 없다. 그는 사랑을 '성애'의 의미로 사용해야 하며, 이 때의 성이란 생식적 성 이전의 관능적 감성과 관능적 감각을 가리킨다. 그는 특히 성기중심의 성, 생식중심의 성적 집착에 대해 반기를 든다. 당연히 성은 결혼과는 분리된, 에로틱한 쾌감중심의 육체주의적 성이다.   따라서 "에로틱한 쾌감은 성교에 의한 사정과 수정에 있지 않다. 진정한 쾌감은 '페팅(petting)'에서 오는 것"이라고 주장한다.

> 사랑이 마침내 끝장을 보는 투쟁으로서의 사랑이 돼서는 안된다. 다시 말해서 따먹고 따먹히는 사랑이어서는 안된다. 또 '결혼'을 종착점으로 하는 소유와 결박으로서의 사랑이 돼서는 안된다. 사랑은 '서로가 즐기는 놀이'가 돼야 하고, 서로의 관능적 감성을 자극하여 각자의 '생명의 약동'에 활기를 불어놓는 것이어야 한다.
> 그렇게 되기 위해서는 먼저 사랑의 뿌리가 정신이 아닌 '육체'에 있다는 사실을 자각하는 것이 무엇보다도 필요하다.
> ─『성애론』에서

그는 페티시즘, 오럴섹스, 마스터베이션, 관음증, 노출증과 같은 대리만족을 변태성욕으로 취급하지 않는다. 오히려 그와 같은 비생식적 성이야말로 정력에 약한 현대인들에게 가장 적합한 미적인 쾌감을 제공한다. 특히, 페티시즘(fetishism)은 변태성욕이 아니라 까다로운 심미안을 가진 유미주의로 격상된다. 페티시즘을 통해서 인간은 신의 피조물로서의 숙명과 자연법칙에 종속된 생식적 성의 장벽을 뛰어넘을 수 있으며, 나아가 창조적 아름다움과 성이 일체화되는 기쁨을 맛

볼 수 있다고까지 주장한다. 그는 자신이 손톱에 대한 페티시스트라고 고백하기도 한다. 그는 성이란 그저 '단순한 행위'에 지나지 않으며, 두 사람의 남녀가 서로의 육체를 즐기는 가장 즐거운 '도락'이요, '스포츠'로 여기고 있다. 따라서 '낭만적 연애'와 같은 것은 촌스러운 것으로 격하되고 만다.

마광수는 자신의 문학적 학문적 관심을 일관되게 성에 집중시키고 있으며,『나는 야한 여자가 좋다』에서부터 최근작에 이르기까지 남성중심적 성의 자유에 대한 일관된 태도를 나타내고 있다. 하지만 2년간의 집행유예을 선고받은 이후 발간된『성애론』(1997)에서 그의 관점은 기존의 남성중심적 태도로부터 중립적이고 온건한 태도로 변화된 것처럼 보인다. 즉, "남자와 여자는 확연한 변별적 특징을 갖고 있지 않다. 남성은 남성대로 여성적 요소를 함께 지니고 있고, 여성은 여성대로 남성적 요소를 함께 지니고 있다"라고 인식한다. 또한, "이 시대는 남녀차별 시대가 아니라 남녀평등 시대이고, 남녀간의 변별적 특성이 적어지고 각자의 역할 분담까지도 없어져가는 시대이다. 이른바 '유니섹스'의 시대이고 또는 '양성애'의 시대가 도래한 것이다. 이 시대는 유성생식의 시대를 뛰어넘어 '무성생식'의 시대로 점점 줄달음쳐 가고 있는 것 같다"고 말하기도 한다. 그는 성적 자유에 있어서도 남녀평등을 주장한다. "남자든 여자든, 보다 당당하고 적극적으로 성에 덤벼들 수 있어야 한다. 절대로 내숭떨지 말고 타고난 본능을 스스럼없이 드러내야 한다. 그래서 성을 한시바삐 음지에서 양지로 이끌어내야 한다. 성을 미끼로 남성에게 생색내려 들거나 책임을 덮어씌우지 않는 여자, 성적 능력을 억지로 과장하지도 않고 성적 열등감을 억지로 감추려 들지도 않는 남자, 그런 남녀들이 늘어날 때 우리 사회는 비로소 이중적 도덕주의의 깊은 수렁에서 헤어나올 수 있다"라고 남녀의 대등한 성적 욕망의 인정과 주체성을 강조하기도 한다.

　그러나 그의 여성에 대한 태도가 평등주의적으로 일관성을 유지하는 것은 아니다. 그가 추구하는 지고지순의 여성인 '야한 여자'란 결국 '순한 여자', '편한 여자'이다. 마치 제2의 어머니와 같은 모성애로 남자를 편안하게 해주면서도 섹스에 있어서만은 개방적인 여자이다. 즉, 기존의 성차별적인 순종적 여성관에다가 성적으로는 개방적이어서 남성의 성적 접근을 용이하고 편안하도록 해주는 여자가 야한 여자인 것이다. 이 때의 여성의 성개방은 여성의 주체적 감정과 욕망의 표현이 아니라 남성의 성욕을 충족시키기 위한 것이다. 즉, 심리적 성적으로 철저히 불평등한 위계관계를 구현하고 있는 여성이 '야한 여자'이다. 마치 캐서린 맥키논이 포르노는 남성이 성적으로 원하는 것에 따라 여자의 본성을 만들고 구성함으로써 이 세계에서 남성과 여성은 완벽하게 상호보완적이고 완벽하게 양극적이며, 균형잡힌 조화로운 '성적 평등의 세계'를 그려보인다고(이명호 역, 「포르노·민권·언론」, <세계의 문학> 97년 봄호) 비판한 것과 마찬가지이다.

　　현재 상황으로는, 남자들이 평생 동안 찾아 헤매는 여성은 결국 '제2의 어머니'라는 사실을 잊지 말아야 한다. 남자 없이 혼자 살아가겠다고 결심한다면 또 몰라도, 아름다운 사랑을 하고 싶고 행복한 결혼생활을 원하는 경우라면 '순한 여자'나 '편한 여자'의 이미지를 사랑의 '무기'로 삼을 수 있도록 노력해야 한다. 그런 노력에 섹스 문제에 대한 '개방적 사고방식'이 뒤따라야 하는 건 물론이다.
　　'야한 여자'는 결국 '순한 여자'이다. 야한 여자는 기가 센 여자고 순한 여자는 바보 같은 여자라고 생각하는 이들이 많은 것 같은데, 절대로 그렇지 않다.

— 『성애론』에서

　그는 성교육의 개방도 주장하는데, 성교육의 내용은 과거의 생물학적 성에 대한 교육에서 훨씬 나아가 구체적으로 성적 기교를 가르쳐야 한다고 주장한다. 즉, "구체적인 피임방법이나 성희방법을 가르쳐야 하고, 성행위의 광경이나 성적 공상의 내용을 시청각 교재를 통해 공개해야 한다. 성교육은 이제 성에 대한 긍정적 사고를 심어주는 쪽으로 나가야 하고 일단 성교육을 실시하게 되면 더 이상 아무 것도 숨길 필요가 없다"고 주장한다.

결론적으로, 마광수는 결혼과 생식 그리고 사랑이 전제조건이 된 기존의 억압적 성규범을 거부한다. 그는 기존의 도덕주의로부터의 성적 자유를 주장하며, 흔히 변태라고 간주되어 오던 페티시즘, 오럴섹스, 사도- 마조히즘, 관음증과 노출증, 마스터베이션 등 다양한 성적 충족을 통한 쾌락적 성을 강조한다. 이 점에서 마광수를 성적 자유주의자라고 규정할 수 있을 것이다.

3) 성해방담론의 김진만

김진만의 『섹스 마인드』는 성담론을 다루기보다는 성해방담론을 다루었다고 말하는 것이 보다 정확한 표현이 될 것이다. 삼십대 초반의 신세대인 김진만의 성에 대한 태도는 매우 과격한 급진주의적 태도를 나타낸다. 그는 기존의 모든 성적 권력과 억압으로부터의 해방을 주장한다. 따라서 10대의 성적 향유를 주장하는가 하면 철저한 페미니스트이고, 혼전의 성과 결혼제도 밖의 성에 대해서도 개방적이며, 사이버 섹스와 동성애에 대해서도 우호적이다. 그는 지배하려는 자에게 성은 권력의 수단이며, 성의 해방이 정치적 제관계를 파탄시키는 것은 곧 그만큼 성이 정치적 문제라는 것을 뜻한다. 더러운 것은 섹스가 아니라 섹스를 통제, 지배, 억압, 조종하면서 더럽고 추잡한 것으로 만드는 지배권력 그 자체라는 것이다. 그는 권력이 누리는 섹스는 쾌락이고 합법이고 보호받고, 지배받는 자가 누리는 섹스는 타락이고 불법이고 보호받지 못하는데, 이는 권력의 성을 통한 지배력의 향유라고 비판한다.

그는 궁극적으로 권력에 갇힌 섹스를 구출해 내는 것도 역시 섹스 그 자체다는 주장을 펴는데, 성의 자율적 감정표현과 의사결정, 그리고 자율성에 기반한 마인드를 가장 중요시한다. 심지어 그는 '마인드가 없는 섹스, 테크닉만 있는 섹스는 강간'이며, 마인드, 자율성, 그리고 자유가 유지된다면 혼전과 혼외의 섹스, 즉 결혼제도 밖의 섹스와 개방결혼과 같은 형태에 대해서도 동의한다. 그러나 자율성을 가졌다는 점에서 이를 난잡한 성적 난교와는 구분한다.

> 결혼, 그리고 부부, 서로가 서로의 자율성을 잉태하지 못하고 양육하지 못한다면, 서로가 나름대로 만날 수 있는 부부 이외의 상대방의 존재를 인정하지 못한다면 부부 관계는 이미 파멸이다. 부부 이외의 상대방과의 사랑과 자율적인 섹스를 수용할 수 있는 자율성(개방결혼, 혼외정사 등등)은 자기 자신과 상대방의 욕망과 본능에 대한 자유를 선포하는 것이다. 제도에 얽매인 결합이 아닌 애정과 신뢰에 기초한 독자성과 독자성의 마당인 연방제적 사랑과 섹스, 아무하고나 닥치는 대로 치르는 난잡함이 아니라, 어느 누구하고도 부담없이 만나 얘기하고 떠들고 웃고 나누는 연애처럼, 자율성과 자율성이 만나는 결혼 밖에서의 섹스와 사랑은 용납될 수 있다. 사랑과 섹스는 의무가 아닌 자율성에 근거한 자유이기 때문이다. 바로 그 자유와 자율성이 동지적으로 만남과 결합을 가능케 하는 것이다.
>
> ― 『섹스 마인드』에서

그는 10대의 성적 향유 및 성교육에 대해서도 개방적인 태도를 취한다. 즉 "10대들이 성을 접하고 표현하고 누릴 수 있도록 금기가 아닌 교육이 필요하다"라고 주장한다. 특히, 분리, 격리, 통제의 교육이

아니라 책임감과 자율성을 길러주는 적극적인 교육이 필요하다는 것
이다.

> 10대들을 성으로부터 분리하고 격리하는 교육이 아니라, 결국엔 <
> 하지 말라>는 협박으로 결말나는 통제가 아니라, 성에 대해 기초부
> 터 알아가고 스스로의 판단과 책임감과 자율성을 길러주는 적극적인
> 교육이 필요하다. 섹스를 하느냐 안하느냐 따위의 저급한 이분법에
> 서 나오는 금기는 결코 필요하지 않다. 자율성에 기반한 성 마인드
> 가 요구될 따름이다.
>
> —『섹스 마인드』에서

그는 신세대의 섹스관에 대해 "섹스는 섹스일 뿐, 사랑과도 과감히
분리시키고 결혼과도 명확하게 선을 긋는다"라고 규정한다. 이들에게
는 당연히 순결 이데올로기는 타파되며, 남성중심성도 배제된 성의
평등성이 주장되며, 결혼이라는 부자유하고 불평등한 억압적 관습과
제도로부터 자유로운 성을 추구하며, 사랑과 섹스도 분리될 수 있다
는 태도를 보여준다는 것이다.

그는 소위 '낭만적 사랑'이란 이데올로기가 숨기고 있는 성의 정치
학을 '자본을 앞세우고 뒷받침한 강제이식된 각본', 또는 '가부장제의
구렁텅이 속에 이식된 미국식 낭만주의라는 사랑의 각본'으로 비판하
고, 낭만적 사랑의 결과인 일부일처제 결혼을 '매매의 궁전'으로 매
도한다.

> 여자가 남자를 사랑할 때 남자는 살찐다. 남자가 여자를 사랑할
> 때 여자는 살을 뺀다. 남자가 사랑을 통해 보이거나 얻는 것은 이기
> 심, 지배, 획득, 소유 등이다. 여자가 사랑을 통해 보이거나 얻는 것
> 은 희생, 봉사, 복종 등이다. 그것이 낭만적 사랑의 결과다. 서로 상
> 반되는 결과만을 가져오는 불평등 구조 만들기와 그 구조의 공고화

는 지칠 줄 모르는 정력으로 각광받는 우리 시대의 호화스런 각본이다.

—『섹스마인드』에서

동성애에 대해서는 "동성애는 병도 아니고 유행도 아닌, 오랜 역사를 통해서 보듯 사람과 사람 사이에 존재하는 성적인 성향이고 자기 자신이 스스로 택한 사랑의 한 방식일 따름이다. 자신의 성적 정체성을 찾아나가는 동성애자들, 그들 역시 당당하게 이루어진 가족(families)이다"라고 동성애를 일종의 성적 성향과 취향으로 규정하며, 동성애가족도 가족의 한 형태로 인정해야 할 것을 주장한다.

그는 사이버섹스의 미래를 예언하면서 임신과 출산이 여자만의 책임과 임무나 권리가 아닌 사이버네틱스에 의한 출산혁명을 예고하기도 한다. 마치 급진주의 페미니스트 슐라미스 파이어스톤이 『성의 변증법』에서 주장했던 것과 동일한 논리로…… . 하지만 그는 그 미래에 대해서 반드시 낙관적이지만은 않다.

> 생식 기능의 기계화가 우리들의 자연스러운 정서와 환경이 되는 것은 당연한 미래의 모습니다. 반드시 그럴 것이다. 더불어 그 풍경이 인간을 하나의 조건으로 치부해버리는 상황을 불러올 것이라는 것도 당연한 미래의 모습이다. 조건으로부터 탈피한다는 것은 인간이 인간의 주인으로 선다는 것이지 조건이 인간의 주인이 된다는 것은 아니다. 그 조건 중 가장 위력적인 핵인 자본은 인간을 여전히 압도할 것이다. 생식으로부터의 해방이 가져올 여성의 해방은 인간을 자본화시키고 상품화시키는 자본과의 싸움(지배에 맞서는 예방적이고 준비적인 저항)을 동시에 요구하고 있다. 그 싸움에서 인간이 승리할 것이라는 낙관은 나에게 없다. 그저 승리하고 있다고 스스로를 마취해 가며 살 것이다.

—『섹스 마인드』에서

김진만의 "권력에 갇힌 섹스를 구출해 내는 것도 역시 섹스"라는 성해방에 의한 권력에의 저항과 해체는 혁명적인 시각이다. 그리고 그것은 부분적으로는 권력을 해체하는 힘을 가질 것이다. 하지만 정치적 경제적 평등과 자유가 전제되지 않은 섹스 그 자체만의 평등과 자유란 유토피아적 환상에 불과할 것이다.

왜냐하면 그의 견해처럼 섹스가 권력의 지배를 받는 것이 사실일진대, 권력의 지배하에 놓인 인간이 과연 절대적 자유의 상태에서 섹스만의 자율성과 자유를 진실로 향유할 수 있을 것인가? 또한, 남성중심적 성인지배사회의 피지배계층인 여성이나 십대는 섹스 그 자체의 자율성과 자유를 추구하기도 어려울 뿐만 아니라 그것이 가능하다고 해서 그들이 지배권력으로부터 진정으로 자유로운 평등한 존재가 될 수 있을 것인가? 그가 추구하는 완전한 성의 민주화란 명제는 남성과 여성, 그리고 성인과 청소년을 동일시됨으로써 정치권력 이외에 남성권력과 성인의 권력이 여성과 청소년에 작용하는 정치학을 면밀히 살피지 못했다고 할 수 있다.

4) 남성동성애주의자 서동진

스스로를 남성동성애주의자로 밝힘으로써 사회적 충격을 불러일으킨 서동진은 『누가 성정치학을 두려워하랴』에서 성정치학에 관한 본격적 작업이 없는 상황, 국내 여성해방운동의 성정치학에 관한 이론적 정치적 무관심 내지 무능, 최근의 성 보수주의를 개탄하면서 이성애적 성, 성인의 성, 생식중심의 성만이 보편적이고 나머지의 성은 모두 병리적, 신경증적, 변태적, 퇴폐적, 범죄적이라는 기존관념에 저항하고 도전한다. 그는 동성애를 글쓰기의 핵심적 담론으로 취급하며, 성적 정치적 민주주의를 부르짖는다.

그는 '낭만적 사랑은 일종의 파시즘이다'라는 명제로 이성애주의의 이데올로기성을 해체한다. '낭만적 사랑'의 이데올로기가 온갖 사회적 권력관계를 교직하고 그것을 체제 내부의 여러 사회적 관계내로 편재시킨다. 그래서 우리는 한 명의 남성 · 여성인 점만으로도 자신과 타인의 육체와 정신에 관한 지배와 학대를 수행할 수 있게 된다고 비판한다. 그는 급진주의자 애트킨슨(T.G. Atkinson)을 인용하며 낭만적 사랑이란 여성억압의 심리적 발판이라 규정한다.

또한, 그는 성은 출산을 위한 경제적 활동이나 공적 세계로부터의 긴장과 억압을 해소하는 심리적 피난처가 아니라고 주장한다. 성은 삶의 즐거움이고, 자신을 관리하고 지배하는 삶의 기술이어야 한다는 것이다.

그는 우리 시대를 동성애공포증(homophobia)의 시대로 규정한다. 그런데 이 동성애공포증이야말로 이성애주의 자체에 대한 분노와 혐오일 수도 있다는 것이다.

> 동성을 사랑한다는 것, 그 투명한 성적 지향을 제외한다면 그것은 항상 역사적으로 형성되는 현실이다. 따라서 그것을 어떤 초역사적이고 보편적인 대상으로 탈바꿈시키는 것은 끝없이 좌절할 뿐이다. 동성애공포증, 그것은 바로 이성애주의 자체에 대한 분노와 혐오일 수도 있다. 다시 말해 동성애공포증은 동성애라는 성적 지향성을 겨냥한 것이 아니라 이성애자들이 직면하고 있는 자신들의 성담론의 위기를 극적으로 상연하는 것일 수도 있다는 것이다. 동성애공포증은 비합리적인 폭력에 대한 의지이고 그것은 근대자본주의가 합리적 사회체계를 출현시켰음에도 결국은 그 합리성의 빛이 장악하지 못했던 성이라는 사회적 제도의 파탄을 보여준다. 따라서 이성애주의에 의해 끊임없이 시도되는 동성애의 대상화는 이성애주의의 위기를 내부적으로 해결할 수 없는 데 뒤따르는 외부적인 가상의 적이며, 증

오의 표적이다.

―『누가 성치학을 두려워하랴』에서

그는 근대 자본주의의 탄생은 이성애를 보편화하면서, 그것을 가족이라는 사회적 제도와 그를 구성하는 인물들에 투사한 것으로 파악한다. 즉, 아버지라는 이름의, 생식적 성만을 목표로 여성을 사랑하는 남성을 절대화하였으며, 동성애를 병리화 심리화하게 되는데, 이에 정신분석, 성생물학, 의학과 같은 성과학들이 동원되었다는 것이다. 그는 동성애가 오이디푸스 콤플렉스의 좌절과 유아적 성단계에서의 고착, 유전자적 기형이라는 식의 담론들은 모두 가족주의와 성차별주의를 양축으로 하는 이성애주의적 담론의 산물일 뿐으로 규정한다.

"게이, 그것은 페니스를 단 여성도, 남성을 사랑하는 남성도 아니다. 그들은 전혀 다른 삶의 정체성을 가지고 있는 사람들이다. 이들은 가부장제와 그것이 생산하는 여러 가지 권력관계 내에서, 여성과 더불어 가장 억압당하고" 있는 집단으로 파악한다. 그들에겐 남성성에도 전일적으로 귀속시킬 수 없고, 여성성에도 전일적으로 귀속시킬 수 없는 어떤 확정된 제3의 성적 정체성이 필요하다고 말한다. 게이 성정치학은 이성애주의에 의해 주조된 남성적 정체성을 거부하고, 일상적인 생활은 물론 여러가지 사회적 활동과 제도에 구축된 남성적 특권과 쇼비니즘에 반대하며, 제도화된 남성성과 이성애로 인해 이성애적 남성에게 가해지는 일련의 폭력과 착취에 대해서도 반대한다고 말한다. 또한, 비생식적 이성애적 에로티시즘의 억압에 대해서 반대한다.

하지만 남성동성애자들의 삶의 자유는 성차별주의의 폐지와 동성애자들의 권리획득만으로는 획득되지 않는 것으로 본다. 그는 게이해방운동을 위해서 이성애적 남성성에 강제적으로 예속되고 착취당하

는 이성애 남성과의 연대, 또는 성차별주의와 이성애주의로부터 억압
당한다는 점에서 공통점이 있는 여성해방운동과의 연대를 주장한다.

4. 결론

우리 시대의 성담론의 현위치를 최근 우리나라의 필자들에 의해
쓰여진 저서들을 통해서 살펴보았다. 정신과 의사인 양창순과 김정일
은 부분적으로 보수주의적 입장과 비교적 온건한 자유주의적 입장을
절충함으로써 기존의 성규범과 모랄에 크게 어긋나지 않는 한도내에
서 개인의 성적 권리를 피력했다고 생각된다. 이정숙의 '살아보고 결
혼하자'는 명제 역시 순결 이데올로기라는 점만 제외한다면 성공적
결혼을 위한 방편으로서의 혼전동거를 주장한 만큼 급진주의라고 보
기는 어렵다.

하지만 마광수, 김진만, 서동진에 오면 기존의 성모럴과 규범은 여
지없이 파기되고 만다. 그들은 결혼과 분리된 성, 심지어 사랑과도
분리된 성, 생식과 성기중심에서 벗어난 쾌락중심의 성을 주장한다.
따라서 일부일처제의 결혼제도와 가족주의에 의해서 지탱되던 사회
적 규범은 설 자리를 잃게 된다. 그들은 남성중심주의, 이성애중심주
의, 권력중심의 성으로부터의 자유를 추구하는데, 이에 따라 여성과
성해방, 동성애의 성해방, 청소년에 대한 적극적 성교육과 같은 명제
가 중요하게 다루어졌다.

마광수가 개인적 자유주의자의 입장에서 성해방을 주장했다면 김
진만과 서동진은 성이 권력의 산물이라는 구성론적 이론의 토대 위
에서 권력으로부터의 성의 해방과 성의 완전한 민주화를 주장했다.
김진만은 권력의 구성물인 섹스 그 자체를 통해서 권력으로부터 벗

어날 수 있다는 관념론을 대안으로 제시하기도 한다. 이들의 저서에는 우리 사회의 성적 금기로 여겨져 온 동성애가 일종의 성적 지향 내지 취향이라는 담론이 공통적으로 제기되었으며, 게이는 남성도 여성도 아닌 제3의 정체성이 요구되는 것으로 주장되기도 했다.

우리 시대의 성담론은 기존의 모랄 위에 서 있는 극단적 보수주의와 함께 첨단적 급진주의가 공존한다. 하지만 급진주의는 단지 담론의 차원에서 부분적으로 제기되었을 뿐이며, 우리의 사회는 일상의 영역에서는 말할 필요도 없고, 급진적 문학작품이나 예술작품에 대해서마저 형사법적 규제대상으로 취급하는 도덕적 보수주의에 빠져 있다. 이는 성이 여전히 보수적 권력의 지배와 억압체제하에 놓여져 있음을 반증하는 것이다.

그러나 이러한 도덕적 엄숙주의 내지 보수주의는 최근 기존의 성규범이 급속히 해체되는 현실에 영향력을 미치지 못한 채로 성문제를 은폐하고 외면하는 공소한 형식주의에 빠져 있다는 점을 지적하지 않을 수 없다. 반면에 일부 급진주의자들의 성해방담론은 급변하는 신세대의 성풍속을 합리화해 줄지는 몰라도 그것을 현실화하는 것이 반드시 바람직하다는 사회적 분위기가 조성되기는 어려울 것이다. 따라서 과도한 성적 억압하에 놓여진 청소년과 대중을 바로 이끌 수 있는 현실성 있는 새로운 성규범의 창출은 성담론에 대한 보다 다양한 이론 개진과 토론의 과정을 거친 뒤에야 가능할 것으로 생각된다.

그리고 우리가 기대하는 새로운 성규범의 창출에는 기존에 남녀에게 불평등하게 적용되어온 이중잣대에서 벗어나 남녀의 평등이 보장된 새로운 가치관의 정립이 무엇보다 요청된다고 할 것이다. 그러기 위해서는 그간의 성담론이 주로 남성에 의해 주도되어 왔다는 사실에 대한 여성계의 진지한 반성이 요구된다. 왜냐하면 성담론이 남성의 사고와 경험에 의해 독점될 때, 여성은 여전히 남성의 성적 쾌락의 도구로써 대상화되는 구도에서 자유로울 수 없기 때문이다. 여성의 성적 자유는 남성의 성적 욕망에 종속된 파트너로서가 아니라 성을 통해 자율적이고 성숙한 자아의 주체성을 표현할 수 있어야 한다. 그리고 정치적 경제적 평등이란 조건이 전제될 수 있을 때에 진정한 성적 자유가 보장될 수 있을 것이다.

우리가 살아가고 있는 이 시대는 기존의 보수주의적 세력과 이에 저항하여 기존의 성규범을 해체하려는 혁신세력 사이에 긴장과 갈등이 가로놓여진 과도기라고 할 수 있다. 따라서 우리는 합의된 새로운 가치관이 정립되기 이전까지 과도기적 혼란과 아노미 속에서 각자의 외로운 결단을 통해서 자신의 성적 가치와 행동에 대한 결정을 내려야 할 것이다. 각자는 사회적으로 요구되는 억압과 해방에 대한 개인적 욕망 사이의 긴장 속에서 끊임없이 자기 자신과 대화하고 파트너와 협상함으로써 사회적 질서의 구현과 개인적 욕망의 실현이라는 동시에 충족시키기 어려운 두 축의 조화를 도모해 나가야만 할 것이다.(1998)

세기말 성담론, 무엇이 문제인가

1. 들어가며

세기말의 한국을 강타했던 성담론의 강풍은 사실 내용은 풍성하지 못했다. 바람이 거셌던 만큼 내용이 풍성하지 못했던 까닭은 말할 필요도 없이 우리 사회가 성(sexuality)을 억압하는 사회이며, 아울러 성담론마저 억압하는 사회라는 데에 있다. 어떤 의미에서 한국사회에서 성담론을, 그것도 기존체제가 허용하는 수준에서 조금이라도 벗어나는 성담론을 말하려면 무모한(?) 용기를 갖지 않으면 안된다.

이미 마광수나 장정일이 받았던 국가권력으로부터의 형사처벌, 영화 <노랑머리>나 <거짓말>에 대한 등급보류판정, 두 차례의 등급보류판정을 거쳐 이미 극장에서 상영되고 있는 영화 <거짓말>에 대해서 시민단체가 소송을 제기한 사실을 비롯하여, 지난해에 탤런트 서갑숙이 빚어낸 사회적 파장은 겉으로 세계화와 선진사회를 지향하는 우리 사회의 미성숙한 후진성의 단면을 드러내 주기에 충분했다.

한 마디로 성에 관해서 우리 사회는 표면적으로 유교적 도덕성과 엄숙주의를 과시하지만 내용적으로는 엄청난 도덕적 일탈과 쾌락주의에 빠져 있다고 말할 수 있다. 가령, 인터넷상의 음란물 사이트의 범람, <O양의 비디오>의 불법 유통, 영계술집에 이어 원조교제가 이웃나라의 먼 이야기가 아니라 바로 우리의 일상사로 자리잡고 있는 상황은 우리 사회의 성적 엄숙주의를 간단히 조롱하고 만다. 이처럼 형식과 내용이 일치하지 않는 이중성은 바로 우리 사회가 가지고 있는 성에 대한 과도한 억압과 그로 인한 불건전성을 노정하는 것이라고밖에 읽을 수 없다.

그런데 우리 사회의 성에 대한 억압은 주로 여성에게 집중되어 있으며, 남성은 이로부터 벗어나 있는 차별적 이중체계를 보여준다는 사실 또한 중요하게 지적하지 않을 수 없다. <O양의 비디오>가 인터넷 사이트상에서 종횡무진으로 클릭되는 동안 여성의 인권은 온데간데 없이 실종되고, 나이든 남성과 어린 소녀들과의 원조교제가 유행하며, 다양한 퇴폐업소를 통해 남성들이 성을 거래하는 동안 성은 인간관계가 아니라 마치 슈퍼마켓에서 값싼 패스트푸드를 사듯 값싸게 거래할 수 있는 것으로 물화된다. 서갑숙 사건이 말해주듯 여성은 아직도 성에 대해서 주체적인 관심을 보여서는 안된다. 여성의 성적 주체성은 부정되고, 성욕은 인정되지 않으며, 인격은 부재한다. 다만 철저히 남성들의 성적 대상으로, 관음증의 대상으로 존재해야 하며, 언제 어디서든 값싸게 유통 가능한 대상으로 존재하는 것이 현재 우리 사회에서 여성의 타자화된 성적 정체성이라고 할 수 있다.

성이 억압되는 사회든 성이 자유로운 사회든 여성의 성은 억압되고 자유롭지 못하다. 국가는 성을 결코 개인의 자유로운 의사결정에 맡기려고 하지 않으며, 남성권력 역시 여성의 성을 평등한 차원으로 환원시키려고 하지 않는다. 따라서 국가권력과 남성권력으로부터 여성의 성은 이중으로 자유롭지 못하며, 여기서 성의 상품화, 성폭력, 성의 이중윤리의 문제가 발생하게 된다.

여성해방은 정치적 해방, 경제적 해방에 이어 성적 해방의 삼박자가 맞아야 완전한 해방이 이루어질 수 있는데, 급진주의자들의 주장처럼 성의 억압은 가장 오래된 그러면서 가장 최후까지 남는 억압이라고 할 수 있다.

페미니즘에서 성은 자연에 의해서 고정된 생물학적이고 본질적인 것이 아니라 역사적 사회적 구성물이다. 그리고 성해방의 관점에는 보수주의, 자유주의, 마르크스주의, 사회주의, 급진주의 등 다양한 관점이 있다.

본고는 세기말의 한국을 뜨겁게 달구었던 구성애, 서갑숙, 김지룡 등의 성담론을 페미니스트의 관점에서 짚어보고자 한다.

2. 생명 · 사랑 · 쾌락의 조화 — 구성애의 성교육론

98년 말부터 MBC TV의 공중파를 타고 안방에까지 파고든 구성애의 <아우성>운동은 성교육의 필요성이 제기되는데도 마땅한 성교육 지침이 부재하는 우리 나라의 상황에서 거부감 없이 폭넓게 수용되었다. 구성애는 성담론을 안방에까지 끌어내어 공론화했다는 점에서 대단한 공로자인 셈이다. 즉, 그녀는 성담론을 어두운 음지에서 공개적 토론의 장으로 이끌어내는 데 지대한 역할을 했다. 구수한 입심을 가진 뚱뚱한 아줌마 구성애, 하지만 그녀는 구수한 입심만큼 신선한 성담론을 제기했다고 볼 수 없다.

구성애의 성담론, 그것은 성해방의 급류에 떠밀려 더 이상 성교육에 침묵할 수만은 없게 된 보수적인 학부모나 교사들, 즉 기성세대를 안심시키기 위한 수준의 성담론이다. 성은 나이가 되면 저절로 알게 되는 것이므로 굳이 교육할 필요가 있겠느냐고 생각하는 사람들에게 구성애는 성교육이 반드시 필요하다는 점을 폭넓게 인식시켰고, 많은 사람들의 동의를 끌어내는 데 성공했다. 이 점에서는 그녀는 평가받아야 한다.

구성애의 성교육론은 우리 사회가 안고 있는 성폭력, 성범죄, 성적 타락의 만연과 같은 성문화의 위기에 기초하여 올바른 성문화를 정립한다는 데 목표를 둔다. 그녀는 성문화의 위기를 타개하기 위한 대안으로서 생명, 사랑, 쾌락의 조화라는 보수주의적 담론을 제시한다. 이 세 가지 요소의 조화야말로 '온전한 성'의 필요충분조건이다. 그리고 이것은 타락된 성인지 아닌지를 판가름하는 기준이 된다.

> 성행위에 담겨야 할 온전한 성의 내용으로 크게 세 가지가 있다. 생명 사랑 쾌락이다.
>
> 이 3요소는 살아있는 남성과 여성이 관계를 맺을 때 만들어지는 내용인데, 하루 아침에 생긴 게 아니라 긴 인류 역사 속에서 만들어져 온 것이다.
>
> 처음에 생명이, 다음에 사랑과 쾌락이 서로를 부추기며 만들어졌다.
>
> 그러나 이 3요소는 항상 있어오면서도 균형있고 조화롭게 있지 못한 것 같다.
>
> 생명이 강조되면 사랑과 쾌락이 무시되고 쾌락이 강조되면 사랑과 생명이 빛을 잃었다.
>
> 생명 사랑 쾌락이 조화롭게 연관되어 있을 때라야 성은 온전한 성이 된다.[1]

구성애는 생명, 사랑, 쾌락의 3 요소의 조화를 말하시반 세 요소가

---

1) 구성애, 구성애의 성교육(도서출판 석탑, 1995), 41-42면.

동일한 위상으로 자리매김되고 있는 것은 아니다. 그녀는 그 중에서도 생명이라는 요소를 가장 중요시한다. 그리고 그 뒤에 맞물려 나오는 것이 사랑이고, 그 다음이 쾌락이다. 그녀는 생명은 성개념의 기본이며, 생명이 있어야 떳떳한 것이라고 주장한다. 그녀가 막대한 영향력을 가진 TV 매체를 통해서 공개적으로 당당히 성을 말할 수 있는 것은 그녀의 성담론이 생명을 중심으로 한 것이기 때문이다.

그녀는 몸은 생명을 낳는 생식기의 개념으로 바라보아야 한다고 말하며, 성도 생명을 만든다는 관점에서 파악한다. 따라서 구성애에게 여성의 몸은 생명과 관련하여 아기를 낳는 몸이다. 그녀는 여성의 몸을 시기별로 "아기를 낳을 몸, 낳고 있는 몸, 낳은 몸"이라고 구분하며, 몸을 모성이라는 사회적 역할을 담당한 도구로 인식한다. 아울러 남성의 욕망덩어리로 전락한 몸에 대해서는 비판적 입장을 취하며, 남성도 아기를 만드는 몸으로서의 책임을 회복해야 할 것을 촉구한다. 자연히 그녀는 각종 성범죄나 성폭행 등의 일탈적 성에 대해서 비판적 입장을 취하게 된다.

구성애의 생명중심적 성에 관한 논의는 요즘처럼 성의 퇴폐와 향락과 범죄가 범람하는 시대에 참신함을 불러일으킬 수도 있을 것이다. 하지만 여성의 성을 생명생산이라는, 즉 생식과 밀착시키는 이념은 자기 몸의 주인은 자신이라는 여성해방적 관점과는 차이가 있는 보수주의적 관점이다. 생명중심적 성논의는 여성에게 모성과 가사를 절대시하는 성역할과 여성성을 주입시키는 기능을 강조하게 되는 것이다. 즉 여성에게 생식의 성을 절대적인 것으로 주입시키는 것은 결국 임신을 신비화하고, 모성의 역할을 본능적이고 운명적인 것으로 받아들이게 하며, 결혼을 궁극적인 목적으로 삼게 만든다. 생식과 모성으로서의 여성성의 강조란 바로 성의 억압을 통해 가부장제 가족과 그 이념에 여성을 순응시키는[2] 기제라고 하지 않을 수 없다. 산부인과에서 간호사로 오랜 동안 근무해온 구성애의 경력을 감안한다고 하더라도 생명중심의 성에 대한 지나친 미화와 신비화가 안고 있는 성차별적이고 가부장적 요소가 여성의 성에 대한 억압으로 작용한다는 점을 지적하지 않을 수 없다.

이에 대해 김지룡은 다음과 같은 비판을 보낸다.

> 성행위에 생명이 들어가야 한다는 것은 결국 '성과 사랑과 결혼'이 일치해야 한다는 주장이다.(중략)
> 언뜻 보면 성과 사랑과 결혼이 일치해야 한다는 것은 아름다운 애기처럼 들린다. 하지만 결국에는 가부장제 이데올로기에서 한 치도 벗어나지 않는다. 구성애씨의 주장은 남성중심사회의 가치관을 반복하고 있을 뿐이다.3)

구성애는 아기를 낳기 위한 성은 일생에 몇 번이면 족하기에 사랑을 느낄 때, 공감대 형성과 일치감을 확인하기 위한 의사소통의 과정으로써의 성을 중시한다. 그녀는 사랑을 인간만이 가진 특성으로 파악하며, 사랑이 빠진 성, 즉 강간, 매춘, 거짓, 배신의 성은 동물의 성으로 전락한 것으로 비판한다. 또한 쾌락이란 요소를 성에서 배제하지는 않지만 진짜 쾌락과 가짜 쾌락을 구분한다. 그녀가 말하는 진짜 쾌락이란 생명과 감정과 생각, 공감대와 인격이 담겨진 것이며, 가짜 쾌락은 감각만을 위주로 즐거움을 찾는 것이라고 규정된다. 한 마디로 그녀는 "진정한 쾌락은 생명과 사랑이 담겨져야 가능하고, 사랑은 생명의 문제가 원만하고 즐거울 때 깊어진다. 깊은 사랑과 즐거운 관계로 만들어진 생명은 더없이 소중하고 든든하다. 서로가 조화를 이루고 있다"4)고 결론내린다. 만약에 생명, 사랑, 쾌락의 3 요소가 조화

---

2) 이영자, '성일탈과 여성', <한국여성학> 5집(한국여성학회, 1989), 90면.
3) 김지룡, 나는 솔직하게 살고 있다(명진출판, 1999), 256면.

되지 못한다면, 그것은 변태로까지 규정된다.

> 생명 사랑 쾌락은 함께 있어야 한다. 생명 사랑과 떨어진 쾌락은
> 변태로 갈 수밖에 없으며 상식과 인격을 거세하여 인간의 성을 퇴보
> 시킨다.
> 생명을 기반으로 사랑이 중심을 이룰 때 진정한 쾌락이 꽃핀다.[5]

구성애가 주장하는 생명 사랑 쾌락이라는 3요소가 조화되기 위해서는 반드시 결혼이라는 사회적 제도내에 성이 존재해야 한다. 구성애의 성담론은 성을 결혼제도내의 것으로 한정지우는 보수주의적 관점으로, 이러한 보수주의적 입장 때문에 구성애의 성교육은 기성세대로부터 공인을 받고 널리 수용될 수 있었던 것이다. 결국 생명이 중심이 된 성이란 성적 보수주의자들이 말하는 이성애와 결혼, 그리고 생식중심의 성이라고 할 수 있다. 따라서 구성애의 저서나 강의는 성의 책임은 강조하지만 성의 자유화나 레즈비어니즘, 호모섹스와 같은 이슈에 대해서는 아예 언급조차 없다.

우리 사회에서 도덕적 법적으로 허용하는 성이란 결혼제도내의 합법적인 부부간의 것으로 한정된다. 따라서 혼전의 성, 혼외의 성은 철저히 부도덕하고 일탈적인 것으로 취급된다. 하지만 우리 사회의 성적 문제는 혼전과 혼외의 성적 관계가 수없이 발생한다는 데 있다. 특히 청소년의 경우, 그들이 아직 결혼제도 밖에 존재하지만 연령적으로 볼 때에 성적으로 가장 왕성한 나이에 속하며, 또한 그 어느 시대보다도 성적 자극이 도저한 현대를 살아가고 있는 존재들이라는 점에서 이들에게 결혼 전까지 무조건 순결을 지키라거나 성적 충동과 욕망을 단지 억압과 승화라는 기제를 통해서 해결하라는 요구는

---

4) 구성애, 위 책, 45면.
5) 구성애, 47면.

현실성이 없다.

따라서 구성애의 성교육론은 성을 개인의 자유로운 의사결정에 맡김으로써 사회적 혼란을 원하지 않는 기존의 지배계층과 학부모에게는 환영받을 수 있지만 질풍노도의 시대를 살아가는 청소년들의 성적 욕망과 이에 따른 실존적 갈등의 해결에는 별반 도움을 주지 못하는 성담론이라고 할 수 있다. 그리고 여성의 모성을 강조하는 생명 중심의 성담론은 가부장적 가족 이데올로기를 강화하기 때문에 페미니스트로부터도 비난을 받지 않을 수 없다.

3. 정신과 육체가 하나되는 사랑—서갑숙의 경우

1999년도 하반기의 매스컴을 뜨겁게 달구었던 인물은 서갑숙이다. 탤런트로서의 서갑숙은 그렇게 주목받는 연기자는 아니었다. 하지만 『나도 때론 포르노그라피의 주인공이고 싶다』라는 단 한권의 성적 자전전으로 일약 스타덤에 올라섰다.

우리 사회가 포스트모더니즘의 물결에 휩쓸리면서 정신과 육체, 이성과 감정, 남과 여 등의 데카르트적 이분법에서 벗어나 육체, 감정, 여성과 같은 가치들에 새롭게 주목하게 되었고, '성'에 대한 관심도 크게 제고된 것이 사실이다. 마광수, 서동진, 김진만 등은 성담론의 선두에 서서 성의 자유와 성해방을 부르짖었다. 하지만 이들은 다만 추상적 이론이라는 양식을 통해서 또는 소설이라는 허구적 양식을 통해서 성담론을 말해 왔다.

그런데 이들의 뒤를 이은 서갑숙, 김지룡 등은 소위 체험적 성담론이라고 말할 수 있을 정도로 개인의 구체적 성체험을 생생하게 세상에 공개함으로써 성담론을 표면화시킨 용감한 이단아들이라고 할 수 있다.

서갑숙은 삼십대 후반의 이혼한 여성으로『나도 때론 포르노그라피의 주인공이고 싶다』에서 자신의 성적 정체성을 찾아가는 과정을 솔직하게 고백하고 있다. 그녀는 이 과정에서 플라토닉 러브의 허구성, 처녀성의 억압, 겁탈과 강간, 혼전의 관계, 결혼, 이혼, 트리플 섹스, 멀티오르가슴과 같은 자신의 성체험을 숨김없이 공개한다. 또한 마스터베이션, 관음증과 노출증, 엘렉트라 콤플렉스, 동성애, 성욕과 순결 등 성담론의 핵심적 쟁점에 대해서도 자신의 견해를 밝히고 있다.

그녀는 저서의 '머리글'에서 토마스 무어의 "섹스는 영혼과 육체의 결합"이라는 명제를 빌어 자신의 성과 사랑에 대한 입장을 천명한다. 그녀가 지향하는 진정한 성과 사랑은 정신과 육체가 하나되는 체험이다. 그녀는 "누군가를 사랑할 때는 정신적인 것뿐만 아니라 육체적인 것도 똑같이 최선을 다해야만 한다. 이런 진리를 몸으로 체득하기까지의 이야기가 이 책에 담겨져 있다."라고 서문에서 적고 있다. 그녀는 이혼한 후 한 남성을 만나기 전까지 성에 대해 가졌던 편견을 다음과 같이 반성한다.

> 우리는 '섹스'나 '성'이라는 단어에 대해 어떤 생각을 가지고 있는가? 밝은 대낮에는 감히 입에 올리기 어려운 '퇴폐적'이고 '은밀한' 것으로 여기고 있진 않은가?
>
> 섹스란 정신적인 사랑에 따라오는 부속품 정도로 생각하고 있진 않은가?
>
> 나 역시 1년 전쯤까지만 해도 섹스에 대해 이런 편견을 가지고 있었다. 정신적인 사랑이 중요하다고 생각하니, 몸에 대한 관심도 별로 없었고 그저 요식적인 몸짓으로 섹스에 임했다. 그러다 한 남자로 인해 정신과 육체가 하나되는 사랑을 하게 되었고, 또 다른 세상에 눈뜨게 된 것이다.6)

따라서 그녀는 정신적인 측면만이 존재하는 사랑은 미완의 사랑일 뿐이며, 섹스의 즐거움을 동반하는 사랑이 진정한 사랑이라고 주장한다. 그녀는 육체와 정신이 합일된 사랑을 추구할 뿐만 아니라 우리 사회의 성규범과 성문화의 핵심을 이루는 결혼이란 제도 밖에서 성적 쾌락을 추구한 내용을 고백함으로써 한때 검찰이 음란성 여부를 내사하는 사태까지 갔지만 '19세 미만 구독불가' 판정 정도에서 그치게 되었다.

그 동안 우리 사회에서 여성은 성적 욕망이 부재하는 존재로, 또는 욕망이 존재한다고 하더라도 그것을 표현해서는 안되며, 단지 능동적인 남성에게 반응하는 수동적 존재로 간주되어 왔다. 서갑숙의 책이 사회적으로 물의를 빚게 된 사회심리의 저변에는 여성의 성적 욕망을 인정하지 않으려는 남성중심적 사고가 깔려 있다.

하지만 그녀는 성적 존재로서의 자신의 욕망을 당당히 인정했고, 또한 정신과 육체가 합일되는 사랑을 찾기 위한 도정을 숨김없이 세상에 고백했다. 그녀가 자신의 체험을 고백하게 된 이유는 그녀가 기자회견에서 밝힌 "억압된 성을 밝은 장소로 끄집어내고 싶은"(99. 10.25, 기자회견) 의도에 한정되지 않는다고 본다. 그녀는 성과 사랑에 대해 왜곡된 편견에 사로잡힌 이 땅의 여성들과 자신의 성체험을 공유함으로써 그들이 정신과 육체가 합일된 진정한 성을 체험할 수 있기를 바랐던 것으로 보인다.

서갑숙이 다룬 성담론의 쟁점들은 기존의 성해방주의자들의 주장에서 크게 벗어나지 않는다. 그녀는 자연스런 성본능을 드러내고, 성적 쾌락을 추구하는 과정에서 흔히 일탈이라고 여겨져 온 것들에 대해서도 과감히 긍정하는 태도를 나타내어 성해방주의자처럼 보여진다. 또한, 우리 사회가 성을 억압하는 사회이며, 특히 남녀에게 차별

---

6) 서갑숙, 나도 때론 포르노그라피의 주인공이 되고 싶다(중앙 M&B, 1999), 서문.

적으로 적용되는 성에 대해서 비판할 때는 페미니스트의 모습으로 비춰지기도 한다. 가령, 남성의 순결은 버려야 할 거추장스러운 것이며, 여성의 순결은 반드시 지켜야 할 목숨과 같은 것인가와 같은 질문에서 보듯 순결에 대한 이중성을 비판하는가 하면, 순결을 성기 중심으로 이해하는 태도에 대해서도 반기를 든다. 그리고 순결의 진정한 의미란 사랑하는 사람과 만나는 매순간마다 지고지순의 감정으로 대하는 것이라고 규정짓는다. 이처럼 그녀는 순결을 비롯한 성에 대한 남녀의 차별적 이중성을 꼬집으며, 우리 사회가 갖고 있는 성적 불평등을 벗어나야 할 것을 촉구한다.

그녀의 저서가 갖는 가장 큰 가치는 성담론의 새로움이나 혁명성에 있는 것이 아니라 자신의 성체험을 세상에 당당하게 공개한 점에 있다. 그녀는 성을 공식적으로 거론하는 것을 회피하는 사회를 향해 은폐되어 있는 성을 표면화했다. 뿐만 아니라 여성이 성담론의 주체가 되는 것을 결코 인정하지 않으려는 차별적 사회에 자신의 구체적 성체험을 밝힘으로써 여성도 성적 본능을 지니고, 오르가슴을 추구하는 존재라는 점을 용기있게 천명했다. 어떤 측면에서 성체험은 개인적이고 사적인 경험으로 세상에 공개하는 것이 바람직한 덕목이 될 수 없을지도 모른다. 하지만 아직도 여성의 성이 침묵을 강요당하고 있으며, 성적 욕망이 부정되고 있는 상황에서 서갑숙이 몰고 온 파장은 매우 정치적인 것이었다고 해석하지 않을 수 없다.

그야말로 서갑숙 사건은 개인적인 것은 정치적인 것이라는 슬로건을 확인시켜 주기에 충분했다. 그 정치적 의미는 성적 주체는 남성이며, 여성은 단지 주체인 남성의 대상, 즉 타자로서만 그 정체성이 규정지어진 우리 사회에 여성도 성적 주체이며, 성적 쾌락을 적극적으로 추구할 수 있는 존재이며, 진정한 사랑은 정신과 육체의 합일을 통해서 추구되어야 한다고 천명한 데서 찾을 수 있을 것이다.

하지만 서갑숙의 체험적 성고백은 제목의 선정성과 더불어 여성으로서 성적 정체성을 찾아가는 과정에서 지나치게 성적 호기심을 자극함으로써 상업주의와 영합한 측면이 있다는 것을 전혀 부정할 수는 없다. 따라서 그녀의 성담론은 또 하나의 성의 상품화가 아닌가라는 비난으로부터 완전히 자유로울 수 없는 것이다. 또한, 그녀는 정신과 육체가 하나되는 사랑을 주장했지만 그녀의 성적 정체성은 다분히 육체주의적 쾌락에 토대를 두고 논해지고 있음도 지적하지 않을 수 없다. 동성애, 트리플섹스 등 다양한 성적 추구와 실험적 태도는 서갑숙을 성적 다원주의자로 규정짓게 만든다. 또한, 마스터베이션, 멀티오르가슴 등 성적 쾌락에 대한 강조는 그녀가 성 자유주의자라는 인상을 짙게 풍긴다. 하지만 성해방과 성적 다양성을 추구하는 성 자유주의의 논리는 때로 남성중심적 쾌락에 대한 반응과 답습이란 함정에 빠질 우려를 전혀 배제할 수 없다. 남성중심적 이성애는 항상 여성에 대한 억압의 유지를 위해서 사랑, 섹스, 욕망, 행복과 같은 것들을 강조해 왔기 때문이다. 구성애가 서갑숙에게 보낸 공개서한(99.11.3, 내일신문)에서 가부장적 요소가 여전히 남아있는 현실에서 서갑숙이 좀 더 신중했어야 했다고 한 충고는 바로 이 점에 대한 우려에서 나왔을 것이다. "억압된 성을 밝은 장소로 *끄집어내고*" 싶어서 쓴 그녀의 성적 자서전은 현실에서 진지하게 받아들여졌다기보다는 낄낄거리는 웃음거리와 구경거리로 전락해버린 느낌을 배제할 수 없다. 이것은 우리 사회가 성적으로 억압된 사회이며, 특히 여성에게는 성별 억압이 한 차원 더 존재하는 사회라는 것을 입증하기에 충분했다.

아무튼 서갑숙은 세기말 한국 사회를 뒤흔든 용감한 여성으로서 성담론의 역사에 기록될 것이다. 그리고 서갑숙처럼 용기 있는 여성들이 많이 나올 때에 여성의 성적 정체성이 제대로 밝혀지고, 남성중심적 성담론의 왜곡과 폐해도 줄어들게 될 것이다.

4. 커뮤니케이션으로서의 성 — 김지룡의 경우

전방위 문화평론가로 불리는 김지룡은『나는 솔직하게 살고 싶다』에서 미혼의 한국남성으로서 겪었던 성적 억압과 일본사회의 이방인으로 체험했던 다양한 성적 편력의 실상을 낱낱이 공개하며, 우리 사회의 왜곡된 성문화에 대해서 비판을 가한다. 그는 구성애가 성을 '아우성', 즉 '아름다운 우리들의 성'으로 미화시키고 신비화시키는 데 반발하며, '아무 것도 아닌 우리들의 성'이 되어야 한다고 주장한다. 즉, 성을 지나치게 신비화와 이상화하는 강박관념에서 벗어나 자유롭고 솔직하게 성에 임해야 할 것을 주장한 것이다.

그는 우리 사회의 왜곡된 성문화를 만들어내는 근본요인을 솔직성이 결여된 문화에서 찾는다. 우리 사회의 위선적이고 이중적인 성구조는 바로 솔직성의 결여에서 만들어졌으며, 이에 기여한 분들은 바로 부모님들이라고 진단한다. 즉, 기성세대들이 그들의 자녀를 향해 성에 대해서 진지하게 생각해 볼 겨를도 없이 그냥 '하지 말아야 할 것', '해서는 안되는 것'으로 인식시킨 데서 오늘날 성문화의 위기가 초래되었다고 보고 있다. 그는 나이가 든다고 해서 성과 인생에 대해서 저절로 알아지는 것은 아니라고 주장하며, 금지와 부정이 아닌 솔직한 성교육의 필요성을 제기한다. 사실 우리는 빠른 속도로 변화하는 성문화와 성규범을 외면하거나 은폐하는 데에 급급했고, 이는 가부정적 의식에 젖은 남성의 경우 더욱 심했다.7)

---

7) 김동일, '성의 억압과 해방:사회과학적 인식', 현대사회와 성윤리(아산사회복
지재단, 1997), 34면.

그는 일본 유학시에 여행사의 통역, 소위 관광가이드로 아르바이트를 하면서 일본의 다양한 풍속을 체험하게 되고, 왕성한 호기심으로 다양한 성적 편력을 시도했다. 그는 이 땅을 성을 억압하는 사회로 규정하며, '성적 문란이 극에 달했다'는 일본에서 자신을 구속했던 성적 억압을 훨훨 벗어버리고 몸이 원하는 대로 욕망이 명령하는 대로 어떻게 살았는가를 공개한다. 그는 라이브쇼(스트립쇼)나 노조키베야(성기 마사지)와 같은 일본의 풍속업소에 드나들고, 300만 원이라는 거금을 음성사서함에서 날리기도 한다. 그는 자신이 전화통에다 그처럼 거금을 날린 이유를 섹스는 하고 싶지만 그것이 초래하는 인간관계는 감당하고 싶지 않은, 즉 책임을 벗어난 이기적인 자유를 누리고 싶은 욕망에서 기인했다고 반성한다.

그가 일본에서의 다양하고도 일탈적인 성체험을 통해서 얻은 결론은 의외로 진지하다. 즉, 진정한 섹스는 혼자 하는 마스터베이션이 아니라 상대방과 함께 나누는 커뮤니케이션이라는 것이다. 그는 상대방을 나와 동일한 인격으로 인식하고, 내가 즐기고 싶은 만큼 상대방도 즐기고 싶어한다는 것을 인정하며, 상대방이 쾌락을 느낄 수 있도록 배려하는 데서 진정한 성을 발견하게 된다고 말한다. 성은 '발산으로서의 성'과 '커뮤니케이션으로서의 성'이 있는데, 상대방과의 교감이 존재할 때에만, 즉 개인적 욕망의 발산으로서가 아니라 커뮤니케이션으로서의 성에서 쾌락은 극대화되며, 만족감을 느낄 수 있다고 본다.

> '커뮤니케이션으로서의 성'은 상대방과 교감을 느끼는 것이다. 성적 교감이건 성 이외의 교감이건 사랑하는 사람과의 교감은 쾌감을 준다. 함께 있는 것만으로 진정 포근한 만족이 느껴지는 상대와 성행위를 하면 영화에서만 볼 수 있던 쾌락의 극치를 맛 볼 수 있다.[8]

즉, 상대방의 인격과 쾌락을 배려하지 않는 성이란 일종의 마스터 베이션에 불과하며, 이러한 성적 태도의 남성중심적 일방성은 우리의 사회가 가부장적 사회인 데서 비롯된 것으로 비판한다. 그리고 이것은 삶을 즐길 수 있는 능력인 교양을 갖지 못한 데서 기인한다고 본다. 그는 우리 나라의 남성들이 여자를 옆에 끼고 술 마시며, 섹스업소를 출입하는 것을 최대의 낙으로 여기는 현실에 대해서 '섹스는 커뮤니케이션'이라는 교양을 어려서부터 교육받지 못한 탓이라고 본다. 즉, 섹스란 본능적인 일이기 때문에 교육받을 필요가 없다고 해왔는데, 바로 이것이 문제라는 것이다. 우리 사회는 성을 제대로 끌어안고 즐기며 살아갈 수 있는 법을 가르치는 대신에 성에 대한 흥미만을 없애려고 눈물겨운 노력을 해왔다는 것이다. 그 결과 성에 대해 호기심이 강렬한 아이들은 포르노라는 비공식적 채널을 통해서 성을 이해하게 되는데, 남성중심적인 포르노에서 여자는 인간 이하로 비하되며, 이것이 현실세계에서 여성에 대한 비하로 이어진다고 본다. 또한, 포르노를 통해서 성을 이해한 남자들은 삽입성교를 통해서 상대방이 오르가슴을 느끼지 못할 때에 자신감을 잃고, 여자를 두려워하거나 사이버섹스로 도망치게 된다고 경고한다.

그는 성교육에서 성은 성기중심의 삽입성교가 아님을 가르치는 일이 가장 중요하며, 서로 솔직해야 하고, 상대방을 배려하는 법을 가르쳐야 한다고 주장한다. 궁극적으로 성을 제대로 즐기기 위해서는 성을 통해서 삶을 제대로 즐길 수 있는 교양교육이 필요하다는 것이다.

성급진주의자인 라이히나 마르쿠제는 인간의 성은 생물학적인 필연성이 아니라 문화적 사회적 산물이라는 인식하에 인간해방으로서의 성해방을 위해서는 본능적 성에너지가 직접적인 성감대를 넘어서

---

8) 김지룡, 231면.

서 보다 넓은 인간관계인 성애로 승화되어야 할 것을 주장했다.9) 성을 성기중심주의에서 벗어나 상대방과 나누는 커뮤니케이션으로 인식했던 김지룡의 성인식은 라이히나 마르쿠제의 주장과 맞닿아 있다고 볼 수 있다.

또한, 그는 프라이드가 있는 사람은 아무리 다양한 성적 편력을 해도 망가지지 않는다고 주장한다. 프라이드란 자기 방식대로 자신의 길을 선택하고, 자기 방식대로 살아가는 것, 그리고 그것이 옳다고 확신하는 것이다. 어른들은 아이들에게 성을 금지하고 성교육을 회피할 것이 아니라 성적 자기결정권과 책임에 대한 훈련을 시켜야 한다는 것이다. 자기결정권과 책임에 대한 강조는 김진만이『섹스마인드』에서 주장한 자율적 감정표현과 의사결정, 그리고 자율성에 기반한 '마인드'10)와 상통되는 개념이다.

김지룡이 주장하는 성교육은 상대방의 인격과 쾌락에 대해 배려하는 교양교육과 프라이드, 즉 성적 자기결정권과 책임에 대한 훈련을 내용으로 한다. 결국 인간은 혼자서 선택하고 결정하면서 살아가야 할 존재임으로 성문제 역시 자율적인 결정과 책임을 훈련시켜야 한다는 주장은 매우 타당한 것이라고 할 수 있다.

그는 남자와 여자에 작용하고 있는 성적 이중규범에도 반대한다. 남자의 동정은 성인이 되는 통과의례처럼 버려야 할 것이라는 인식도 잘못되었고, 여성의 순결은 반드시 지켜야 할 결혼의 교환가치가 아니라는 것이다. 그것은 남녀에 차별적으로 적용해야 할 덕목이 아니라 개인의 가치관에 의해서 결정해야 할 문제라는 것이다. 그는 '남녀는 평등해야 하지만 모든 부부가 평등할 필요가 없다'는 명제를 통해서 남성해방주의자들의 이슈에 동의한다. 그는 근대사회 이후 남

---

9) 김동일, '성의 억압과 해방:사회과학적 인식', 현대사회와 성윤리, 41면.
10) 송명희, 페미니즘과 우리시대의 성담론(새미, 1998), 28면.

성은 1)사회적 지위, 즉 돈을 벌어오는 능력 2)아버지로서의 권위, 즉 지식의 독점 3)남자로서의 권위, 즉 수컷으로서의 성적 능력이라는 세 가지의 권위 속에 놓여 있음을 지적하며, 남녀평등을 위해서는 남자가 기득권을 포기하고, 여성과 사회적 지위를 나누어 가져야 하며, 남을 배려하고 약자를 돌봐주고 감싸주는 잃어버린 모성적 여성성을 취득해야 한다고 주장한다. 남자로서의 기득권 포기, 잃어버린 여성성의 회복은 결과적으로 남자라는 권위와 억압 속에 놓인 남성을 해방시켜 평등사회로 가기 위한 의미 있는 시도라는 것이다.

> 이 땅의 남성들은 필요 이상으로 출세와 능력 발휘를 강요당하고, 이 땅의 여성들은 있는 능력조차 죽이면서 살아왔다. 여성해방이 단지 여성이라는 이유만으로 굴종할 것을 강요당하는 여성들을 해방시키는 것이라면, 남성해방은 단지 남자라는 이유로 지배할 것을 강요당하는 남성들을 해방시키기 위한 것이다.[11]

김지룡의 성에 대한 주장 속에는 페미니스트가 동의할 만한 견해들이 많이 포함되어 있다. 그는 성을 억압하고, 여성을 억압하는 사회가 결국은 남성도 억압하는 사회라고 보는데, 페미니즘이 지향하는 평등사회를 남성해방적 관점에서 제기했다고 할 수 있다.

김지룡의 성담론은 오늘날 첨단적 성해방주의자들이 주장하는 결혼과 분리된 성, 사랑이라는 낭만적 감정과도 분리된 극단적인 쾌락 중심의 성과는 차이가 있다. 그는 성기중심의 국소적 성을 부정했으며, 성의 대화적 측면을 강조하고, 상대방의 인격과 쾌락을 배려할 때에 성적 쾌락도 극대화된다고 보았으며, 성은 결코 이기적인 쾌락 추구가 아니라는 것을 분명히 했다. 그래서 그는 쾌락에도 인간관계

---

11) 김지룡, 266면.

에서 필요한 덕목인 교양이 필요하다고 주장했던 것이다. 성을 성기 중심의 쾌락이라는 단편적인 측면에서 파악하지 않고 총체적으로 삶을 제대로 즐길 수 있는 능력이라고 파악했다는 점에서 그는 다른 성해방주의자들과 변별성을 지닌다고 할 것이다.

5. 나오며

세기말 한국사회를 강타한 성담론의 핵심에 떠올랐던 구성애, 서갑숙, 김지룡 등의 저서를 통해서 현재 우리 사회의 성담론의 위상을 짚어보았다. 구성애의 생명 사랑 쾌락이 일치하는 생명중심의 성교육론, 서갑숙의 정신과 육체가 합일되는 체험으로서의 성, 성의 대화적 성격과 성교육에 있어 자율성을 길러야 한다고 보는 김지룡 등 우리 사회의 성담론은 여러 얼굴을 하고 있다.

그런데 이들의 성담론은 극단적 성해방론으로 치닫고 있지는 않다. 구성애는 성담론의 공론화에 불을 지폈음에도 그 내용은 보수주의적 성격을 띠고 있으며, 김지룡은 성의 대화적 측면을 중시하며, 쾌락에도 파트너를 배려하는 교양이 필요하다는 점을 강조함으로써 극단적 쾌락중심의 성해방론과의 변별성을 나타내고 있다. 서갑숙은 성이 정신과 육체가 합일되는 경험이며, 여성도 성적 쾌락을 추구하는 존재라는 것을 당당하게 밝힘으로써 사회적 센세이션을 불러일으켰다.

오늘날의 변화하는 성문화를 무조건 위기로 파악하고, 모든 성을 생명중심의 성으로 환원시키려는 태도는 현실성이 없으며, 첨단적인 성해방주의자들이 주장하듯 결혼과 분리되고 사랑과도 분리된 극단적 쾌락만능으로 치닫는 성문화 역시 보편적 규범으로 받아들이기에는 바람직하지 않다.

성은 자녀출산, 사랑, 대화, 쾌락 등 다양한 목적을 가진 다목적 행동이라는 것을 이해할 필요가 있다. 따라서 성을 한가지 목적과 의미에만 한정짓고자 할 때 성의 왜곡과 타락은 일어난다.

성은 구성애나 김지룡이 주장하듯 아름다운 것도 아무 것도 아닌 것이 아니라 삶의 한 요소이며, 인간의 다양한 욕망 가운데 한 가지라는 것을 담담히 인정하는 태도가 필요하다. 성은 인간의 기초적 욕망의 하나이지만 배고픔과 같은 욕망과는 다른 차원의 것이다. 왜냐하면 성적 욕망을 실현하기 위해서는 혼자서는 안되며, 살아 숨쉬는 인격을 가진 상대방을 필요로 하기 때문이다. 성은 인간을 떠난 차원에서 추구되는 쾌락이 아니라 너무나 인간적이고 총체적인 인간관계 속에서 추구되어야 할 관계적 욕망이다. 모든 인간관계가 그렇듯이 성을 매개로 한 인간관계에도 상대방의 인격과 욕망에 대한 배려와 책임이 따르지 않을 수 없다. 그리고 여성은 남성의 성적 대상으로, 성적 타자로서 존재하는 것이 아니라 남성과 똑같이 성적 욕망을 추구하는 주체라는 사실을 인정해야 한다. 따라서 성에 남녀차별적인 이중규범을 적용시키는 것은 시대착오적이다.

오늘날 우리 사회의 성적 아노미는 일탈적인 일부 청소년에게 있는 것이 아니라 성을 은폐하려는 억압적이고 위선적인 사회 분위기에 있으며, 현실적이고 솔직한 성교육을 회피하려는 기성세대의 태도에 있다. 그리고 여성이 자신의 성 체험을 공개했다고 해서 불이라도 난 듯 호들갑을 떠는 우리 사회의 차별적이고 미성숙한 분위기가 더욱 문제이다.

사회가 급속도로 변화하고 있다. 성에 대한 가치관도 빠른 템포로 변화하고 있다. 더욱이 현대는 그것이 성적 욕망이든 무엇이든 욕망을 억압하기보다는 실현하려는 욕구가 강렬한 시대이다. 하지만 성적 욕망은 나의 욕망만큼 상대방의 욕망도 똑같이 중요하기 때문에 서로 원하는 관계, 서로 만족스런 관계가 되지 않으면 안된다. 또한 개인간의 욕망의 어긋남을 조정하기 위해서는 성의 윤리와 함께 사회적 규범도 요구된다. 개인은 자신의 성적 욕망을 최대하으로 실현시키고자 하지만 사회는 공동체의 질서유지라는 차원에서 개인의 욕망을 억압한다.

우리 사회는 성이 억압된 사회이다. 이와 함께 성담론에 대한 억압도 공존한다. 하지만 건전하고 민주적인 성문화가 정착되기 위해서는 다양한 성담론이 보다 많은 사람들에 의해서 다양한 형태로 개진되어야 할 것이다. (2000)

우리시대 성담론의 쟁점들

1. 성이란 무엇인가

성을 지칭하는 영어로 sex, gender, sexuality 등 다양한 단어들을 떠올릴 수 있다. 'sex'라 할 때에는 주로 신체구조에 기반한 남녀의 생물학적 성별을 의미하는 개념으로, 'gender'라 할 때는 사회문화적 성을 지칭하는 개념으로 사용한다. 프랑스의 실존주의적 페미니스트인 시몬느 드 보봐르가 "여자로 태어나는 것이 아니라 여자로 길러지는 것이다"라고 했을 때의 여자로 태어나는 것은 생물학적인 sex 개념이며, 여자로 길러진다는 것은 사회문화적 gender 개념으로 이해할 수 있다. 1995년의 북경여성대회에서는 남성과 여성이라는 성별 개념으로 생물학적 개념인 sex가 아니라 사회문화적 개념인 gender를 사용하기로 했다. 이러한 변화는 남성과 여성이라는 개념이 결코 생물학적으로 결정된 것이 아니라 사회문화적으로 그 역할이 규정된 사회과학적 개념이라는 것을 시사해준다. 그리고 'sexuality'는 성교나 성행위와 같은 구체적 성행동을 포함하지만 보다 넓고 다양한 성적 욕망과 실천, 그리고 정체성을 지칭히는 포괄적 의미로, 19C 이후에 만들어진 개념이다. 『페미니즘 이론 사전』에서는 sexuality를 성적 욕망을 창조하고, 조직하고, 표현하고 방향지우는 사회적 과정1)으로 설명하고 있다.

우리말의 성(性)은 sex, gender, sexuality를 변별짓지 않는 포괄적 개념으로 사용되는데, 영어에서도 sex, gender, sexuality는 그 의미가 단일하게 사용되고 있지 않으며, 때로 그 의미들은 서로 혼동되기도 한다. 가령, sex가 단순히 성별 구분을 넘어서서 성교나 성관계를 의미하는 개념으로 사용되기도 하는데, 이 때에 sexuality와 sex의 개념 구분은 모호해진다.

이처럼 성을 단일하고 단순한 개념으로 정의할 수 없다는 것은 그만큼 성이라는 것이 인간 개인의 신체구조와 심리구조, 나아가 사회문화적 규범과 사회조직들과 관련된 복합적 개념이라는 것을 시사해 준다. 또한, '성'은 개인적으로 볼 때에도 육체나 정신 어느 한 면에만 관련된 개념이 아니라 이미 한자(漢字)에서의 '성(性)'이 마음 심(心)을 포함하고 있듯이 성은 마음에서 느껴지고, 몸을 통해서 표현되는 정신과 육체가 결합된 총체적 개념으로 이해해야 될 것이다. 따라서 일부 쾌락만능주의로 치닫는 성 해방론자들이 성을 정신과는 분리된 육체적 본능의 표출로 이해하는 것은 성을 왜곡하고 타락시키는 출발점이라고 하지 않을 수 없다.

성에 관한 이론적 논의는 크게 본질주의와 구성주의의 두 갈래의 큰 흐름을 갖고 지속되어 왔다.2)

---

1) Maggie Humm, 심정순·염경숙 역, 페미니즘 이론 사전(삼신각, 1995), 152면.
2) 성에 관한 이론적 논의 및 페미니즘에서의 성담론은 송명희의 『페미니즘과 우리시대의 성담론』(새미, 1998)에서 인용하였음.

성에 있어서 본질주의는 인간의 성을 생물학적 본능이나 생물학적 차이에 기반한 문화독립적이고 객관적이며 내재적이고 고정불변의 것으로 인식하여 성을 과학적 탐구대상으로 파악한다. 성 본질주의자들은 주로 의사나 생물학자들로, 이들은 호르몬이나 생식기능의 차이, 유전자 등의 생물학적 요소, 인간의 정신 및 심리구조에 대한 과학적 탐구를 통해 성에 관한 정보를 밝히려 하며, 성을 인간의 내재적 본능 및 본질로 파악한 결과 사회, 역사, 문화 등과 분리된 초사회적, 초역사적, 초객관적 사실로 취급하며, 남녀의 성에 성차를 인정할 뿐만 아니라 이성애를 규범으로 인식하는 특징을 가진다. 그리고 인류문명의 역사는 인간의 성본능을 통제하기 위한 금기와 규제 체계를 발달시켰음을 강조하게 된다.

반면에 구성주의는 성과 사회와의 연관성을 주장하며, 성은 인간에 내재하는 본질적 속성이 아니라 개인과 사회의 상호작용을 통해 구성되는 것으로 파악한다. 따라서 성 구성주의자들에게 성은 문화의존적이며, 관계적이며, 비객관적인 자질로 인식된다. 인간의 성적 정체성, 성적 욕망, 성적 관행들은 고정된 본질이나 본능에 의해 좌우되는 것이 아니라 사회문화적 관계망 속에 어떻게 놓여지느냐에 따라 구성되는 다양성과 특수성을 가진 것으로 파악한다. 특히, 푸코(Foucault)는 성적 정체성, 성적 욕망, 성적 관행과 실천을 가치중립적인 과학의 영역이 아니라 사회세력들이 각축을 벌이면서 구성되는 정치의 장으로 개념화한다. 푸코는 모든 언술(discourse)이 사회적 권력 행위와 연결되어 있듯이 성담론(sexual discourse)에 있어 남성들의 독점적 언술 역시 남성과 여성 사이의 권력관계와 무관하지 않다고 했다.

사실 성은 본질주의자들의 주장이나 구성주의자들의 주장 어느 한 편에서만 파악할 때는 온전히 그 모습이 드러나지 않는다. 성은 본질주의자들이 주장하듯 인간의 자연적이고 생물학적 본능으로부터 출발한다. 하지만 인간의 성적 본능에도 이미 개인을 넘어서는 사회적 문화적 역사적 무게가 작용하고 있음은 말할 나위가 없다. 개인간에 나누는 사적 행위인 성교가 여성에게는 임신과 출산, 육아라는 일련의 과정을 수반하게 되고, 이것은 결혼이란 공적 사회제도와 연결된다. 또한, 남녀간의 사랑과 대화의 표현인 성적 결합은 개인을 넘어서는 종족보존 본능을 통해 인류를 존속시키는 원동력으로 작용하는가 하면 사회적 노동력 창출의 원천이 된다. 또한, 성적 욕망은 개인적 욕망의 표현이지만 파트너가 필요한 관계적 욕망이기 때문에 여기서 사회적 성윤리의 문제가 발생하게 된다. 현대 자본주의 사회에서 성은 개인간의 사랑과 신뢰를 통해서 서로 허용하고 공유하는 관계가 아니라 돈으로 거래 가능한 상품으로 전락되기도 한다. 성의 상품화는 성을 타락시키며, 상품화의 대상인 여성을 성적 객체요, 대상으로 타자화 비인간화시키게 된다. 때로, 성은 상대방의 성적 자기결정권을 침해하여 폭력적으로 소유함으로써 성폭력의 사회문제를 발생시키기도 한다. 또한, 직장에서는 고용여부나 근무조건을 담보로 한 성희롱이 사회적 약자인 여성들을 괴롭히기도 한다. 이처럼 성은 다양한 얼굴을 하고 있으며, 개인적 사회적 관계망 속에 위치하고 있다.

페미니즘에서 성담론은 당연히 구성주의의 영향을 받고 있다. 왜냐하면, 성적 정체성과 성적 실천들이 자연에 의해 고정된 것이 아니라 사회문화적으로 구성된다고 볼 때에만 비로소 여성해방을 위한 저항과 변화의 가능성을 찾을 수 있기 때문이다. 즉, 남성의 성이 성의 규범이 되는 것에 반대하며, 성의 영역에서도 젠더 불평등과 권력관계가 작용되는 것으로 파악한다. 그리고 여성에 대한 사회적 불평등은 가부장제를 통하여 여성을 성적으로 통제하고 지배해 왔다고 본다. 이처럼 성을 비객관적이고 문화의존적인 것으로 파악할 때에 여성의 억압과 차별을 불식하고, 평등한 성적 관계를 수립할 수 있는 것이다. 하지만 성자유주의자 루빈(Rubin)은 젠더 억압을 곧바로 섹슈얼리티의 억압으로 동일시하는 것은 한계가 있다며 젠더와 섹슈얼리티를 구분해야 한다고 주장하기도 한다.

현대는 성해방의 물결에 휩쓸리고 있고, 전통적으로 유교적 규범이 강하게 지배해온 한국사회에서도 1990년대 이래 성해방은 급류를 타고 각종의 혁신적 성담론이 다양한 관점에서 제기되고 있다. 성해방주의에는 보수주의, 자유주의, 전통적 마르크스주의, 사회주의, 급진주의 등 다양한 이론적 관점이 있다.

보수주의는 남녀의 생물학적 결정론을 토대로 하여 남성의 성적 능동성과 여성의 수동성을 바탕으로 한 이성애와 생식중심, 성기중심, 나아가 남성중심의 쾌락을 정상적인 것으로 간주하며, 성의 자유화, 레즈비언니즘, 호모섹스를 비정상적이고 불건강한 것으로 거부한다. 자유주의는 양성의 권리는 자기표현과 자기충족에 있음을 강조한다. 이들은 섹스가 개인의 사생활로서 사회적 규범에 종속되어서는 안된다는 입장을 취하며 성적 욕구는 개인적 관심사로서 그것이 타인에게 피해를 주지 않는 한 어떤 방식으로 성적 충족을 추구한다고 하더라도 사회적으로 이를 간섭할 권리가 없다고 주장한다. 이들은 레즈비어니즘이나 호모섹스에 대해서 관용적 입장을 취하며, 다양한 실험을 통한 개인적 충족, 양성의 역할에 구애됨이 없는 쾌락추구의 균등한 기회를 강조한다. 전통적 마르크스주의는 엥겔스가 주장했듯이 성적 관계가 상호충족적이고 비착취적인 것으로 정의되기 위해서는 권력 및 부의 격차가 사라져야 한다고 주장한다. 사회주의에서는 권력과 부의 격차뿐만 아니라 전통적 성정체성을 초월하는 양성론적인 새로운 성정체성을 요구한다. 급진주의에서는 성적 파트너 선택이 중요한 정치적 이슈로 등장하며, 이들은 남성과의 종속적인 이성애가 얼마나 억압적인가를 밝힌다. 그리고 동성애를 이상적인 대안으로 제시한다.

이처럼 성해방 이론은 각기 다른 이론체계를 가지고 성적 억압을 설명하고, 이로부터 벗어나기 위한 대안을 제시하고 있지만 이를 현실에서 그대로 수용하기에는 나름대로의 문제점과 한계를 안고 있는 것이 사실이다. 가령, 보수주의자들의 생물학적 결정론을 토대로 한 성차별적이고 남성중심적인 이론, 자유주의 속에 규정된 다원주의적 성적 쾌락의 추구가 여성에 대한 다양한 성적 착취를 확대할 가능성, 마르크스주의가 보여주는 계급 문제와 성문제의 동일시, 가부장제의 와해 전략을 동성애로 내세우는 급진주의의 문제점 등 다양하다.

2. 세기말 한국사회의 성담론

세기말 한국사회의 성담론을 이끌어온 사람은 마광수, 김진만, 서동진, 양창순, 구성애, 서갑숙, 김지룡 등이다. 성담론의 핵심에 정신과 의사 양창순, 성교육가 구성애, 탤런트 서갑숙 등 여성들이 위치하여 있다는 것은 이제껏 성담론이 남성들에 의해서 독점되어 왔다는 사실에 비추어 볼 때에 일단은 바람직한 현상으로 받아들일 수 있다. 하지만 이들이 진정 여성의 주체적 입장에서 여성의 목소리로 여성들이 겪는 성의 다양성과 복잡성, 그리고 가부장제 사회에서 여성의 성적 종속과 차이의 문제들을 충분하게 설명해 냈는가 하는 것은 별도의 평가가 요구된다.

본 항에서는 성 사랑 결혼의 문제, 성교육, 동성애, 성폭력과 성희롱, 성의 상품화 등의 성담론의 몇 가지 쟁점별로 세기말 한국사회의 성담론이 어떻게 개진되어 왔는가를 살펴보기로 한다.

1) 사랑과 성, 그리고 결혼의 관계

1998년 말부터 MBC TV의 공중파를 타고 전국적으로 성교육의 필요성을 제기한 구성애는 우리 사회의 성문화가 성폭력, 성범죄, 성적 타락이 만연된 위기에 처해 있다고 진단하며, 성을 생명, 사랑, 쾌락의 삼요소의 조화를 통해서 건강하고 아름다운 성문화를 정립해야 한다고 주장하는 보수주의 성담론을 제기했다. 그녀에게 생명, 사랑, 쾌락의 조화는 '온전한 성', "아름다운 성'의 필요충분조건이며, 타락된 성인지 아닌지를 판가름하는 기준이 된다.

> 성행위에 담겨야 할 온전한 성의 내용으로 크게 세 가지가 있다. 생명 사랑 쾌락이다.
> 이 3요소는 살아 있는 남성과 여성이 관계를 맺을 때 만들어지는 내용인데, 하루 아침에 생긴 게 아니라 긴 인류의 역사 속에서 만들어져 온 것이다.
> 처음에 생명이, 다음에, 사랑과 쾌락이 서로를 부추기며 만들어졌다.
> 그러나 이 3요소는 항상 있어오면서도 균형 있고 조화롭게 있지 못한 것 같다.
> 생명이 강조되면 사랑과 쾌락이 무시되고 쾌락이 강조되면 사랑과 생명이 빛을 잃었다.
> 생명 사랑 쾌락이 조화롭게 연관되어 있을 때라야 성은 온전한 성이 된다.[3]

구성애는 생명, 사랑, 쾌락의 3요소의 조화를 말하지만 세 요소가 동일한 위상으로 자리매김 되고 있는 것은 아니다. 그녀는 그 중에서

---

3) 구성애, 구성애의 성교육(도서출판 석탑, 1995), 41-42면.

도 생명이라는 요소를 가장 중요시한다. 그리고 그 뒤에 맞물려 나오는 것이 사랑이고, 그 다음이 쾌락이다. 그녀는 생명은 성개념의 기본이며, 생명이 있어야 떳떳한 것이라고 주장한다. 그녀가 막대한 영향력을 가진 TV매체를 통해서 공개적으로 성을 말할 수 있는 것도 그녀의 성담론이 생명을 중심으로 한 것이기 때문이다. 그녀는 "진정한 쾌락은 생명과 사랑이 담겨져야 가능하고, 사랑은 생명의 문제가 원만하고 즐거울 때 깊어진다. 깊은 사랑과 즐거운 관계로 만들어진 생명은 더없이 소중하고 든든하다. 서로가 조화를 이루고 있다"4)고 하였다. 그리고 만약에 생명, 사랑, 쾌락의 3요소가 조화롭지 못하다면 그것은 변태로까지 규정된다. 구성애가 주장하듯 생명 사랑 쾌락이 조화되기 위해서는 성은 사랑과 일치하며, 반드시 결혼이라는 사회제도내에 존재해야 한다. 이것은 이성애와 결혼, 그리고 생식중심의 성이며, 여성에게 생명생산이라는 모성의 역할을 강조하고, 가부장적 가족과 그 이데올로기에 순응시키는 보수주의적이고 성차별적이며 본질주의적인 성담론이라고 하지 않을 수 없다.

구성애의 성담론은 김지룡에 의해서 "성과 사랑과 결혼이 일치해야 한다는 것은 아름다운 얘기처럼 들린다. 하지만 결국에는 가부장제 이데올로기에서 한 치도 벗어나지 않는다. 구성애 씨의 주장은 남성중심사회의 가치관을 반복하고 있을 뿐이다."5)라고 비판되고 있다.

마광수나 김진만 등의 성해방주의자들은 구성애와는 상반되게 성을 결혼과 분리된 것으로, 또한 사랑이라는 낭만적 감정과도 분리된 것으로 인식한다. 마광수는 『성애론』에서 성기중심의 성, 생식중심의 성적 집착에 반기를 들며, 결혼과는 분리된 에로틱한 쾌감중심의 육체주의적 성을 주장한다. 그리고 결혼이라는 제도로부터 벗어나 성의

---

4) 구성애, 45면.
5) 김지룡, 나는 솔직하게 살고 싶다(명진출판, 1999), 256면.

자유를 구가하는 '야한 여자 사라'와 그 파트너인 교수를 창조하여 놓은 것이 음란물로 분류된 『즐거운 사라』란 소설이다.

김진만은 『섹스마인드』에서 결혼이라는 부자유하고 불평등한 억압적 관습과 제도로부터 자유로운 성을 말했을 뿐만 아니라 사랑이라는 낭만적 감정과도 분리된 성을 주장한다. 그는 성이 결혼이라는 사회제도, 그리고 여성에게 불평등하고 억압적인 일부일처제의 결혼을 유지시키기 위한 자본주의와 가부장제가 결합한 각본인 낭만적 사랑과도 분리되어야 할 것으로 인식한다. 그에게 중요한 것은 국가의 강제적인 권력과 결혼이라는 사회제도, 또는 이를 유지시키기 위한 허위의식인 낭만적 사랑의 이데올로기가 아니라 성의 자율적 감정표현과 의사결정인 개인의 마인드다.[6]

성을 사랑이라는 감정 또는 결혼과 분리시켜 성 그 자체의 순수성과 쾌락지상을 추구하는 자유주의자들의 견해가 있는가 하면 성 사랑 결혼의 분리는 성문화의 타락과 위기를 불러올 뿐이라는 보수주의자들의 견해가 사회의 질서유지의 차원에서 엄존한다. 또한, 성이 결혼과 반드시 일치할 필요는 없지만 사랑이라는 정신주의적 요소와 결합할 때에 아름다울 수 있으며, 완전한 만족에 도달할 수 있다고 보는 정신과 의사 양창순의 견해[7] 등이 세기말 한국사회에서 대립하고 있다. 이 가운데 탤런트 서갑숙은 자신의 체험적 성담론을 통해서 육체와 정신이 합일되는 사랑을 고백함으로써 세기말 성담론은 한층 흥미로운 사회적 관심거리로 등장했다.

성과 사랑, 그리고 결혼을 일치시키는 성관계는 이상적일지 모른다. 하지만 현대사회는 갈수록 복잡다기한 인간관계로 얽히고설켜 돌아가고 있으며, 인간의 감정 역시 복잡미묘하고 변화무쌍하다. 사

---

6) 송명희 외, 페미니즘과 우리시대의 성담론, 24-32면 참조.
7) 송명희, 19-22면.

랑과 신뢰로 시작된 남녀관계도 시간이 흐름에 따라 변화할 수 있고, 사회적 제도로 굳어진 결혼이 인간의 감정까지 통일시켜 주지 않는다는 사실을 많은 사람들은 경험하고 있다. 또한, 언제 어디서 어떤 사람과의 만남이 진정한 사랑을 꽃피우게 만들지 예측할 수 없으며, 특히, 사랑이라는 정열적 감정이 언제 어떤 모습으로 다가올지 알 수 없다. 이것이 현대를 살아가는 우리들의 삶의 불확실성이다. 성과 사랑, 그리고 결혼의 일치는 사회적 질서 유지와 숭고한 도덕률의 구현일지 모르지만 때로 개인적 삶의 행복을 제한하는 억압으로 작용할 수도 있는 것이다. 그렇다고 해서 성적 욕망이 철저히 개인중심적 욕망이 될 수 없다는 것은 새삼 말할 필요가 없다. 성적 욕망은 개인적 욕망이지만 파트너가 필요한 욕망이며, 성관계도 인간관계의 일종이므로 자신의 욕망뿐만 아니라 상대방의 욕망이 똑같이 존중되어야 한다. 또한, 다른 인간관계와 마찬가지로 상대방을 배려하고 서로 신뢰할 수 있는 성숙한 관계 속에서 진정한 사랑은 꽃 피워질 수 있다. 그리고 성과 사랑은 사적 욕망과 감정의 문제를 떠나 사회적 제도인 결혼과 연결되고, 결혼이란 사회제도는 사회적 단위로서의 가족이라는 구성체를 만들어낸다. 가족이란 공동체는 부부가 자녀를 낳아 기르는 사회화의 기능을 담당하고 있으므로 부부간의 사랑의 감정이 식었다고 해서 이혼으로 직행하는 것은 가족 해체에 따른 수많은 사회적 문제를 야기하게 된다.

인생이 복잡다기한 만큼 성과 사랑, 그리고 결혼의 일치라는 과제 역시 한 마디로 규정할 수 없는 복잡성을 띠고 있다. 이 문제에 어떤 가치를 갖고 접근하고, 어떻게 행동할 것인가를 획일적으로 규정지을 수는 없다. 결국 이는 각자가 판단하고 행동할 인생관의 문제라고 할 수 있다.

2) 성교육

1986년 9월호의 플레이보이지는 그 달 최고의 미인으로 레베카 암스트롱을 선정했다. 하지만 커리어우먼으로 화려한 미래를 꿈꾸었던 그녀의 꿈은 산산조각이 나고 말았다. 왜냐하면 자신이 열여섯살 때 아무런 준비 없이 한 섹스가 원인이 되어 에이즈에 걸렸다는 사실을 알게 되었기 때문이다.8) 레베카 암스트롱처럼 아무런 준비 없이, 또한 그 어떠한 가치관도 갖지 않은 채 성경험을 하는 청소년들이 늘고 있다. 특히, 요즘처럼 십대의 소녀들이 용돈을 벌 목적으로 아무런 의식 없이 원조교제에 뛰어드는 상황은 성교육의 부재가 엄청난 성적 아노미를 불러오고 있다고 하지 않을 수 없다.

과거에 성은 나이가 들면 저절로 알게 되는 것이므로 성교육이 필요 없다는 시각이 존재했고, 한편에서는 성교육의 대상을 여성으로 한정하여 순결 이데올로기를 주입시키는 차원의 순결교육이 존재했다.

오늘날은 대부분의 성해방주의자들이나 보수주의자들마저 성교육이 반드시 필요하다는 데 동의한다. 마광수는 생물학적 성교육에 그친 과거의 성교육을 비판하고, 성교육의 개방을 주장한다. 즉, 구체적인 피임이나 성희방법을 가르쳐야 하고, 성행위의 광경이나 성적 공상의 내용을 시청각 교재를 통해 공개해야 한다는 것이다.9) 마광수가 주장하는 성교육의 목표는 올바른 성의식을 확립하기 위한 데 있지 않고, 성적 쾌락의 증대에 있다.

요즘은 성교육이 금기와 통제의 차원에서 이루어지기보다는 성에 대한 긍정적 사고를 심어주는 방향에서 이루어져야 한다는 주장이 일반화되어 있다. 김정일은 맹목적 억압인 아닌 차원에서의 성교육의

---

8) 동아일보, 2000년 3월 14일자 A25면.
9) 송명희, 27면.

필요성을 제기하는가 하면 김진만과 김지룡은 분리, 격리, 통제의 교육이 아니라 스스로 성에 대해 책임감과 자율성과 상대방을 배려하는 교양을 길러주는 적극적인 교육이 필요하다고 주장한다. 마광수가 무조건적 프리섹스와 쾌락의 증대를 위한 성교육을 주장한 데 비하여 김진만과 김지룡은 성을 국가권력과 사회적 규범의 억압으로부터는 해방시키되 개인 각자가 스스로 책임감을 갖고 통제해 나가야 할 것으로 보았으며, 이를 훈련시키는 것이 성교육의 목표라고 했다는 점에서는 차이를 나타낸다.

하지만 구성애의 경우는 성해방주의자들과는 다른 관점, 즉 타락된 성문화를 바로잡기 위한 도덕적 윤리적 차원에서 성교육의 필요성을 제기했다. 그녀의 성담론은 성과 사랑을 결혼제도내에서만 인정하는 우리 사회의 규범을 철저히 따르고 있으며, 이 점에서 보수적인 기성세대의 동의를 얻어낼 수 있었다. 하지만 구성애의 성교육은 성해방을 추구하는 신세대의 가치관과는 엄연한 거리가 존재하는 것이 사실이며, 그러한 보수주의적인 성담론으로 오늘날의 성문화의 위기에 대처하기에는 현실성이 없어 보인다.

오늘의 성교육은 더 이상 성에 대한 부정적 관념을 심어준다거나 성차별적인 순결교육에 토대를 둔 것이어서는 안된다. 성교육은 생물학적으로 남녀의 몸을 객관적으로 이해할 수 있도록 해야 하며, 성적 욕망과 충동을 스스로 책임지고 통제할 수 있는 지혜를 기르는 자율성 훈련의 교육이 되어야 한다. 자녀출산, 사랑과 대화, 쾌락 등 다목적적 기능을 가진 성은 자기중심적 욕망이 아니라 상호충족적 욕망이기 때문에 상대방에 대한 배려의 태도와 윤리도덕적 차원에서의 교육도 이루어져야 한다. 상대방의 욕구를 고려하지 않는 일방적 성충동은 때로 성폭력이란 사회적 범죄의 형태로 나타나며, 그것이 상대방의 일생에 씻을 수 없는 상처로 남을 수 있다는 것을 충분하게 가르쳐야 한다. 그리고 성교육은 연령적으로 다르게 구성되어야 하는데, 성인기에 가까워진 청소년기의 경우에는 성교육의 내용 속에 생물학적 해부학적 교육이나 윤리도덕적 교육 이외에 성행위의 방법, 성병, 피임과 같은 구체적 내용이 포함되어져야 할 것이다. 뿐만 아니라 가부장제 문화 속에서 남성과 여성의 성이 '차이'를 넘어서서 어떤 '차별'을 지닌 사회적 구성물로 규정되었는가를 비판하고, 주체적이고 평등한 성관계가 이루어질 수 있도록 페미니스트적 관점이 확보되어야 할 것이다.

3) 동성애

급진주의 성해방론의 가장 중요한 정치적 과제는 성적 파트너가 누구이냐의 문제이다. 즉, 레즈비언 페미니스트들은 남성과의 종속적인 이성애가 얼마나 억압적인가를 비판하면서 동성애를 이상적 대안으로 제시한다. 아드리안 리치(Adriean Rich)는 레즈비어니즘이 이성애에 대한 급진적인 해방전략이라고 주장하는가 하면 프라이(M. Frye)는 가부장제 와해의 절대적인 전략이 레즈비어니즘이라고 하는 것은 절망적인 결정론이라고 비판하며, 이성애를 거부할 수 있는 권리가 있다면 이성애를 선택할 수 있는 권리 또한 있다고 주장한다.

퀴어이론(Queer theory)에서는 후기구조주의와 포스트모더니즘의 관점을 수용하면서 동성애의 역사적 형성, 동성애제도와 이성애제도의 역사적 구성간의 관계를 다루며, 성이 사회적으로 구성되어질 뿐만 아니라 성의 영역에 작용하는 본질주의적 개념과 범주들을 해체하고 기존의 성담론을 전복시키고자 한다.

최근 우리나라의 성담론을 이끄는 성해방론자들은 동성애를 일종의 성적 지향(sexual orientation) 내지는 성향의 문제로 받아들인다. 김진만은 동성애를 일종의 성적 지향 내지 취향으로 파악하는 성자유주의 또는 성적 다원주의의 입장을 취하며, 동성애 가족도 당당하게 이루어진 가족의 한 형태로 인정해야 할 것을 주장하는 진보적 입장을 나타낸다10). 양창순은 『표현하는 여자가 아름답다』에서 과거에는 모든 동성애를 정신질환으로 간주했지만 지금은 이를 질환의 한 형태로 받아들이는 것이 아니라 다양한 삶의 한 형태로 받아들인다고 하여 현대의 정신의학에서 더 이상 동성애를 질병으로 간주하고 있지 않음을 보여준다. 뉴질랜드나 북구의 일부 나라에서 동성애에 대한 사회적 차별을 금지하고, 법률이 동성애 가족을 가족의 한 형태로 인정하고 있는데 비하여 미국(일부 주 제외)이나 우리나라, 그밖의 많은 나라에서 동성애는 아직도 사회적 차별과 질시의 대상이 되고 있다.

이러한 사회적 상황에서 스스로 자신을 동성애자라고 용기 있게 밝힌 소장 사회학자 서동진은 『누가 성정치학을 두려워하랴』에서 동성애를 핵심적 담론으로 한 글쓰기를 하고 있다. 그는 이성애적 성, 성인의 성, 생식중심의 성만이 보편적이고 나머지의 성은 모두 병리적, 신경증적, 변태적, 퇴폐적, 범죄적 성이라고 규정한 기존의 본질주의적 성관념에 도전한다. 그는 근대 자본주의의 탄생이 이성애를 보편화하면서 생식중심의 성만을 목표로 삼는 대신에 동성애를 병리화 심리화하게 되었고, 이에 정신분석, 성생물학, 의학과 같은 성과학이 동원되었다고 비판한다. 그는 동성애가 오이디푸스 콤플렉스의 좌절과 유아적 성단계에서의 고착, 유전자적 기형이라는 식의 담론들은 모두 가족주의와 성차별주의를 양축으로 하는 이성애적 담론의 산물일 뿐이라고 비판한다. 그는 남성동성애자인 게이에게는 남성성에도 여성성에도 전일적으로 귀속시킬 수 없는 제3의 정체성이 필요하다고 주장한다. 그는 게이해방운동을 위해서 이성애적 남성성에 강제적

---

10) 송명희, 30면.

으로 예속되고 착취당하는 이성애 남성과의 연대, 또는 성차별주의와 이성애주의로부터 억압당한다는 점에서 공통점이 있는 여성해방운동과의 연대를 주장한다.[11]

이성애냐 동성애냐를 단순히 개인의 성적 지향과 취향의 문제로 바라보는 것은 성자유주의자들의 관점이다. 하지만 레즈비언 페미니스트나 남성동성애주의자들은 이성애를 억압적인 정치제도의 일종으로 파악한다. 이들은 남성지배적 이성애의 권력을 벗어나 성적 민주화를 획득할 수 있는 길이 동성애라는 주장을 하게 된다. 아무튼 동성애주의적 성담론은 자연적 본질로 받아들였던 이성애의 권력체계를 이해할 수 있는 시각을 제공했으며, 성에 작용하는 제반 사회적 권력관계를 파악할 수 있도록 해주었다.

현대는 다원주의의 시대이다. 1995년의 북경여성대회에서도 가족의 한 유형으로 동성애 가족을 안정하지는 않았지만 동성애를 일종의 성적 취향과 지향의 문제라고 규정지었다. 이성애를 선택하느냐 동성애를 선택하느냐는 어디까지나 개인적 취향과 선호의 문제일지 모르지만 급진주의 페미니스트나 남성 동성애자들에게 그것은 일종의 정치적 전략이다.

그런데 아직 사회적 차별과 질시 속에 놓여진 동성애자들이 받고 있는 사회적 차별과 억압을 벗어나기 위해서는 서동진이 주장하듯 억압적인 이성애제도에서 신음하고 있는 남성과 페미니스트들과의 연대 및 제휴가 필요할지 모른다. 그렇지만 이성애 제도에 속해 있는 다수의 남성들이나 레즈비언 페미니즘에 대해서는 무관심한 우리나라의 페미니스트들이 여기에 동조할 의사는 전혀 없어 보인다. 몇 년 전 남성간의 동성애를 다룬 영화 <부에노스아이레스>가 한 때 상영금지처분을 받았던 데 비해 1999년 말의 드라마 <슬픈 유혹>은 텔레

---

11) 송명희, 32-34면.

비전을 통해서 방영되었다. 전자가 주로 동성애를 행위적 측면에서 다루었다면 후자는 성취지향의 현대 자본주의 사회가 남성에게 얼마나 억압적이며, 이를 인간적으로 이해하고 감쌀 수 있는 것도 남성이라는 차원에서 동성애에 대한 사회적 공감을 이끌어 낸 바 있다. 우리나라에서 동성애가 차별과 질시를 받지 않기 위해서 가야 할 길은 아직 멀다.

4) 성폭력과 성희롱

성폭력(sexual violence)과 성희롱(sexual harassment)에 대한 관심의 제고는 급진주의 페미니즘의 대두라는 맥락에서 설명될 수 있다. 케이트 밀레트나 슐라미스 파이어스톤과 같은 초기의 급진주의 페미니스트들은 여성의 억압과 불평등을 생물학적 성적 차별에서 발견하며, 자본주의와 같은 사회제도에 대항하는 혁명뿐만 아니라 자연에 대항하는 혁명이 필요하다고 역설했다. 급진주의 페미니스트들은 피임과 낙태, 강간, 포르노그라피, 성폭행 등에 대한 이론적 검증과 실천운동을 전개해 왔다. 어떤 의미에서 페미니즘은 18, 9세기의 자유주의 속에 규정된 정치적 권리, 19, 20세기의 사회주의 이론 속에 규정된 경제적 권리에 이어, 20세기에는 성해방 이론에 규정된 성적 권리를 추구하는[12] 단계를 밟고 있다고 할 수 있다. 한국에서는 80년대 후반 이후 90년대를 전환점으로 하여 본격적으로 급진주의 페미니즘의 파고를 타고 있다. 여성계의 노력에 의해 1994년 4월부터 <성폭력특별법>이 시행되기 시작했고, 유죄, 무죄, 대법원에서의 유죄 확정 판결까지 수년을 끈 서울대 우조교 사건은 우리나라에서는 처음으로 <성희롱>

---

12) 헤스터 아이젠슈타인, 한정자 역, 현대여성해방사상(이대출판부, 1986), 282면.

에 대한 사회적 관심을 촉발시켰고, 법적 처벌의 근거를 제공했다.

성폭력은 성차별적인 사회구조와 남성우월적인 이데올로기 속에서 발생하는 성을 매개로 빚어지는 유형 무형의 폭력을 총칭하는 개념으로 협의의 성폭력과 가정폭력까지를 포함한다. 협의의 성폭력은 강간, 강제추행, 인신매매, 음란물 제조 판매, 성적 희롱, 음란행위, 성기노출 등의 범주를 포함하며, 가정폭력은 남편이 아내나 자녀를 학대 구타하는 행위를 지칭한다. 반면에 성희롱은 우조교의 판례에서 "직장내에서 근로자에 대한 지휘명령권 인사권을 가지거나 실질적인 영향력을 가진 자가 근로자의 의사에 반해 성과 관련된 언동으로 성적 굴욕감을 느끼게 하거나 성적 접근을 거부할 때 고용여부나 근로조건에 불이익을 주는 것"이라고 고용조건상의 문제로 해석했다.

성폭력은 '정조에 관한 죄'가 아니라 '성적 자기결정권에 대한 침해죄'이며, 인간의 성에 대한 폭력행사이고, 인간의 자율성과 존엄성을 침해하는 인권에 대한 범죄이다. 특히, 강간의 경우에 '저항할 수 없을 정도의 폭행과 협박'에 범죄 성립의 기준을 두어서는 안되며, 자유의사에 동의하지 않는 모든 강제적 성을 포함시켜야 한다. 그리고 여성계에서 요구하듯 친고죄의 완전한 폐지, 피해자 보호강화, 부부간의 강간 인정 등 성폭력 근절과 여성의 인권보호를 위한 후속의 법률제정이 요구되고 있다. 하지만 성폭력과 성희롱에 대한 근절방안은 법률적 처벌만으로는 충분하지 않다. 남녀간의 불평등한 권력관계를 구축하는 정치적 경제적 불균형, 가부장적 사회구조, 폭력적이고 공격적인 남성문화, 왜곡된 성문화에 대한 개혁 등 다각적인 접근을 통한 근절대책이 수립되어야 한다.

과거 김부남 사건(어렸을 적에 동네 구멍가게 아저씨에게 당한 성폭행이 평생의 상처로 남아 20년이 지난 후에 가해자를 찾아 살인을 한 사건)에서 보듯이 성폭력의 후유증은 예상 외로 심각하다. 성폭력은 정서적으로 남성에 대한 혐오감, 공포, 불안을 야기할 뿐만 아니라 자신에 대한 혐오감, 열등감, 수치심, 죄책감에 시달리게 만들며, 매사에 분노와 짜증, 의욕상실, 무기력, 공격성과 같은 행동장애를 낳기도 한다. 신체적으로는 불면증, 수면장애, 식욕상실, 강박적으로 자주 씻기, 성병감염, 임신 등의 후유증을 남기고, 학생의 경우에는 학습장애, 집중력상실, 무단결석과 가출, 자살 등 성폭력의 후유증은 오랜 동안 지속되며, 광범하고 치명적인 상처를 남긴다. 또한, 성폭력은 피해를 당한 개인뿐만 아니라 그 가족에게도 엄청난 피해를 입힌다.13) 나아가 성폭력은 성폭력을 당한 당사자뿐만 아니라 모든 여성들에게 잠재적으로 성폭력에 대한 불안감을 심어주어 여성을 통제하고 특정 남성에게 의존하도록 만들고 있다.

성은 공격적이고 지배적인 남성이 여성을 대상으로 삼는 남성중심의 욕망이 아니라 대등한 두 주체의 상호허용과 충족을 통해서 공유해야 할 것이다. 또한, 강제적인 폭력으로 소유해야 할 것도, 원하지 않는 성적 접근으로 추근대야 할 성질의 것도 아니다. 어려서부터 성교육에 여성학적 시각을 포함시켜 성에 대한 올바른 시각과 태도를 심어주는 일이 필요하다.

그런데 성폭력은 어디까지나 여성운동가를 비롯하여 여성들의 관심사일 뿐 남성 성해방주의자들은 성폭력을 그들의 담론 속에서 취급하지 않는다. 이는 우리나라에서 성폭력의 구체적 피해자가 여성과 아동이며, 남성들은 이로부터 벗어나 있다는 현실을 반영하는 것이라고 할 수 있다.

---

13) 부산여성사회교육원 지역여성학강의 집필팀, 지역여성학강의(자유인공동체, 1996), 159면.

5) 성의 상품화

매춘이 가장 오래된 여성의 직업으로 간주될 정도로 매춘의 역사는 길다. 하지만 현대와 같은 다양한 향락산업, 풍속산업의 발전을 초래한 것은 자본주의의 경제체제의 발달과 관련된다. 20세기 후반의 대중매체와 사이버매체의 발전은 상품의 광고 및 소비전략에 큰 변화를 초래했으며, 이윤증대 및 자본증식에 성을 최대한으로 상품화하고 있다. 성의 상품화란 인간의 성을 매개로 이윤을 추구하는 것으로 정의할 수 있다. 따라서 성 그 자체 또는 성과 관련된 것을 판매하거나 상품에 성적 이미지를 부여함으로써 판매를 촉진하는 행위 모두가 포함된다. 성상품화의 가장 직접적이고 대표적인 예는 매매춘과 윤락이다. 현대에 와서 매매춘은 대중매체와 사이버매체를 이용하여 다양한 방식으로 성을 거래가능한 소비상품으로 전락시키고 있다. 『나는 솔직하게 살고 싶다』에서 김지룡이 일본의 음성사서함에서 삼백만 원이라는 거금을 날렸다고 고백했듯이 전화나 컴퓨터를 통한 매춘은 단속이 불가능할 정도로 다양한 방식의 거래를 가능하게 만들며, 매체의 익명성 때문에 더욱 선호되고 있다. 더욱이 전화나 컴퓨터의 급속한 보급은 나이 어린 소녀들까지도 용돈을 벌기 위한 수단으로 성을 거래하는 원조교제를 사회적으로 유행하게 만들고 있다.

이러한 성의 상품화는 자본주의의 산물이지만 우리 시대의 성해방주의자들도 이에 일조를 했다고 볼 수 있다. 그들은 사랑이라는 감정과 결혼이라는 강제적인 사회제도로부터 벗어난 오락과 쾌락의 도구로서 성을 강조하고, 일체의 억압으로부터의 해방을 추구하기 때문이다. 가령, 마광수의 소설 『즐거운 사라』에서 여대생 '사라'는 생존을 위해서가 아니라 그저 쾌락 추구를 위해서 호스티스를 자청하는 왜곡된 길을 걸으며, 작가는 이를 가장 현대적인 여성상으로 왜곡 묘사한다. 또한, 수많은 일탈적 성행동이 쾌락을 극대화시키는 수단으로 당연시되기도 한다.

하지만 성의 상품화는 향락적 성문화를 바로잡는다는 도덕주의적 차원에서만 해결될 수 있는 문제는 아닐 것이다. 즉, 여성과 남성이 균등하게 일할 수 있는 권리와 기회를 누릴 수 있으며, 경제적 측면에서 여성의 열등한 지위가 사라질 때에 여성을 거래 가능한 성적 대상으로 비하시키는 성의 상품화가 사라질 수 있을 것이다. 특히, 성상품화에 동원되는 계층은 사회경제적 약자층인 하층의 여성들과 미성년자들이며, 국제적으로는 제3 세계의 여성이 매춘에 동원되고 있는 사실에 비추어 볼 때에 성의 상품화는 성차별적인 가부장제의 변화와 함께 자본주의 구조의 변화, 또는 국가간의 권력관계가 사라지는 혁명이 이루어져야 한다.

성상품화는 모든 여성을 인격적 주체로서가 아니라 사물이나 성적 이미지로, 나아가 하나의 성적 대상으로 취급하여 여성을 상품가치로 비하시킨다. 또한, 대중매체를 통한 성상품화는 여성들로 하여금 실력을 배양하게 만들기보다는 스스로 자신의 육체를 상품가치가 높은 상품으로 만들기 위해서 미인대회에 경쟁적으로 참여하거나 다이어트나 성형수술에 무분별하게 뛰어들게 만드는 현상을 초래하기도 한다. 결국 성의 상품화는 여성을 마돈나와 같은 성녀와 매춘부라는 두 개의 범주로 분리시켜 여성을 억압하고 통제하며, 남성에게는 성을 얼마든지 허용 가능한 것으로 만들어 이중의 성규범과 억압구조를 만들어낸다. 성의 상품화에서 거래되는 것은 육체이므로 여성은 감정과 분리된 육체만의 존재로 타자화되고 타락되며, 남성은 이러한 여성을 지배하고 통제한다. 하지만 여성의 타자화와 비인간화는 결국 남성도 타자화시키고 비인간화시킨다. 남성들은 물신화된 여성의 육체를 통해서 쾌락을 증대시킬 수 있을지 모르지만 그것은 물건과의 접촉일 뿐 진정 인간과의 만남은 아닐 것이다. 바로 여기에 비극이 있다.

3. 더 나은 성, 그리고 바람직한 성담론

사라 러딕(Sara Ruddick)은 '더 나은 성'의 기준으로 더 큰 쾌감, 완전성, 자연스러움이라는 세가지 조건을 제시했다. '더 큰 쾌감'은 심리적 개념과 그 이익에 연결되고, '완전성'은 철학적 개념에, '자연스러움'은 행동의 양태와 연결된다. 특히, 러딕은 세가지 중에서 완전성을 중시했는데, 이는 의식과 육체가 하나된 성이기 때문이다. 러딕은 이 세가지의 도덕적 장점의 하나로서 상대방에 대한 존경심을 들고 있다. 즉, 성의 본질은 쾌감이고, 쾌감이 인간의 삶에 있어서 선(善)일진대 쾌감을 주는 어떤 성행위도 일단은 좋은 것이지만 개인적인, 자기성애적인, 무반응적인, 비체현된, 수동적인, 강압적인, 즉 한마디로 불완전한 성은 나쁘다고 했다.[14] 서갑숙이 정신과 육체가 하나되는 사랑을 말했을 때, 그것은 바로 완전성이라는 개념과 일치된다.

성적 존재로서 인간의 더 나은 성에 대한 지향은 당연한 것이다. 인간은 근본적으로 자신의 성적 쾌감을 증대시키고자 하는 욕망을 갖지만 이것은 인격을 가진 상대방과의 관계에서만 추구될 수 있다. 김지룡이 '발산으로서의 성'과 커뮤니케이션으로서의 성'이 있지만 후자에서 오히려 더 진정한 쾌감을 맛볼 수 있다고 한 것은 성이 어디까지나 개인중심적 욕망이 아니라 상대방과의 관계에서 추구되는 상호충족적인 욕망이라는 것을 말해주는 것이다. 성관계에 있어서 파트너 간의 상호 허용과 충족은 매우 중요한 문제이다. 하지만 이로서

---

14) R.베이커& F.엘리스튼, 이일환 역, 철학과 성(홍성사, 1982), 95-126면.

는 충분하지 않다. 왜냐하면 개인간의 행동도 사회윤리적 측면을 전혀 무시할 수 없기 때문이다. 마광수는 철저히 정신과 분리된, 그 어떤 사회적 책임과 관계도 벗어난 쾌락중심의 성을 최상의 것으로 평가했다는 점에서 그의 성담론은 문제성을 던져준다.

우리 사회는 성적 억압이 존재하는 한편으로 여성에게는 성의 차별적 이중규범이 적용되는 성별 억압이 부가되어 있다. 자유주의자들은 성적 억압과 지배로부터의 자유를 주장하며, 페미니스트들은 성적 억압보다는 여성에 대한 성별 억압에 더 관심을 둔다. 김지룡은 성을 억압하고, 여성을 억압하는 사회는 남성도 억압한다고 했다. 남성학이라는 학문이 대두되면서 오늘날 남성들도 성적 억압 하에 놓여 있다는 사실이 조금씩 밝혀지고 있다. 비아그라와 같은 약품이 치료제가 아니라 정력제로 오용되고 있는 상황이나 우리나라 남성들의 정력제에 대한 병적 추구는 거꾸로 남성들이 '마초(macho) 즉, 강한 남성'에 대한 컴플렉스에 시달리고 있음을 반증한다고 볼 수 있다. 사회 전반에 넘쳐나는 포르노그라피는 쾌락적 폭력적 일탈적 성을 정당하고 정상적인 것으로 왜곡하며, 남성과 여성간의 성적 계급을 극대화시킨다.

엥겔스는 성을 지나치게 경제결정론에 입각하여 단순화시켰지만 남녀의 역할이 공과 사로 분리되고, 여성들이 무보수의 가사노동에 동원되는 자본주의적 사회구조나 여성에 대한 차별적 임금제도, 여성들이 생물학적 성으로부터 자유롭지 못한 상황들은 여성의 성적 불평등을 초래하게 된다. 여성의 정치적 경제적 성적 지위는 서로 연결고리를 가지고 있다. 유엔은 세계적으로 900만 명의 여성과 아동이 윤락중개 및 아동밀매조직에 걸려들어 강제노역에 시달리고 있다고 발표했는데15), 이처럼 여성과 아동이 남성중심적인 섹스산업에 동원

---

15) 동아일보 2000년 3월 22일 A11면.

되는 까닭은 바로 그들이 정치경제적 약자이기 때문이다.

여성의 성은 더 이상 남성에 의해서 정의될 수 없다. 그렇다면 더 많은 여성들이 성담론을 주도적 입장에서 여성중심적으로 이끌어 나가야 한다. 이것은 그 동안 수많은 오해와 무지 속에 놓인 여성의 성을 남성들로 하여금 알게 만드는 계기를 제공할 것이다. 사실 성관계는 둘이 하지만 서로가 상대방의 성을 이해하지 못하는 경우는 허다하다. 더 많은 성담론이 나올 때에 수많은 오해 속에 놓인 남녀간의 성의 간극은 좁혀질 것이다.

성에 대해서 보수주의적인 태도를 취하든 자유주의적 태도를 취하든 그것은 각자의 개인적 가치와 판단에 따라 결정할 문제일 것이다. 인생이 다양하듯 성에 대한 태도 역시 다양한 것이 자연스럽다. 어떤 의미에서 바람직한 성담론은 없다. 하지만 아직은 남성 중심적 성담론이 팽배한 현실 상황에서 페미니스트적 관점의 확보야말로 진정한 성적 충족에 도달할 수 있는 한 방법을 제시해 줄 수 있을 것이다. (2000)

제2장

페미니즘과 영화

영화 속의 성 그리고 여성
― 영화 〈산부인과〉, 〈301·302〉를 중심으로

1. 머리말

페미니즘이 이 시대와 문화예술의 중요한 담론의 하나로 떠오르면서 80년대 이후 문학, 미술, 연극, 영화 등 제 분야에서 페미니즘을 표방하는 문화와 예술이 활발히 만들어지기 시작했다. 어떤 의미에서 본다면 페미니즘은 상업성을 지닌 상품이 되기 위한 중요한 조건으로 부각되고 있다고도 말할 수 있다.

페미니즘 영화는 여성운동집단에서 뚜렷한 목적성을 갖고 남성적 영화형식과 남성적 담론을 거부하는 소위 교육용의 필름들이 제작된 바 있다. <꿈의 나라>, <작은 풀에도 이름 있으니>, <굴레를 벗고서>, <아시아에서 여성으로 산다는 것>과 같은 영화들은 영화를 통한 여성운동, 문화운동의 차원에서 비상업적인 목적성에 의해 제작되었지만 운동성을 벗어나 영화적 완성도나 대중성 확보라는 차원에서는 성공한 영화였다고 말하기 어렵다. 그러나 이들이 영화를 통해서 추구한 목적의식은 상업적인 충무로 영화에 일정한 영향을 미쳤다고 말할 수 있을 것이다.

왜냐하면 80년대 이후 우리의 영화에는 피해자로서의 여성의 숙명을 다룬 최루성 여성영화나 여성의 육체를 상품화한 포르노성 영화가 아닌, 여성이 주체적 삶을 찾아가는 영화들이 등장했기 때문이다. 즉, 상업적인 대중영화에서도 남녀의 역할 변화에 따른 갈등과 여권신장의 사회적 분위기를 반영하면서 남성지배사회의 피해자나 종속적 존재로서의 전형성을 벗어나 주체적 자아를 회복해가는 새로운 여성상을 그려내기 시작했다.

남성감독이면서도 페미니즘 담론을 자신의 영화에서 핵심적 주제로 취급해온 영화감독으로 박철수, 이현승 등을 생각해 볼 수 있다. <안개기둥>, <어미>, <301·302>, <산부인과> 등 소위 페미니즘 영화로 불릴 수 있는 영화들은 박철수 감독의 작품이다. 그는 80년대부터 페미니즘 계열의 영화를 꾸준히 만들어 왔다고 할 수 있다. 대체로 남성감독이 만든 영화는 페미니즘 영화가 되기 어려움에도 불구하고 박철수 감독은 <그대 안의 블루>, <네온 속으로 노을이 지다>를 감독한 삼십대의 이현승 감독과 함께 페미니즘 영화를 지속적으로 만들어 왔다.

박철수 감독은 최근작 <301·302>, <산부인과> 두 편에서 여성문제를 나름대로의 성실한 문제의식을 갖고 접근하고 있다. 특히, 그가 남성감독으로서 여성문제에 대해 지속적으로 영화적 정열을 보여준다는 것은 여성계에서는 환영해야 할 일이라고 할 수 있다.

영화 <산부인과>는 여성성기가 그대로 노출되며 아이가 자궁을 빠져나오는 출산장면을 몇 차례나 보여주었고, 산부인과에서 여성들이 내진을 받을 때에 의사가 들여다보는 장면을 너무도 적나라하게 공개함으로써 깊은 충격을 주지만 그것은 남성적 시선에 의해 만들어

진 포르노물과는 다르게 출산과 관련된 여성의 성을 진지하게 다루
었다는 평가를 가능하게 한다. 즉, 여성의 성기에 대한 적나라한 노
출에도 불구하고 그것이 결코 남성의 관음증직인 시신에 노출된 성,
남성의 대상화된 성으로 해석되지 않는다는 데에 박철수 감독의 페
미니즘에 대한 진지함이 있다. 한편, <301·302>는 일종의 심리주의적
영화로서 살아있는 애완견과 사람을 죽여 음식의 재료로 삼았다는
점에서 컬트적 요소가 가미된 페미니즘 영화로 받아들여지고 있다.

2. 향유하지 못하는 여성들의 성 — 〈산부인과〉

　영화 <산부인과>는 산부인과 병원을 중심공간으로 설정하고 두 명
의 산부인과 의사(황신혜와 방은진 분)를 중심축으로 하여 출산뿐만
아니라 낙태, 피임, 불임, 인공수정, 강간, 매춘, 여성구타, 자위 등 다
양하게 성과 관련된 문제들을 마치 르뽀처럼 가감없이 드러낸다. <산
부인과>는 일정한 내러티브 구조를 갖지 않은 채 성과 연관된 여러
개의 에피소드가 나열되며, 에피소드들 사이에 인과관계는 존재하지
않는다.
　산부인과는 임신과 출산을 관장하는 기관이지만 우리는 그곳에서
오히려 우리 사회의 성풍속도를 집약적으로 들여다 볼 수 있다. 즉,
정상적 결혼제도내에서 이루어지는 임신과 출산을 돕는 기능 이외의
비정상적으로 왜곡되고 타락화된 성과 만날 수 있다. 우리 사회에서
성은 일부일처제의 결혼제도내에서 이루어져야 하며, 이성애를 정상
적 규범으로 간주한다. 하지만 <산부인과>에서 이러한 정상적 규범
을 벗어난 수많은 비정상적 성과 만날 수 있다. 결혼제도내의 출산과
사랑과 대화의 표현으로서의 성, 주체적 경험으로 향유되는 쾌락이

아니라 혼외정사, 성폭력, 지배와 정복, 타락된 쾌락으로 얼룩진 성과 만나게 된다. 즉, 성적 영역에서 이루어지는 우리 시대의 성적 타락상과 함께 여성의 소외와 비인간화, 그리고 여성을 차별하는 가부장적 사회구조를 어김없이 노출하게 된다.

프랑스의 페미니스트 안니 르끌렉은 여성의 월경, 임신, 출산, 수유와 같은 여성의 육체가 겪는 실제적이면서도 은유적인 경험들이 항시 남성에 의해서 우롱당해 왔으며, 거기에 대해서 말하는 것조차 금기시 되어왔다고 지적한다. 그녀는 남성의 사고와 말에 의해서 왜곡된 여성 고유한 신체적 경험을 우월성과 향유로 반전, 복귀시켜 성의 향유, 육체의 향유, 여성으로 존재하는 그 자체의 향유에서 시작되는 육체의 글쓰기가 이루어지는 여성문학을 주장한 바 있다. 그녀는 여성 자신의 사고와 경험과 말에 의한 여성문학으로 말미암아 남성에 의해서 모멸 당하고 고통받아온, 즉 남성에 의해 식민지화된 여성의 육체는 쾌락과 향유와 자유의 축제 공간으로 복원될 수 있다고 『이제 여성도 말하기 시작한다』에서 주장했다. 안니 르끌렉의 이론대로라면 산부인과 병원이야말로 월경, 임신, 출산, 수유와 같은 여성의 육체가 겪는 축제적 경험을 향유해야 할 가장 신성한 장소일 것이다.

그런데 스크린 위의 '산부인과'는 처음부터 끝까지 축제로서의 여성의 경험이 재현되기보다는 장면 하나 하나가 악다구니를 쓰고 전쟁을 치루듯이 전개되고 있었다. 영화는 아직도 남성의 식민지화에서 벗어나지 못한 채 고통받는 여성의 육체, 가부장제 사회에서 신음하고 있는 여성의 몸을 표현하고 있었던 것이다. 무엇 때문에 영화는 축제로서의 여성의 경험을 표현하지 못하는가?

그것은 말할 필요도 없이 영화의 문제가 아니라 여성의 삶 그 자체가 행복한 향유가 되지 못하는 우리의 여성현실에 대한 사실적 반영에 다름아니다. 그렇다면 여성으로서의 삶이 결코 행복한 향유가 되지 못하는 이유는 어디에 있는가? 그것은 남성이 여성을 지배하는 사회, 남성이 여성의 육체의 소유권을 가진 가부장제 사회의 구조에서 기인한다.

우리 사회의 성규범은 성관계와 출산을 결혼제도내에서만 허용한다. 이러한 성적 통제는 주로 여성을 향해서 요구되며, 남성들은 지배자답게 이러한 성적 통제로부터 벗어나 자유를 추구하는 이중규범의 모순을 범하고 있다. 하지만 남성만의 성적 자유라는 이중규범의 모순은 아이러니컬하게도 그 파트너인 여성의 성적 자유와 타락을 초래하지 않을 수 없다. 아홉번이나 낙태를 하고서도 다시 낙태수술을 원하며 결혼을 하기 위해 처녀막 재생수술을 요구하는 여성, 혼외의 임신을 남편의 정관수술이 잘못되어 임신되었다고 말해달라고 의사에게 애원하는 여성 등을 볼 때에 결혼제도와 상관없이 혼전과 혼외의 관계를 통해서 자유롭게 추구되는 성을 볼 수 있다. 남성이 성적으로 자유로움을 향유하고자 한다면 당연히 그 성적 파트너로서의 자유로운 여성이 존재할 수밖에 없는 것이다.

그런데 습관적으로 낙태수술을 하고 처녀막 재생수술을 원하는 여성에게서 우리는 단지 성적으로 자유로워진 여성의 모습만을 볼 수 있는가? 그렇지 않다. 성관계는 남녀 두 사람에 의해서 이루어진다. 즉, 성적 쾌락은 남녀가 공유하지만 아무런 책임감도 없이 순간적 배설처럼 이루어지는 성관계로 인해서 여성만이 원하지 않는 임신에 대한 책임을 홀로 져야 한다. 피임도 하지 않은 채로 한두 번도 아니고 아홉 번이나 낙태를 해온 여성은 순간의 쾌락을 위하여 자신의 육체를 함부로 방기함으로써 돌이킬 수 없는 건강상의 손상을 입게 된다. 이 때 그녀의 성적 자유는 진정으로 향유된 자유요, 쾌락이 되지 못하고 쾌락의 대상으로 전락된 타락된 자유, 착취의 대상이 된 가짜 자유로서 해석되어진다. 뿐만 아니라 이 여성은 처녀막 재생수술을 하고 마치 순결한 처녀처럼 결혼하고자 한다. 이 여성은 우리 사회를 지배하고 있는 순결 이데올로기에 사로잡혀 있는 것처럼 보인다. 그러나 달리 생각해보면 그녀야말로 처녀막 신화에 사로잡힌 남성을 마음껏 조롱하고 야유하고 있다는 생각이 든다. 순결이라는 문제를 처녀막이라는 성기중심적으로 생각하는 사고에 고착화된 우리 사회의 유치하기 짝이 없는 성의식을 그녀는 조롱하고 있다. 성적 자유를 추구하면서 동시에 남성중심사회가 요구하는 순결 이데올로기를 처녀막 재생수술로 간단히 충족시키고자 하는 여성을 통해 우리 사회를 지배하고 있는 순결 이데올로기의 허구성을 보지 않을 수 없는 것이다. 순결 이데올로기는 남성의 여성에 대한 성적 지배와 통제의 한 양식인데, 현대와 같은 성의 자유화의 물결 속에서 '순결'은 단지 허위의식으로서만 존재할 뿐이라는 생각을 갖게 한다.

또한, 기혼여성이 혼외의 관계에서 임신을 하였으면서도 남편의 정관수술이 잘못되어 임신한 것처럼 해달라고 애원하는 모습에서 일부일처제의 결혼의 규범은 파기했으면서도 결혼 자체는 유지하고 싶어하는 모순된 욕망을 볼 수 있다. 결혼제도의 편안함과 성적 자유를 동시에 추구하고 싶은 모순을 조화시키는 묘안은 무엇일까? 그것은 서구의 일부 급진주의자들이 주장하는 개방결혼일까, 아니면 모순 속에 갇혀 있는 일부일처제 결혼제도를 개혁하는 길일까, 그도 아니면 결혼제도 자체를 아예 없애는 것일까 하는 여러 생각들이 교차하지 않을 수 없었다.

밀린 집세 대신에 자신의 몸을 바치고 만삭의 몸으로 찾아온 소녀 가장을 통해서는 우리 사회에 만연된 성폭력의 실상이 잘 드러나고 있다. 성폭력이 모르는 사람에 의해서 행해지는 우발적 사건이 아니라 주위의 아는 사람에 의해서 일어나는 일상적인 일임을 이 에피소드는 보여주고 있다. 만삭이 되도록 아무의 도움도 받지 못하다가 친구와 함께 찾아와서 분만한 아기를 입양기관에 넘겨야 하는 소녀, 이 소녀는 우리 사회의 취약한 복지 보호기능에 대해서 생각하지 않을 수 없게 만든다. 더구나 나이 어린 소녀의 인생이야 어떻게 되든 말든 강간을 함으로써 임신을 시킨 성인남성의 타락되고 추악한 욕망을 보지 않을 수 없었다.

영화 <산부인과>에서 여성의 육체는 남성의 성적 쾌락의 대상으로, 또는 아이 낳는 도구로, 특히 가계를 계승할 남아를 출산해야 할 강요된 임무를 띠고 있는 철저히 타자화된 모습을 보여준다. 딸을 넷 둔 후에 분만이 가까워 오자 이번에도 역시 딸이라고 낙태를 요구하다 거절당하자 옥상에 올라가서 왜 자신의 몸을 자신이 마음대로 할 수 없는가 하고 자살시위를 하는 여성을 통해서 여성은 자신의 몸으로 임신을 할 뿐 자신의 육체에 대한 의사결정권이 없는 타자화된 존재라는 것이 명백히 드러난다. 낙태금지법은 생명의 존귀함을 내세우지만 여성의 육체에 대한, 특히 임신과 출산에 대한 여성의 자기결정권을 포기하게 만들고, 남성권력이 이를 통제하도록 만드는 법률이다. 더구나 극중 여성의 낙태 요구가 자기결정권의 행사가 아니라 남아선호사상에 의한 것임을 생각하면 여성은 자신의 육체도, 정신도 자신의 것으로 소유하지 못하는 타자임이 극명하게 드러난다.

가부장제 사회의 비인간화는 몇 대 독자집안에 시집을 와서 딸만 거듭 낳다가 또다시 딸을 낳자 자신이 낳은 딸을 목졸라 죽이려는 여자의 에피소드를 통해서 폭로된다. 남아선호는 여아에 대한 낙태와 영아살해와 같은 끔찍한 비인간화를 초래하는데, 비인간화는 여기에서 끝나지 않는다. 종손이 태어날 날짜와 시간을 미리 정해서 그 시간에 맞추어서 분만을 지연해야 한다는 에피소드는 여성을 철저히 가계계승의 아들을 낳는 도구로 여기며, 자연의 법칙을 거슬러 좋은 사주에 집착하는 비합리주의의 단면을 보여준다. 산모와 태아의 생명이야 어찌되든 사주가 좋은 시간에 맞추어야 한다는 미신적 사고방식은 건강하고 즐거운 향유가 되어야 할 임신과 출산의 경험을 철저히 객체화 타자화시켜 버리고 마는 것이다.

임신과 분만의 체험을 교과서에서 일러준 대로 여성만이 경험할 수 있는 축복받은 체험이라고 의식화되어 왔음에도 막상 진통의 순간에는 남편을 욕하고 그의 머리칼을 뜯는 모습에서 모성체험을 신비화해온 교육의 허구성은 여지없이 깨어지고 만다. 고통스럽게 경험하는 분만, 더욱이 극중의 산모처럼 아이를 낳고 나서 죽을지도 모르는 매우 위험한 경험이 실제와는 분리되어 신비화되었던 것이다. 만약 출산이 여성만이 고유하게 겪는 경험이 아니었다고 하더라도 오늘날처럼 여성 자신의 목숨과 맞바꾸어야 하는 위험한 일로 그대로 방치될 수 있었을까? 생명에 대한 복제나 여성의 몸을 통하지 않고도 생명을 출산할 수 있는 사이버네틱스에 의한 의학기술의 시대에 아직도 분만을 하다가 여성이 목숨을 잃어야 하는 것은 그 일을 여성만이 전담하고 있기 때문이 아닌가. 더욱이 영화에서 자신의 출산과정을 비디오카메라에 생생하게 기록하다가 결국은 자신이 죽어가는 최후의 순간까지 기록하게 된 아이러니는 보는 이를 착잡한 심정에 빠뜨린다.

산부인과라는 공간이 여성들의 축제의 공간이 되기 위해서는 여성이 홀로 월경, 임신, 출산, 수유를 축제의 경험으로 받아들인다고 해서 가능해지는 것이 아니다. 그것은 안니 르끌렉이 제시했듯 여성이 우선 자기의 육체와 화해를 한다고 하더라도 그 화해를 가로막는 남성중심사회의 견고한 벽이 존재하는 한 여성은 자신의 육체와의 화해도, 쾌락의 향유도 진정한 의미에서 불가능하다는 것을 영화 <산부인과>는 재삼 인식시켜 주었다.

영화 <산부인과>는 아이 낳는 도구로 인식되는 여성의 몸, 남아출산이 강요된 여성의 몸, 쾌락의 도구가 되었다가 낙태로 손상되는 여성의 몸……, 자신의 육체에 대해 아무런 권리를 행사하지 못하고 남성권력의 행사장이 되고 만 여성의 몸을 간단없는 에피소드를 통해서 보여주었다. 여성의 몸이 출산이란 생명 재생산의 경험 속에 놓이든 아니면 낙태란 생명살해의 비인간적 경험 속에 놓이든 그것을 결정하는 것은 여성 자신이 아니라 남성이며, 남성권력의 가족제도와 사회구조임이 영화 <산부인과>에서 여실히 드러났다. 남아선호사상이 잔존하는 한, 여성들은 여아를 살해하는 낙태를 자신의 육체에 대한 학대를 통해서 감행하지 않으면 안되고, 순결 이데올로기가 잔존하고 남녀평등이 이루어지지 않는 한 여성들은 함부로 성적 자유 속에 자신을 내맡길 수 없다. 책임있는 남성의 여성의 육체에 대한 배려가 없는 한 피임은 여성이 혼자서 짊어져야 할 짐으로 남을 수밖에 없으며, 미혼모를 차별하는 사회에서 여성들은 낙태를 하거나 자신의 아이를 낳고서도 그 아이에 대한 양육권을 포기해야만 하는 비인간화를 받아들이지 않을 수밖에 없는 것이다. 여성 자신의 말과 논리에 의한 육체의 글쓰기를 넘어서는 외적 제도적 혁명이 이루어지지 않는 한 여성은 자신의 성을 주체로서 향유하지 못하고 끝없는 타자의 길을 갈 수밖에 없는 것이다. 산부인과에 온 환자나 여의사나 그들이 여성인 한 타자성의 운명에서 그 누구도 자유롭지 못한 존재인 것이다.

3. 레스비어니즘의 은유 ― 〈301·302〉

영화 <301·302>는 음식에 대해 상반된 태도를 가진 두 여성을 중심으로 남성중심사회의 피해자로서의 여성의 삶을 그려내고 있다. 새

희망 바이오 아파트 301호에 이사온 송희(방은진 분)와 그녀의 맞은편 <302>호에 살고 있는 윤희(황신혜 분), 두 여성은 여러 면에서 대조적 이면서 동시에 많은 공통점을 지니고 있다. 송희와 윤희는 거식증(巨食症)/거식증(拒食症), 비만/빈약, 육체/정신, 요리/원고, 섹스 탐닉/섹스 거부 등으로 표현할 수 있을 만큼 여러 면에서 대조적이다. 하지만 남편으로부터의 애정결핍을 거식증(巨食症)으로 표현하는 송희, 어린 시절 의붓아버지로부터의 성폭행의 깊은 상처로 인해서 신경성 식욕 부진증, 즉 거식증(拒食症)에 시달리는 윤희, 둘은 남성중심사회에서 피해자로서의 경험을 공유했다는 점에서 공통점을 지니고 있다. 너무 많이 먹는 거식증(巨食症)과 아예 음식을 거부하는 거식증(拒食症), 이 처럼 음식에 대해 극단적으로 상반된 이들의 태도는 모두 남성으로 인해 생긴 병적 증세이다. 송희가 이혼하기 전에 남편의 애정결핍으 로 너무 먹는 거식증과 비만이 생겼다면, 윤희는 어린 시절 의붓아버 지로부터 당한 성폭행의 정신적 상처로 인해 음식을 거부하는 거식 증과 빈약이 생겼기 때문이다.

송희는 이 사회가 여성에게 요구하는 대로, 아니 여성을 교육시켜 온 대로 열심히 살아온 여성이다. 그녀는 남편에게 패스트푸드나 인 스턴트는 절대 먹이지 않는다는 신념하에 매일 매일 새로운 요리를 만들기 위해 열심히 장을 보고, 새롭고 맛있는 요리를 정성껏 만들어 남편의 '맛있다'는 한 마디를 듣기 위해 사는 여성이다. 그리고 그것 에 대한 보상처럼 제공되는 섹스……. 그들에게는 음식이 '맛있느냐' 는 질문과 '그렇다'란 답변, 그리고 격정적인 섹스는 존재하지만 그 밖에 다른 대화는 존재하지 않는다. 요리와 섹스가 송희 부부를 연결 시켜 주는 유일한 통로이다. 그런데 그 통로가 남편이 싫증을 내자 막혀버리고 만다. 그러나 과연 남편은 그녀의 음식에 대한 집착 때문 에 그녀에게 싫증을 낸 것일까? 아니다. 그는 다른 여성과의 외도가 입증하듯이 자신의 외도에 따른 죄책감을 엉뚱하게도 아내인 송희에게 전가시키는 것이다. 그녀의 음식은 바로 남편에 대한 애정표현이다. 그런데 그는 그것을 부담스럽다고 말한다. "이 여자는 집안에서 할 수 있는 일이라고는 섹스를 생각하거나 오로지 먹거나 음식을 만드는 일밖에 없……"에서 보듯 여성으로 하여금 집안에서 요리나 하며 남편의 사랑을 갈구하도록 만든 것은 남성인데도 동시에 그 점 때문에 경멸과 혐오의 대상이 되는 것이 여성이다. 이는 바로 남성이 여성을 지배하고 통제하는 법칙이기도 하다. 갑자기 애정의 통로가 막혀버린 송희는 먹는 것으로 남편에 대한 분노를 삭히며, 애정결핍을 보상받으려고 하다가 급기야 비만증에 빠진다. 송희는 남편이 아끼는 애완견만큼도 자신이 사랑받지 못한다고 생각하자 애완견을 요리하여 남편에게 제공하고 이혼을 해버린다.

우리 사회는 여성에게 현모양처라는 이상적 여성상을 설정해왔고, 송희는 그 이상적 여성상에 따른 삶을 착실히 살아왔다고 할 수 있다. 그런데도 그녀에게 주어진 것은 사랑받는 아내란 자리 대신에 남편의 배신과 폭식에 따른 비만증만이 남았을 뿐이며, 결국은 이혼에 이르게 된다. 무엇이 잘못되었는가?

우리는 송희를 통해서 남편에게 경제적 심리적으로 종속되어 주체성을 잃어버린 여성상, 남편의 애정에 신경증적으로 집착하는 종속적 여성상을 발견하지 않을 수 없다. 그녀는 편집증처럼 요리에 대해 집착함에도 불구하고 그 요리는 한번도 자신을 위해서 만들어지지 않았다. 그녀는 항상 남편을 위해서 음식을 만들어 왔고, 이혼 후에는 <302>호의 윤희를 위해서 음식을 만들었다. 그녀는 음식을 통해서도 주체성을 표현하기보다는 타자에게 봉사하는, 그리고 타인으로부터 인정받고자 하는 의존적이고 종속된 존재로서의 자아만을 나타낼 뿐이다. 여성은 음식을 만드는 존재로 사회화되지만 이 사회는 자신을 위해 음식을 만들라고 가르친 것이 아니라 남편을 위해, 아이들을 위해 만들라고 가르쳤다. 즉, 타인에게 봉사하기 위해 음식을 만들라고 교육시켜 왔다. 뿐만 아니라 자신을 사랑하기보다는 남을 사랑하라고, 아니 여성의 운명은 남자를 사랑하기 위해 운명지어진 존재라고 사회화시켰다. 세련된 식기와 다양한 조리기구로 채워진, 일류 호텔의 화려한 주방을 연상시키는 그녀의 부엌……. 하지만 그녀는 정작 그 부엌으로부터 소외된 존재이다. 왜냐하면 그녀는 그 속에서 자기 자신을 위한 요리, 자기 자신을 위한 노동이 아니라 타인에게 끝없이 봉사하고 타인으로부터 인정받기를 원하는 소외된 노동을 하기 때문이다. 그녀는 심리적으로 홀로서기가 안되기 때문에 이혼 후에는 남편 대신에 윤희에 대해 집착하고, 윤희를 위해서 음식을 만들지만 끝내 그 음식은 거부된다. 음식은 송희에게 타인으로부터 자신을 인정받기 위한 도구였다. 따라서 음식에 대한 거부는 단순히 음식을 거부하는 것이 아니라 음식을 만든 그녀에 대한 거부로 받아들여지는 것이다. 송희는 윤희의 음식 거부를 그녀 자신에 대한 거부로 받아들이고 분노한다. 하지만 윤희로부터 과거의 의붓아버지로부터 당한 성폭행의 정신적 상처로 인해서 만성 신경증 식욕부진증에 시달리고 있다는 고백을 들었을 때, 이제는 정말 그녀가 먹을 수 있는 음식, 신경성 식욕부진증을 치료할 수 있는 음식을 만들기 위해 필사적 노력을 하지만 실패하고 만다. 그리고 마침내 윤희의 간청에 의해서 그녀를 새로운 요리 재료로 삼아 처음으로 자신을 위한 요리를 만들어 먹는다.

윤희는 일찍이 의붓아버지의 성폭행의 피해자가 됨으로써 음식 거부뿐만 아니라 남성의 사랑을 받아들일 수 없는 신경증 환자가 되는데, 그녀의 전화기의 자동응답기를 통해서 흘러나오는 젊은 남성의 구애에 대한 무응답을 통해서 그녀가 이성애를 거부하는 여성임이

드러난다. 그녀의 음식거부는 남성에 의해 더럽혀진 자신에 대한 혐오감의 표현이며, 남성에 대한 거부이며, 궁극적으로는 이성애에 대한 거부로 해석할 수 있다. 윤희가 살고 있는 302호를 배경으로 한 화면에서 가장 빈번하게 표현된 것은 그녀가 원고를 쓰는 장면이 아니라 송희가 가져온 음식에 대해서 구토증을 일으키며 화장실로 달려가 토악질을 하는 장면이다. 그녀의 구토증은 표면적으로는 음식에 대한 거부감으로부터 발생한 것으로 설정되어 있지만 그녀의 무의식의 심층에서는 남성에 대한, 이성애적 섹스에 대한 거부감, 남성중심의 이 세계에 대한 거부감 때문에 구토증을 일으킨다고 볼 수 있다. 남성의 성적 만족을 위한 대상으로, 특히 성폭력의 대상으로 살도록 강요하는 사회, 이성애제도에 대한 구토증으로 해석이 가능하다. 윤희는 자신의 몸을 송희의 요리 재료로 제공함으로써 구토증 자체로부터 벗어났으며, 궁극적으로 구토증을 일으키는 세계로부터 완전히 벗어나게 된다.

　사람을 새로운 요리재료로 삼아 음식으로 만들어 먹는다는 컬트적인 내용은 매우 충격을 준다. 그러면서 영화를 본 많은 사람들은 그것이 주는 메시지가 무엇인가 의아해 한다. 윤희의 인신공희(人身供犧)는 여성의 여성에 대한 사랑을 표현했다고 생각된다. 윤희는 자신의 육체를 남성이 아닌 송희에게 제공함으로써 그녀와 일체화를 꾀하는데, 그것은 다분히 레즈비어니즘에 대한 은유로서 읽혀진다. 즉, 윤희는 송희가 이제껏 그녀에게 보여준 자신의 거식증을 치료하기 위해 기울인 헌신적 노력에 대해서 송희가 가장 원하는 것, 즉 새로운 요리의 재료가 됨으로써 보답한 것이다. 그것은 남성중심 사회의 피해자인 여성이 이성애를 거부하고 서로가 서로를 사랑하는 극단적인 방식으로 읽혀진다. 송희는 남성을 위해 음식을 만들다가 윤희란 여성을 위해 음식을 만들었고, 마침내는 윤희를 재료로 해서 그 자신을 위한 음식을 만들어 먹음으로써 자신의 주체성을 찾는다. 윤희는 자신의 몸을 송희에게 제공함으로써 송희의 요리행위가 타자화에서 주체화가 될 수 있도록 기회를 제공했고, 그것은 윤희의 송희에 대한 최대의 애정표현이었다. 그리고 그것은 자신의 육체가 남성의 욕망의 대상이 될 기회를 차단해버린 가장 확실한 길이었다. 송희와 윤희의 요리를 통한 일체화는 동성애적 사랑의 은유로 읽을 수 있다.

대체로 남성중심사회의 성적 규범은 결혼제도내에서 이루어지는 이성애와 생식을 목적으로 한 성에 국한된다. 그런데 정작 송희를 통해서 보여주는 결혼제도와 이성애가 과연 바람직한 모습을 보여주었는가? 송희 남편의 외도는 일부일처제 결혼의 규범은 남성에 의해 언제든지 쉽게 파기될 수 있고, 이성애제도의 주도권은 항시 남성에게 주어져 있음을 보여준다. 즉, 결혼과 이성애는 남성중심적인 제도로서 여성을 소외시키고 통제하며 그 안에서 여성이 결코 행복을 누릴 수 없음이 송희의 이혼으로 종결된 결혼생활을 통해서 드러났다. 은유적으로 본다면 송희의 결혼은 그녀가 만든 음식을 포함하여 그녀 자신이 음식이 되어 항시 남편에게 먹히기를 기다리는 불공정한 제도였다.

윤희의 부모가 보여주는 결혼생활 역시 마찬가지이다. 재혼이란 형태로 구성된 윤희 어머니와 의붓아버지, 그리고 윤희로 구성된 가족은 어머니와 딸로 구성된 편모가정보다 외형적으로 나아 보일 수 있다. 그러나 그 안에는 돈만 밝히는 어머니, 의붓딸을 상습적으로 성폭행하는 아버지, 의붓아버지의 성폭행이 죽기보다 싫은 윤희로 구성된 가족관계 속에 이미 사랑도 윤리도 존재하지 않는다.

번치(C. Bunch)가 섹스는 사적인 것이 아니다. 섹스는 억압, 지배, 세력의 정치적 문제이다. 레즈비언만이 진지한 페미니스트가 될 수 있다고 했듯이 윤희가 남성 아닌 여성에게 자청해서 먹히기를 원하는 것은 여성과 사랑을 나누기 원한다는 은유로서 해석 가능하며, 레즈비어니즘을 통해서 남성의 지배와 폭력을 벗어나 자유를 갈망한 것으로 읽을 수 있다.

정신과 육체의 이분법에서 항시 정신은 남성의 영역으로 구분되었고, 육체는 여성의 영역으로 또한 여성의 영역이기에 당연히 열등한 영역으로 차별되었다. 윤희는 글쓰는 일을 통해서 이 사회의 이분법적 법칙에 대해 저항하고, 차별받는 피해자로서의 여성의 역할에 저항한 것이라 해석된다. 독신생활과 자유기고가란 직업은 윤희로 하여금 의존적인 삶 대신에 주체적인 삶을 살도록 만들어주는 조건처럼 보여진다. 그녀는 자신의 글이 대중적 여성지 대신에 순수한 문학잡지에 발표되기를 원하지만 그녀의 글은 게재되지 못한다. 대신에 「이상적 성생활의 조건」이니 「눈 뜨면 모닝섹스로 직행하라」, 「다이어트」와 같은 이성애제도와 이 시대의 성 풍속에 영합하는 글을 쓸 때에만 그녀의 글은 팔린다. 그녀는 글쓰기를 통해서도 주체성을 표현할 수 없는 이 사회에 대해 환멸을 느낀다.

집안 전체를 하나의 식당처럼 꾸며놓고 요리가 그녀의 인생의 전부였던 301호의 송희, 집안 전체가 작은 도서관처럼 커다란 책장과 책상, 그리고 컴퓨터로 채워진 윤희의 방 302호, 두 방의 빛깔도 탐욕적인 붉은 색과 창백한 하얀색의 대비를 보여준다. 남성중심사회가 요구하는 대로 살아온 송희든, 이를 거부하며 살아온 윤희든 그들은 남성중심사회의 피해자들이며, 그들의 대안은 남성에 대한 거부와 여성끼리의 사랑의 소통, 즉 동성애적 관계이다. 동성애만이 그들에게 자유와 주체성을 가져다준다. 이것이 여성이 여성을 요리재료로 삼아 먹는 컬트적 은유의 숨겨진 의미인 것이다. 싸우던 남성과 여성이 화해하고 결혼이란 해피엔딩으로 귀결되는 수많은 남성영화들과는 다른 결말을 보여주는 이 영화는 다분히 급진주의적 페미니즘의 메시지를 함축하고 있다. 그러나 이러한 영화의 메시지는 관객들에게 충분히 전달되지 못했고, 설령 전달되었다고 하더라도 공감을 불러일으키지 못했을 것이다. 왜냐하면 아직도 이 사회는 남성중심의 사회이며, 이성애만이 정상적으로 취급되는 사회이기 때문이다. (1998)

사랑의 정열 못지않게 강조한 가족의 소중함

1. 사랑에의 환상

근래에 중년의 남녀들이 모이는 자리마다 '나도 그와 같은 사랑을 한번 해보고 싶다'라고 화제의 꽃을 피워내는 소설이 있다. 로버트 제임스 월러라는 경제학 교수 출신의 사진작가가 쓴 『매디슨카운티의 다리』(시공사, 1993)라는 제목의 소설이 그것이다. 이 작품은 영화와 연극으로도 만들어져 폭넓은 호응을 불러일으킨 대중적 공감성이 넓은 소설이다.

이 『매디슨카운티의 다리』는 중년의 여주인공 프란체스카 존슨과 그 상대역인 사진작가 로버트 킨케이드가 나눈, 나흘간의 꿈결처럼 짧고도 감미로운 사랑을 다루고 있다. 미국 중부 아이오와주의 매디슨카운티강에 걸린 로즈먼 다리를 배경으로 펼쳐지는 아름답고 일탈적인 사랑 이야기는 더 이상 자신의 인생에서 사랑이 가능하다고 생각되지 않는 중년 남녀에게 새로운 사랑에의 끝없는 선망을 불러일으키며, 대리충족을 주고 있다.

정열적인 이탈리아 여성 프란체스카는 당시 군인이던 리처드(남편)의 친절한 태도와 달콤한 미국에의 꿈의 기대에 부풀어 미국 아이오와의 시골마을로 결혼해온다. 그녀는 다시 고향 나폴리로 돌아가고 싶다는 열망도, 영어교사 생활도 포기하고, 그저 평범한 시골농부의 아내로 살아간다. 정열적인 이탈리아인이라는 기질과는 맞지 않는 평범한 시골농부의 아내로서의 삶에 만족해야 하는 프란체스카, 비교문학학위를 따고 영어교사로서 몇 년간 일했지만 아내가 일하는 것을 달가워하지 않는 남편 때문에 농부의 아내로 만족하며 살아올 수밖에 없었던 그녀에게 조용하고 평범한 시골생활은 결코 꿈꾸어오던 것이 아니었다. 20년 동안 시골문화가 요구하는 대로, 행동과 감정을 제한된 울타리 안에 감추고 살아온 것은 결코 그녀의 자유로운 영혼이 원하던 바가 아니었다.

그녀는 어느 날 남편과 아이들이 일리노이주 박람회로 떠나간 빈집의 현관 앞 그네에 아이스티를 마시며 무심히 앉아 있다. 그때 먼지를 일으키며 달려오던 픽업트럭이 멈추고, 강인하고 힘에 넘쳐보이는 남성 로버트 킨케이드가 로즈먼 다리로 가는 길을 묻는다. 바로 이 순간, 조용하고 단조로운 시골생활에 젖은 마흔다섯의 여주인공에게 운명적 사랑이 다가온 것이다. 남녀가 서로를 끌어당기는 무한하고도 아름다운 힘에 의해 두 사람은 주저하거나 혼란스러워하지 않고 정열적으로 나흘간의 황홀한 사랑에 빠지게 된다.

그의 눈길이 곧장 그녀에게 향하자 그녀는 속에서 뭔가 끓어오르는 기분이었다. 눈매, 목소리, 얼굴, 은발, 몸을 움직이는 가벼운 동작, 고풍스런 분위기가 감도는 무엇, 사람을 끄는 신경 쓰이는 무엇, 아른아른 잠에 빠지기 직전의 마지막 순간에, 누군가가 속삭이는 것 같은 그런 기분. 남성과 여성 사이의 분자 공간을 재배열하는 무엇.

세대는 굴러야만 한다. 구르고 또 구르기 위해서는 오직 한 가지의 것만이 필요하다. 남녀의 끌어당기는 힘. 그 힘은 무한하고 아름답다. 이런 힘이 작용하는 목적은 분명하다. 조금도 어긋나는 법이 없이 단순하고 또렷하다. 다만 우리가 그것을 복잡하게 보이도록 만드는 것뿐. 프란체스카는 자기도 모르게 그 힘을 느꼈다. 세포 속속들이 자석과도 같은 그 힘이 작용하고 있었다. 그리고 바로 그 지점에서부터 그녀를 영원히 변하게 하는 일이 시작되었다.

그들의 운명적 사랑을 로버트 킨케이드는 편지에서 "그 길은 정말 이상한 곳이오. 8월의 어느 날, 길을 따라가다가 고개를 들어보니 당신이 잔디밭을 지나 내 트럭으로 다가오고 있었소. 되돌아보면 피할 수 없는 일이었던 듯 싶소. 달리는 될 수가 없었던 것 같소. 어쨌든 거짓말 같은 현실이 눈 앞에 펼쳐진 것이오"라고 적고 있다.

20년 동안 평범하고 일상적인 시골문화가 요구하는 대로 행동과 감정을 제한된 울타리 안에 감추고 산 프란체스카 존슨은 로즈먼 다리로 가는 길을 묻는 로버트 킨케이드에게 "원하신다면 제가 직접 가르쳐 드려도 좋은데요."라고 자신도 모르는 사이에 말하고 그의 트럭을 함께 타고 다리로 향한다. 사실 두 사람은 만난 첫 순간부터 강하게 서로를 끌어당기는 매력, 특히 강력한 신체적 매력에 이끌려 적극적으로 반응했다고 볼 수 있다.

1. 우연히 그의 팔뚝이 그녀의 허벅지 아래쪽을 스쳤다.

2. 그녀는 로버트 킨케이드의 옆 모습을 힐끗 볼 기회를 얻었다. 햇빛에 그을린 부드러운 피부가 땀에 젖어 번들거렸다. 그의 입술은 멋있었다. 어떤 이유에선지 프란체스카는 그를 보자마자 그의 입술이 근사하다는 것을 알아차렸다.

3. 미남은 아니었다. 일반적인 의미에서 잘 생긴 얼굴은 아니었다. 그렇
   다고 못생긴 것도 아니었다. 그런 말은 그에게 적합하지 않았다. 하
   지만 뭔가 있었다. 그에게는 무엇인가가 있었다. 아주 오래되고, 세
   월에 약간 시달린 듯한 무엇인가가. 외모가 아니라 눈빛에 그 무언
   가가 있었다.

4. 그녀는 바람을 막아 주기 위해 라이터 주위를 양손으로 둥그렇게
   싸고, 트럭이 덜컹거려서 불꽃이 흔들리는 것을 바로 잡으려고 그의
   손을 잡았다. 담배에 불을 붙이는 시간은 한순간이었지만, 그 정도
   로도 그의 손의 따스함과 손등에 난 작은 털을 충분히 느낄 수 있
   었다.

5. 그의 육체가 단단해 보였다. 딱 달라붙는 청바지를 입은 엉덩이가
   얼마나 작은지, 왼쪽 주머니에는 지갑이, 오른쪽 주머니에는 손수건
   이 들어 있는 것이 보였다. 어쨌든 그는 군더더기 하나 없는 동작으
   로 움직이고 있었다.

로버트의 눈빛과 입술, 손과 팔뚝, 그을린 피부와 단단한 육체, 그
리고 작은 엉덩이는 모두 감각적 매력으로 어필한다. 그녀는 처음부
터 로버트와의 접촉에의 욕망에 강하게 환기되었다고 할 수 있다. 즉
비언어적 의사소통이 언어적 의사소통 이전에 이루어짐으로써 프란
체스카가 처음 보는 남자에게 사랑의 적극성을 보이게 된 것이다.
프란체스카가 로버트 킨케이드의 육체적 매력에 이끌린 반면 로버
트 킨케이드는 프란체스카의 지성미와 열정에 이끌렸다. 그의 고독감
은 정신적 정서적 교류를 나눌 상대방을 원했던 것이므로 이는 당연
한 일이었을지도 모른다.

   물론 그는 그런 육체적인 면도 좋아했다. 하지만 그는 지성과 타

고난 열정. 다른 사람을 감동시키고 마음과 정신의 섬세한 부분에도 감동받을 수 있는 능력을 정말로 중요하게 생각했다. 아무리 외모가 아름다운 여자라도 대부분의 젊은 여자들에게 끌리지 않는 이유가 바로 거기에 있었다. 젊은 여자들은 그의 관심을 끌만한 점들을 가질 만큼 오래 살지 못했거나 힘들게 살지 못했으니까.

하지만 프란체스카 존슨에게는 정말로 그를 끌어당기는 무엇인가가 있었다. 지성적인 면모가 풍겼다. 그는 그것을 알아차릴 수 있었다. 그리고 열정이 있었다. 비록 그로서는 그 열정이 어떤 방향으로 향해 있는지, 혹은 방향이라는 게 있기나 한지, 정확히 알아차릴 수는 없었지만.

작품이 전개되면서 평범한 시골생활과 변화없는 결혼생활의 권태감에 빠져 있던 프란체스카의 내면이 밝혀지는데, 그녀의 일탈이 단순한 운명적 사랑이나 정열적인 이탈리아 여성의 기질에서 기인되는 것만이 아니었음이 드러난다.

아무튼 나흘만에 사랑을 완성하고 이별까지 이루어져야 하는 소설적 상황에서 두 사람의 사랑은 빠른 속도로 진척된다. 그리고 이 빠른 속도는 두 사람의 사랑을 운명적인 것으로 만드는 데 기여한다.

1. 그는 살면서 개를 한 마리 가졌으면 하고 수천 번도 더 바랐다. 황금색 리트버러가 한 마리 있었으면 이렇게 여행을 할 때 좋은 친구가 되어주련만. 그러면 집을 떠났다는 느낌이 한결 덜할 것이다.

2. 이런 드라이브는 언제나 침울한 기분을 안겨주었다. 개도 그 일부분이었다. 로버트 킨케이드는 말할 수 없어 외로웠다. 외아들인데다가 부모가 다 돌아가셨고, 먼 친척들은 그가 어디 사는지 몰랐고, 그도 그들이 어디에 사는지 몰라 서로 연락이 되지 않았다. 그리고 가까운 친구도 없었고.

3. 킨케이드는 메리언을 생각했다. 그녀는 9년 전 그를 떠나갔다. 5년 동안의 결혼생활 후였다. 이제 그가 쉰두 살이니, 그녀는 마흔 살이 채 안되었으리라.(중략)

그가 장기간 집을 비우는 일이—어떤 때는 두달, 석달씩—결혼생활을 어렵게 만들었다. 그도 그것을 알고 있었다. 처음 그들이 결혼하기로 결정했을 때 매리언도 그가 무슨 일을 하는지 알았고, 두 사람 다 애매하게나마 어떻게든 잘 해 나갈 수 있으리라고 생각했다. 하지만 잘 되질 않았다. 한 번은 그가 아이슬랜드에서 촬영을 마치고 집에 돌아오니 그녀는 떠나고 없었다. 쪽지에는 이렇게 씌어 있었다. '로버트 잘 되질 않았어요. 당신에게 하모니 기타를 남기고 가요. 계속 연락하세요.'

그는 계속 연락하지 않았다. 그녀 또한 마찬가지였다. 1년 후 이혼 서류가 오자 그는 서명하고, 다음날 비행기를 타고 오스트리아로 날아갔다. 메리언은 자유 외에는 아무 것도 요구하지 않았다.

4. '누군가 여자가 있으면 참 좋을 텐데.'

그는 담배연기가 연못 위로 날아가는 것을 지켜보면서 생각했다. 하지만 그가 집을 떠나 있는 일이 너무 잦으니 집에 남은 사람에게는 고통일 터였다. 이미 겪어봐서 알고 있는 사실이었다."

작품의 발단단계에서 로버트의 독신의 외로움에 대해 빈번하게 서술되는데, 이 고독감은 로버트와 프란체스카가 순간적으로 사랑에 빠지게 만드는 데 충분한 필연성을 부여한다. 인용문은 최근 9년에 걸쳐서 로버트 킨케이드가 만족스런 대인관계망을 형성해오지 못했음을 보여주고 있다. 즉 부모, 친척, 친구 특히 여성과 만족할만한 친밀한 정서적 관계를 갖지 못한 고독한 생활을 함으로써 개를 한 마리 친구삼아 원하거나 9년 전에 헤어진 여자를 회상하거나 '누군가 여자가 있으면 참 좋을 텐데' 하는 구체적 열망에 사로잡힌다. 어느 누구하고도 감정적 교류나 애정적 교환이 차단된 채 집시처럼 떠돌아야 하는 사진작가로서의 외로운 생활에 지친 로버트는 프란체스카와 처음 만난 순간을 이렇게 적고 있다.

> 그가 마당에 들어서자 현관문 앞에 어떤 여자가 앉아 있었다. 그곳은 시원해 보였고, 여자는 그보다 훨씬 더 시원해 보이는 뭔가를 마시고 있었다. 그녀가 현관에서 내려와 그가 있는 쪽으로 다가섰다. 킨케이드는 트럭에서 내려 그녀를 바라보았다. 자세히, 더 자세히 그녀를 보았다. 아름다웠다. 적어도 예전에는 아름다웠을 얼굴이었고, 다시 아름다워질 수 있는 얼굴이었다. 그는 예전부터 조금이라도 끌리는 여자를 만날 때면 늘 겪게 되는 다루기 힘든 감정을 느끼기 시작했다.

그들은 만난 첫날, 로버트 킨케이드의 차를 타고 로즈먼 다리로 갔고, 프란체스카의 집에서 저녁 식사를 같이 만들어 먹으면서 낯선 느낌이 스러져버리고, 친밀감이 들어설 공간이 생겼으며, 따스한 감정에까지 이르렀다. 친밀감과 애정을 주고받을 수 있는 분위기가 단 하루만에 형성되었던 것이다.

그리고 나흘간의 한정된 시간 속에서 사랑의 열정이 채 식기도 전에 서로의 자리로 되돌아감으로써 두 사람은 낭만적 사랑의 감정을 죽을 때까지 간직하게 된다. 나흘간의 일탈적 사랑과 25년이나 지속된 낭만적 사랑의 감정은 프란체스카의 회상 속에서 철저히 미화된다. 나흘간의 일탈적 사랑이 아름다웠던 것이 사실일지라도 그것은 현실적 실체라기보다는 프란체스카의 회상과 나흘이라는 한정된 시간 속에서 만들어진 허상일 가능성이 높다. 그러나 이 이야기는 많은 독자들에게 소설읽기를 통한 대리충족을 넘어서서 프란체스카와 로버트 킨케이드가 나눴던 것과 같은 나흘간의 사랑을 꿈꾸게 만든다.

2. '빈집'의 의미와 중년기의 변화

고울드(Gould)와 레빈슨(Levinson)에 의하면 성인발달에서 35세와 45세 사이의 중년기에 획기적 사건이 일어난다고 했다. 즉 사람들은 자신의 생의 구조를 철저히 조사하고 재평가하게 되는데, 대부분의 사람들은 자신의 꿈이 달성되지 못했음을 알게 된다.

중년기에 인간은 숱한 동요와 불안을 겪는다. 중년기는 사춘기 이후 인생의 새로운 정체성이 요구되는 시기이다. 사춘기가 부모의 보호를 떠나 성인으로서의, 독립된 인간으로서의 정체성 획득에 필요한 동요와 변화의 시기라고 규정할 수 있다면 중년의 변화는 노년화의 과정에 직면하여 겪는 동요와 불안을 반영한다고 할 수 있다. 대개 이 시기는 사춘기를 맞는 자녀들이 정서적 독립을 성취하기 위해 변화를 겪는 시기와 맞물려 있다. 자식들이 성장함으로써 '빈 둥지 증후군'에 시달리고, 가치에 대한 위기가 닥쳐오며, 생의 구조에 대해 의문을 품게 되고 자신들이 꿈꾸었던 인생이 달성되지 못했음을 자각하기도 한다. 더 이상 그들이 젊지 않다는 자각은 노년기에 대한 불안감으로 나타나기도 하고, 그 동안 소홀하게 다루었던 자신의 다른 면－재능, 욕망, 포부－을 표현하고 싶어하기도 한다. 그것이 일탈적인 사랑을 통한 젊음의 확인으로 나타날 수도 있다.

프란체스카가 남편과 아이들이 여행 떠난 빈 집에 홀로 앉아 있다는 것은 매우 중요한 상징성을 띠고 있다. 그녀는 단지 빈집에 무심히 앉아있었던 것은 아니다. 빈집은 그녀의 심리적 공간을 의미한다. 누구의 아내나 어머니로서가 아니라 한 명의 인간, 나아가 한 명의 여성으로서 자신의 정체성을 다시 정의해야만 할 시점에 이른 중년의 여성이 직면한 심리적 공간을 의미하는 것으로 읽혀지는 것이다.

그녀는 모처럼 자아성찰을 할 공간과 시간을 갖게 된 것이다. 남편에 대한 시중이나 아이들의 보살핌으로부터 벗어나 그녀는 자기 자신과 마주하고 있는데, 뭔가 그녀의 인생을 다시 정의하여야 할 시점에 이르렀음을 빈 집과 혼자 앉아있는 모습에서 암시하고 있다. 45세의 나이가 된 프란체스카는 이탈리아를 떠나오던 젊은 시절의 꿈이 실현되지 못했음을 느낀다. 영어교사마저 그만두고 평범한 시골농부의 아내로 살아가고 있는 삶은 결코 젊은 시절의 꿈이 실현된 모습은 아니다. 그러나 그녀는 현실과 타협하며, 다만 독서를 통해서 평범하고 변화없는 시골마을의 답답한 현실로부터 벗어나고자 한다. 텔레비전을 보는 대신에 독서를 하는 것이 그녀가 현실로부터 벗어나는 유일한 통로이다.

로버트 킨케이드가 그녀에게 아이오와에서의 삶이 어떤가 하고 묻자 그녀는 "아주 좋아요. 조용한 생활이에요. 사람들은 다들 착하구요."라고 말하지만 "어릴 적 꿈꾸던 생활은 아니에요."라고 고백한다. 그녀가 꿈꾸어오던 삶은 어떤 것일까. 이 작품에서 이것은 명시적으로 표현되고 있지 않다. 그러나 그것은 일상에서 벗어난 예술적 분위기를 즐기는 삶, 예술과 꿈에 대해서 대화를 나눌 수 있는 인간관계 같은 것이라고 생각된다.

　　프란체스카는, 로버트 킨케이드에게는 이런 대화가 일상적인 대화라고 생각했다. 그녀에게 이런 대화는 문학적인 대화였다. 매디슨카운티에 사는 사람들은 그런 것에 대해 이런 식으로 말하지 않았다. 날씨와 농산물 가격, 새로 태어난 아기, 장례식, 정부의 프로그램, 운동 팀에 대해 대화를 나누었지만 예술과 꿈에 대해서는 아무도 말하지 않았다.

　　그녀는 이런 산책이 정말 오랜만이었다. 저녁 식사가 끝나면 늘 5

시경이었으므로 텔레비전 뉴스를 보았다. 저녁 프로그램이 이어지면 리처드는 계속 텔레비전을 시청했고, 가끔 숙제를 마친 아이들이 함께 했다. 프란체스카는 보통 부엌에서 책을 읽거나—윈터셋 도서관과 그녀가 속한 도서클럽에서 대출한 책으로 역사와 시, 소설이 주종을 이루었다.—날씨가 좋으면 앞 현관에서 시간을 보냈다. 그녀는 텔레비전이 따분했다.

리처드는 '프레니, 당신도 이걸 봐야해'라고 소리치곤 했다. 그러면 안으로 들어가 그와 함께 한동안 텔레비전을 봤다.

인용문에서 보듯이 그녀는 현실에 얽매인 평범한 삶보다는 예술과 꿈에 대해서 대화를 나눌 수 있기를 희망했던 것 같다. 가끔씩 산책을 즐기고, 텔레비전 보기보다는 역사와 시와 소설에 관한 독서를 하는 편이 그녀의 취향에 맞았다. 그 점에서 텔레비전을 즐기는 남편과는 취향이 같지 않았다. 그녀는 그저 변화없고 평범하기만 한 시골생활의 일상성에 권태를 느끼고 있었던 것이다.

그런데 홀연히 나타난 로버트 킨케이드를 통해서 그녀는 일상성과 권태를 깨뜨리는 예술적 감각과 자유로운 기분을 느꼈던 것이다. 시골생활의 판에 박은 듯한 권태로부터 벗어날 수 있다는 기대감은 로버트에 대한 생각을 적은 인용문에서 충분하게 표현되고 있다.

초지와 초원의 차이를 중요하게 여기는 남자, 하늘색깔에 흥분하는 사람, 시를 약간 쓰지만 소설은 그다지 많이 쓰지 않는 남자에 대해 생각했다. 기타를 치는 남자, 이미지로 밥벌이를 하고 장비를 배낭에 넣어가지고 다니는 남자. 바람 같아 보이는 남자. 그리고 바람처럼 움직이는 남자. 어쩌면 바람을 타고 온 사람.

프란체스카의 불만은 단순히 시골의 관습적인 생활이나 남편의 비예술적인 생활태도에만 한정되지 않는다. 에로티시즘이 부재하는 관습적인 부부관계에 대한 불만도 매우 중요하게 취급되고 있으며, 바로 이 점에 대한 불만 때문에 그녀는 처음부터 로버트의 육체적 매력에 강하게 이끌렸는지도 모른다.

　　리처드는 어쩌다 한번씩만 부부생활에 관심이 있었다. 두어 달에 한 차례 정도였지만 그것도 빨리 끝났다. 초보적이었고, 감동도 없었다. 그는 향수니 면도니 그런 것에는 별로 관심이 없는 것 같았다. 적당히 얼버무리면 되니 쉬운 일이었다.

　　그에게 있어서 프란체스카는 무엇보다도 사업 동업자였다. 그녀도 어떤 면에서는 그것을 감사히 여겼다. 하지만 이제, 그녀의 마음 속에서 숨어 있었던 또 하나의 '내'가 살랑거리며 소리를 냈다. 목욕을 하고 향수를 뿌리고 싶어하는 사람…… 그녀는 또 다른 자아에 의해 압도당하고 싶었다. 넋을 잃고, 껍질이 벗겨지길 원했다. 하지만 또 다른 '나'는 그녀의 마음 속에서조차 아주 희미할 뿐이었다.

　　목욕을 하면서 차가운 맥주 한 잔을 마시는 그런 단순한 일이 굉장히 우아하게 느껴졌다. 왜 그녀와 르처드는 이렇게 살지 못할까? 부분적으로, 오랫동안 지속된 습관의 관성 때문일 것이다. 그것을 그녀는 알고 있었다. 모든 결혼이, 모든 관계가, 그렇게 될 여지가 많았다. 습관은 미리 예측할 수 있게 해주고, 미리 예측할 수 있는 것은 나름대로의 편안함을 가져다주니까. 프란체스카는 역시 그것을 알고 있었다.

　　그리고 농사일 때문이기도 했다. 끊임없이 관심을 쏟지 않으면 안 되는 병자 같은 것이 농사일이니까. 꾸준히 농사장비를 바꾼 덕에 과거보다는 노동이 덜 요구되기는 하지만

　　그러나 여기에는 그 이상의 뭔가가 있었다. 미리 이렇게 될 거라고 예측하는 것과 변화에 대한 두려움은 다른 문제다. 그리고 그들의 결혼생활에 있어서 변화를, 어떤 종류의 변화라도 두려워했다. 변화를 가져오는 것이라면, 어떤 것도 이야기하고 싶어하지 않았다. 섹스에 대해서는 더더욱 그랬다. 에로티시즘은 위험한 것이었고, 그의

사고방식으로는 못마땅한 것이었다.

프란체스카는 동료적이고 안정된 편안함만이 있는 결혼생활을 넘어서는 정열적이고 낭만적인 사랑을 원했다. 그녀는 남편과의 무감동하고 관습적인 부부관계를 벗어나 여성으로서의 성적 정체감을 확인해보고 싶은 강렬한 감정을 가졌다. 그것은 그녀가 지금껏 억압해온 자아의 또다른 측면, 그림자였으며, 나흘간의 시간은 실로 그림자의 욕망을 현실로 실현시킨 시간임에 틀림없다. 그녀의 의식적 자아에 가려진 또다른 자아의 실체와 그 자아가 표현하고 싶은 욕망이란 "그녀의 마음 속에 숨어 있었던 또 하나의 '내'가 살랑거리며 소리를 냈다. 목욕을 하고 향수를 뿌리고 싶어하는 사람…… 그녀는 또 다른 자아에 압도당하고 싶었다. 넋을 잃고, 껍질이 벗겨지길 원했다." 에서 보듯이 한명의 여성으로서의 정체감 확인이라고 할 수 있으며, 그 욕망을 로버트 킨케이드가 강렬하게 환기시켰던 것이다. 어쩌면 남편 리처드도 이 점을 알고 있었던 듯하다. 죽는 순간에 "프란체스카, 당신에게는 당신만의 꿈이 있다는 것을 잘 알고 있소. 미안하오. 당신에게 꿈을 심어주지 못해서."라고 말했던 것이다.

프란체스카는 리처드와의 결혼생활에 있어서 변화를 두려워하는 태도, 자연스런 남녀관계를 장애하는 것, 에로티시즘이 부재하는 부부관계와 같은 현상이 결혼생활 그 자체가 가지는 함정이며, 시골문화의 전체적 현상으로 자신의 남편에 한정된 특별한 현상이 아니라는 점을 잘 인식하고 있다. 또한 끊임없는 관심과 노동을 요구하는 농사일 때문이라는 것도 충분히 알고 있었다.

그런데 전지적 작가는 논평을 통해서 이렇게 적고 있다. 여성잡지는 이런 문제를 다루며, 여자들은 인생에 새로운 기대를 하기 시작했다. 여자들은 남자들에게 시인이 되라고 요구하면서, 또 동시에 열정적인 애인이 되도록 몰아가지만 남자들은 이러한 여성들의 요구가 모순이라고 여긴다는 것이다. 그 결과 남자들끼리만 있을 수 있는 산만하고, 편리한 문화가 계속되었고, 그 사이 여자들은 한숨을 내쉬며 매디슨카운티의 수많은 밤들을 벽 쪽으로 돌리고 보냈다.

여성들은 결혼내에서 보다 낭만적이고 열정적인 사랑을 원하게 되었는데, 남편들은 이에 부응하지 못하고 여전히 남성중심의 문화가 계속되고 있다고 작가는 지적한다. 이제 경제적 안정이나 동료적 편안함만으로 부부관계가 원만히 유지되던 시대는 지나갔다. 여성들은 부부관계에서 낭만적 사랑을 경험하길 원한다. 시인과 같은 낭만적이고, 애인 사이와도 같은 열정적인 사랑을 아내에게 줄 수 있어야 함에도 매디슨카운티의 남자들은 이에 부응하지 못함으로써 여자들이 불만에 쌓여 있음을 전지적 작가가 편집자적 논평을 통해 말하고 있다. 이는 전후의 물질적 경제적 안정이 가져다준 선물이며 동시에 부부관계의 새로운 갈등 요인이다. 섬세한 에로티시즘이 부재하는 부부관계에 대한, 프란체스카를 포함한 여성들의 불만이 어쩌면 뭔가 미묘하게 다른 점이 있어 보이는 로버트에 대해서 프란체스카가 기대감을 갖는 원인으로 작용한다. 실제로 프란체스카는 로버트와의 사랑의 행위에 대한 느낌을 육체적 차원이 아니라 영혼의 차원에 속하는 문제라고 표현하며, 일상성을 깨는 새로움으로 인식한다.

> 섹스는 다른 문제였다. 그녀는 그를 만난 이후, 뭔가 즐거움이, 늘 똑 같은 일이 되풀이되는 일상을 깨는 무엇인가가 있을 거라는 기대를 갖게 되었다. 프란체스카는 그의 신비스런 힘을 중요하게 여기지는 않았었다.

프로이트는 혼외정사의 심리로, 결핍된 개인의 성적 정체감을 이성과의 정사를 통해 확인해보기 위한 것, 보다 더 강한 친밀감을 체험해보기 위한 것, 긴장해소, 현실도피 혹은 현실반발, 탈선을 통해 더욱 강렬한 쾌락 추구 등을 들었다. 프란체스카는 로버트를 통해서 권태로운 현실의 일상성으로부터 탈출하기를 꿈꾸었고, 에로티시즘에 대한 기대, 무엇보다도 젊음이 사라져가는 중년여성으로서의 성적인 정체감을 확인해보고자 했다고 할 수 있다.

> 그가 떠나고 난 후, 프란체스카는 화장대 거울 앞에 벌거벗은 채로 섰다. 아이들을 출산했지만 엉덩이는 겨우 약간 처진 정도였고, 가슴은 여전히 아름답고 단단했다. 또 너무 크지도 너무 작지도 않았다. 배는 약간 동그란 편이었다. 거울로는 다리를 볼 수 없었지만, 아직도 각선미가 괜찮다는 것을 알고 있었다.
> 리처드는 어쩌다 한번씩만 부부생활에 관심이 있었다.

인용문에서 보듯이 그녀는 관습적이고 권태로운 부부관계에서는 느낄 수 없는 성적 정체감과 친밀감을 확인하고자 무의식적으로 열망했다. 그리고 로버트는 그녀로 하여금 여성이라는 성적 정체감을 강렬하게 확인시켜주었던 것이다. 그녀의 심리에는 일상적이고 평범한 결혼에 대한 불만족과 성적 불만족이 내재해 있었다고 할 수 있다. 따라서 그녀는 로버트를 통해서 결혼생활에서 얻을 수 없는 정서적 지지를 추구하였다. 또한 낭만적 감정이나 긴장된 정열이 결핍된 결혼생활의 성적 불만족을 해소하고자 했던 것이다. 나아가 관습적인 결혼생활의 일상성에서 벗어나 신비한 감정을 맛보고, 남편과의 관계에서 느낄 수 없었던 오르가즘을 느끼게도 된다. 중년기의 불안정과 평범한 시골생활, 그리고 변화없는 결혼생활이 복합적으로 작용하여 그녀를 혼외정사의 일탈에 빠뜨렸다고 보인다. 거기에 로버트 킨케이드의 고독감이 결합함으로써 두 사람은 처음 보는 순간 강렬한 사랑에 빠지게 되었던 것이다.

오래 전부터 오르가슴을 느끼지 못한 그녀는, 이제 반은 사람이고 반은 생물인 이 남자에게서, 오르가슴을 느꼈다. 그녀는 그가 이상했다. 어떻게 그토록 참을 수가 있는지, 신비스러웠다. 그리고 그는 그녀에게 말했다. 그는 육체적으로 뿐만 아니라 마음속으로도 그런 절정에 다다를 수가 있다고. 마음속으로 느끼는 오르가슴은 그들 종족만의 독특한 특색이라고 했다.

사회적으로 여성에게 부여하는 주부, 어머니, 아내란 숱한 페르조나(persona)에 숨이 막혀 독립적 인간으로서의 자아를 상실한 중년여성이 참으로 찾고 싶은 진정한 모습은 주부나 어머니나 아내로서의 무거운 책임감을 벗어나 한 명의 자유로운 영혼, 정신, 육체를 가진 인간이라는 자각을 갖고 삶을 사는 것일 것이다. 프란체스카의 새로운 정체성 찾기는 여성으로서의 자아찾기와 새로운 사랑의 추구라는 모습으로 표현되었다.

그러나 나흘간의 일탈적 사랑을 통해서 그녀의 정체성 찾기가 진정으로 실현되었다고 볼 수 있을까? 남편의 가치에 따라 교사생활마저 포기하고 독립적 자아추구 없이 살아가는 삶, 일상성에 빠진 시골생활의 변화없는 권태, 결혼생활의 누적된 불만 등이 나흘간의 일탈을 통해서 완전히 해소되었다고는 볼 수 없다. 변화없는 결혼생활의 권태는 일시적으로 해소되었을지 모르지만 그 새로운 추구는 기성도덕의 규범과는 조화되기 어려운 것이다. 그녀도 이점을 알고 있었기 때문에 로버트 킨케이드를 따라나서지 않았던 것이다. 만약 중년의 새로운 자아찾기가 일탈적 사랑에의 추구란 형태를 통해서 이루어진다면 우리 사회는 큰 혼란에 빠지게 될 것이다. 물론 이 작품은 로맨스 소설로 성격지울 수 있으며, 페미니즘 소설은 아니다. 그렇지만 중년기의 정체성의 위기에 있는 한 여성이 겪은 일탈을 지나치게 미

화하고 신비화시킴으로써 정작 독립적 자아추구를 박탈당한 채 활기
없이 살아가는 중년여성의 삶, 일상적이고 권태로운 시골생활의 문제
점, 부부관계에서 여성의 섬세한 요구들이 배려되지 못하는 남성중심
성과 같은 문제들이 제대로 진단되지 못하고 말았다. 실로 해결된 문
제는 아무것도 없다. 다만 남편과 아이들이 모르는 비밀을 평생 간직
하고 살아간다는 긴장감 외에는…….

이러한 문제점에도 불구하고 이 작품은 나름대로 경직된 우리 사
회가 갖지 못한 몇 가지 부러운 측면을 보여준다. 자신의 일탈인 사
랑을 부끄러워하지 않고, 자식에게 편지와 일기로 남겨 죽은 다음일
지언정 인정받고 싶어하는 인간적인 솔직성과 자식들이 어머니의 감
추어진 사랑의 진실을 인정하는 성숙한 태도에서 이 작품의 나흘간
의 사랑은 비도덕적 일탈이 아니라 진실한 사랑으로 완성되고 평가
된다.

어머니의 감추어진 사랑에 대해 비난하기는커녕 "그 오랜 세월 동
안 서로를 그렇게도 간절하게 원하며 살았던 그분들을 생각해봐. 어
머니는 우리 때문에, 아버지 때문에, 그를 포기했어. 그리고 로버트
킨케이드는 우리에 대한 어머니의 감정을 존중하느라 멀리 떨어져
지냈고, 마이클, 어떻게 그럴 수가 있지. 우리의 결혼생활은 너무나
아무렇지도 않게 여기는데, 우린 자신이 그런 식으로 끝나버린 믿기
어려운 사랑의 원인의 일부가 되다니"라고 안타깝게 절규하는 자식
의 어머니에 대한 성숙한 인간적 이해와 열린 사랑이 무엇보다도 감
동적이다. 그것은 일탈적인 사랑이 주는 감동보다도, 가족을 위해 결
국은 개인적 사랑을 포기하는 보수적인 선택보다도 가장 감동적인
것이다. 어머니도 자유로운 영혼과 감정과 육체를 가진 한명의 인간
임을 인정하는 성숙한 인간미와 인간에 대한 존중은 경직된 도덕률
과 고정관념에 사로잡힌 우리 사회가 가장 결핍한 부분일 것이다. 일

탈적 사랑의 가치 여부를 떠나 프란체스카의 자녀가 보여주는 열린 태도는 분명 감동적이다.

3. 보수적 독자층 겨냥에의 성공

이 작품은 사랑의 정열 못지않게 가족의 소중함을 강조했다고 볼 수 있다. 그 결과, 결혼생활에 불만을 느끼면서도 이혼과 같은 가족의 해체에 동의하지 않는 평범한 독자들의 폭넓은 지지를 얻어내는 데 성공하고 있다. 결혼생활의 불만을 이혼이라는 대안에 연결시키는 것을 원하지 않는, 즉 급격한 변화를 바라지 않는 보통의 평범한 독자들의 폭넓은 지지를 얻어냈다고 할 수 있다.

이 작품이 독자들에 의해서 공감대를 형성하며 큰 감동을 준 가장 큰 이유는 아마도 두 사람의 일탈적 사랑이 나흘에 머물렀으며, 살아있는 동안 두 사람만의 비밀로 남을 수 있었기 때문일 것이다. 즉 이 작품은 일탈적인 사랑을 다루었지만 동시에 가족과 결혼 유지의 중요성도 어떤 의미에서는 더욱 중요하게 다루었다는 점에서 보수주의적인 가족관을 표현하고 있다 할 것이다. 작가는 낭만적 사랑의 감정을 중요시하기 때문에 혼외의 성을 진실한 사랑으로 미화하지만 이와 함께 가족제도의 편안함과 안정성, 그리고 책임감도 동시에 중요하다고 여기기 때문에 이 작품의 사랑을 나흘이라는 시간 속에 제약시키며, 작품의 구조도 과거의 사랑에 대한 회상이라는 틀을 선택한 것이다. 결혼제도 밖에서 이루어지는 낭만적 사랑과 결혼의 안정성과 책임감은 사실 공존하기 어려운 요소이다. 그럼에도 불구하고 작가는 이 상호간에 공존하기 어려운 요소를 독특한 플롯을 통해서 공존시키는 데 성공함으로써 낭만적 사랑을 추구하고자 하는 독자의 욕구와 가정이 우선이라고 여기는 보수적인 독자의 가치의식을 동시에 만족시키고 있다.

나흘간의 꿈결 같은 사랑을 나눈 뒤 둘은 어떻게 할 것인지 대화를 나눈다. 프란체스카는

> 이렇게 사는 것은 지겨워요. 낭만도 에로티시즘도, 촛불 밝힌 부엌에서 춤을 추는 것도, 여자를 사랑하는 방법을 아는 멋진 감정도 여기에는 존재하지 않아요. 무엇보다도 이 생활에는 당신이 없으니까요. 하지만 내게는 지독한 책임감이 있어요. 리처드에게. 아이들에게. 내가 그냥 떠나버리면. 내 육체적인 존재가 사라지는 것만으로도 리처드에겐 너무나 힘들 거예요. 그것만으로도 그를 파멸시킬지도 몰라요.
>
> 그보다도 더 나쁜 것은. 그가 여생을 이곳 사람들의 속닥거림 속에서 살아가야만 할거라는 점이에요. '저 사람은 리처드 존슨이야. 부인은 화끈한 이탈리아 여자였는데, 글쎄 몇 년 전에 장발의 사진사랑 줄행랑을 놓았지.' 리처드는 그 고통을 겪어내야 할 것이고, 아이들은 이 고장에서 사는 한 윈터셋 사람들의 조소를 들을 거예요. 그들 역시 고통을 겪겠죠. 그리고 나를 미워할 거예요
>
> 나도 당신을 원하고, 당신과 함께 있고 싶고, 당신의 일부분이 되고 싶어요. 하지만 책임감이라는 현실로부터 내 자신을 찢어 내버릴 수가 없어요.

라고 말한다. 그녀는 가족의 체면과 책임감이라는 현실로부터 자신을 찢어내 버릴 수 없어 로버트를 따라나서지 않는다. 이제껏 자신이 사랑해온 가족들에 대한 배려와 책임감 때문에 결국은 그를 따라나서지 않은 것이다. 그녀는 자신이 집을 떠나지 않은 사실에 대해서 "내 입장에서만 생각하면, 내가 옳은 결정을 했다고 자신할 수가 없어. 하지만 가족을 생각해보면 나는 내가 옳은 일을 했다고 확신한다"고 고백한다. 개인적 사랑 추구를 포기하고 나흘간의 사랑을 죽을 때까

지 가슴에 묻고만 프란체스카(그러나 그녀는 자신의 사랑을 편지로 남긴다), 그녀는 변함없는 친절과 흔들림 없는 처신으로 그녀에게 편안한 인생을 선물해준 남편에 대해서도 열광적인 것은 아니었지만 그를 사랑했다고 말한다.

이 소설은 플롯의 구조면에서 프란체스카의 사후에 그녀의 아들과 딸이 그녀가 남긴 일기와 로버트로부터 온 편지 등을 들고 작가를 찾아와 소설화해 줄 것을 부탁함으로써 세상에 공개되는 것으로 되어 있다. 작가는 논픽션적 효과와 함께, 이 작품의 가정주부의 일탈이란 소재가 주는 충격을 완화하기 위해서 현재에 의한 사건전개가 아니라 프란체스카의 회고에 의한 서술형태를 취하고 있다. 회상과 상감기법의 액자구조를 사용함으로써 나흘간의 일탈이 현재 일어나고 있는 사건이 아니라 단지 과거의 추억거리로 존재하게 된다. 그럼으로써 이 작품의 사랑은 더욱 미화되며, 한층 아름답게 독자들을 감동시키는 효과를 얻게 되는 것이다.

한 평범한 시골 중년여성의 가슴 속에 잠재된 낭만적이고 열정적인 사랑을 나흘간의 일탈을 통해 실현시킨 작가 제임스월러는 인간의 공존하기 어려운 두 가지 욕망을 상감기법이란 독특한 구조를 통해서 실현시킴으로써 독자들을 폭넓은 공감의 세계로, 대리충족의 세계로 끌어들이는 데 성공했다. (1997)

제3장

페미니즘과 여성

표류하고 있는 이 시대의 여성관
－『부엌데기 사랑』에서부터 『뜨거운 가슴에 좌절이란 없다』,
『나쁜 여자가 성공한다』, 그리고 『여성이여 테러리스트가 돼라』까지

1. 표류하고 있는 여성관

하루는 아침에 출근준비를 하고 있는데, 먼저 유치원에 갈 준비를 끝내고 거실에서 놀고 있던 딸아이가 난데없이 "엄마는 나쁜 여자예요?" 하고 묻는 것이었다. 영문을 몰라 "그게 무슨 말이니?" 하고 묻자 아이는 "여기 신문에 나쁜 여자가 성공한다고 써 있는데요."라고 말했다. 사태를 짐작한 내가 거실로 나가보니 정말 아이는 조간신문에 커다랗게 나온 김명숙의 『나쁜 여자가 성공한다』란 책광고를 보고 있었다. 아이는 다시 묻는다. "엄마! 나도 나쁜 여자가 돼야 하는 거예요?"라고……

최근 출판되고 있는 여성 관련 서적들을 일별해 볼 때에 20세기가 지나가고 있는 세기말에도 여성의 삶에 대한 사회적 합의가 충분하게 이루어지지 않고 있다는 점을 실감하게 된다. 20세기를 시작할

때, 선각적 남성과 여성들이 여성해방을 하나의 신념처럼 외쳤던 것을 상기해본다면 한 세기가 지나도록 변화하지 않고 있는 것은 여성에 관한, 여성의 삶의 양태에 대한 뿌리 깊은 가부장적 가치관이 아닌가 생각된다.

21세기를 맞아 이 사회는 농경사회에서 공업화 사회를 거쳐 제3의 물결의 정보화 시대를 맞고 있다. 하지만 여성에 관한 가치관은 여성 자신의 태도로부터 사회적 통념에 이르기까지 정말 변화가 더디게 이루어지고 있다. 서양에서 수백 년에 걸친 역사 사회적 변화를 불과 몇 십 년만에 이루어낸 우리 민족이 여성관에 대해서 만큼은 사회적 합의가 도출되지 않은 채로 아직도 구시대적 가치관이 여성 자신의 입을 통해서 마저 당당히 외쳐지고 있는 문화지체 현상은 흥미롭다 못해 당혹스럽다.

앞에서 언급된 『나쁜 여자가 성공한다』에서는 '남성중심의 시대는 지났다'라고 하며, '주부'라는 말마저 거절하고, '가사경영인'이란 말로 결혼한 여성을 부르며, 부모 대신에 모부, 남녀평등 대신에 여남평등을 사용함으로써 언어적 차원에서마저 철저한 여성해방을 부르짖는다.

또한 『일본은 없다』란 저서로 널리 알려진 전여옥은 『여성이여, 테러리스트가 돼라』는 새로운 책을 통해서 '굿바이 남성시대'를 외치며, 실패한 남성의 역사를 파괴하는 테러리스트 여성이 될 것을 촉구하기도 한다. 그녀는 "여성은 더 이상 남성의 심부름꾼이 아니다. 여성은 이 한국 사회의 모순과 불평등, 그리고 소외를 해결해야 하는 시대적 사명을 지니고 있다. 먼저 여성인 우리 자신이 우리의 권익을 되찾고 힘을 확보해야 한다. 그러기 위해 여성이여, 테러리스트가 돼라!"고 외친다.

반면에 소설가 조양희는 『부엌데기 사랑』이라는 산문집을 통해 제목에서부터 여성의 존재를 '부엌데기'로 규정하며, 성차별적이고 여성비하적인 여성관을 당당히 드러내고 있다. 21세기를 맞는 현대여성이 자신의 정체성을 찾아야 할 장소가 바로 부엌이라고 주장하며, 부엌이야말로 여성이 행복을 찾을 수 있는 유일한 공간으로 제시한다.

> 이곳에 앉으면 세상 모든 일에 주의를 깊게 귀기울일 수 있다. 부엌은 추억을 보듬고 꿈을 캐는 나의 카페요, 소극장이며 헬스클럽이요, 맑은 수평선이 보이는 바다이다. 또 호텔의 로비이고 세 평도 안 되는 유일한 운동장이다, 여기에 바로 우리의 우주가 담겨 있다. 남편과의 대화나 아이들의 어리광도 이곳에서는 더욱 빛난다. 사춘기 아이의 성교육도 이곳에서 시키고 날마다 아이들에게 사랑을 전하는 '도시락 편지'도 이곳에서 엎드려 쓴다.
>
> 　나에게 있어 부엌은 세끼 식사를 준비하고 순한 차를 끓여내는 만남의 장터이며 내 가족의 삶을 계획하는 작업실이다.
>
> 　　　　　　　　　　　　　　　　　— 「이 책을 읽는 이에게」에서

여성은 부엌을 통해서 세상과 우주와 가족을 이해할 수 있다고 주장함으로써, 또한 여성의 역할을 자녀 교육, 가족을 위한 식사준비, 가족을 끝없이 배려해야 할 존재로 규정하는 역할관을 나타낸다.

현재 우리나라는 48%의 여성이 사회적 경제활동에 참여하고 있다. 그리고 전체 여성근로자의 절반 가량이 기혼여성이다. 이들은 안팎으로 남성보다 더 많은 시간을 열심히 일하며 개인발전과 국가발전에 기여하고 있을 뿐만 아니라 여성의 지위향상에도 기여하고 있다. 그런데 여성의 우주를 부엌으로 한정하고 규정짓는 여성관은 이들을 향해 찬물을 끼얹는 시대착오적 역할 규정이라 하지 않을 수 없다.

이미 20세기 초반에 선각적 신여성 나혜석은 「이상적 부인」(1914)에서 여성을 노예화하는 부덕과 양처현모의 허구성을 날카롭게 비판하였다. 즉 현모양처 교육과 부덕에 대한 찬양은 여성을 노예화하기 위한 남성중심 이데올로기의 전략이라는 것이다.

남자는 부(夫)요, 부(父)라 앙부현부(良夫賢父)의 교육법은 아직도 듣지 못하였으니, 다만 여자에 한하여 부속물된 교육주의라. 정신수양상으로 언하더라도 실로 재미없는 말이라. 또 부인의 온양유순으로만 이상이라 함도 필취할 바가 아닌가 하노니, 운하면 여자를 노예 만들기 위하여 차(此) 주의로 부덕의 장려가 필요하였도다.

그런데 한 세기가 지나도록 현모양처와 부덕의 신화에서 깨어나지 못하고, 시대를 역행하는 구시대적 여성관이 외쳐지는 상황은 동시대를 살아가는 여성들에게 놀라움을 금할 수 없게 만든다.

또한 왕년의 인가 스타 엄앵란은 자서전적 수필집『뜨거운 가슴에 좌절이란 없다』에서 외도한 남편과 이혼할 거냐는 기자들의 질문에 "왜 저희가 이혼을 해요? 남자라는 것은 짜장면도 먹고 밥도 먹고 그렇게 사는 거지, 어떻게 흰밥만 먹고 살아요?"라고 항변하고 있다. 남편의 외도에 분노하고 원망하기는커녕(진심은 아니겠지만) 별식 정도로 취급하는 여장부적(?) 태도를 보여주어 질문자를 당혹스럽게 만들었던 것이다.

이럴 때일수록 아내가 더 편안하게 해주어야 한다. 그것만이 남편이 가정으로 돌아오게 만드는 비결일 것이다. 어린 자식들에게 깨어진 가정의 슬픔을 넘겨주지 않으려면 더욱 침착하고 슬기롭게 이 위기를 넘겨야 한다. 순간적인 감정이 휩싸여 그 동안 쌓아온 내 가정의 행복을 깨뜨릴 순 없다. 난 더 강해져야만 한다, 하며 애써 눈물을 삼키면서 다짐 또 다짐했었다.

그녀는 남편의 무분별한 외도에 대해 일에 대한 스트레스 해소니 미남배우가 겪어야 할 유명세니라고 체념하며 오히려 더 편안하게 대해주어야 한다고 분노를 억압하며, 초인적인 인내심을 발휘하고 있다. 남편의 무분별한 외도에 여장부적 태도로 의연함을 가장하며, 가정을 지킨다는 명목하에 맹목적으로 남편에 대한 소유 내지는 결혼 관계의 지속에 매달려야 하는 여성상은 애처롭기까지 하다. 남편의 몇 년씩 계속된 무분별한 외도는 아내의 남편에 대한 사랑과 신뢰와 존경심을 모두 앗아갈 것이다. 그럼에도 불구하고 만신창이가 된 자신을 의연한 태도로 위장하며, 조강지처에게 다시 돌아온 남편을 받아들여 가정을 유지하는 것이 최선의 사랑이며, 행복지키기라는 가치관을 나타낸다.

한 사람의 자기억제가 결여된 지속적 외도와 다른 한편의 일방적 인내와 체념으로 유지되는 불공정한 결혼관계 속에서 가정의 진실한 행복은 추구될 수 있는 것일까? 껍데기의 가정은 유지되겠지만 알맹이인 행복과 사랑은 존재하지 않을 것이다. 남편의 외도에 대한 대응방식이 반드시 이혼이 최선이 될 수는 없을 것이다. 하지만 아내의 무조건적 인내를 통해서 유지되는 불공정한 결혼관계의 지속 속에서는 진실한 사랑과 행복은 추구될 수 없음이 자명하다. 진실한 사랑은 배우자 상대방에 대한 신뢰와 책임과 배려와 존경, 그리고 무엇보다도 주체성을 가진 남녀의 대등한 관계에서 우러나올 수 있는 것이다.

그리고 일부일처제란 무엇인가? 일부일처제의 가장 큰 윤리적 덕목은 배우자 이외의 이성과는 성관계를 맺지 않는다는 묵시적 약속이 전제된 결혼제도이며, 우리 사회는 형사법상 간통죄를 존치시킴으로써 이를 어긴 개인에 대해서 국가의 법률이 처벌을 가하고 있다. 그녀는 이혼을 하지 않았다는 점에서 이혼에 대해 부정적이고 적대적인 이 사회의 통념에 부합되는 인내의 미덕을 발휘한 셈이지만 그것은 정녕 상처뿐인 영광이 아니겠는가? 여성의 일방적 인내와 체념에 의해서 지탱되는 가정과 결혼은 여성에게도 남성에게도 결코 바람직하지 않다. 결혼 이외의 가능성이 차단된 과거의 여성들에게는 엄앵란식의 인내와 자기억제의 희생은 미덕으로 존경받을 수 있었을 것이다. 하지만 평등을 지향하는 요즘 신세대 여성들은 엄앵란식의 인내를 결코 미덕으로 여기지 않을 것이다. 그녀들은 케케묵은 구시대적 가치관이라고 배척할 것이 틀림없다.

2. 가사노동의 정체

부엌데기란 누구인가? 부엌에서 일하는 사람을 비하시켜 일컫는 단어이다. 부엌에서 일하는 사람은 바로 여성이며, 흔히 남자들이 자기 아내를 비하시켜 우리집 부엌데기라고 부르는데, 이런 인격모독적이고 차별적인 언어를 여성 스스로 아무 거리낌없이 무슨 애칭이라도 되는 양 사용하다니…… . 이 표현 속에는 여성의 일터는 가정이며, 특히 '부엌'이라는 구체적 공간을 통해서 무보수로 가사노동을 제공하는 사람이라는 차별적 역할관이 내포되어 있다. 그럼에도 작가의 부엌데기에 대한 사랑과 찬양은 끝이 없다.

> 주부가 집에서 하는 일은 지극히 평범한 일이다. 그러면서 누군가 꼭 해야 할 일이기도 하다. 밥하고 설거지 하고, 쓸고 닦고, 물건 정리하고 빨래하고, 수다 떨고……. 집안에서 하루 종일 일해도 별로 한 것 없어 보이지만 반나절만 집을 비우면 금방 표시가 나는 일이 주부의 일이다.
>
> 말하자면, 주부는 무보수로 일하고 지극히 평범한 일을 하지만 바로 그 평범한 일이 우리 삶에 가장 소중한 부분을 차지하고 있다. 보람과 행복을 느끼는가 아닌가는 살림살이를 세상에서 가장 생산적이며 보람 있는 일로 여기느냐, 아니면 할 수밖에 없다고 여기느냐에 달려 있다.
> — 「아내들이여, 부엌으로 돌아오라」에서

가사노동의 평범성, 일상성, 반복성, 무보수성을 작가도 충분히 인식하고 있다. 또한 작가도 지적하고 있듯이 가사노동은 무보수로 행해야 할 뿐만 아니라 평범하고 반복적이며, 지극히 일상적인 일이다. 그럼에도 불구하고 없어서는 안될 중요한 일이며, 가치 있는 일이다. 지금껏 가사노동은 사적인 영역에서 일어나는 개인적인 일로 취급받아 왔고, 여성에게만 부과되어 왔다. 그리고 그로 인해 가사노동은 제대로 평가받지 못했다. 따라서 가사노동의 가치는 객관적으로 분명히 인정되어야 한다. 그러나 그 가치는 주부 자신의 주관적 평가인 스스로 보람과 행복을 느끼느냐 아니냐에 따라 좌우되어지는 것은 아니다. 아니 보람과 행복을 느끼느냐의 여부도 개인의 주관적 평가 속에서 이루어지는 것이 아니다. 가사노동에 대한 사회적 평가와 객관적 가치인정이 이루어질 때 주관적 보람과 행복도 느낄 수 있다. 1995년 북경여성대회에 보고된 UNDP의 보고서에 의하면 여성의 가사노동이 전 세계 경제생산의 70%를 차지하며, 값으로 환산하면 16조$이라는 것이다. 1993년 우리나라 통계청의 조사자료에 기초하여 주부의 가사노동을 통한 국가경제에의 기여도가 조사된 바 있다. 우리나라를 움직이는 총 751억 4천만 시간 중에 가사노동이 차지하는 비율은 40.7%이며, 여기에 사회적 노동을 합치면 여성의 경제적 기여도는 62.4%에 달한다고 한다. 이는 남성보다 여성이 13% 정도 더 많이 노동하고 있다는 의미이며, 여성이 남성보다 국가경제의 기여도가 높다는 의미이다.

　가사노동의 국가·사회적 기여도가 높다는 객관적 평가가 전제된다고 하더라도 그 일을 여성이 전담해야 할 이유는 없다. 즉 여성을 가사노동에 얽매이도록 이분법적으로 분업화된 성차별적인 구조를 정당화해야 할 이유는 없다는 것이다. 남녀를 공(公)과 사(私)로 구분하는 이분적이고 성차별적인 구조에 대한 분석이 없는 한 가사노동에 대한 신성시와 미화는 여성을 남성 지배하의 전업주부로 묶어두거나 취업여성의 노동력을 저임금으로 부리며, 동시에 가사노동의 이중부담을 떠안기는 논리로 이용될 수밖에 없는 것이다. 즉 가사노동이 아무리 가치 있는 일일지라도 여성이 이를 전담하며, 부엌에만 얽매여 살아야 할 이유는 없다는 것이다. 하이디 I. 하트만(Hartman)은 모든 계급의 여성들이 남성들을 위한 가사노동을 수행한다는 점에서 가부장적 권력에 종속되어 있다고 주장한 바 있다. 또한 마르크스와 엥겔스는 발전된 자본주의체제에서, 가정주부가 수행하는 가사노동은 그가 속한 가정의 남성 가장에게는 사사로운 서비스인 동시에 사회 전체에 대해서는 무보수로 봉사하는 경제적 행위이기도 하다. 현대사회에 존재하고 있는 개별 가족은 노예상태와 같은 아내의 가사노동에 기반하고 있으며, 현대사회는 이러한 개별가족이 한 개의 분자들로 뭉쳐진 하나의 더 큰 집합체이라고 결론 내린 바 있다.

　가정을 여성의 영역으로 이상화 성역화하는 것은 결국은 사회적 활동을 하는 여성들까지도 집으로 돌아와 자녀양육과 가사노동을 전담해야 한다는 논리로 확대되며, 비인간적 슈퍼우먼을 요구하기에 이른다. 그래서 전여옥은 이러한 현실에 반기를 들며 '슈퍼우먼은 없다'고 선언했던 것이다. 그녀는 직장일과 집안일을 동시에 완벽하게 해내겠다는 포부를 가진 여성들을 향해 '슈퍼우먼'이란 허울 좋은 이름 아래 또다른 희생을 강요하는 허위의식에 속지 말 것을 당부한다.

　　이 변화하고 있는 시대에 세계가 알아주는 훌륭한 인적 자원이라고 할 수 있는 한국여성들을 밥 세끼를 짓게 하기 위해 가정에 매어 두는 일은 비경제적이자 시대를 거꾸로 가는 일이다. 마찬가지로 맞벌이 가정에서 아이들이 엄마에게 아침, 저녁밥상을 요구하는 것은 이기적인 일이다.

　　일단 많은 직장 여성들이 먼저 스스로의 의식을 깨달아야 한다. 또, 슈퍼우먼이란 허구에 속아 자신을 하대하는 일을 절대로 해서는 안된다. 슈퍼우먼이 될 생각은 아예 하지도 말자. 그리고 집안의 어수선함이나 싱크대에 산더미처럼 쌓여 있는 설거지감을 보면서 '나의 일'이라고 생각해서는 절대로 안된다. 가족 모두의 일이고, 나의 몫도 일부 있다고 생각하면 된다. 그리고 돈 버는 일에 자부심을 갖자.
— 전여옥의 「슈퍼우먼은 없다」에서

또한 김명옥은 『나쁜 여자가 성공한다』에서 가사노동을 전업으로
하는 '프로주부'란 말이 되지 않는다고 주장한다. 그리고 여성이 가
사노동 전담에서 벗어나 직업을 가져야 하는 이유를 "일을 통해 독
립적이고 주체적인 인간이 되고 고유한 인생을 만들어 나가며 생을
풍요롭게 하는 사회적 관계를 엮어갈 수 있기 때문이다."라고 말한
다. 이런 차원에서 본다면 전체 여성의 반 이상이 투신하고 있는 가
사노동이란 가치 있는 일이라고 보기 어렵다는 것이다.

남의 뒷바라지가 속성인 일이 자기인생의 형성을 보장하기란 불
가능하며 따라서 성취감도 없을 뿐더러 사회적 접촉도 단절되어 있
기 때문이다. 게다가 독립성이나 주체성의 문제에 이르면 상황은 더
한심해진다. 가사경영인이라면 일에 상당하는 보수를 받아야 하는데
그 돈은 누구에게서 나오는가? 현재 우리 사회의 체제로는 돈이 나
올 곳이라고는 남편의 주머니 단 한 곳밖에는 없다. 그렇게 된다면
아내와 남편 사이는 바로 고용주와 피고용인이 되는 셈이니 이는 여
성이 직업을 통해서 이루려는 남편과의 동등한 관계수립에 정면으로
배치되는 결과가 아닐 수 없다. 직업인이 됨으로써 더욱 남편에게
종속되는 모순적인 상황이 연출되는 셈이다.
— 김명옥의 「프로주부가 말이 안되는 이유」에서

김명옥은 프로주부가 하는 가사노동이란 일의 성취감도 없고 사회
적으로 단절되며, 독립성과 주체성이 부재하는 인생을 만들 뿐으로,
프로주부란 말이 안된다는 것이다. 따라서 주부인 가사경영인은 실업
자 의식을 가져야 한다고 주장한다. 실업자 의식을 투철하게 가져야
만 일할 권리를 찾을 수 있다는 것이다.

취업의사가 있는 가사경영인들은 무엇보다도 실업자의식으로 무장해야 한다는 것이다. '주부도 직업'이라는 자기합리적이고 기만적인, 혹은 자포자기적인 주장은 이제 우리 사회에서 사라져야 마땅하며 대신 헌법에도 보장된 일할 권리와 인간의 존엄한 가치에 바탕한 실업자 의식이 가사경영인들의 머리 속에 깊이 뿌리를 내려야 한다.

당신은 실업자다. 그러므로 실업자 의식을 가지자!

실업자 의식이란 무엇일까? 그것은 일할 권리에 대한 투철한 인식이며 일을 찾으려는 치열한 노력이다. 만약 당신이 더 이상 집안에 퍼저버리고 앉아 인생을 녹슬게 하고 싶지 않다면, 당신의 고유한 생을 찾아나서고 싶다면 출구가 쉽게 발견되지 않는다는 이유 하나로 그냥 포기하거나 체념하지 말고 소매 걷어붙이고 일을 찾기 위한 장정에 나서자.

— 「당신은 약하지만 여성은 강하다」에서

김명숙이 주장하듯이 가사노동이 전적으로 가치가 없는 일은 아니며, 성차별 해소 또한 여성의 사회적 경제활동을 통해서만 극복될 수 있는 사안은 아닐 것이다. 다만 가사노동을 무보수로 여성에게 전담시킴으로써 낮은 사회적 평가를 하고 있는 자본주의하의 분업체계가 문제이다. 여성의 사회적 경제활동에의 참여 확대, 가사노동의 무보수성에 대한 대안 제시, 가사노동의 여성전담과 낮은 사회적 평가를 개선하는 일 등이 오늘의 여성이 안아야 종합적 할 과제인 것이다.

여성을 가사노동자로 묶어놓는 성역할관은 결코 미화되어서도 신비화되어서도 안된다. 더욱이 여성의 사랑, 인격적 성숙 운운하는 차별적 현실에 대한 순응을 요구하는 허위의식에 의해서 정당화되어서도 안된다. 그리고 여성이 가사노동을 전담하는 것이 가족에 대한 헌신이요, 사랑이라고 인식하는 것이야말로 잘못된 가치관이다. 그가 현명한 여성이라면 가족 구성원 모두에게 가사기술을 가르쳐서 가사참여를 통해 가족 구성원이 된 보람을 함께 느끼도록 만들어야 하리

라. 그리고 그것이 가족 구성원의 독립과 자율과 성장을 돕는 길임을 인식해야 한다. 평등은 추상적인 구호를 통해서 실현되는 것이 아니라 가정 속에서 청소나 설거지를 나누어서 하는 일상적인 작은 실천으로부터 구현되는 구체적 개념이다. 평등이 가정에서부터 실천될 수 있도록 만드는 것도 오늘을 살아가는 현명한 여성이 담당해야 할 임무인 것이다. 가족 속에서의 불평등은 가족이란 소집단에서 끝나지 않는다. 그것이 바로 사회적 불평등의 재생산으로 연결되기 때문이다.

오늘날의 여성과 사회는 변화하고 있다. 요즘의 젊은 여성들에겐 직업은 필수고, 결혼은 선택이라고 여길 만큼 사회적 경제적 활동 속에서 자아를 실현하고자 하는 욕구가 강렬하다. 사회적 경제활동에의 참여는 건강한 인간으로서 당연히 누려야 할 권리이자 책임이기도 하다. 이러한 욕구를 어떻게 사회가 수용할 것인가가 이 사회의 과제이다. 가사노동의 분담은 물론이며, 여성의 사회적 노동에 가해지는 성차별을 어떻게 극복하여 남녀고용평등을 실현하고 명실상부한 평등사회를 구현하느냐가 목표가 될 수 있을 뿐 부엌, 즉 가정으로의 복귀가 미래를 살아갈 젊은 여성의 삶의 목표가 될 수는 없다. 그것은 어디까지나 삶의 모든 가능성이 차단된 차별적 사회에서 어쩔 수 없이 살아야 했던 기성세대가 과거 속으로 안고 가야 할 구시대적 삶의 양식에 불과하다.

현대는 다양성의 시대이다. 왕성한 사회적 활동으로 인생의 의미를 구현하는 여성도 있을 수 있고, 가사노동만을 전담하며, 조용히 가정에서 삶을 실현할 수도 있을 것이다. 어떻게 본다면 그것은 어디까지나 개인적 취향에 따라 결정되어져야 할 문제처럼 보인다. 그러나 과연 그럴까? 적어도 앞으로의 우리 사회에서 요구되는 평균적인 여성상은 아내, 어머니, 며느리로서의 역할만이 존재하는 여성이 아니라 사회적 일에나 가정의 일에나 남성과 똑같이 책임지고 참여하는 인간상일 것이다. 즉, 직업을 통해서 열심히 자아를 실현하며, 동시에 가정적인 역할도 남성과 함께 분담해 나감으로써 사회와 가정을 현명하게 공존시키는 여성상이다. 사회적 노동을 남성에게만 전담시키는 것이 부당해 보이듯이 가정에서 이루어지는 가사노동을 여성에게만 부담지우는 일 마찬가지로 부당하다. 따라서 부엌이 여성이 존재해야 할 유일한 공간이 될 필요는 없다. 전업주부를 개인적 취향에 따라 선택할 수도 있을 것이다. 그러나 그러한 삶의 방식이 개인적 취향을 넘어서서 밖에서 땀 흘리며 열심히 일하고 있는 여성을 향해 부엌으로 돌아오라고 찬물을 끼얹는다든지, 미래를 살아갈 딸에게도 권장해야 할 삶의 형태는 결코 아닌 것이다.

3. 희생과 사랑의 허구성

과거에 가정은 여성의 영역이었다. 다음 세대를 낳아 양육하고 교육시키는 것은 여성의 신성한 의무였으며, 바깥일, 직장생활에 지친 남성을 쉬게 하고 그들이 다음날 일할 수 있는 재충전의 에너지를 공급하는 것이 여성과 가정이 맡아야 할 의무였다. 남성중심사회는 가정을 그 구성원의 인성을 계발하고, 그들의 신체적 정신적 욕구를 채워주는 마지막 보루라며 모든 사회생활과 단절된 영역이라 고립시켜 놓고 온갖 말로 미화해 왔다. 그리고 그 가정 속의 여성은 항시 애정을 품고 온화하고 포용력 있는 모습에다 자기희생을 당연한 덕목으로 기대해왔다.

남편이 바라는 아내의 모습이란 항상 편해 더 없이 좋기만 한 아내, 부드럽고 그윽한 미소로 남편을 감싸주는 아내, 잘못을 탓하지 않는 넉넉한 가슴을 가진 아내, 아낌없이 자신을 헌신하는 아내일 것이다. 자신을 희생하면서도 그걸 희생으로 느끼지 않는 참다운 자비의 품일 것이다.

—「여자와 북어가 닮은 점」에서

이 사회는 여성의 헌신과 희생에 대한 인내에서 더 나아가 "너그럽고 자상한 엄마의 모습"으로 자발적으로 웃으면서 받아들일 것을 요구해 왔다. 모성이란 A. 리치(Rich)에 의하면 실로 다양한 사회, 정치체계 속에서 남성지배를 정당화하는 열쇠다. 여성은 무엇보다도 모성의 쇠사슬에서 자유로워질 수 있어야 새로운 문화조직을 기대할 수 있다고 했다. 존 스튜어트 밀이 『여성의 예속』에서 탁월한 분석을 한 바 있듯이 남성중심사회는 여성들의 예속을 정당화하고, 거기에 자발적인 사랑까지를 더 요구하는 철저성을 보인다.

사회적·자연적인 원인들이 합세하여 여성들이 남성의 권력에 집단적으로 저항하는 것을 불가능하게 만든다. 여성들은 다른 모든 예속계급과는 너무나 다른 처지에 있기 때문에, 그들의 주인은 그들에게 실제적 봉사 이상의 것을 원한다. 남성은 단지 여성의 복종만을 원하는 것이 아니라, 그들의 감성도 원한다. 극단적으로 야수적인 남성을 제외한 모든 남성은 그들과 가장 가까이 결합되어 있는 여성이 강요된 노예가 아니라 자발적인 노예이기를, 단순한 노예가 아니라 총아이기를 바란다. 그러므로 그들은 여성의 마음을 노예화하기 위해서 무엇이든 한다. 다른 모든 노예의 주인들은 노예의 복종을 유지하기 위하여 공포—주인에의 공포나 종교에의 공포—를 이용한다. 그러나 여성의 주인은 단순한 복종 이상의 것을 원하기 때문에 그들의 목적을 달성하기 위해 교육에 전력하였다. 모든 여성은 아주 어려서부터 그들의 이상적인 성격은 남성의 것과는 정반대되는 것, 즉 자기의지나 자기통제에 의한 지배에 의한 자기지배가 아니라 복종과 타인의 지배에 순종하는 것이라는 신념에 길들여진다. 현재의 모든 도덕규범은 타인을 위해 사는 것, 철저히 자기를 부정하는 것, 애정 이외의 삶을 살지 않는 것이 여성의 의무이며 그것이 바로 여성의 본성이라고 말한다. 여성들은 애정이란 그들에게 유일하게 허용된 것으로서 곧 그들과 관련된 남성들

에의, 또는 그들과 남편 사이의 부가적이고 무효화될 수 없는 유대를
형성하는 자녀에의 애정을 말한다.

— 존 스튜어트 밀 『여성의 예속』(이대출판부)에서

　밀의 지적처럼 조양희는 여성의 희생과 거기에다 자발적 헌신을
찬양하는 예속의 철저성을 보여준다. 초도로우(Nancy Chodorow)는 「모
성, 남성의 지배, 자본주의」라는 글에서 가정에서의 여성의 일과 모
성으로서의 역할은, 화폐단위의 교환영역 밖에 존재하고, 화폐단위의
용어로는 측정될 수 없기 때문에 평가절하 된다. 그리고 사랑이라고
하는 것이 아마 가치 있는 것이긴 할 테지만 그것은 오직 평가절하
된 무력한 영역 안에서만 가치 있는 것으로 평가된다고 했다. 「여자
와 북어가 닮은 점」이란 글은 마음이 노예화된 여성, 남성중심사회가
여성을 길들여온 대로 자기비하와 부정, 자발적인 애정에 사로잡힌
여성상을 '북어'에 비유하면서 여성으로서의 성숙이니 절제와 희생의
미덕이니 하여 찬양하고 미화하는 작가의 남성중심 이데올로기에 철
저히 길들여지고 내면화된 모습을 유감없이 보여주고 있다.

　　결혼을 해보니, '시집 살이, 남편 살이, 아이들 살이'에 천덕꾸러기
처럼 이리 치이고 저리 짓밟혀서 '나'라는 개인의 인격은 오간 데가
없다. 북어처럼 매 맞아 시달리는 신세가 여자의 결혼생활이다. 그런
데도 많은 여자들이 매 맞듯 맞이하는 결혼생활에서 행복의 끈을 붙
잡으려 하는 이유는 무엇일까.

　　'맞아야 한다'는 말 뒤의 '제 맛이 난다'는 말은 또 무슨 의미일
까. 그것은 아마도 시댁과 남편과 아이들에게 시달려서 북어처럼 곤
죽이 되었을 때에 비로소 한 여자로서 성숙된다는 의미일 것이다.

　　시집살이를 안한 며느리는 경망스럽고, 남편의 시달림을 받아보지

않은 여자는 남자의 겉과 속의 차이를 알지 못한다. 남자를 아는 여자라야 내면의 생채기 안에 매력이 쌓여서 진주 같은 여자가 된다.
　또 아이들에게 시달려 보지 않고 참교육 운운한다면 그것은 거짓이다. 자식을 낳고 기르면서 청소년으로, 어른으로 만드는 과정 속에 우러난 것이 진정한 교육이다. 알뜰한 어머니 품에서 정성껏 교육받은 아이들이야말로 사회의 밑거름이 될 수 있다. 결국 북어처럼 맞고 살아온 여자의 삶이 진국이며 참으로 아름답게 빛나게 된다.
　　　　　　　　　　　　　　— 「여자와 북어가 닮은 점」에서

　철저한 자기부정과 인간으로서의 인격마저 실종되는 시집살이와 매 맞듯이 맞이하는 결혼생활을 통해서 여성이 행복의 끈을 붙잡으려 한 것은 그것이 여자로서의 성숙을 가져다주기 때문이 아니다. 인간으로서의 모든 가능성을 차단한 채 과거사회가 여성에게 허용한 삶이 바로 그것밖에 없었기 때문에 선택의 여지도 없이 억지로 그렇게 살아왔을 뿐이다. 그것은 어디까지나 억압적이고 여성통제적인 남성지배사회의 산물일 뿐 결코 바람직한 삶의 양태가 아니었다. 조양희는 고된 시집살이를 통해서, 남편과 아이들로부터의 시달림을 통해서 여성이 인간적으로 성숙된다고 주장한다. 인생의 시련이 인간을 성숙되게 만드는 측면을 전적으로 부정하지는 않겠다. 하지만 시련을 극복한 진주 같은 인간은 아주 드물며, 시련을 극복하지 못한 대다수의 보통 사람들은 인간성이 파탄되고 황폐화된다. 그녀의 말대로 고된 시집살이를 통해서 인격적 성숙이 이루어지는 것이 사실이라면 현재 많은 가정주부들, 특히 가사에만 전념하는 전업주부들이 그토록 많이 겪고 있는 주부 우울증은 어떻게 설명될 수 있을 것인가?
　가사노동의 무보수성, 반복성, 낮은 사회적 평가, 또한 사회적 고립, 끝없는 비인간화를 요구하는 타인지향적 삶이 결국 여성의 우울증을 유발한다. 여성으로 하여금 독립적 인격체임을 부정하게 만들고 끝없이 타인지향적 삶을 살도록 내모는 삶의 양태, 그리고 경제적으로 남성에게 의존해야 하는 의존성 등이 심리적 무력감과 갈등을 유발한다는 것은 새삼 이야기 할 필요조차 없다.

그리고 인간적 성숙 운운하는데, 성숙이 필요하다면 여성만이 아니라 남성이나 아이들도 똑같이 성숙을 도모하여야 한다. 이 사회는 여성만이, 특히 가정주부만이 고된 시집살이를 통해서 인간적으로 성숙할 것을 요구하며, 나머지 사람들은 미성숙 상태에 그대로 방치하여도 좋다는 것인가. 그 결과는 무엇이란 말인가.

가정 안에서 여성은 정신적 육체적으로 무기력해지고, 우울증에 시달리는 병적 상태에 놓이게 되며, 반면에 남성은 공격, 지배, 폭력을 일상화하는 남성천국으로 가정을 구조화시키게 된다. 가정 폭력, 즉 매맞는 아내의 문제도 한 개인 남성의 폭력성에서 기인하는 것이 아니라 결국은 이러한 성차별적인 가족관과 남성의 폭력을 구조적으로 허용하는 가부장제의 통제수단을 통해서 만들어진 산물임을 인식해야 한다. 그런데도 작가는 남성지배적 사회의 교묘한 여성통제 이데올로기의 허구성을 인식하지 못하고 희생의 가치를 미화시키는 데서 한걸음도 나아가지 못한다.

그러나 조양희는 주부라는 역할이 끝없는 자기희생과 헌신을 요구하는 것이며, 그로 인한 회의와 갈등이 있음을 그 스스로가 인정할 때도 있다. 그녀가 정상적으로 사고하고 느낄 줄 아는 인간이라면 이러한 회의를 가지는 것은 매우 자연스럽고 당연한 일이다.

> 스스로 선택한 결혼이란 성소(聖召)에 대하여 나 역시 회의를 느낄 때가 있다. 이 길은 나를 완전히 버리라고 요구하고 있기 때문이다.
> (중략)
> 탈없는 가정의 영광 뒤에는 부서지고 으깨어진 주부의 값진 희생이 숨겨져 있다. 한 가정이 무사한 까닭은 부엌데기의 고된 마음이 저리도록 녹아 있다.
>
> — 「이 책을 읽는 이에게」에서

조양희가 주장하듯이 가정이 정말 여성이 정체성을 실현할 수 있는 성스런 장소라면 그 당사자인 여성이 주부로서의 삶에 대해 회의하고 갈등을 느껴야 할 필요는 없을 것이다. 그리고 그곳은 일방적으로 여성의 희생을 요구하며, 여성의 희생 위에서 영광을 추구해서는 안될 것이다. 아내의 일방적 희생과 봉사를 요구하는 가부장적 가족관은 당연히 바뀌어져야 한다.

그런데 조양희는 가족이란 공동체를 위한다는 명분하에 여성의 희생을 당연시하며, 나아가 여성은 그 희생을 기꺼이 희생을 감수해야 한다고 주장한다. 자신이 경험하는 나날의 실존적 삶에 가해져 오는 회의와 갈등의 근원적 문제점이 무엇이며, 희생과 헌신을 요구하는 여성의 역할로부터 벗어나기 위한 현실 개혁을 꿈꾸기는커녕 결혼과 가족에 대해 회의를 느낄지라도 그러한 여성의 희생이 있어야만 가정의 영광과 무사가 있기 때문에 주부의 희생과 고생은 가족의 영광이라는 가치 속에서 당연시되어야 한다고 현실순응적 가치관을 나타내고 있다.

누군가의 일방적 희생의 터전 위에 이룩한 영광이라면 민주사회에서 그 영광과 희생은 당연히 재고되어야 한다. 가족이란 공동체를 통해서 같이하는 고생, 함께하는 영광으로 변화되어야지, 타인의 특히 주부의 일방적 희생 위에서 이루어지는 남편과 아이들만의 영광은 그 영광이 아무리 값진 것이라고 하더라도 한 사람의 희생을 딛고 이루어진 비인간적이고 비민주적 영광이란 점에서 이미 기본적 가치성을 상실하고 있다. 가족은 구성원 각자의 인격을 존중하며, 가정내의 역할 배분에도 공평해야 한다. 이러한 공평성의 원리가 전제된 가운데 진정한 사랑도 가능해질 것이다.

조양희는 여성의 일방적 희생을 요구하는 결혼에 대해 회의를 나타내면서도 이러한 현실을 변화시키기 위한 방안을 모색하기보다는 여자의 희생을 가족에 대한 사랑이란 이름하에 당연시하며 현실순응적 결론을 내리고 만다. 그것도 전업주부를 자기비하적으로 나타내는 '부엌데기 사랑'이라는 시대착오적인 개념을 가지고…… . 부엌데기 사랑이란 남성우월 이데올로기의 다른 이름이 아니고 무엇인가?

게다가 작가가 요구하는 여성관이란 아예 인간적 차원이 아니다. "자신을 희생하면서도 그걸 희생으로 느끼지 않는 참다운 자비의 품일 것이다."라니, 아예 그 경지는 종교적 성인의 차원이지 인간으로서는 결코 도달할 수 없으며, 그것이 여성에겐 자기부정과 남성에겐 인격적 미성숙을 초래한다는 점에서 결코 도달해서는 안되는 경지인 것이다.

4. 어머니의 자녀교육의 전담 무엇이 문제인가.

아이들의 도시락 싸는 일을 최대의 보람으로 여기는 여자, 도시락에 어머니의 사랑이 가득 담긴 편지까지 끼워넣어 매일매일 자녀에 대한 어머니의 사랑을 확인시키는 데 철저한 여자, 아직도 아이들이 자신의 인생에서 전부라고 당당히 말할 수 있는 여자가 바로 조양희이다. 필자는 급식이 채 되지 않는 신도시 학교로 전학한 초등학생 아들의 도시락을 싸기 위해 아침에 하던 운동시간을 부득이 바꾸어야만 했다. "언제부터 급식을 시작한다니?" 하고 가끔씩 짜증스럽게 묻기도 하며, 나의 아이들에 대한 사랑이 부족한가, 인격이 성숙되지 못했나, 이기적인가를 자문해 보기도 한다.

아이들은 부모에게 있어 기쁨이요, 희망이며, 사랑이라는 사실까지 부정하지는 않겠다. 그렇다고 하여 아이들이 어떻게 어머니의 삶의 전부가 될 수가 있는가? 삶의 전부일 수도 없고, 삶의 전부가 되어서도 안된다. 물론 문학적인 과장이 섞인 표현이라고 치부할 수도 있지만 책의 전면에 흐르고 있는 가치관은 그녀의 말이 단순한 수사학적 표현이 아님을 웅변한다.

> 세 아이가 태어났을 때는 '기쁨, 희망, 사랑'이었는데 엄마의 울타리 안에서 커가는 동안 이렇듯 달라졌다. 물건에 대한 애착심, 현실을 잊어버리게 하는 오락게임, 과잉 사랑이 가져온 나쁜 버릇이 나로 하여금 주눅들게 한다. 하지만 세 아이는 나에게는 여전히 기쁨이요 희망이며 사랑으로, 내 삶의 전부이다.
> ― 「세 아이는 '기쁨, 희망, 사랑'」에서

『부엌데기 사랑』에서 여성은 자녀교육 전담자로 묘사되며, 여성의 인생은 자녀에 대한 헌신을 통해서 대리 실현된다는 가치관을 나타낸다. 독립된 삶이 부정된 채 남편과 아이들을 통한 대리실현의 삶만이 허여된 여성들이 왜곡된 교육열과 출세지향주의로 치닫는 문제점을 이 사회는 수없이 지적해왔다. 자녀들이 어머니의 손에 의해서만 교육된다면 이들은 매우 제한된 경험만을 하게 될 것이다. 이 사회가 초등학교 여교사의 수적 증가를 우려하는 논리로 접근해본다면 남자아이들의 여성화를 초래할 수도 있으며, 아버지 모델이 부재하는 남자아이들의 인성 역시 걱정되지 않을 수 없다. 즉, 현대의 이상적인 인성유형으로 여겨지는 양성적 인간이 되기보다는 기능주의 심리학자 파슨즈가 구분했듯 표현적 여성, 도구적 남성으로 유형화되기 쉬운 것이다.

신프로이트학파의 심리학자인 낸시 초도로우는 모녀관계, 부자관계의 대상관계형성의 차이에 주목하는 이론을 폈다. 즉, 딸은 어머니가 항시 집에 있으므로 해서 정서적 친밀감을 어머니와 나눌 수 있다. 반면에 아들은 자신의 모델인 아버지의 빈번한 부재로 인해서 대화를 충분히 나눌 수 있는 대상이 없으며, 대화가 이루어진다고 하더라도 사무적이고 딱딱한 내용이 되고 만다는 것이다. 이와 같은 어린 시절의 상이한 경험이 여자는 남과의 친밀감을 강조하고 감정적이며 표현적인 인성을 획득하도록, 남자는 사무적이고 냉정한 도구적 인성을 획득하도록 만든다는 것이다. 한편 디너슈타인은 여아는 어머니가 동일시의 대상이기에 어머니의 영향 속에서 머무는 데 반감을 느끼지 않는 반면, 남아는 어머니가 동일시의 대상이 아니므로 어머니를 거부해야 되고, 이와 같은 무의식적 거부나 저항의식이 성인이 된 후 타인의 지배, 특히 여성에 대한 지배와 거부로 반전되어 나타난다고 했다. 그리고 남성의 강한 성적 소유의식, 성행위와 감정의 분리, 공격성과 파괴적 특성 등도 유아기의 모자관계의 경험으로부터 발생한다고 보았다.

두 학자 모두 양육의 남녀 공유와 남녀가 동시에 모성을 발휘할 수 있는 양성인을 대안으로 내세웠다. 현대사회에선 남성이든 여성이든 남성성과 여성성의 한 측면만이 발달되고 강조된 인성은 바람직스럽지 못한 것으로 간주된다. 남성성과 여성성의 긍정적 측면을 조화시킨 양성적 인간이야말로 이상적 인간형인 것이다. 그런데 이것이 어머니의 양육독점으로 깨어진다면 정말 큰 문제가 아닐 수 없다.

자신의 독립적 삶이 부재하는 여성은 이 책에서 작가 자신도 털어놓고 있듯이 자녀에 대한 과잉집착과 과잉보호와 같은 불건강한 태도를 나타낼 수 있다. 그것이 유발하는 치맛바람과 같은 역기능적인 사회적 문제성은 새삼 지적할 필요도 없으며, 자녀에 대한 과잉집착은 자녀에게도 심리적 부담감을 주게 된다. 과잉집착은 과잉보호로 표현되며, 과잉보호는 자녀에게 반발심을 일으키며, 자녀를 심리적 성숙도가 낮은 미성숙한 인간으로 만들 수 있다. 지나친 보호는 자녀들을 자신에 대한 통제력이 낮으며, 정서적으로 불안정한 자기중심적 인간으로 만들기 쉬운 것이다.

이 책에서 사랑이란 이름으로 포장된 작가의 가족에 대한 과잉보호는 잠시의 외출에서마저 그 자신을 편안하지 않은 상태로 만든다.

요즘에는 외출할 때마다 입을 옷 걱정보다는 돌아오는 시간을 맞추는 게 더 걱정이다. 아이들이 집에 돌아와 엄마가 없거나 남편이 귀가하여 아내가 없을 때 어떤 기분인가를 알기 때문이다.

언젠가는 아이들이 아무 연락 없이 늦게 돌아왔을 때 무척 걱정했고, 남편이 평소와 달리 늦게 귀가했을 때 속상했기 때문이다.

어느 작가는 주부의 외출을 '황홀한 나들이'라고 표현했지만 내 경우에는 결코 화려하지 않다. 아니 내가 결코 '나'만이 아님을 확인받는 시간이다. 만일 내가 사고라도 당하면 남편과 아이들에게 얼마나 충격을 줄까? 주부의 바깥 나들이는 가족과의 연결고리를 더욱 강렬하게 조이는 계기가 되지 않을까 싶다.

— 「주부가 외출하는 날이면」에서

잠시의 외출마저 부자유스런 구속된 삶을 그는 가족에 대한 사랑이라 미화한다. 정말 가족들은 귀가 후에 주부의 부재에 대해서 속상하고 걱정스럽기만 할까? 모처럼 어머니(아내)가 없는 시간에 남은 가족들은 모처럼 해방감을 느끼며, 서툴지만 같이 요리를 만들어 먹거나 외식을 하면서 그들만의 즐거운 시간을 보내며 유대를 다질 수도 있다는 점을 왜 작가는 상상조차 하지 않을까? 또한 아무 연락없이 돌아오지 않는 가족을 염려하는 것과 일이 있어 언제 돌아온다고 약속된 주부의 외출을 동일한 것으로 비교할 성질은 아니다. 이 점에서 조양희는 아예 반드시 주부는 집에만 있어야 한다는 강박관념과 밖에 나가면 사고를 당할지도 모른다는 피해의식에 사로잡혀 있는 정서불안증 환자로까지 비춰진다. 전업주부라고 하더라도 밖에서 일이 있을 수 있음을 주부 자신과 가족 모두가 인정해야 한다. 주인을 모신 하녀처럼 항시 가족 앞에 대기하고 있는 무기력하게 고립되어 있는 주부의 모습이 사랑이란 이름으로 미화될 수는 없다. 공적 사회에 대한 참여가 전혀 없이 사회와 단절된 주부의 모습은 아름다워 보이는 것이 아니라 무기력해 보인다. 직업을 통해서 사회에 참여하고 있지 않은 주부일수록 사회와 단절되지 않도록 사회적 일에 어떤 방식으로든 참여해야 한다. 그것은 사회단체활동이나 봉사활동 또는 지역사회나 아파트의 주부활동, 자녀의 학교에 참여하는 학부모활동, 여가선용을 통한 취미 살리기 등 다양한 형태의 참여가 있을 수 있다. 아리스토텔레스의 지적이 없더라도 인간은 사회적 동물임을 부정할 사람은 아무도 없다. 사회적 존재로서 자신에게 맞는 사회적 관계의 형성은 건강한 삶의 유지에 반드시 필요하며, 전업주부를 둔 남편(자녀)은 아내(어머니)의 사회적 참여를 권장하여 아내(어머니)가 가정이란 좁은 울타리를 벗어나 넓은 시야를 갖고 세계와 인간을 바라보며, 자기계발에도 적극적인 건강한 삶을 영위할 수 있도록 도와야 한다.

그리고 조양희는 사랑이란 추상명사로 진실을 호도하기보다는 모성은 구속이고 억압이고 굴레는 아닌지 스스로에게, 또는 사회를 향해 질문해 볼 수 있어야 한다. 남편과 아이들은 매일같이 출근하고 등교하며 자아실현을 도모하고 있는데, 여성은 잠시의 외출에서마저 부자유스러운 존재가 되어야 하는 이유는 무엇인가? 가족 속에서 여성은 대등한가 하는 근원적 질문을 그녀는 진지하게 던져볼 수 있어야 한다. 여성으로 하여금 공적 사회적 참여를 차단하여 2등 시민으로 소외시키고 사회적 무능력자를 만드는 가부장제 이데올로기의 지배적 속성을 통찰해야만 한다. 남편과 아이들이 매일 직장으로 출근하고 학교로 등교하는데, 잠시의 외출마저 부자유스럽다니, 그것은 존엄성을 지닌 독립적 인간이 살아가야 할 삶의 모습은 결코 아닌 것이다.

21세기를 코 앞에 두고 있는 마당에 조양희는 미래의 사회를 살아야 할 딸에게 과연 미래지향적 교육을 시키고 있는가? 그녀의 딸은

"난, 엄마처럼 살고 싶어"라고 한다는데……

> 몇 달 전, 모 방송국에 큰 딸과 함께 출연했었다.
> 사회자가 딸애에게 엄마의 사는 모습을 어떻게 생각하느냐고 물었다. 나는 딸애가 엄마처럼 구질구질하게 사는 모습은 싫다고 대답할 줄 알았는데, 의외로 분명했다. 엄마처럼 옛것을 소중히 여기고 면 행주를 사용하며, '도시락 편지'를 쓰고 가정이 우주라고 생각하며 살고 싶다는 것이다.
> 엄마가 진실하게 살고 있다면 그 과정이 조금은 서툴고 모자란다고 해도 아이들은 엄마의 모습에서 자신의 미래를 그린다는 것을 다시 한번 확인케 해준 계기였다.
> ─「난, 엄마처럼 살고 싶어」에서

자신의 삶을 자녀로부터 인정받는다는 것은 무엇보다 기쁜 일일 것이다. 그리고 그녀가 실천하고 있는 전통을 소중히 여긴다든지, 환경운동을 생활 속에서 실천한다든지, 가족을 사랑한다든지 하는 것은 본받을 만한 소중한 것이라고 생각한다. 하지만 가정이 우주라고 생각한다든지 전업주부로 살고 있는 어머니의 모습에서 딸이 자신의 미래를 그린다는 것은 기꺼웁고 기뻐해야 할 일이 아니라고 생각된다. 기성세대인 어머니는 자신이 살아온 사회와 미래에 딸이 살아갈 사회의 변화와 차이를 분명히 인식해야 한다. 사회구조는 급속하게 변화하고 있다. 자신의 시대에는 전업주부에서 보람을 느끼며 사는 삶이 가능할 수 있었지만 더 이상 미래의 세대인 딸에겐 그러한 삶이 가능하지 않다는 것을 직시하고, 어머니 세대의 전통적 역할을 계승시킬 것이 아니라 미래사회에 맞는 가치관과 역할의식을 갖도록 딸을 교육해야 함에도 그러한 차이를 인식하려는 노력은커녕 자신의 딸마저 자신처럼 살겠다는 말에 그저 감격하는 나르시시즘에 빠진 모성상을 보여준다. 그 자신이 그토록 염려하는 자녀교육과 사랑에 대한 모성의 맹목성을 확인하기에 충분한 모습이라 하지 않을 수 없다.

5. 주부 우울증 그리고 취업여성에 대한 적대감

그토록 작가 자신이 미화해마지 않은 주부의 삶은 작가 스스로에게도 빈번하게 허전함과 공허감을 안겨준다. 결코 사랑이란 추상명사로서 채워지지 않는 허전함과 공허감은 무엇으로부터 발생되는 것일까?

> 나를 위해 아침식탁을 준비해주는 사람이 없다는 게 허전하다. 이 시험을 견뎌 내야 하는 시련의 순간이 공연히 밉다. 사랑만으로 결혼생활이 무난할 줄 알았는데, 그 사랑은 어디로 갔는지 세월이 흐를수록 해야 할 일만 늘어간다.
>
> ― 「우울하면 아이들 방에 간다」에서

최근 인기리에 방영되었던 드라마 『애인』에서 냉정한 성격의 일중독자 남편을 둔 여경이 따뜻하게 여성을 배려할 줄 아는 다정한 남성 운오에게 사랑의 감정을 느끼는 것을 많은 여성들은 달콤하게 지켜보았다. 그런데 남성들의 반응은 달랐다. 언제부터 우리나라 여자들이 사랑타령이냐고 밥을 굶어보아야 정신을 차린다는 등 원색적인 적대감을 드러내는 것을 수차례나 들었다. 그렇다. 밥을 먹고 살게 되었기 때문에 문제다. 밥을 먹여주는 것으로 남성의 역할을 다했다고 생각한다면 그건 시대착오다. 60년대라면 식욕을 해결시켜주는 것만으로도 남편은 존경을 받을 수 있었다. 그런데 식욕이 해결되고 나면 그 다음의 욕구실현을 기대하는 것은 지극히 자연스러운 일이다. 현대의 핵가족은 부부간의 사랑이 부재하면 지탱되기 어렵다. 주부들이 허전함과 공허감에 시달리는 동안 그녀의 남편들은 어디에서 무엇을 하고 있는가? 아내에게 자녀교육과 가사노동을 모두 떠맡기고 남성들은 대체 무엇을 하고 있는가? 오로지 직장과 사회적 성취에만 매진해온 한국남성은 세계에서 가장 스트레스를 많이 받아 사십대의 사망률이 세계최고를 기록하고 있다. 게다가 요즘은 사십대의 명예퇴직이 줄이 잇고 있으니 어느날 갑자기 직장에서도 가정에서도 등을 떠밀려 갈 곳을 잃고 방황하게 된다. 가정이란 꽃밭은 여성의 일방적인 사랑과 희생으로 가꾸어지는 것이 아니라 가족 구성원 모두의 노력에 의해서라야 제대로 유지될 수 있다.

주부를 자신의 절대적인 정체감으로 인식하며, 독립적 인간으로서의 자아실현이 없이 가족에 끝없이 봉사하는 타인지향적 삶에서 깨어나지 못하는 한 주부 우울증은 결코 치유될 수 없다. 베티 프리단이 그의 저서 『여성의 신비』에서도 진단했듯이 여성이 있어야 할 곳은 가정이며, 가족에 대한 봉사에서 행복을 찾아야 한다는 이데올로기인 여성의 신비(feminine mystique)에 사로잡혀 있는 한 가정주부들이 앓고 있는 '이름을 지을 수 없는 병'은 사라지지 않을 것이다. 그리고 그 병은 개인적인 것이 아니라 집단적인 병으로, 가정내에 격리된 타인지향적인 삶에서 자아를 박탈당하도록 구조화했으면서도 거기서 자아를 찾도록 규정지어진 가부장적 사회구조의 산물임은 말할 필요도 없다.

따라서 그녀가 우울증과 갈등을 벗어나기 위해 해야 할 첫번째 일은 현실을 솔직히 인정하는 자세일 것이다. 그리고 다음으로는 문제의 분석을 바로 할 수 있어야 한다. 그녀가 진정 의식있는 작가라면 사랑과 평화로 미화해온 이면의 공허감, 박탈감, 분노, 좌절을 드러내는 데에 좀더 솔직해져야 한다. 주부 우울증은 헌신과 희생을 미화한다고 하여 사라지거나 사랑이라는 이름으로 결코 치유될 수 없다. 억압적인 결혼제도 속에서 사회적 자아를 박탈당하고 자신의 욕망을 끝없이 억제하며 타인의 욕구를 충족시키기 위해 희생만을 강요당하

는 한, 여성통제의 가족구조와 사회구조를 개혁하지 않는 한 우울증
은 사라지지 않을 것이다. 그녀가 우울증에 시달릴 때, 모성과 가족
에 작용되고 있는 남성중심 이데올로기에 의문을 제기하며, 그 허구
성을 명확히 분석할 수 있어야 했다. 그리고 그 권력구조를 변화시켜
평등한 사회를 건설하려는 노력을 기울여야 했다.

그런데 작가는 이러한 노력을 하기보다는 일하는 여성, 취업주부에
대한 적대감을 통해서 우울증에서 벗어나고자 한다.

> 때로는 비 내리는 창가를 내다보며 공허한 마음을 달랠 때도 있
> 을 것이다. 하지만 주부로서의 자존심과 어머니로서의 긍지만은 잃
> 지 않고 있다. 초라한 모습으로 자신이 갖고 있는 것을 다 내어 주
> 는 아내의 자리를 여왕 못지않게 여기면서 소중히 지키고 있다. 주
> 부는 '홀로서기'가 아니라 가족과 함께 서고자 노력할 때 아름답게
> 보여지는 법이다.
> 흔히 매스컴에서는 사회적으로 성공했다고 생각되는 일부 여자들
> 이 이런저런 사유로 이혼을 하고 '홀로서기'를 한 것을 대단한 일인
> 양 추켜세운다. 부엌에 박혀 있는 주부는 마치 능력이 없어서 그 자
> 리를 지키고 있는 것처럼 착각을 일으키게 만든다. 어쩌면 매스컴의
> 선전에 휘말려서 흔들리는 주부도 나올 지경이다. 물론 그런 사람은
> 우리 사회에 많지 않을 것이다.
> 21세기를 바라보는 문턱에서, 능력 있는 여자라면 당연히 가정을
> 뛰쳐나와야 하는 것으로 생각하는 사람들이 있다.
> — 「비를 맞고 싶은 주부들에게」에서

이 글에서 작가는 전업주부의 공허감을 사회적으로 성공한 여자에
대한 적대감으로 상쇄하고자 한다. 그 심리적 기저를 전혀 이해하지
못하는 것은 아니지만 사회적으로 성공한 여성에 대해 아무리 적대감
을 많이 가진다고 하여도 공허감은 결코 사라지지 않는다. 어떤 의미
에서 볼 때에 그나마 오늘날 여성의 지위가 이만큼이라도 개선된 것은

각종 편견과 성차별적 상황 속에서도 저임금을 감수하며 꿋꿋이 사회적 노동을 해온 여성들이 이루어낸 성취라고 할 수 있다. 그런데 이들을 향한 적대감이라니, 여성의 적은 여성이라고 외치는 남성들의 낡은 구호를 확인시켜주기에 충분하다. 또한 자신의 주부로서의 삶을 개혁하겠다는 의식을 가지기는커녕 취업한 여성, 사회적으로 성공한 여성에 대한 적대감을 통해서 우울증을 해소하고자 하는 것은 난센스이다. 이야말로 남성우월주의에 사로잡힌 남성들이 가장 바라는 바일 것이다. 여성 스스로 남성들이 주장하는 가치를 내면화하여 부엌데기를 찬양하고 남성과 대등하게 일하는 직업을 가진 여성에게 적의를 드러내는 것은 남성으로서는 '불감청이언정 고소원'이 아닐까?

이름 모를 공허감과 상실감에 시달려야 하는 주부 우울증의 극복은 그녀들의 열등감을 자극하는 사회적으로 성공한 여성에 대한 적대감으로는 해결되지 않는다. 그리고 사회적으로 성공한 여성은 이혼한 여성으로 가정적으로 불행할 것이란 편견을 신뢰한다고 해서 해결될 것도 아니다. 다만 그것은 타인지향적 삶을 벗어나 사회 속에서 자아를 실현하겠다는 개인의 의식 변화를 통해서 대안이 모색될 수 있다. 물론 성차별적인 사회구조와 남녀를 공사로 구분하는 자본주의하의 분업체계, 그리고 가사노동을 여성에게만 부담지우는 가족구조를 그대로 둔 채 여성이 사회참여를 한다고 해서 모든 문제가 해결되지는 않을 것이다. 하지만 우선은 사회로부터 고립된 삶을 벗어나야만 어떤 가능성이든 모색될 수 있다. 그리고 여성의 변화된 가치관을 사회 속에서 실현될 수 있도록 여성에게 불리한 각종의 규정과 제도를 개선하는 일에도 관심을 가져야 할 것이다.

그리고 이혼에 대한 작가의 태도에 대해서 말해보자. 필자는 남성중심의 가족제도를 신봉하는 이 사회의 매스컴이 이혼에 대해서 찬양하는 듯한 태도를 취하는 것을 한번도 접해보지 못했다. 또한 사회적으로 성공한 여자는 반드시 이혼한 여자라는 이상한 고정관념과 흑백논리적 가치관도 문제지만 정말 이혼할 수밖에 없었던 이혼한 여성에 대한 작가의 태도가 바람직한 것인지 생각해볼 필요가 있다. 이혼한 여자를 용납할 수 없는 사회야말로 가정이라는 남성중심의 격리된 영역에 여성을 구속하며, 폭력 등 각종의 비인간화를 정당화하고 있음을 인식해야 한다. 또한 이혼을 결심하기까지의 여러 비인간적 난관과 이혼의 과정에서 겪는 숱한 정신적 고통, 그리고 이 사회에서 이혼한 여성들이 겪어야 하는 각종의 질시와 차별과 손해를 감수하고서 그 여성이 홀로서기에 성공했다면 이는 칭찬받아 마땅하다. 이혼을 권장할 일은 아니지만 무조건적으로 이혼에 대해 부정적 관념을 가지기보다는 이혼이 보다 용이한 사회가 되도록 이 사회는 이혼에 대해서 보다 개방적 태도를 취할 필요가 있다.

그리고 "부엌에 있는 주부는 능력이 없어서 그 자리를 지키고 있는 것처럼 착각을 일으키게 만든다"라고 전업주부도 능력이 있는 인간임을 선언하고 있는데, 옳은 이야기다. 그런데 능력이 있다면 당연히 그 능력을 가족이라는 폐쇄적인 소집단만을 위해서가 아니라 사회를 위해서 환원해야 하며, 그 능력을 타인지향적 삶을 위해서만이 아니라 그 자신의 개인적 발전과 공존할 수 있도록 삶을 변화시켜야 하는 것이 21세기에 맞는 여성관이다. 문제는 그 능력을 가정 속에 사장하도록 만드는 성차별적인 사회구조와 개인이 겪어야 할 박탈감과 소외감, 그리고 그로 인한 사회발전의 정체를 문제삼아야 한다. 여성의 능력을 가사노동에 묶어두고서는 요즘 국가적 목표로 외쳐지고 있는 세계화를 성취할 수 없다. 치열한 국제경쟁에서 결코 앞설 수 없다. 그 자신 작가로서 열심히 자기표현과 자아실현을 도모하면서 사회적으로 자아실현을 이루는 성공한 여성들을 향한 적대감은 뭔가 자연스럽지 못하다. (1997)

신여성 나혜석의 페미니즘

1. 머리말

나혜석(1896－1948)은 근대 초기에 동경유학을 경험한 대표적 신여성이요, 페미니스트로서 1914년부터 페미니즘에 입각한 글－논설, 시, 소설, 수필, 희곡 등－을 발표하기 시작했다. 최초의 여성 서양화가로서 선전(鮮殿)에서의 특선은 물론이며, 동경에서 열린 제전(帝殿)에서의 입상 등 서양 화가로서 탁월한 재능을 발휘했다. 또한, 김명순, 김원주(일엽)와 함께 근대 초기의 대표적 여성문인이다.

나혜석은 소설과 시, 희곡, 논설, 수필류에 이르기까지 다양한 장르에서 비교적 많은 문학작품을 발표했음에도 불구하고 그녀의 생애는 작가로서나 서양화가로서 진지하게 연구되기보다는 선각적 신여성이면서 동시에 실패한 신여성의 모델로서, 그녀의 화려하면서도 파란만장한 생애가 더 자주 호사가의 입에 오르내려왔다.

본고는 나혜석을 근대 초기의 대표적 페미니스트요, 페미니스트

문학가로 파악하여 그의 페미니즘의 특징과 변화과정을 고찰하고자 한다.

나혜석의 페미니즘은 1914년에 <학지광>에 발표된 「이상적 부인」으로부터 드러나기 시작하여 부르주아 여성의 입장에서 자유주의적 페미니즘을 주창하였으나 이혼을 전후한 1930년대를 전환점으로 하여 성해방에 관한 진보적 개방적 태도를 표명하는 급진적 태도로 변화하고 있다.

따라서, 1914년부터 1920년대까지를 전기로, 이혼을 전후한 1930년대 이후를 후기로 구분하여 나혜석의 페미니즘을 고찰하겠다.

2. 전기의 페미니즘과 단편소설 「경희」

나혜석은 활달한 성격과 명석한 두뇌로 일찍부터 뛰어난 재능을 보이기 시작했는데, 부유하고 개화된 집안의 분위기와 외국유학을 경험한 오빠들의 권유로 1913년(17세)에 동경유학(동경여자미술전문학교)의 길에 오른다. 당시 근대적 지성을 대표하는 이광수 등과 활발한 교우가 동경에서 이루어졌으며, 최승구와의 열렬한 자유연애, 그의 사망, 상처한 김우영의 집념어린 구애와 결혼, 외교관의 부인으로 우리나라 여성으로서는 최초로 구미여행과 파리유학을 한 점, 파리에서 당시에 천도교의 교령이며 민족지도자였던 최린과의 연애사건 등이 나혜석이 전기에 경험한 대표적 사건들이다.

그녀는 당시 동경 유학생들의 기관지인 <학지광>에 근대적 여성의 권리를 부르짖은 「이상적 부인」(1914, 논설)을 발표하여 페미니스트로서 두각을 나타내기 시작했다. 또한 여자 유학생들로 구성된 <조선여자친목회>를 조직하여 잡지 <여자계>를 발간하기도 했다. 「이상적

부인」은 양처현모의 부덕을 강조하고, 여성을 노예화하는 차별적 교육을 비판한 논설로, 이 글 속에 나혜석의 전기 페미니즘의 싹이 잘 엿보인다고 하겠다.

> 남자는 부(夫)요, 부(父)라. 양부현부(良夫賢父)의 교육법은 아직도 듣지 못하였으니, 다만 여자에 한하여 부속물된 교육주의라. 정신수양상으로 언하더라도 실로 재미없는 말이라. 또 부인의 온양유순으로만 이상이라 함도 필취할 바가 아닌가 하노니, 운하면 여자를 노예 만들기 위하여 차 주의로 부덕의 장려가 필요하였었도다. (김종욱 편, 라혜석 —날아간 청조, 193면)

나혜석은 이 글에서 이상적 부인의 전형으로 "혁신으로 이상을 삼은 카츄샤, 이기(利己)로 이상을 삼은 막다, 진(眞)의 연애로 이상을 삼은 노라부인, 종교적 평등주의로 이상을 삼은 스토우부인, 천재적으로 이상을 삼은 라이죠 여사, 원만한 가정을 가진 요사노 여사" 등을 예거한다. 그리고 이상적 부인이 되기 위해서는 지식과 지예(枝藝)라는 실력과 권력이 필요하다고 역설한다. 자신의 예술에 대한 노력도 이상을 실현하기 위한 과정임을 천명한다.

이 글은 마치 여성을 해방시키기 위해서는 보다 더 평등주의에 입각한 교육이 필요하다고 합리주의에 입각하여 여권론을 폈던 월스톤크래프트의 주장을 듣는 것 같다. 나혜석의 페미니즘은 초기에서부터 성차의 근원을 성역할 사회화 과정에 있다고 가정하여 사회화의 변화를 추구하는 실천운동을 통해 평등사회를 구현할 수 있다고 보는 자유주의 페미니즘의 입장을 분명하게 드러냈다.

「잡감(雜感)」(1917, 여자계)에서 나혜석은 K언니에게 보내는 서간체 형식을 통하여 "언니! 어서 공부해서 사업합시다"라고 말하고 있는데, 이 때의 사업이란 말할 필요도 없이 남녀평등적 사회 구현을 의

미한다. 그녀는 20세기야말로 여자의 무대요, 조선여자도 무대상에
참여할 욕심을 내야 할 시대임을 역설한다. 그리고 여자가 사업을 하
기 위해서는 전통적인 여성성에서 탈피하여 나가야 할 것을 역설하
는데, 20세기의 자각한 사람에게는 "그 색시 안존하다, 말이 없다, 공
손하다, 남자를 보면 잘 피한다"라는 성차별적인 여성성을 강요하는
무가치한 칭찬보다는 "그 계집이 활발하다, 그 여자 말도 많다, 건방
지기도 하다, 남자와 교제가 많다"와 같은 가치 있는 욕이 귀하다고
역설한다. 또한, 그녀는 월스톤크래프트가 「옹호론」에서 여성들이 남
성들과 똑같이 합리적인 인간본성을 공유한다는 주장을 표명했듯이
(이소영, 23면) 남녀의 본성 동질론을 펴기도 한다. "남자가 이해할 수
있는 모든 일을 여자도 능히 이해할 수 있다. 일로 추리해볼진대 여
자의 본성적 이론, 즉 심리적 작용에는 조금도 남자와 다름이 없다.
일용의 직분에 지(至)하여서는 혹 차별이 생길지는 모르겠다. 여자들
아! 껍데기만 살지 말고 영혼이 있을지어다"라고 역설하며 여성으로
서의 바른 정체성의 확립, 나아가 조선인으로서의 바른 정체성의 확
립과 역사적 사명을 강조한다. 또한 나혜석은 이 글에서 양성주의적
입장을 개진하기도 한다.

> 우리는 남자를 구수(仇讐)같이 알고 남녀 양성간은 육으로만 결합
> 되는 줄 아는데, 남들은 남자를 이해하여 남성의 특징을 내가 취하
> 기도 하고 여성의 장처(長處)를 그에게 자랑도 하여 남녀 양성 간에
> 육 외에 영의 결합까지 있는 줄을 압니다.
>
> ― (라혜석, 200면 인용)

즉, 여자의 본성을 차별적 여성성으로 규정짓는 고정관념과 삼종지
도의 숙명론을 벗어나 남녀의 본성이 동일함으로 여성도 남성성을
공유함으로써, 또는 남성도 여성성을 공유함으로써 완전한 인간이 될

수 있으며, 이상적 남녀관계를 이룰 수 있다는 것이다. 또한, 20세기
의 역사의 전면에 여자도 적극적으로 참여하여 역사적 역할을 해야
할 것을 역설한 것이다.

「인형의 집」(1921, 시)은 매일신보에 번역 연재되었던 입센의 「인형
의 가」를 소재로 한 일종의 패러디 시로서 매우 강렬한 톤으로 삼종
지도를 비판하고, 여성의 인간으로서의 주체성을 주장하고 있다. 그
런데 「인형의 집」은 매일신보(1921.4.3)에 실린 것과 출전 미상의 두
편이 있는바, 그 내용은 거의 흡사하지만 출전미상의 「인형의 집」이
훨씬 강렬한 톤으로 페미니즘 사상을 고취한다.

> 나는 사람이라네
> 남편의 아내 되기 전에
> 자녀의 어미 되기 전에
> 첫째로 사람이라네
>
> — (라혜석, 335면 인용)

이 시는 여성이 아버지, 남편, 자식의 종속적 삶, 인형화된 삶으로
부터 벗어나서 사람으로서의 주체성을 바로 세울 것을 주창한 시이
다. 아버지, 남편, 자식과의 관계에서 파악되는 삼종지도하에서의 여
성의 삶이란 바로 여성의 사회적 지위나 신분의 예속성을 극명하게
드러내준다. 삼종지도란 인간으로서의 독립적이고 주체적인 삶이 아
니라 인형화된 부속물로서의 예속적 무주체적 삶이므로 그러한 구속
된 삶으로부터의 해방과 자유를 부르짖으며, 선각자적 의식에서 소녀
들에게 페미니즘 사상을 따르라고 고취하고 있다.

여성의 인간으로서의 주체성과 자아존엄성의 확립이 여성해방의
기초임을 역설한 글로서 「나를 잊지 않는 행복」(1924, 논설), 「생활개량
에 대한 여자의 부르짖음」(1926, 논설) 등이 있는데, 「생활개량 에 대한

여자의 부르짖음」에서 그녀는 여성도 생명이 있는 인간임을 선언하
며, 따라서 자신에 대한 사랑과 주체성을 가져야 한다고 강조한다.
한편, 인간은 남녀의 상호결합에 의해서 전인격적 실현이 이루어지
며, 사회의 단위인 가정도 구성된다는 견해를 피력함으로써 남녀의
상호보완적 의존적 관계를 이상으로 간주한다. 하지만 현실에서 나타
나는 남녀차별 현상에 대해서는 비판적 시각을 견지한다.

> 요사이 남녀문제를 들어 말하는 중에 여자는 남자에게 밥을 얻어
> 먹으니 남자와 평등이 아니요, 해방이 없고, 자유가 없다고 흔히들
> 말합니다. 이는 오직 남자가 벌어오는 것만 큰 자랑으로 알 뿐이요,
> 남자가 벌어지도록 옷을 해입히고 음식을 해먹이고, 정신상 위로를
> 주어 그만한 활동을 주는 여자의 힘을 고맙게 여기지 못하는 까닭입
> 니다.
>
> — (라혜석, 223면)

이 글에서 보면 남성의 가계부담자로서의 역할분담, 여성의 가사노
동자로서의 역할분담을 인정함을 알 수 있다. 즉 성별분업에 입각한
가정생활을 주장하며 단순히 경제적 사회적 능력 여부에 의해서 남
녀의 차별을 할 수 없다는 입장을 분명히 한다. 그리고 개개인에게서
나타나는 남녀차별은 사회제도와 교육, 또한 여성들에게 내면화된 아
들과 딸의 차별의식으로부터 발생되는 것이라고 진단한다. 밖에서 일
하는 여성이 별로 없던 그 시절에 이와 같은 의식은 아무리 진보적
페미니스트라고 하더라도 어쩔 수 없는 한계라고 생각되며, 계층적으
로 자유주의 페미니스트가 될 수밖에 없었던 나혜석의 입장을 잘 나
타내 주는 바라고 할 수 있다.

결국 나혜석은 결혼제도를 인정하는 가운데, 남녀의 역할분담 및
성별분업을 당연시한다. 20C 초반의 페미니즘 사상으로서는 남녀차

별이 고정적인 성별분업에서 기인된다는 사실을 통찰하기는 어려울 수밖에 없다. 남녀의 성별분업 해소가 여성해방의 과제가 된다는 이념은 20C 후반에 와서야 형성된 것으로, 1975년 세계여성대회에서 "가정 및 사회 속에서 전통적으로 할당된 기능 및 역할을 재검토해야 한다"(수전주지, 175-6면 참조)고 선언한 데서 출발하였기 때문이다. 크리스틴 델피에 의하면 여성을 억압하는 성계급의 본질은 결혼에서의 여성의 가부장적 착취를 통해 이루어진다고 보았다. 즉, 여성의 가사일과 자녀양육 책임은 성계급 관계의 뿌리로 표현된다.(질라 R 아이젠슈타인, 23면) 따라서 자유주의 여성해방론은 공사의 분리가 그들의 정치적 전략내에서 재생산되는 것을 인식하지 못하고 공적 세계에 여성이 포함되어야 한다고 주장했던 것이다.(질라 R 아이젠슈타인, 20면) 즉, 루소, 존 로크 같은 자유주의적 민주주의자들이 주장한 공사의 성별분업과 남녀분리가 자유주의 페미니즘의 남녀분리의 출발점이 된다.

아무튼 나혜석은 여성의 경제적 자립을 통한 여성해방의 추구에는 관심을 두지 않았으며, 여성의 자아와 인간적 주체성에 대한 자각을 강조하며, 남녀차별의 사회현상을 비판하고, 그 원인을 잘못된 사회제도와 교육에서 발견하고자 하지만 결혼제도를 통한 남녀의 역할분담과 성별분업을 인정한다. 따라서, 나혜석 초기의 사상은 초계급적 입장에서 부르주아 여성의 자유주의적 성격을 띤 페미니즘으로 성격지울 수 있을 것 같다. 또한, 나혜석은 3·1독립운동에 김활란, 박인덕 등과 함께 주동자로서 활약하다가 비밀집회와 독립만세 참가모의 혐의로 검거되어 5개월 간의 감옥생활까지 하였고, 남편 김우영이 만주 안동의 부영사로 있을 때에도 독립운동에 적극 가담한 것으로 알려지고(전미정, 353-4면 참조) 있지만 그의 논설 및 문학작품에서 민족해방의 문제가 뚜렷한 이슈로 제기되지는 않고 있다.

나혜석의 전기의 페미니즘은 단편소설 「경희」(1918, 여자계 2호)를 통해서 설득력 있게 형상화된다. 이 작품은 나혜석 전기의 페미니즘을 집대성한 작품이며, 그녀의 소설작품 6편 중에서 가장 압권에 속하며, 동시에 1910년대 후기의 문학사적 가치면에서도 매우 탁월성을 보여주는 작품으로서 최근 여성평론가들에 의해서 집중적으로 조명되어지고 있다. 이 작품은 동경유학생인 지식인 여성 '경희'를 주인공으로 설정한 소설로, 부모가 강요하는 결혼보다는, 또한 여성으로서의 삶보다는 인간으로서의 자각과 주체성 확립이 중요하며, 이를 위해서는 교육을 받는 것이 선결과제라는 주장을 담고 있는 나혜석의 자전적 요소가 강하게 반영된 작품이다.

이 작품의 제1장은 여자=결혼이라는 구시대적 가치관의 소유자인 사돈마님과 근대적 가치관의 소유자인 경희 모와 경희 사이의 갈등을 통하여 여자도 남자와 동등한 교육이 필요하다는 근대적 가치관이 설득력 있게 제시된다. 제2장은 수남어머니와 며느리와의 갈등적 관계를 통하여 교육받지 못한 여성의 문제, 중매결혼의 폐단 등이 드러나는데, 이 문제가 개인적 불행이 아니고 민족 전체의 집단적 문제이며, 불행으로 제시되며 이 문제 해결을 위한 민족적 사명감을 일깨우고 있다. 제3장은 경희 부모의 대화를 중심으로 경희의 결혼문제가 구체적으로 거론되는데, 경희의 부가 나이, 문벌, 재산 등을 결혼의 중요한 조건으로 인식하는 데 비하여 어머니는 당사자의 의사가 더 중요하다는 인식의 차이를 드러낸다. 당사자의 의사가 존중되어야 한다는 것은 당시 이광수 등에 의해서 역설된 소위 자유연애사상의 핵심이다. 물론 이 작품은 자유연애를 주제로 삼은 작품은 아니다. 제4장은 외적 인물 간의 갈등이 아니라 경희의 자아 내부에서 갈등이 일어나는데, 전통적 여성의 안일한 길과 독립적이고 근대적 신여성으로서의 정체성 선택을 놓고 겪는 내적 갈등을 다루고 있다. 이 때의 내적 심적 갈등은 이 작품의 클라이맥스를 이루며, 결혼보다는 교육을 선택하고, 여자로서보다는 인간으로서의 주체성을 각성해야 한다는 결말로 작품이 끝나고 있다.

이 작품에서 보여준 갈등은 당시 나혜석 자신의 개인적 실존적 갈등의 반영이기도 하지만 동시대의 신여성이 겪어야 했던 갈등의 한 전형이며, 나아가 나혜석이 당대의 조선여성과 사회를 향해서 외치고 싶었던 여성해방의 명제라고 할 수 있다. 「경희」는 지식인 여성의 주체성 자각, 남성과 동등한 교육권 보장을 요구하며, 근대적 교육이 결코 여성으로서의 역할(가사노동과 정서적 역할 수행자로서)과 상치되지 않는다는 점을 실용주의적 관점에서 설득하고 있다. 그리고 근대교육이 여성의 취업에 긍정적으로 작용한다는 견해가 제시되지만 여성의 경제적 자립과 직업의 문제가 본격적으로 다루어지지는 않았다. 따라서 「경희」는 나혜석 초기의 부르주아 여성으로서의 교육권 요구와 남녀평등의 추구라는 부르주아적이고 자유주의적인 페미니즘을 형상화한 작품이다.

더욱이 나혜석의 소설 「회생한 손녀에게」(1918), 「원한」(1926), 동시대의 김명순의 소설인 「의심의 소녀」(1917) 등이 미칠 수 없는 높은 미학적 완결성을 보여준다는 점에서 작품적 가치 또한 크다고 하지 않을 수 없다.

3. 후기 페미니즘과 희곡 「파리의 그 여자」

1931년 최린과의 연애사건이 폭로되어 남편 김우영으로부터 이혼을 당함으로써 11년 간의 결혼생활에 종지부를 찍게 된 후, 나혜석의 페미니즘은 급진적이고 과격한 성격을 띠게 된다. 후기 페미니즘은

「우애결혼·시험결혼」(1930, 대담), 「이혼고백서」(1934, 논설), 「독신여성의 정조론」(1935, 논설), 「그 뒤에 애기하는 제 여사의 이동좌담」(1935, 좌담) 등에서 집중적으로 표출된다.

나혜석은 1927년에 외교관이 된 남편을 따라 세계여행의 길에 오르게 된다. 그녀는 1년 6개월 동안 서구의 가정과 사회를 체험하면서 화가로서, 페미니스트로서의 시야를 넓히고 돌아오지만 파리에서의 체류기간 동안 민족지도자요, 전 매일신보 사장이었으며, 천도교 교령이던 최린과의 연애사건이 빌미가 되어 이혼을 당하게 된다.

「우애결혼·시험결혼」(1930, 대담)은 요즘 개념으로 계약결혼에 대한 찬성을 보여주는 글로서 나혜석은 이혼 이전부터 서구의 가정과 결혼제도에 대한 직접 견문을 통해서 결혼과 이혼 그리고 성문제에 대한 개방적 입장을 취하게 된다. 기자와의 대담을 통해서 부부중심의 결혼관, 계약결혼, 성교육의 필요성 등의 주장하는 내용은 당시로서는 매우 혁신적인 것이라고 하지 않을 수 없다. 특히 그녀는 생리적 측면의 성교육보다도 산아제한, 시험결혼이 어떤 것인지 하는 도덕상 사상상의 계몽을 시키는 것이 더욱 필요하다고 주장하고 있다.

「이혼고백서」는 <삼천리>지에 최린과의 연애사건과 이혼의 과정과 이에 대한 자신의 견해를 피력한 글로서, 남녀의 정조와 성에 대해서 작용하는 이중규범과 불평등을 '이 어이한 미개명의 부도덕이냐'고 통렬하게 비판한다.

> 조선남성의 심사는 이상하외다. 자기는 정조관념이 없으면서 처에게나 일반여성이게 정조를 요구하고 또 남의 정조를 빼앗으려고 합니다. 서양에서나 동경사람쯤 하더라도 내가 정조관념이 없으면 남의 정조관념이 없는 것을 이해하고 존경합니다. 남에게 정조를 유린하는 이상 그 정조를 고수하도록 애호해주는 것도 보통 인정이 아닌가. 종종 방종한 여성이 있다면 자기가 직접 쾌락을 맛보면서 간접

으로 말살시키고 저작시키는 일이 불소하외다. 이 어이한 미개명의
부도덕이냐.

— (라혜석, 126면 인용)

또한, 결혼한 부부 사이에서도 개방적이고 진보적인 남녀관계가 필요하다는 이상을 제시하는데, 나혜석이 주장하는 개방결혼과 같은 진보적 결혼관계는 당시 사회에서 도저히 용납하기 어려웠고, 특히 이해 당사자인 남편 김우영으로서는 더욱 수용하기 어려웠으리라 생각된다.

'다른 남자나 여자와 좋아 지내면 반면으로 자기 남편이나 아내와 더 잘 지낼 수 있지요' 하였습니다. 그는 공명하였습니다. 이와 같은 생각이 있는 것은 필경 자기가 자기를 속이고 마는 것인 줄은 모르나 나는 결코 내 남편을 속이고 다른 남자, 즉 C를 사랑하려고 한 것은 아니었나이다. 오히려 남편에게 정이 두터워지리라고 믿었사외다. 구미 일반 남녀 부부 사이에 이러한 공공연한 비밀이 있는 것을 보고, 또 있는 것이 당연한 일이요, 중심되는 본 남편이나 본처를 어찌하지 않는 범위내의 행동은 죄도 아니요 실수도 아니라 가장 진보된 사람에게 마땅히 있어야 할 감정이라고 생각합니다.

— (라혜석, 107면 인용)

여행을 통해서 바라본 구미의 외적 현상과 근대 초기의 우리나라의 구체적 현실과의 차이를 이해하지 못한 데서 나혜석은 혼외의 성적 자유의 추구가 가능했고, 거기에 그녀의 불행은 존재했다고 볼 수 있다.

폐쇄적인 결혼생활에 대한 비판은 「독신여성의 정조론」(1935, 논설)에서도 반복된다. 폐쇄적인 결혼제도과 가정내에서 부부가 서로의 감정을 이해하지 못하는 데서 권태가 생기고 무미건조한 가정생활이

영위될 수밖에 없음을 강조하고, 결혼한 부부들은 개방적인 모임을 통해서 결혼생활의 권태를 극복해나가야 한다고 주장한다. 어쩌면 나혜석은 폐쇄적인 결혼의 권태로부터 어떤 출구를 최린과의 연애에서 찾고자 했는지도 모른다. 같은 글에서 독신자들이 "정조관념을 지키기 위하여 신경쇠약에 들어 히스테리가 되는 것보다 돈을 주고 성욕을 풀고 명랑한 기분으로 살아가는 것이 아마 현대인의 사고상 필요할 걸요"라고 주장하며, 여자 공창과 마찬가지로 남자공창의 필요성까지 제기하는 등 남녀의 성적 자유와 평등에 대한 급진적 태도를 거듭 천명하고 있다.

결혼과 성에 대한 급진적 사상으로의 변화는 「이혼고백서」에서 잘 드러나고 있는데, 그녀는 조선의 유식계급의 남녀가 똑같이 불행한 사람들이라고 논평한다. 그 이유는 개인적 문제가 아니라 사회적이며 민족적 문제라고 원인을 분석하는데, 남성의 경우, 사회적으로 남성적 자아실현이 차단된 식민지적 현실로부터 사랑으로 도피하고자 하지만 가족제도에 얽매인 가정과 몰이해한 처자로 인해 향락적인 생활에 몸을 내맡긴다고 진단한다. 여성의 경우에는 봉건적인 가족제도의 억압과 구속 속에서 현실과 이상의 극심한 격차와 사랑이 부재하는 부부관계로 인해서 신경쇠약에 걸리고 독신여성을 선망하게 된다는 것이다. 즉, 일제강점하의 민족적 상황과 봉건적 가족제도로 인한 남녀의 불행 타개의 대안으로 결혼과 성에 대한 개방적 진보적 변화를 제시한 것이다.

그리고 그녀는 부부간에는 연애의 시기, 권태의 시기, 이해의 시기의 세 단계가 있는데, 이 세 시기를 잘 보내야만 정말 새로운 사랑의 의미 있는 부부생활이 가능하다고 말한다. 인생은 가정만도 예술만도 전부가 아닌 둘의 조화가 필요하고, 모성애는 최고의 행복인 동시에 최고의 불행, 즉 자신의 인생에 구속을 주는 갈등적 존재임을 피력한다.

또한, 나혜석은 「그 뒤에 얘기하는 제 여사의 이동좌담회」에서 인생의 창작성은 남녀교제에서 나지만 조선의 결혼생활은 이중삼중의 부담과 구속, 자기희생과 개성의 상실을 초래하기 때문에 결혼생활로 돌아가고 싶지 않다는 견해를 표명하며, 단지 인간으로서의 자유스러움과 예술창작에의 정진이 그의 소망일뿐이라고 말한다.

나혜석의 후기 페미니즘은 성의 이중규범에 대한 통렬한 비판, 남녀의 공평한 성적 자유, 폐쇄적이고 가부장적인 결혼제도의 문제점 등에 집중적 관심을 표명하며, 그 대안으로 개방결혼과 독신주의 등을 제시함으로써 성의 해방을 주요한 주제로 삼은 급진적 페미니즘으로 변화해갔다. 이는 혼외의 성적 자유를 추구한 대가로 이혼을 했고, 이러한 실존적 삶의 경험으로부터 여성억압의 구체적 현실을 보다 극명하게 파악하게 된 데 따른 결과라고 할 수 있다. 그는 현대의 급진주의 페미니즘이 추구하는 가부장적 가족의 폐기, 동성애와 같은 대안을 제시하는 단계까지 나아가지는 않았지만 당시로서는 매우 혁신적이고 급진적인 성적 자유를 추구했음을 알 수 있다.

「파리의 그 여자」는 1935년 삼천리지에 발표된 3막 희곡으로 작품성보다는 주제전달에 목적을 둔 단순한 작품이다. 제1막은 파리 시내 한 호텔에서 친구관계의 두 남성 C와 D가 파리를 떠난 A의 아내인 B에 대해서 대화하는 장면으로 구성되어 있다. 여기에서 C는 이미 파리를 떠난 유부녀인 B의 재능을 아깝게 여기며, 그녀가 런던에 들러 여성문제를 더 연구해갔더라면 조선사회에 유익이 되었을 것이라 아쉬워한다. C의 B에 대한 태도에서 결혼의 유무를 초월한 남녀 간의 우정이랄까 애정을 확인할 수 있다. 제2막은 뉴욕의 한 아파트로서 A의 친구들이 모여 A 부부에 대한 이야기를 나누는 장면으로 구성되었는데, 똑똑한 아내에 대한 야유적 태도, 소화되지 않은 지식의 문제점이 친구들의 대화를 통해서 드러나며 간접적으로 B와 A의 성격이 표출된다. 제3막은 원산해수욕장을 배경으로 중년의 유부녀인 B와 그녀의 애인 J가 해변을 산책하는 장면이 제시되면서 중년기 사랑의 가치가 주된 대화로 떠오른다. 기혼여성 B를 둘러싼 C의 우정, 그리고 J와의 사랑 등 결혼의 유무를 떠난 개방적 남녀교제의 이상이 주제로서 제시되고 있다. 이 작품은 결혼제도 그 자체를 전면적으로 부정하지는 않았지만 결혼제도의 폐쇄성을 벗어난 남녀의 자유로운 교제가 이상으로 제시되며, 이를 실천하는 B라는 여성이 일탈적 시각에서가 아니라 조선사회를 이끌 선각적 여성으로 긍정적으로 제시되었다는 점에서 작가의 후기 페미니즘의 특성을 반영한 작품으로 읽혀진다.

4. 결 론

나혜석의 페미니즘은 남녀가 모두 공적 노동에 참여함으로써 차별을 벗어날 수 있다는 주장을 편 1920년대 중반에 우리나라를 강타했던 마르크스주의적 페미니즘과는 그 성격을 달리한다. 일찍이 마르크스가 <경제학비판>에서 인간의 의식이 존재를 규정하는 것이 아니라, 그들의 사회적 존재가 의식을 규정한다라고 했듯이 그녀는 부유한 부르주아 집안 출신의 예술가였고, 자유연애의 이상에 따라 지식인 남성과 결혼하였으며, 화가로서 또는 외교관의 부인으로 부족함이 없는 생활을 영위했던 부르주아 여성으로서의 계급적 기초는 그대로 그녀의 페미니즘 사상의 형성에 영향을 미친 것으로 보여진다. 일반적으로 부르주아 또는 쁘띠 부르적 페미니즘에서 추구하는 자아의 확립, 연애의 자유, 결혼의 자유에 대한 추구의 맥락에서 나혜석 역시 크게 벗어나지 않은 것으로 파악된다. 그리고 나혜석의 페미니즘은 일본유학의 산물이었을 것으로 추정되는 근대 초기 페미니즘의 한 흐름이던 부르주아적 자유주의적 페미니즘과 연결되어 있다.

나혜석은 전기에 여성 자아의 주체성에 대한 자각을 강조하며, 남녀차별의 사회현상을 비판하고, 그 원인을 잘못된 사회제도와 교육에서 발견하고자 하며, 결혼제도를 통한 남녀의 역할분담과 성별분업을 인정하는 부르주아적 여성의 입장에서 자유주의적 성격의 페미니즘을 개진했다.

하지만 1930년대를 전환점으로 하여 성의 이중규범에 대한 통렬한 비판, 남녀의 공평한 성적 자유, 폐쇄적 결혼제도의 문제점 등에 대해서 집중적으로 관심을 표명하며, 그 대안으로 개방결혼과 독신주의, 개방적 남녀교제 등을 제시함으로써 온건성을 벗어나 보다 급진적이고 과격한 성의 해방을 주제로 삼는 급진적 페미니즘으로 변화해갔음을 알 수 있다. 이는 서구여행 및 파리에서의 생활과 혼외의 성적 자유를 추구한 대가로 이혼을 했던 실존적 삶의 경험으로부터 여성 억압의 현실을 보다 극명하게 파악하게 된 데 따른 결과라고 할 수 있다.

나혜석은 이혼 후 1933년에 <여자미술학사>를 열어 미술연구생을 모집하여 경제적 자립을 추구한 바 있으나 성공하지 못했다. 나혜석의 실존적 삶의 기반이 노동을 통한 자립과는 거리가 멀었으므로 마르크스적 페미니즘과는 차이가 있는 자아의 확립, 급진적 성의 해방 등을 주장하는 추구했으나 이혼으로 부르주아적 계급의 기반이 무너져버리자 해방은커녕 여성으로서는 물론 모성까지 거부당하는 등 인생 자체가 점차 황폐해져 이름 없는 행려병자로 죽어갔다. 너무 선각자였기에 너무나 불행했던 신여성의 쓸쓸한 종말이었다. (1996)

● 각주 및 참고문헌

○ 김종욱 편, 라혜석 −날아간 靑鳥, (신흥출판사, 1981)

○ 수전주지, 여성해방사상의 흐름을 찾아서, (백산서상, 1983)

○ 전미정, '나혜석의 삶과 여성의식', 안숙원 외, 한국여성문학비평론, (개문사, 1995)

○ 서정자, '나혜석 연구', 문학과 의식 제2호, 1988년 가을.

○ 서정자 편, 한국여성소설선1, (갑인출판사, 1991)

○ 이송희, '1920년대 여성해방론에 관한 연구', 부산사학 제25·6합집, (부산사학회, 1994)

○ 이효재, 한국의 여성운동, (정우사, 1089)

○ 송명희, 문학과 성의 이데올로기, (새미, 1994)

○ 심정순, '나혜석 희곡에 나타난 페미니즘', 나혜석 탄생 100주년 기념 나혜석 재조명 학술심포지엄 주제발표논문, (1995.4.15, 경기 문예회관 국제회의실)

○ 정순진, 한국문학과 여성주의 비평, (국학자료원, 1992)

○ 정영자, 한국현대여성문학론, (지평, 1988)

○ 로즈마리 통, 이소영 역, 페미니즘 사상, (한신문화사, 1995)

○ 질라 R 아이젠시타인, 강경애 역, 자유주의 여성해방론의 급진적 미래, (이대출판부, 1988)

○ 마가렛 L 앤더슨, 이동원·김미숙 역, 성의 사회학, (이대출판부, 1987)

제4장

페미니즘과 소설읽기

이문열의 『선택』, 왜 반페미니즘인가

1.

　문예지에 연재될 당시부터 페미니스트들과 뜨거운 설전이 벌어진 이문열의 『선택』은 출판되자마자 반페미니즘적 요소로 인해 대중매체에서 논쟁이 벌어졌고, 그 화제성에 힘입어 베스트셀러에 오르는 웃지 못할 현상이 벌어졌다.

　『선택』은 최근 페미니즘의 도도한 물결에 위협 내지는 반감을 느낀 작가의 보수주의적 여성관에 입각한 반페미니즘 소설이다. 그럼에도 불구하고 이문열은 「작가의 말」에서 자신은 어디까지나 천박하게 추구되는 페미니즘에 대해서만 비판했을 뿐이며, 시비 붙이기를 좋아하는 대중매체의 선동과 얼치기 논객들이 반페미니즘으로 몰아갔다고 말하고 있다. 더구나 "내가 보기에 진지하고 성실하게 추구되는 페미니즘에 저항할 논리는 이 세상에 없다. 오랫동안 이 세상이 남성 위주로 편성되어 있었다는 것만으로도 반페미니즘의 논리는 시대착오적인 구호로 몰려 마땅하다"라고 마치 자신이 페미니스트인 양 진술함으로써 스스로 페미니즘에 대한 논쟁에 불을 붙이고 있다.

작가 이문열 자신이 "사건 서술은 한줌도 되지 않고 현대소설론의 관점에서 보면 부차적 요소만 장황한 그런 얘기방식을 어떻게 받아들일지 근심스럽지 않을 수 없었다"라고 우려했듯 필자가 이 길지 않은 소설을 읽는 데는 무려 일 주일을 소비해야만 했다. 뚜렷한 사건이 없고, 주인공 한 사람에 의한 독백조의 서술, 권위주의적이고 논쟁적인 톤, 의고체의 문체, 게다가 시대착오적 여성관은 『선택』을 읽어내는 데 진저리쳐지는 인내심을 요구했다.

『선택』은 작가 자신의 직계조상인 실존인물 정부인(貞夫人) 장씨(張氏)를 모델로 삼고 있다. 『선택』은 장씨 부인의 일생을 적은 행장기(行狀記)로서, 이를 써서 문중에서 돌려 읽는 것이었다면 그 의의가 충분하지 않았을까 생각된다. 조선조의 가부장적 사회 속에서 학식과 교양을 갖춘 부인이 어떻게 부덕을 갖춘 대모(大母)적 여성으로서 헌신적 일생을 살며 가문을 일궈냈는가는 문중의 직계후손으로서 써볼 만한 이야깃거리일 것이다. 더구나 양반가의 처녀의 몸으로 세상을 등지고 학문에만 전념하는 선비에게 후취로 시집갔음에도 불구하고 그러한 삶을 자신의 선택으로 여기며, 현실과 적절히 타협한 지혜로운 처신과 자발적이고 능동적인 삶의 자세도 본받을 만한 점으로 보여진다. 후손으로서 이러한 장씨 부인의 행장을 기록하고 칭송하고 싶은 기분은 충분히 이해할 만한 일이다.

그런데 이것을 소위 현대소설이라는 장르의 명칭을 달고, 그것도 페미니즘 운운하는 논쟁거리를 끼워넣어 상업적으로 판매하려 한 점은 아마도 정부인 장씨에 대한 후손의 예의는 아닌 듯싶다. 더욱이 "찧고 까분다"나 "시시껍절한 수작"과 같은 양반가의 여성으로서 차마 구사했다고 볼 수 없는 천박한 비속어의 사용은 장씨 부인의 품

위를 떨어뜨림은 물론이며, 아예 부인을 욕되게 했다는 것을 작가는
제대로 인식했는지 모르겠다.

아무튼 사백 년 전 당시로서는 훌륭하게 살았다고 여겨지는 장씨
부인의 삶은 존경받고 숭앙받을 만한 가치가 있는 것임에도 불구하
고 존경심보다는 반발심을 불러일으켰고, 따라서 독자를 설득하는 데
실패하고 있다.

그 원인은 몇 가지로 생각해 볼 수 있을 것이다.

그 첫번째 요인은 무엇보다도 사백 년 전의 삶의 방식을 현대여성
을 향해 받아들이라고 강요했다는 점이다. 즉, 유교적 가부장제가 요
구하는 현모양처로서의 삶의 방식을 현대여성들에게도 똑같이 요구
한 데서 여성독자들의 반발과 비난을 사지 않을 수 없었다.

둘째, 장씨 부인의 삶에 대한 이상화를 통해서 작가가 그의 보수주
의적 여성관을 피력하고자 했다면 페미니즘에 대한 논쟁거리를 끼워
넣고, 페미니스트를 직접 공격하는 일은 삼갔어야 했다. 작가 자신도
잘 알고 있으리라 생각되지만 소설은 논쟁을 통한 방법으로 독자를
설득하는 문학 장르가 아니다. 인물의 행위와 사건, 인물 상호간의
관계 등을 통해서 독자 스스로가 감동의 상태에 도달해야만 설득은
이루어지는 것이다. 이 점에서 작가는 매우 안이한 태도를 취한 듯싶
다. 작가의 이러한 태도는 거의 불성실이라고 여겨질 만한 것으로,
『선택』의 상업적 성공과는 달리 문학적 실패를 초래한 치명적 요인
으로 작용하고 있다.

셋째, 『선택』에서 작가의 목소리와 작중인물 장씨의 목소리는 거의
구분되지 않을 만큼 거리 조정에 이 작품은 실패하고 있다. 즉, 권위
주의적이고 단성적인 어조와 독자 위에 군림하려는 듯한 지배적 태
도는 결코 사백 년 전 양반가 여성의 우아한 목소리로는 들리지 않
는 남성적 어조이다. 이것은 곧바로 작가 이문열의 목소리로 독자에

게 받아들여지며, 이 점이 여성독자들의 감정을 자극하고, 때로는 분노를 자아내게 만들지 않았나 생각된다.

즉, 작품의 내용에서 제시한 여성상이나 작품의 기술양식 양 측면 모두에서 반페미니즘적 성격을 드러냈으며, 동시에 독자의 설득에도 실패하고 있다. 이 모두가 그간 최고의 명성을 쌓아온 이문열의 작가적 권위를 훼손하는 요인들로서 작가는 『선택』이 상업적으로 성공했다고 해서 결코 자만해서는 안될 것이다.

2.

이문열은 현대사회의 급격한 변화, 그 중에서도 여성해방에 대해 참을 수 없는 분노를 느끼고 있는 것 같다. 작가는 현대인의 반의고적 경향에 대해서 비판하고 있지만 조선조의 유교적 남성중심 사회에서나 가능했던 삶의 방식을 현대 여성들에게 그대로 받아들이라고 한다면 그것은 시대착오가 아닐 수 없다. 조선조의 낡은 유교적 덕목을 가지고 현대여성을 질타하는 대목에서는 지금까지 쌓아온 작가 이문열의 명성에 전혀 걸맞지 않은 시대의식의 지체를 볼 수 있으며, 이에 독자는 당혹스러움을 금하지 않을 수 없다. 그는 현대사회의 여러 변화, 그 중에서도 특히 여성들이 변화하고 있다는 사실을 수용하기가 어려운 것 같다. 사회환경은 변화하여 새로운 남성상과 여성상을 요청하고 있지만 오히려 그는 과거로 역행함으로써 현실의 변화를 인정하고 싶지 않은 퇴행적 태도를 나타내고 있다. 이처럼 구시대적 의식에 사로잡힌 '문화지체'는 그가 한 명의 자연인이 아닌 작가이며, 더구나 꽤 명성이 있는 작가라는 점을 상기한다면 대단히 심각한 문제가 아닐 수 없다.

　　최근 우리나라는 경기 불황과 정치사회적 불안으로 인해서 보수주의(신보수주의)의 물결에 다시 휩싸이고 있는 것 같다. 남성작가들의 일부작품에서 뚜렷한 보수주의의 색깔을 읽을 수 있는바 김정현의 『아버지』, 이문열의『선택』과 같은 것이 그 대표적인 경우이다. 그러나 최근 우리 사회가 보여주고 있는 보수주의로의 회귀나 퇴행은 미래사회로의 발전에 결코 도움이 되지 못한다. 지금 국가는 세계화를 부르짖으며 선진사회로의 발전을 도모하고 있다. 유능한 여성인력을 사회적으로 제대로 활용하는 방안을 모색하기는커녕 여성을 집안으로 복귀시키고자 하는 보수주의적 태도는 개인의 발전은 물론이며 국가사회의 미래나 발전에 전혀 도움이 되지 않는다.

　　이문열의 과거지향과 복고취향은 이미 오래 전부터 나타나기 시작했다. 그는 자신의 직계조상인 조선조 영남지방의 남인계열 문중의 고상한 법도와 사람 사는 도리 및 예절에 대한 복고주의적 향수를 『그대 다시는 고향에 가지 못하리』(81)에서부터 노골적으로 드러낸 바 있다. 그의 복고취향은 단순한 과거에 대한 향수에 머물지 않는다. 그것은 현재에 대한 그의 가치의식을 드러내는 것이라고 해석된다. 즉, 현대의 급격한 변화에 불안을 느끼는 보수주의자로서의 태도가 과거지향과 복고취향으로 나타난 것이다. 이문열의 복고취향과 연결된 보수주의는 여성에 관련해서는 성차별적 반페미니즘으로 표현되고 있는 것 같다.

　　그러면 그토록 현대여성을 흥분시킨 장씨 부인은 과연 여성인가? 작품의 주인공이며 초점화자로 등장한 장씨 부인은 경북 안동 춘파 마을에서 안동 장씨 경봉의 무남독녀로 태어난다. 경봉은 영남학맥 이퇴계의 학통의 한 명인 학봉 김성일의 문하에서 학문을 시작한 학자로서, 그는 무남독녀 외딸에게 학문을 가르친다. 장씨는 당시의 다른 여성들과는 달리 학문과 서예, 문인화, 게다가 의약에 대한 약간의 조예까지 닦게 된다. 그런 장씨가 당시로서는 과년한 열여덟의 나이가 되자 자신의 길에 불안을 느끼고, 자신이 바치는 학문에 대한 노력과 열정의 효용에 대해서 의심을 품게 된다. 그도 그럴 것이 자신과 비슷한 시기에 공부한 남자들은 관자(冠者)가 되고, 소과(小科)에 입격(入格)한 이도 있으며, 어떤 이는 사림(士林)에 뜻을 두어 학문에만 전념하기도 했지만 여자에게는 그 어떤 것도 바랄 수 없다는 것을 인식했기 때문이다. 그러던 차에 모친이 장질부사에 걸려 눕게 되자 집안 대소사를 비롯하여 접빈객 등 안주인이 하는 모든 일을 대신하게 된다. 그녀는 아무런 생산도 없는 소모적 일과 불공평한 역할 배분에 회의와 반발을 느끼고, 여성이 가야할 길에 대해 암담함에 빠지게 된다.

> 그러자 내 마음의 눈길은 아직 겪어보지 못한 삶에까지 미쳤다. 지아비에게 바쳐야 할 정성과 헌신, 회임과 출산의 고통이며 양육의 성가시고 힘듦, 시부모를 모시고 제사를 받드는 일의 까다롭고 번다함—머잖아 친정을 떠나 남의 아내되고 어머니되고 며느리되고 자손되어 겪게 될 여자의 삶이었다. 나는 곧 그때까지 알고 있던 고귀함이나 거룩함과는 무관하고 아름다움이며 참됨과도 얼론 연결이 안 되는 세월의 낭비가 나를 기다리고 있다는 생각에 암담해졌다.
>
> 여자로서의 삶이 암담하게 느껴지면서 남자의 삶은 더 크고 화려하게 비쳐왔다. 자질구레하고 빛 없는 일에서는 나면서부터 해방되어 있는 삶. 복종과 헌신의 요구를 권리처럼 타고난 삶. 노동은 언제나 생산으로 나타나고, 생각은 빛나는 자취로 남는다…… .
>
> 주로 아버님과 어머님의 삶을 비교하여 얻어낸 남자의 모습이지만 한때 나는 거기에 강한 반발까지 느꼈다. 이 무슨 그릇된 세상인가. 공평하지 못한 역할의 배분인가.

그녀의 이러한 회외와 반발은 곧 신체적 결정론을 토대로 한 역할

의식과, "볼 수 없고 들을 수 없고 만질 수 없어도 존재하는 것이 있음을 아는 것이 사람의 귀함이다. 사람이 가장 높이 치는 가치는 오히려 그렇게 몸으로는 느낄 수 없는 형태로 존재하는 것"이라는 부덕과 모성에 대한 찬양과 미화로 무마된다. 그녀의 회의와 반발은 유교적 질서체계내에서 일시적으로 이루어졌을 뿐 가부장적 사회체계에 대한 근본적 회의와 반발로, 나아가서는 체계에 대한 개혁적 사유와 행위로 결코 확대되지 않았다. 그리고 이러한 확대가 가능할 만큼 학문이 깊었다고도, 삶에 대한 치열한 갈등이 존재했다고도 볼 수 없다. 따라서 그녀는 현실에 대해 순응하고 타협하게 된다. 즉, "아내로서 이 세상을 유지하고 어머니로서 보다 나은 다음 세상을 준비하는 것보다 더 크고 아름다운 일이 어디 있겠는가."나 "시 짓고 글씨 쓰는 일은 여자로서 반드시 해야 할 일은 아닌 듯합니다. 이제부터 안채와 부엌을 떠나지 않고 여자의 본업을 배우겠습니다."와 같은 태도의 변화를 가져온다. 그녀의 현실순응적 태도는 후세에 한 명의 시인으로서 평가되지만 한 명의 여성으로서는 불행했던 허난설헌과 대비되는 삶의 형태이며, 신사임당의 그것에 견줄 만한 것이다.

그녀는 열 아홉에 이미 남매를 두고 상처한 나랏골 재령 이씨 가문으로 출가한다. 가부장제 사회에서 여성은 결혼을 함으로써만이 성인으로 인정되고, 더욱이 아들을 낳음으로써만이 가부장적 가족제도에 편입될 수 있다. 출가한 이후 장씨의 삶은 가부장적 제도와 관념에 맞는 여성으로, 특히 자신의 그러한 삶을 선택이라고 강조하며 대모(大母) 여성으로서의 성숙과정을 보여주고 있다. 장씨는 한 가정의 부덕을 갖춘 주부에서 할머니가 되는 과정을 통해서 유교적 덕목을 구현해 나간다. 그녀는 가부장제가 요구하는 부덕을 철저히 내면화할 뿐만 아니라 자신의 자발적이고 주체적인 '선택'이라고 강조함으로써 적극적이고 능동적으로 이를 수행하는 인물이다. 이 점에서 『선택』은 김정한의 소설 『수라도』를 닮아 있다. 하지만 『수라도』가 단순히 가부장제가 요구하는 외적 인격의 구현만이 아니라 내적 인격, 즉 개성화를 통해서 진정한 자아, 통합된 자아의 실현까지 다루었던 것과는 차이가 있다. 즉 『선택』에서 장씨 부인의 삶의 과정은 개성화를 통한 내적 인격의 그림자마저 보이지 않는다. 즉, 장씨 부인이 보여준 삶은 적극성과 능동성에도 불구하고 주체성의 실현이 아니라 가부장적 가치를 자발적으로 내면화한 행동에 불과하다. 이러한 전통적 여성상은 외적 인격, 즉 페르조나(persona)로서의 여성상으로 그 형성과정에는 전통사회 남성들의 아니마(anima) 원형상의 투사가 개입되고 또는 여성 자신에게도 굳어진 것으로 이해된다. 따라서 이러한 여성상은 자칫 남성들이 바라는 여성상이 될 위험성마저 있다.[1] 한 인간에게 있어 페르조나와의 맹목적 동일시는 개성을 살리는 데 저해가 될 뿐만 아니라 자아의 궁극적 목표는 페르조나와의 맹목적 동일시가 아니다. 자아와 페르조나와의 동일시는 인격의 작은 부분을 실현할 따름이며, 무의식 속의 내적 인격을 의식화함으로써 비로소 전일에의 길에 접근할 수 있다. 그리고 이런 작업은 왕왕 세속과의 알력, 고독이라는 고통을 수반하게 된다.[2]

그래서 『선택』은 "우리 시대 여성들에게 가문은 피할 수 없는 강요였다. 그러나 나는 맹목적으로 순응한 게 아니라 그런 나름의 논리를 통해 적극적으로 그 이념을 껴안았고, 그런 뜻에서 감히 가문을 내가 결혼 뒤에 한 첫번째로 한 선택이었다"고 말하고 있음에도 그것을 자유의지에 의한 선택이라고 받아들이기 어려운 것이다. 작품의 결말에서 장씨 부인은 "나는 일찍이 성취가 있었던 학문과 재예를

---

1) 이부영, '한국민담 속의 여성상', 김열규 외 공저, 한국여성의 전통상(민음사, 1985), 78-9면.
2) 이부영, 분석심리학(일조각, 1978), 65-70면.

스스로 버리고 부녀의 길을 선택했다. 그 부녀의 길에서 가장 큰 것은 어머니의 길이고 그 성취는 자식이 드러낸다.”라고 그의 선택에 만족하는 태도를 보이고 있다. 하지만 독립적 인격체로서의 자아실현을 꿈꾸어 볼 기회조차 주어지지 않았던 조선조 여성에게 우리는 과연 선택이라는 단어를 사용해도 좋을 것인가? 그녀는 벼슬과 학문과 결혼이라는 여러 길 가운데서 하나를 선택한 것은 아니었다. 그녀의 선택은 자발적인 선택이 아니라 어쩔 수 없는 현실 수용이며, 타협하지 않으면 안될, 선택의 여지가 없는 삶의 방식이었다. 그녀에게 선택이 있다면 그러한 삶을 적극적으로 껴안고 사느냐 아니면 어쩔 수 없이 수용하며 내적 갈등을 겪느냐의 선택만이 주어져 있을 뿐이다.

그 스스로가 말했듯 “오랜 세월 동안 너희들은 틀림없이 억압받고 착취당했고 능욕당해 왔”던 것이 사실일진대 자발적인 선택이었다고 강조하는 화자의 삶은 그 억압과 착취와 능욕으로부터 완전하게 벗어나 있었다는 말인가? 한 명의 인권을 가진 인간으로서 주체적 삶의 가능성이 차단된 채 딸과 며느리와 어머니와 할머니로서의 삶만이 허용된 여성의 삶은 이미 억압과 착취와 능욕의 구조로부터 자유롭지 못한 것이다. 그것을 받아들이는 개인이 그 사실과 타협함으로써 그것을 주관적으로 억압과 착취로 느끼지 않았다고 하더라도 이미 그 사회는 남성중심의 사회였고, 여성에게는 억압적인 가부장제 사회였다. 비록 장씨 부인이 양반가의 여성으로서 상대적으로 다른 계층의 여성들과는 다르게 다소 선택된 삶을 살 수 있는 여건이 주어졌다고 할지라도 마찬가지이다.

사실 장씨 부인은 안동 장씨 문중의 양반여성으로, 특히 학문이 깊은 부친으로부터 학문과 시, 그리고 서화를 배울 수 있는 특권이 주어진 삶을 살았다. 이것은 대부분의 여성을 우민화의 대상으로 여겨 교육을 시키지 않던 당시의 전반적 시대 분위기와는 다른, 선택된 것이라고 말할 수 있을 것이다. 즉, 양반으로 태어난 것이 큰 선택이며, 더 큰 선택은 당시의 다른 여성들과는 달리 학문을 통해서 지적 소양을 갖출 수 있었던 점이다. 하지만 장씨 부인이 받은 유교적 교육은 자신의 삶을 스스로의 선택이라고 합리화 할 수 있는 정도였지, 유교적 세계관이 가지고 있는 근원적 문제점, 특히 여성을 비인간화시키는 가부장제에 대한 근원적 회의에까지는 미치지 못하였다. 아니 어쩌면 실제 인물 장씨는 삶의 고비 고비마다 수많은 갈등을 겪었을지도 모른다. 그토록 빈번하게 자발적 선택이었음을 강조한 것이 혹시 그 반증은 아닐까? 아무튼 작가는 자신의 남성중심적 가치관에 따라 장씨의 삶을 해석함으로써 장씨 부인을 가부장제가 요구하는 여성상에는 일치시켰지만 그녀를 생동감이 없이 작가의 이념만을 반영하는 추상적 인물로 대상화하고 말았다.

바로 이 점에서 장씨 부인의 삶은 독자를 설득시키지 못하는 것이다. 아무런 고민도 갈등도 없이 당시 사회가 요구하는 대로 살아온 인형적 삶은 당대의 사회적 평가나 후손들의 칭송과는 달리 한편의 소설로서『선택』을 읽은 독자를 감동시키기에는 역부족인 것이다. 더구나 현대여성을 향해 자신의 가치를 강요함으로써 그녀가 살아온 삶의 당대적 가치마저 인정하고 싶지 않은 심정에 독자를 빠뜨린다.

이문열이『선택』을 통해서 주장하는 이상적 여성상은 한마디로 현모양처로 표현될 수 있다. 작가는 장씨 부인의 입을 통해서 남편에 대한 공경, 남편을 따라 죽는 순절에 대한 찬양, 가사노동의 분담에 대한 질타, 주부로서 봉제사와 접빈객의 역할의식에 대한 강조, 자녀 출산 기피에 대한 비판, 태교와 자녀교육의 중요성, 모성의 확대를 통한 이웃에 대한 보살핌과 같은 문제를 피력하며 일방적으로 현대여성을 질타한다. 아마도 장씨 부인을 통해서 거론한 문제들은 그가 평소 여성에게 불만을 느끼던 사항들일 것이다. 그는 그것들을 싸잡아 사이비 페미니즘 운운하며, 페미니즘 공격의 실마리로 삼고 있다. 페미니스트들이 분노하는 것은 그가 표현했듯이 '얼치기' 논리를 가지고 페미니즘을 공격하며, 시대착오적 여성관을 지극히 거만한 어조로 역설했기 때문이다.

현대의 페미니즘은 현모양처를 이상적 여성상으로 제시하지 않는다. 현모양처가 위장하고 있는 가부장제의 남성우월과 여성에 대한 억압의 실체를 분석하고, 여성도 타인지향적 삶을 벗어나 독립적 주체로서의 자아실현을 이룰 수 있도록 사회제도를 개혁하고, 개인의 의식개혁을 도모하는 큰 흐름 하에 놓여져 있다. 페미니즘의 대조류인 자유주의, 마르크스주의, 급진주의, 사회주의, 포스트모더니즘은 이념적 노선과 실천방법에서 차이가 있지만 큰 흐름에서는 일치하는 방향성을 가지고 있다. 따라서 현모양처를 이상적 여성상으로 내세우며 여성의 사회적 성취를 적대시하는 『선택』은 반페미니즘 소설이 될 수밖에 없다. 작가가 주장했듯 천박한 페미니즘에 대해서만 공격했을 뿐이라는 변명은 처음부터 성립되지 않는다. 그렇다고 하여 이 작품에서 공격하고 개탄해마지 않았듯이 현대의 페미니즘이 아내나 어머니로서의 역할을 아예 내팽개치고 자기실현만을 주장한 적도 없고, 주장하고 있지도 않다. 오히려 한국에서 페미니즘은 가정과 사회의 두 가지 역할 사이에서 갈등을 겪는 여성들이 두 가지 일을, 특히 육아와 같은 부분에서 모성 역할을 제대로 할 수 있도록 탁아시설과 같은 사회적 지원체계를 요구하고, 고용차별 등 여성에게 불리한 각종의 불평등한 사회제도에 대한 개혁을 요구하는 단계라고 할 수 있다.

작가도 잘 알다시피 한국의 어머니들은 남편과 자녀를 통한 대리의 자아실현을 도모한 나머지 치맛바람과 같은 과도한 모성애를 발휘하는 것이 오래전부터 사회적 문제로 지적되고 있다. 작가는 이러한 현실을 제대로 직시해야 할 것이다.

3.

이문열은 『선택』에서 여성의 자기 성취, 특히 사회적 성취에 대해
서 매우 적대적 태도를 취하고 있다.

> 자주 거론되는 <여성의 자기 성취>란 말이 아닌가 한다. 언필칭
> 여성을 위한다는 잡지치고 그걸 떠들어대지 않은 잡지는 없고 다른
> 대중매체들도 여성 상대의 지면과 시간만 나면 질세라 그걸 들고 나
> 와 찧고 까분다.

> 나는 요즈음 유행하는 여성의 자기 성취에 관한 논의에 영악하고
> 탐욕스런 자본주의의 간계가 끼어들지 않았는지 솔직히 의심이 간
> 다. 문화마저 상품화에 성공한 자본주의가 방대한 시장 개척을 위해
> 여성에게 걸고 있는 집단 최면이 바로 그 요란한 자기 성취의 논의
> 는 아닐는지. 또는 그들의 논리로 보면 가정에 사장되어 있는 값싼
> 노동력을 거리로 끌어내기 위해 창안해 낸 효과적인 구호가 바로 그
> 여성의 자기 성취는 아닌지.

이문열은 여성의 자아 성취의 욕구를 인간의 정상적 욕구로 파악
하는 것이 아니라 가정에 사장되어 있는 값싼 노동력을 거리로 끌어
내기 위한 자본주의의 영악하고 탐욕스런 간계가 끼어든 대중매체의
선동에 불과한 것으로 매도한다. 그러한 측면이 전혀 없지도 않을 것
이다. 하지만 사회적 동물인 인간은 남녀를 떠나서 누구나 사회적 존
재로서 자기를 바로 세우고 사회적 성취를 지향하는 것은 지극히 당

연한 기본권이며, 책무이기도 하다. 자아 성취에 성공했느냐의 여부는 나중에 판단할 일이다. 이문열의 말대로 남성도 자아 성취에 성공한 숫자가 드물다고 해서 여성이 자아 성취에 대한 욕구와 이를 실현할 기회마저 갖지 말아야 할 이유는 없다.

그리고 작가는 항시 여성을 가정주부라는 고정관념 하에서 파악함으로써 대중매체와 자본주의의 간계가 여성을 가정으로부터 불러낸다고 주장하는데, 그렇다면 현재 노동현장에 나와서 뛰고 있는 절반의 여성들, 전체 근로자의 거의 절반에 달하는 여성들이 일궈낸 노동의 성취에는 아예 관심도 없다는 말인가? 더욱이 전체 노동여성들의 절반은 가정을 가진 기혼여성들이다. 이들이 기혼여성이 마음 놓고 일할 수 있는 사회적 지원체계마저 제대로 확립되지 않은 남성중심의 사회 속에서 가사노동과 사회적 노동을 병행시켜 나가면서 얼마나 고달픈 짐을 지고 있는지 알기나 하는지? 이 여성들은 자아 성취라는 고상한 단어를 생각하기도 전에 생존의 치열한 요구에 의해서 실질적 여성가장으로, 또는 생계비의 일부라도 벌충해야만 되는 절박한 현실 때문에 열악한 노동현장에서 고용상의 각종 차별과 성희롱, 그리고 저임금에도 불구하고 노동하고 있다. 그런데 이 절반의 여성들을 외면한 채 중산층의 전업주부를 전체 여성으로 동일시한 작가의 중산층적 의식은 아마도 노동여성들의 비난을 사고도 남을 것이다. 여성을 가정주부로 보는 고정관념과 남녀를 공(公)과 사(私)로 구분하는 성별 분업이야말로 여성의 노동력을 사회적으로 이용하면서도 여성의 경제적 지위를 낮추는 자본주의 이데올로기로 동원되고 있다는 데에 작가는 인식이 미쳐야 할 것이다.

그리고 여성이 사회적 성취를 지향하든 가정적 성취를 지향하든 여성 스스로가 아닌 제삼자인 남성이 이를 강요한다면 그것은 타인에 대한 권리침해요, 남성에 의한 여성 억압이라고 간주하지 않을 수 없다. 게다가 이 둘이 양자택일을 할만한 일이 되기 위해서는 사회적 성취 못지 않게 가정적 성취도 가치가 있는 일이라는 사회적 인식과 가치평가가 선행되어야 할 것이다. 그보다도 왜 수많은 여성들이 가정적 성취에 만족하지 않고 사회적 성취를 지향하게 되었는가를 심층적으로 진단해 보아야만 한다. 그것은 단순히 대중매체의 선동이나 시대적 유행으로 매도할 수 없는 필연적 요인을 갖고 있을 것이다. 가사노동의 무임금성, 반복성, 무의미성, 폐쇄성, 더욱이 가치가 없는 일이라는 평가를 모두 외면한 채 여성의 자아실현의 욕구를 대중매체의 선동이나 자본주의의 간계로 떠넘길 수는 없는 것이다. 그가 진지한 소설가라면 여성들의 자아실현의 욕구가 무엇으로부터 나오는 것인가를 진지하게 탐구해 보아야 할 것이다. 그것은 인간탐구를 목적으로 삼은 소설가가 당연히 해야 할 일일 것이다.

작가는 최근 부산에서 열린 독자토론회에서 『선택』은 일부의 여성들(전업주부)을 위로하기 위해서 쓰여졌다고 말했다. 하지만 현모양처에 대한 찬양이 그 여성들에 대한 진정한 위로와 대안이 될 수 있을까? 이제 그들은 가정이라는 폐쇄적인 울타리를 벗어나 이웃에, 사회에, 국가에 관심을 가지고, 자아를 확대해야 하지 않을까? 그렇게 함으로써만이 고질적인 우울증과 중년에 닥쳐온 삶의 공허감으로부터 벗어날 수 있을 것이다. 울타리 밖을 기웃거리는 그들에게 밖에 나가봤자 별 볼일 없으니까 다시 가정으로 복귀하라고 목청 높여 외쳐본들 그것이 진정한 위로가 되며, 대안이 될 수는 없다. 작가는 남성중심적 사고와 시각을 벗어나 여성의 입장과 시각에서 문제를 다시 볼 수 있기 바란다. (1997)

「아내의 상자」, 그 소통불능의 관계

1. 소통불능의 관계

제 22회 이상문학상(1998년)이 등단한 지 채 몇 년이 되지 않은 은희경의 「아내의 상자」에 수상되었다. 1959년생인 은희경은 전북 고창 출생으로 1995년 동아일보 신춘문예에 중편소설 「이중주」가 당선됨으로써 등단했고, 소설집에 『타인에게 말 걸기』, 장편소설에 『새의 선물』이 있고, 이미 <문학동네 소설상>, <동서문학상>을 수상한 바 있다.

단편소설 「아내의 상자」는 소통불능 상태에 빠진 부부의 문제를 통해서 현대인의 인간관계의 단절과 그로 인한 삶의 불모성, 그리고 이 시대를 살아가는 여성적 삶의 소외를 탁월하게 그려내고 있다. 작품은 아내를 요양원으로 보내놓고 아내와 같이 살던 집에서 이사하기 전 날 아내의 방에 들어가 결혼생활 5년 동안의 아내를 회상하는 일인칭인 화자인 남편의 관점에 의해서 서술된다. 그는 그 동안 아내를 사랑하고 가장 가까운 거리에서 살고 있고, 그래서 아내에 대한 모든 것을 알고 있다고 생각했던 인물이다. 하지만 그는 아내가 남겨 놓은 몇 개의 상자들과 그가 자기 식대로 이해했던 아내에 대한 몇몇 에피소드를 알고 있음에 불과하며, 정작 아내에 대해 아무 것도 모르고 있다는 사실을 깨닫는다. 작중화자로서 아내의 관찰자이기도 한 남편인 '나'는 지극히 평범하고 상식적인 인물로 일상의 평온을 즐기고, 규격화된 생활에 젖어 있는 인물이다. 가령 텔레비전의 마감 뉴스를 보고서야 잠자리에 들고, 증권시황에 큰 관심을 갖고 있으며, 시사주간지를 탐독하는 전형적인 소시민이다.

따라서 그는 아내마저도 그의 상식적이고 평범한 시선과 표준화된 관점에 의해서 이해한다. 그는 아내를 "시시하다고 할 만큼 평범한 사람"이라고 논평한다. 아내로서 그녀는 얌전한 살림솜씨를 갖고 있으며, 집안 정돈을 썩 잘하는 존재로 인식된다. 그에겐 "집에 돌아와 보면 모든 것이 제자리에 준비되어 있었다. 아내까지도"라고 회상할 정도로 아내에 대해서도 오랜 동안 손때를 묻힌 서랍장처럼 편안하고 다정한 사물 정도로 생각한다. 뿐만 아니라 아내가 가꾸어온 집안은 너무나 표준적이어서 아내가 아닌 다른 여자가 당장 들어와 살기 시작해도 이상할 점이 없을 정도이다. 그들이 결혼하여 살아온 5년간의 세월은 그들만의 체취가 존재하지 않는 몰개성적 시간의 집적에 불과하다.

이렇게 표준적인 이 부부에게 표준과 규격화에서 벗어나 있는 일이 있다면 그것은 아내의 불임이다. 아내는 임신 삼개월만에 자연유산된 후 임신이 되지 않아 불임클리닉에서 치료를 받아왔다. 하지만 남편은 "아내가 아이를 원하는지 원치 않는지 한 번도 생각해 본 적이 없었다. 솔직히 말하면 그 질문을 나 자신에게조차 심각하게 해보지도 않았다. 나는 단지 인생은 필요한 것을 갖춰 나가며 사는 것이라고 생각하는 평범한 사람"일 뿐이라고 스스로 생각한다. 이들 부부는 아이가 필요한지에 대한 절실한 질문도 없이 결혼한 부부가 갖추어야 할 것들 중에 하나가 빠졌기 때문에 불임클리닉에 다니고 있을 뿐이다. 하기는 가족이란 개념의 보편성 가운데 경제적 협력, 공동거주, 사회적으로 인정받는 성관계, 재생산, 자녀양육 등의 측면이 포함되는데, 이들 부부에게는 자녀의 재생산과 양육이란 표준적인 구비조건이 미비되어 있다.

남편은 이 구비조건을 충족시키기 위해서 아내의 배란기에 맞춰 일찍 퇴근하고, 아내를 안고 싶은 욕망마저도 그때에 맞춰 일어나는 "규칙성과 적응능력과 상식성"을 갖추고 있다. 이처럼 상식적 인물인 '나'는 회사일로 더욱 바빠져 아내와 보내는 시간이 아내의 배란기 외에는 없어지는 대신에 회사의 신임은 날로 두터워진다. 그 사이 그는 아내가 제자리를 찾아가고 있다고 믿고 있다.

그런데 불임에 대한 아내의 태도는 다르다. 우선 그녀는 불임클리닉에 다니는 것을 싫어할 뿐만 아니라 병원을 연상시키는 것이면 뭐든지 싫어한다. 그렇다고 하여 아내가 그것을 직접적으로 내색한 적은 한 번도 없다. 불임클리닉의 진료실을 들어서면서 "무력하고도 간절한 눈빛"으로 짧은 순간 남편을 돌아본 것 외에 그녀는 불임클리닉의 지시대로 잘 움직이고 있다. 하지만 아내는 자신의 불임이 선택이론에 의해서 거세당한 것이라는 엉뚱한 주장을 하는가 하면 스스로 우성이 아닌 열성, 즉 진화론적으로 도태되게 되어 있는 존재라고 말한다. 그 말 끝에 아내는 옆집 개의 자살을 운위함으로써 그 자신의 내부에 감추어진 자살충동의 일면을 드러내기도 한다.

남편은 아내를 "요양원에 버리고 돌아온" 날 밤에 수컷을 거부하며 알을 낳지 않는 암컷 초파리에 관한 텔레비전 뉴스를 보면서 "아내가 좋아했을 얘기"라고 생각한다. 즉, 유전자의 돌연변이가 일어난 초파리처럼 아내도 결국 남편인 자신을 거부했고, 자발적으로 아이를 갖지 않았을지도 모른다는 생각을 하지만 그것을 "유전자의 돌연변이"로 이해하는 한계를 노정한다.

그러나 정말 표준적이고 상식적인 이들 부부에게 사랑은 건재했던가. 이들에겐 단지 기능적인 불임만이 존재했던 것인가?

단단히 웅크린 그녀의 입구를 찾지 못해 진땀을 흘리던 밤들이 떠오른다. 우리는 부부야. 이건 자연스럽고 즐거운 일이라구, 하고 내가 말하면 그녀는 내 뺨에 입술을 갖다대며 정말이야, 당신한테 잘 해주고 싶어, 라고 속삭이면서도 몸은 여전히 차가웠다. 그녀의 마른 몸에 물기가 돌게 하기 위해서는 언제나 그녀의 몸 한가운데 박혀 있는 입술산처럼 조그만 버튼을 참을성을 가지고 조심스럽게 만져줘야 했다. 그런 다음 가까스로 열린 그녀의 몸 속으로 들어가면 아내는 내 어깨를 꼭 당겨 안으며 당신을 사랑해, 라고 기운없이 중얼거렸다. 그때마다 눈시울이 젖어 있었다. 그런 아내가 내게 무슨 짓을 했던가!

아내의 배란기에 나는 되도록 일찍 퇴근했다. 그녀는 힘든 눈치였지만 클리닉의 지시와 내가 주는 정자를 순순히 받아들였다. 어느 날 나는 침대에서 그녀의 눈시울이 더 이상 젖지 않는다는 것을 깨달았다. 언제부터인지 내 목을 꼭 껴안지도 않았다. 대신 샤워를 안 했다든지 감기에 걸렸다든지 하는 핑계를 대며 피하는 일은 없어졌다, 내 허리의 움직임에 아찔한 가속도가 붙는 순간 갑자기 가슴을 밀치며 "잠깐만요" 하면서 입덧을 하는 임부처럼 욕실로 뛰어가는 일도 이제는 물론 없었다. 나는 어떤 방식으로든 아내가 제자리를 찾아가고 있다고 해석했다.

가을 인사 때 부서가 바뀐 뒤로 나는 회사일이 더욱 바빠졌다. 아내의 배란기를 빼고는 일찍 들어와 아내와 시간을 보낼 기회도 적어졌다. 그러다 보니 아내를 안고 싶은 욕망도 그때에 맞춰 규칙적으로 생겨난다. 나는 무엇에든 잘 적응하는 편이었으며, 그러니까, 상

식적인 사람이었다.[1)

　머리와 몸이 겉도는 부부관계, 입으론 사랑하다고 말하지만 결코 몸이 뜨거워지지 않는 부부, 게다가 불임클리닉에서 지시하는 대로 따라야 하는 고통스런 부부관계 속에 사랑이란 낭만적 감정이나 열정이 존재할 리 없다. 문제는 남편은 그러한 상태에 잘 적응하고 있지만 아내는 처음에 가졌던 남편에게 잘 해주고 싶다든지 하는 말마저도 삼킨 채 의무적으로, 그러나 고통스럽게 남편을 받아들이고 있다는 점이다. 아무리 부부간의 성관계라고 하더라도 낭만적 감정이나 열정, 심지어 욕망이라고 표현할 만한 어떤 흔적도 없는 싸늘한 부부관계에서 불임이라는 결과는 어쩌면 당연한 귀결일지 모른다. 다만 남편이 그 사태의 심각성을 깨닫지 못했을 뿐…… .
　성관계도 일종의 육체를 통한 의사소통이요, 대화라고 한다면 이들 부부는 육체를 통한 의사소통은 단절된 실패한 관계였다고 할 수 있다. 성은 생식(출산), 성적 쾌락과 함께 정서적 친밀감과 온화함을 포함하는 부부간의 사랑과 대화를 표현하는 전인격적 기능을 갖고 있다. 인용문에서 볼 때에 이들 부부의 성관계는 정서적 친밀감과 감정적 유대가 전제되지 못함으로써 아내는 고통스럽게 성관계를 받아들이고 있으며, 특히 불임으로 인해서 성이 생식을 위한 방편으로 간주되자 이들의 관계는 더더욱 물화된 남성중심의 성관계로 변질된 것이라고 볼 수 있다. 즉, 남편은 아내의 몸에 대한 애무 이전에, 사랑이라는 감정적인 접촉이 먼저 일어나야 한다는 사실에 전혀 무관심했다. 사랑과 상호만족이 배제된 채 남성주도적이고 아이를 가져야 한다는 의무감이 짐 지워진 성관계의 고통스러움을 남편은 이해하지 못했지만 아내의 집밖으로의 외출과 일탈은 그것의 심각성을 반증한

---

1) 인용하는 작품은 은희경 외, 아내의 상자 (문학사상사, 1998)에 의거했음.

다.

아내의 몸은 남편에 대한 사랑의 단절과 사랑의 자연스런 결과로서의 아이갖기에 대한 거부를 '불임'으로 표현한 것으로 이해할 수 있다. 결국 이들 부부의 불임은 표준화된 삶의 외장 속의 사랑의 부재와 불모성에 대한 상징으로 읽혀지는 것이다.

그러면 이들 부부의 정신적 의사소통과 대화는 어떠한가? 이들 부부는 정신적 대화마저도 진정한 소통에 이르지 못한 채 겉돌고 있다. 즉, 아내는 아내대로 말하고, 남편은 남편대로 아내의 말을 건성으로 듣거나 자의적으로 해석해버리고 만다. "아내는 늘 나로서는 아무 관심도 없는 소식을 진지한 말투로 전해" 주고 그때마다 나는 시사주간지나 마감뉴스에 시선을 둔 채 고개를 두어 번 끄덕여 주는 것으로 건성의 대화를 이어가고 있을 뿐이다. 건성으로 이어가는 대화 도중에 아내가 "그녀의 입에서 나올 성싶지 않은 과격한 말"을 내뱉았을 때, 나는 아내의 기분을 다는 몰랐지만 어쨌든 아내에게 아직도 어떤 것이 더 필요한 것이 있다는 것을 막연히 느낀다. 하지만 나는 그것을 중단했던 불임 클리닉에 예약하는 것으로 "그녀를 위해 보편적이고 바람직한 처방을 찾아낸 데 대해 스스로 만족"할 뿐이다. 그는 정작 아내에게 결핍된 '어떤 것'이 무엇인지, 아내가 진실로 욕망하는 것이 무엇인지에 대해서는 무관심한, 즉 상식적인 자기중심성을 벗어나지 못하는 인물이다. 이렇게 대화가 겉도는 사이 아내는 더욱 말수가 적어졌지만 그는 아내의 침묵의 심각성을 제대로 인식하지 못한 채 "말 자체를 안 했기 때문에 엉뚱한 말을 하는 일도 없어졌다. 집안은 더욱 깨끗해지고 언제나 조용했다"라고 모든 것이 제자리에 준비된 집을 평온으로 받아들일 뿐이었다. 그만큼 아내는 불임을 제외하고는 현모양처로서의 역할을 만족스럽게 수행했던 것이다. 그러는 사이 그는 회사일로 더욱 바빠지고, 표준과 상식에서 벗어나 있는 아내의 말과 그 자신이 이해할 수 없는 아내의 내면적 영역에는 더욱 무관심해진다. 이들은 육체적으로만이 아니라 정신적으로도 소통불능상태에 빠져 있었던 것이다.

사실 이들 부부의 삶은 겉으로 보기에 지극히 평화롭고 평온한 모습을 띠고 남편은 아내를 사랑한다고 생각한다. 하지만 이것은 어디까지나 남편의 관점이고 태도이다. 이 작품에서 작중의 참여적 인물인 남편을 관찰자로 삼아 그의 일방적 시선에 의해서 아내를 서술하도록 한 것은 매우 전략적이다. 이상문학상 심사위원의 한 사람이었던 이어령은 이를 "절묘한 시점의 거리"2)로 이해했지만 작품은 남편을 객관적인 보고자의 위치에 두기보다는 때때로 논평자적인 우월한 입장에 서게 만듦으로써 이들 부부의 문제를 남편중심의 관점에서 서술하도록 만든다. 말하자면 남편은 인식 주체로서의 초점화자이며 아내는 초점화의 대상이다. 따라서 이들 부부의 진실은 제대로 드러나지 못하고, 특히 아내의 내면이 왜곡되고 있다는 것을 독자는 알 수 있게 된다. 즉, 이 작품의 서술체계는 남편을 이야기의 보고자가 아니라 인식의 주체로 삼음으로써 남편의 인식과 감각과 관념에 의해서 아내를 바라보게 만들며, 따라서 아내의 진실을 소외시키도록 되어 있다. 그리고 이는 남편의 아내에 대한 일방적 태도 내지 아내의 내면에 대한 무관심과 일치한다. 이러한 서술체계는 여성의 진정한 욕구와 경험을 소외시키는 남성중심적인 우리 사회가 갖는 여성에 대한 타자화와 일치하고 있다. 그런데 작가는 독자가 일방적으로 남편의 시점을 따라가도록 놓아두지 않는다. 오히려 남편의 서술이 놓친 그 틈새에서 아내의 진실을 읽을 수 있도록 행간을 배치하는 고도의 전략을 구사한다.

그러면 무엇이 이들을 육체적으로나 정신적으로 소통을 불가능하

---

2) 은희경 외, 아내의 상자 (문학사상사, 1998), 8-9면.

게 만들었는가. 그것은 남녀의 역할을 공(公)과 사(私)로 분리시켜온 자본주의 사회의 성차별 이데올로기 때문이라 할 수 있다. 즉, 남녀의 역할이 공과 사로 철저히 분업화된 사회구조 속에서 남녀는 경험과 관심을 공유할 만한 영역이 부재한다. 따라서 대화는 겉돌고, 서로가 이해하지 못하며, 소통불능의 상태에 빠질 수밖에 없는 것이다.

이처럼 정신적 소통과 정서적 교감이 부재하는 상태에서 남편이 아내의 배란기에 맞춰 성관계를 갖는다고 하더라도 아내가 '파블로프의 개'처럼 반응하게 되지는 않는다.

2. 잠과 외출로의 도피

아내의 불임 이외에는 아무런 문제가 없다고 생각한 평화롭고 평온해 보이는 이들 부부에게 아내의 일탈과 그로 인한 가족의 해체라는 불행한 사태는 왜 일어났을까?

이를 알기 위해서는 아내의 진정한 내면이 어떤 상태였는지를 이해해야만 한다. 남편의 회상과 관찰을 통해서만 접할 수 있는 아내의 내면적 진실이 어떤 것이었는지는 불투명하지만 작가는 남편과의 대화나 여러 상징적 장치를 통해서 독자로 하여금 충분히 유추적 해석을 가능하게 만들고 있다.

결혼 5년째 아이가 없는 아내. 그녀에겐 시간을 바쳐야 할 아이는 물론이며, 직업도, 특별한 취미도 없다. 또한 남편과의 대화는 겉돌고, 그녀가 그토록 가보고 싶어했던 숲 속의 오솔길로 일년이 지나도록 가보지 못했듯이 남편과 같이 공유하는 시간 자체가 절대적으로 결여되어 있다. 그녀는 집안일을 하거나 신문과 잡지 그리고 책을 읽는 일로 소일하지만 그렇다고 하여 특별히 교양을 쌓고 정서를 함양하는 것 같지는 않다.(하지만 특별한 목적없이 하는 독서란 누구에게나 소모적 시간 죽이기 작업이 아니던가.) 아내는 자신이 읽는 독서물들의 내용을 단편적으로만 기억하며, 그 내용도 자기 식으로 엉뚱하게 왜곡하는 버릇이 있다고 남편에 의해서 논평된다.

그리고 나서 여가시간의 대부분을 차지하는 것은 남편이 이해할 수 없는 잠에 대한 탐닉이라고 할 수 있다. 그녀가 깨어있는 시간 동안 집안을 정리하고, 독일식 책상에 앉아서 "지우개가 달린 노란색 연필"로 뭔가를 써가며 교양과 정서 함양과 무관한 독서에 빠져든다면 그 밖의 나머지 시간은 모두 잠에 빠져든다. 그녀는 안락의자에 공벌레처럼 몸을 웅크리고 낮잠을 자곤 한다. 아내는 "의자 속이 깊숙해서 무덤처럼 편안하다고 했다. 다리를 가슴께로 끌어당긴 채 웅크리고 앉은 아내는 나뭇잎 뒷면에 몸을 둥글게 말고 숨어 있는 공벌레 같았다"고 관찰된다. 아내는 낮에 회사에서 전화를 해도 잠에 빠져 전화를 받지 않을 때가 많았으며, 몸이 아플 때나 걱정거리가 있을 때, 심지어 화가 났을 때조차 잠을 잤다. 그녀는 베란다에서 아파트 단지들을 내려다보면 잠이 온다는 것이다.

언제 봐도 단정한 아파트 단지의 창문들, 언제 봐도 그린 듯이 정확히 배치된 놀이터와 벤치와 나무와 주차 라인과 보도 블록, 상가 앞에 오가는 사람들도 언제 봐도 그렇게 정한 듯이 몇 명, 비슷한 비닐봉지, 비슷한 옷차림. 하늘도 언제 봐도 대충 그런 색의 지루한 안정의 빛이고 공기의 냄새마저 도식적이라고 아내는 말했다. 신도시에는 길이 없어요. 덩치가 큰 건물에 다 가로막혀 있어요. 신발을 신고 산책이나 하려고 나갔다가도 길이 다 끊어져 있어서 그냥 돌아와 버려요, 찻길밖에 없어요, 그러면서 그녀는 고층 건물 사이의 찻길을 몇 번 건너갔다 오면 지치기 때문에 잠이 오는 거라는 주장도 했다.

아내는 사소한 말다툼 끝에도 잠에 빠져들어 남편이 열쇠공을 불러 폭파하듯 문을 부수고 들어가보니 언제나처럼 안락의자에 파묻혀 잠들어 있었던 적도 있다. 그 때의 모습은 "뚜껑이 닫힌 상자들 곁에서 잠들어 있는 그녀의 모습. 그것은 자신을 상처 입힌 세상을 향해 빗장을 지르고 잠들어버린" 것으로 관찰된다. 그녀의 잠은 스스로 상자 속으로 들어가 세상을 향해 문을 닫아버리고 자폐적 세계로 숨어버린 그녀의 세상과의 타협불능 상태에 대한 은유이다.

아내는 신도시 아파트 단지를 내려다보며 "신도시에는 길이 없어요"라고 말한다. 찻길만이 존재하고 사람이 신발을 신고 산책할 수 있는 길이 없는 신도시, 그 규격화되고 도식화된 공간이 그녀에게 잠을 촉발하는 것이다. 즉, 그녀는 도식화되고 규격화된 길 이외에 인간적인 체취가 풍기는 길이 없기 때문에 잠을 자는 것이다.

길이란 무엇인가? 길이란 사람과 사람이 소통하는 길이다. 그것은 공간개념을 넘어서서 개성을 가진 사람과 사람이 생각과 감정을 자유롭게 소통하는 마음의 길을 의미한다. 작품에서 남편은 지극히 평온하고 표준적인 삶을 살고 있다고 믿고 있지만 이들의 대화는 겉으로 겉돌며 한번도 진정한 소통에 도달한 적이 없다. 즉, 표준적인 남편과 표준에서 벗어난 아내 사이에는 소통할 길이 없는 것이다.

아내는 숨막히도록 규격화된 세상, 표준화된 남편과의 소통이 불가능하자 아예 세상을 향해 빗장을 지르고 자신만의 잠의 세계로 깊게 도피해버린 것이다. 입시강박증으로 미술대학의 진학에 실패했지만 아내는 미술을 전공하기를 원했던 인물이며, 신경이 매우 섬세하고, 지우개가 달린 노란 연필로 뭔가를 쓰는 내향적 성향의 인물이었을 것으로 추측된다. 그럼에도 남편은 아내의 이러한 내향적 측면에 대해서 무관심하다. 그는 아내와 대화를 통해 정서적 통합과 유대에 도달하길 원하지 않는다. 그는 아내의 앞뒤가 안 맞는 엉뚱한 말을 들어주는 것보다는 겉으로 유지되는 평온에 만족한다. 그렇다고 남편이 의도적인 악의를 가지고 그녀를 무시하거나 소통을 거부해 온 것은 아니다. 남편은 어디까지나 성취지향적인 이 사회가 표준적인 남성에게 요구해온 대로 도구저 성격이 소유자였을 뿐이다.

비록 남편에게는 이해받을 수 없었지만 아내는 도식화와 규격화로부터 벗어난 개성화된 삶을 살고 싶었던 인물이었을 것이다. 작년 삼월에 불임클리닉이 가까운 강남의 아파트에서 전셋값이 훨씬 싼 신도시 아파트로 이사왔을 때만 하더라도 아내는 자신의 방이 생긴 것과 "집도 깨끗하고 공기도 맑고, 무엇보다 기차가 지나 다니는 걸 볼 수 있는" 사실을 기뻐했고, 무엇보다도 불임클리닉에 다니지 않게 된 것을 기뻐했다. 즉, 변화와 삭막하지 않은 생활이 있을 것 같은 기대에 찼다. 처음에 아내는 새로운 생활에 대한 여러 가지 계획을 가졌다. 즉, 새로운 커튼, 새로운 관엽식물, 새로운 선반과 같은 것들에 대해 관심을 나타냈다. 하지만 아내는 새로운 커튼을 해달지 않았으며, 곧 신도시가 질식할 것 같은 규격화된 공간이라는 것을 깨달았으며, 차츰 잠에 깊게 빠져들어 갔던 것이다.

아내의 잠은 규격화된 신도시, 규격화된 인물인 남편으로부터 도피한 그녀만의 폐쇄적인 세계이다. 또한, 잠은 소통 불가능한 세상과 남편에 대한 절망감의 표현이며, 개성과 활기가 고갈된 삶으로부터의 도피라고 할 수 있다. 그녀의 교우관계라고 해봐야 고작 두 명 정도지만 신도시로 이사온 뒤로는 그녀들에게 전화번호를 알려주지 않은 상태로 관찰된다. 그녀는 모든 인간관계로부터 단절된 채 세상에 대해서 빗장을 지르고 스스로 상자 속으로 들어가 잠이란 자폐적 세계로 도피했던 것이다. 그 질식할 것 같은 정신적 고갈상태를 아내는 "우리 집에서는 모든 게 말라버려요!"라고 절규한다. "시멘트벽이 수분을 다 빨아들이나봐요. 이러다가 나도 말라비틀어질 거예요. 자고 나면 내 몸에서 수분이 빠져나가 몸이 삐그덕거리는 것 같다구요”라고 말한다. 남편은 실내환기를 안 해서 습도가 낮아진 거라며 가볍게 아내를 나무라고, 수족관에 열대어를 키워보면 어떻겠느냐고 권하는가 하면 가습기를 사들고 들어가는 반응을 보여준다. 하지만 아내는 가습기의 포장조차 뜯지 않는다. 아내가 심리적 고갈상태에 대해서 절규했다면 남편은 그것을 습도가 부족하다는 물리적 환경의 문제로 이해했던 것이다. 이런 어긋남이 아내의 잠과 일탈과 신경증을 불러왔다고 할 수 있다.

사회적 관계로부터 소외되고 가정내에 단절된 여성의 운명은 옆집에서 긴 쇠줄에 묶여 사육당하는 두 마리의 강아지의 운명을 통해서 상징적으로 표현되고 있다. 토실토실한 강아지와 비쩍 마른 강아지, 옆집 아들은 토실한 강아지에게만 과자를 던져주는가 하면 마른 강아지를 발로 차며 “야 먹고 살려면 성격부터 고쳐라”라고 했다는 것이다. 그 말을 하면서 아내는 울 듯이 두 손으로 얼굴을 가렸고, 이런 행동은 남편을 당황하고 짜증스럽게 만든다. 그러던 아내는 “옆집 개 말예요. 그 더러운 개새끼는 곧 굶어죽을 거예요, 죽는 날까지 토실토실한 개한테 가까이 들러붙겠죠. 뻔뻔스럽게도 그 개가 크는 것까지 가로막으면서 말이죠. 빨리 죽어주면 좀 좋아. 개들은 왜 자살같은 걸 안 하나 몰라”라고 과격한 말을 내뱉기도 한다. 아내의 그 말로부터 “아내에게 뭔가 더 필요한 것이 있다는 느낌”을 남편은 받지만 그 이상의 진실에 대해서는 무관심하다. 쇠줄에 묶여 사육당하는 강아지의 운명은 결국 가정내의 존재로 그 사회적 위치를 강요당하며 살아가는 여성의 운명에 다름아닐 것이다. 남편이 가져다주는 생활비로 소비의 역할이나 담당하면서 남편의 비위를 맞추고 살아가야 할 여성과 쇠줄에 묶여 집주인의 비위를 맞추며 알랑거려야 하는 강아지의 운명이 뭐가 크게 다르단 말인가? 비쩍 마른 강아지를 향해 "강아지가 왜 자살 같은 걸 안하는지 몰라"라고 내뱉은 과격한 말은 아내 자신의 자살충동을 드러낸 것이라고 읽을 수 있다. 그런데 남편은 불임클리닉에 다니는 것으로 '바람직한 처방'을 찾아냈다고 자위하고 있었으니…….

실수로 그들의 결혼사진이 타버린 일, 아내가 입은 화상 등은 그들의 결혼의 무의미성과 아내의 상처 입은 내면에 대한 상징으로 제시되지만 남편만이 그 의미를 제대로 깨닫지 못한다.

사회적 맥락에서 볼 때, 결혼은 전통사회의 '제도적 결혼'에서 산업사회의 '우애적 결혼'으로 변천해왔다. 제도적 결혼은 가족과 공동체에 대한 의무로 간주되고, 개인의 행복보다는 가족의 안정이 무엇보다 우선시된다. 하지만 산업사회의 우애적 결혼은 남편과 아내 간의 밀접하고 만족스러운 관계가 우선시된다. 우애적 결혼의 특성은 애정의 주고받기, 부부의 평등, 민주적인 의사결정과정 등이며, 개인의 가장 큰 행복을 가정내에서 발견할 것을 기대한다고 스콜닉(Skolnick)은 말했다.[3]

열쇠공을 불러 문을 부수고 들어가는 소동이 벌어졌을 때, 남편은 회사일로 과중한 스트레스를 받은 나머지 아내의 말을 들어줄 마음의 여유가 전혀 없었다. 그렇다. 남녀를 공과 사로 분리시켜온 이 사회는 남성들로 하여금 사회적 노동을 위해 과도한 시간과 에너지를 요구하고 그로 인한 스트레스를 가중시킨다. 따라서 이들이 우애적 결혼이 추구하는 애정의 주고받기 등 밀접하고 만족스런 친밀감과 교감을 교류할 여가 자체를 원천적으로 봉쇄해버린다.

나는 그즈음 새로운 프로젝트의 팀장을 맡았기 때문에 신경이 날

---

3) 홍욱화, '가족형성과정의 변화', 여성한국사회연구회 편, 한국가족문화의 오늘과 내일 (사회문화연구소, 1995), 59면.

카로워져 있었다. 그때의 나에게는 아내의 언제나처럼 엉뚱하고 앞뒤 안 맞는 말을 들어주기 위해 참을성을 사용할 너그러움이 전혀 없었다. 듣기 싫어!라고 소리치자 아내는 놀라 입을 다물었다. 조금 후 일어나더니 말없이 청소기를 돌리기 시작했다. 나는 점퍼를 들고 밖으로 나와 버렸다.

그런데 아내의 일상은 옆집에 사람이 이사오자 변화하기 시작한다. 남편이 외국지사에 나가 있고, 초등학교에 다니는 아들이 둘이며, 차를 운전하는 옆집 여자는 집안에만 있는 아내와는 다른 방식의 삶을 살아가는 여자이다. 아내는 옆집을 정신이 하나도 없는 집이라고 표현한다.

> 현관에서부터 그래요, 우산꽂이에다 편지꽂이, 열쇠 거는 고리…… 거실에도 소파는 소파대로 스툴과 흔들의자까지 있고, 코너장, 홈 바, 뭐가 뭔지 모르게 가구로 꽉차 있어요. 보온밥통에까지 온갖 덮개를 씌워 놓았고 벽에도 빈 곳이 하나도 없더라구요, 등공예품, 빵꽃, 지점토 인형, 온갖 취미강좌에 다 다녔나봐요.

아내의 말에서 드러나는 옆집여자는 남편이 부재하는 무료한 시간을 온갖 문화강좌나 헬스클럽 등에 다니는 것으로 채우는 여성이다. 그녀는 성격적으로 빈 곳을 못 참는 여성이다. 그녀는 장소로서의 빈 공간만이 아니라 시간의 빈 곳을 참지 못하며, 현재 수영과 마사지를 하러 다닌다.

화자의 아내처럼 집안에 유리되어 폐쇄적으로 살아가는 여성들이 있다면 온갖 문화강좌나 계모임에 나가며 소모적 외출을 통한 시간 죽이기로 살아가는 한 군의 여성들이 이 시대에 존재한다는 것을 우리는 익히 알고 있다. 두 유형 모두 생산적 노동과 사회와의 적절한 관계망을 상실한 채 살아가는 우리 시대 여성의 소외된 모습의 전형성을 띠고 있다.

남편들이 직장에 나가 있는 동안의 아내들의 일상은 다음과 같이 드러난다.

> "휴대전화로 집에 전화를 해서 숙제를 안 한다고 아이들을 야단치고, 읽은 책 이야기도 하고, 헬스클럽이나 귀고리에 관한 이야기를 해요. 누구는 제사가 많다. 어떤 달은 세 번이라서 모임에도 잘 못 나온다. 누구는 상가 시세가 올라서 돈을 벌었다, 아무개 교수의 교양강좌가 좋더라, 듣고 울었다, 그런 얘기를 하면서 시간을 보내는 거예요."

즉, 사회적 노동으로부터 배제된 여성들은 밖으로 나와 아이들을 휴대전화로 관리하며, 쇼핑과 계모임, 헬스클럽과 문화강좌에 몰려다닌다. 이들은 자녀교육과 문화정보, 이재 등에 관한 정보를 교환하며 시간을 보내지만 아내의 쓸쓸한 표정에서 드러나듯이 그것이 진정한 자아확대로 연결되어 내적 충족감을 주거나 사회적 소속감을 안겨주는 것 같지는 않다.

아무튼 아내는 옆집 여자를 따라 백화점이나 대형할인점, 칼국수집이나 쌈밥집 그리고 주말농장인지를 다닌다고 부쩍 바빠졌다. 남편이 격주로 쉬는 일요일에조차 옆집 여자를 따라 새로 오픈한 백화점에 가서 그녀의 취향과도 안 맞는 포푸리 화환을 들고 들어왔다. 아내는 그것을 옆집 여자로부터 선물받았다고 했다.

> "차를 얻어타고 신세를 지는 건 당신이잖아. 선물을 한다면 당신이 해야지 왜 그 여자가 해?"
>
> 포푸리를 만지작거리고 있던 아내는 그것을 들고 일어났다.
>
> "나를 좋아해서 그냥 선물한 거라니까요. 그럴 수도 있잖아요."

　　"좋아한다구?"

　　"그래요."

　　"왜?"

　아내는 입술을 깨물었다. 아무 대답없이 포푸리를 손에 든 채 자기 방을 향해 몇 걸음 옮기더니 갑자기 돌아섰다. 그리고 쏘아붙였다.

　　"외로우니까요."

　너무 필사적으로 말했기 때문에 나는 어이가 없어졌다. 아내는 대답이라도 기다리는 사람처럼 그대로 서서 나를 뚫어져라 쳐다보고 있었다.

　　"당신도 그래? 외롭다고 생각해?"

　　"아뇨."

　아내의 시큰둥한 대답은 기다렸다는 듯이 바로 튀어나왔다.

　남편은 그냥 좋아서 선물을 주고받을 수 있다거나 가족이 있는 여자가 외롭다거나 하는 말을 전혀 이해하지 못한다. 그녀들의 빈번한 외출과 그리 필요하지도 않은데 사들인 포푸리 화환 같은 수많은 물건들, 그녀들 앞에 놓여진 수많은 시간들이 갖는 의미가 무엇인지를 알 수 없다. 그들은 필요한 일만 하기에도 항상 시간이 부족하니까. 더구나 외로움이라니, 남편이 있고, 갖출 것을 다 갖춘 여자가 외로움을 느낀다는 것은 말도 안된다고 여길 것이다. 인용된 대화 속에 드러나는 칼날 같은 충돌은 두 사람의 서로 화해할 수 없는 삶의 거리를 보여준다.

　그만큼 남편에게는 일상의 정해진 틀을 벗어나는 일이 어려우며, 시간도, 정신적 여유도 없다. 그에게는 그냥 정해진 길을 직진으로 나가면 될 뿐 옆길이 허용되지 않는다. 그는 인생이란 그렇게 규격화된 길을 나아가는 도정으로 이해할 뿐이며, 그러는 사이 아내는 '포푸리 화환'의 꽃처럼 메말라 간다.

집밖으로 외출하는 아내, 이제 남편은 그 아내가 옆집 여자 아닌 다른 남성을 만나지 않았을까 하는 의심을 갖게 된다.

> "얼마 전에 옆집 여자가 백화점 주차장에서 어떤 남자 차를 받은 적이 있어요. 차가 꽤 긁혔는데 자꾸만 괜찮다고 그냥 가라는 거예요. 옆집 여자가 미안하다고 그 남자한테 점심을 사기로 했는데 같이 가자고 하더라구요. 옆집 여자는 그 남자를 몇 번 더 만났어요. 자기 인생문제를 관심있게 들어준대요."

그런데 십일월의 마지막 날 밤에 아내가 열한 시가 넘도록 집으로 돌아오지 않자 그는 연락해볼 전화번호 하나 갖지 않고 있다는 사실에 비로소 당혹감을 느끼게 된다. 그는 지우개가 달린 노란 연필로 아내가 무엇을 쓰는지, 아내의 내면이 어떤 상태인지 알 수 없다. 그는 아내가 간 방향을 찾아 한발도 내디딜 수 없으며, 함께 한 5년이란 세월 동안 무엇을 근거로 아내에 대해서 모르는 것이 없다고 생각했던 것일까에 대해서 처음으로 회의를 품는다. 결국 그는 옆집 여자의 도움으로 그린파크 삼층 끝방, 모텔의 특실에 알몸으로 혼자 잠들어 있는 아내를 찾아 집으로 돌아온다. 그러나 왜 아내가 그곳에서 잠들어 있어야 했는지 전혀 이해하지 못하는 타인으로 남으면서…….
사회적 노동과 생산적인 사회적 관계로부터 소외된 여성들은 인용문처럼 자신의 이야기에 귀 기울여줄 사람을 만나고, 경우에 따라서 그것은 탈선으로 연장되기도 한다. "다 제 잘못이에요. 제 얼굴을 봐서 한 번 나갔던 건데 하도 전화질을 해대니까…… 오죽하면 새댁이 전화선까지 잘라버렸겠어요……"라는 옆집 여자의 말을 통해서 아내가 그린파크에까지 가게 된 동기가 드러난다. 아내는 밤마다 걸려오는 장난전화에 시달리다 못해 전화선을 잘라버린 것이 아니라 누군가 그녀를 그린파크로 불러낸 남자의 집요한 요구에 시달려왔던 것이다.

우리 시대는 왜 숱한 러브호텔이 그렇게 필요한 것일까? 그 해답의 일단은 사회적 노동과 생산적 활동으로부터 배제되고 가정내에 고립된 수많은 여성들은 외롭고, 그들의 대화에 귀 기울여줄 사람이 필요하고, 소통되지 않는 부부관계에 대한 절망 때문에 러브호텔을 찾는다고 해석해 볼 수 있다. 바로 그러한 소통 불가능성은 아내로 하여금 남편이 전혀 상상하지도 못한 외간남자와의 탈선이란 전혀 이해할 수도 용서할 수도 없는 행동을 초래하게 만들었던 것이다. 아내가 외간남자와 탈선을 하게 된 것은 어떤 의미에서 가정에서 가구처럼 박제화된 삶으로부터 벗어나기 위한 몸부림, 규격화된 삶을 벗어나기 위한 처절한 몸짓, 또는 인간관계의 소통에 대한 간절한 욕망을 표현한 것이었다고 해석되는 것이다.

산업사회 이후 남성과 여성의 세계는 공과 사로 철저히 이분화되고 분리됨으로써 여가의 지향점도 다르게 표현될 수밖에 없다. 성취지향의 사회에서 남성들은 직장생활에서 과도한 업무와 스트레스에 시달린다. 따라서 그들은 가정이 재생산을 위한 충전과 휴식의 장소이길 원할 수밖에 없으며, 아내들은 이러한 욕구를 충족시켜 줄 것을 요구받는다. 또한, 남성들은 여가생활마저 보다 성공적인 사회생활을 하기 위한 재충전과 자기연마를 위해 바치지 않을 수 없는데, 이 때 필요해지는 것이 보다 열심히 일할 수 있는 건강과 외국어나 컴퓨터 실력이라고 할 수 있다. 작중의 남편은 아내가 그토록 원했던 연녹색 오솔길로 가볼 시간적 정신적 여유는 없었지만 아내를 모텔에서 데려다 놓고도 그 자신은 "새벽 헬스클럽과 외국어학원의 야간강좌에 등록"함으로써 성취지향적 사회의 표준적 남성임을 철저히 입증했다. 따라서 이들 부부가 같이 공유할 시간은 아예 배제되었고, 대화를 통한 갈등해소는 이루어지지 않았으며, 이들 가족의 해체는 가속화되었다.

모텔 사건 이후에 둘 사이는 완벽한 소통불능 상태에 빠지며, 아내는 점차 신경증 증세가 악화되는 것 같다. 그는 "강아지가 왜 자살 같은 걸 안 하는지 몰라"라던 아내의 말을 떠올리며, 왜 아내가 자살 같은 건 하지 않는지 모른다고 증오심을 품거나, 아내의 방을 파라핀으로 봉인해버리고 싶은 참을 수 없는 분노의 감정에 휩싸인다. 이들 부부는 황폐화된 관계를 개선하기 위한 그 어떤 노력도 포기한 채로 겨울을 통과해 이듬해 봄까지 왔고, 봄이 되자 남편은 아내를 요양원으로 보내버리고 만다.

그는 그 요양원에 대해서 "숲 속에 깊숙이 들어앉은 그곳은 그녀가 갇혀 있는 신도시의 집이나 불임클리닉처럼 회색 건물이었지만 훨씬 평온해 보였다. 희망 따위를 볼모로 잡지 않기 때문이다. 그녀는 이제 헛된 희망을 갖는 일도 없을 것이다"라고 논평한다. 그렇다. 그녀는 이제 아이를 갖기 위해 불임 클리닉에 다닐 일도, 남편과 소통을 위해 노력해야 될 일도, 게다가 남편의 동의없이 그곳에서 한 발짝도 나갈 수 없으므로 요양원을 나가게 될 것이란 희망까지를 모두 버리게 될 것이다. 그리고 남편은 집으로 돌아와 아내가 정상으로 돌아오기를 기다리는 대신에 "아내가 이 방으로 돌아오기를 기다리는 일이 얼마나 고통스러울지 알았으므로 떠나려는 것이었다"라며 기한도 되지 않은 전셋집을 이사해버린다. 즉, 아내의 존재는 요양원에 폐기해버렸고, 아내의 흔적은 이사를 통해서 지워버린다. 그는 "아내라는 존재는 폐기되었다." 또는 "나는 아내를 그곳에 버리고 왔다. 차마 죽여 버릴 수는 없다고 마음먹었으면서도 그렇다고 죽이지 않은 것도 아니다"라고 표현한다. 요양원으로 가는 길에 닭장차의 닭이 몽땅 사라져버렸다고 비명을 지르는 아내, 그것은 바로 갇힌 자신의 방에서 요양원이란 낯선 공간으로 폐기처분 될 자신의 운명에 대한 섬뜩한 절규라고 할 수 있다.

3. 표준화된 삶의 아웃사이더

우리는 이 작품에서 서로 다른 인생관, 기호, 기질과 성격 등 상대방이 나와 다르다는 것에 대한 이해부족에 빠져 있는 정서적으로 미성숙한 남성, 즉 이 시대의 표준화된 남성상을 보지 않을 수 없다. 게다가 사회적 노동으로 너무 바쁜 나머지 아내에게는 신경을 돌릴 여유라곤 전혀 없는 남성들이 가정 속에 방치해버린 여성들이 겪는 사회적 단절과 소외된 모습을 읽지 않을 수 없다. 그리고 남성에게 육체와 정신의 모든 것을 의존하다가 자신을 이해받지 못한 채 생명력과 활기가 사라진 황폐화된 여성, 정신분열증에 빠져 지속적인 정신과적 치료를 위해 요양원에 보내진 소외된 여성의 모습에 처연함을 갖지 않을 수 없다.

은희경의 「아내의 상자」는 생에 대한 적극성을 상실한 소극적이고 내향적인 여성이 등장한다는 점에서, 그리고 문제의 심각성은 철저히 드러나지만 작품의 결말에 이르도록 삶의 소외를 극복하고 주체성과 개성을 실현하는 인간상이 제시되지 않았다는 점에서 오정희의 소설들과4) 많이 닮아 있다.

이 작품은 내적으로 붕괴를 겪다가 해체되고 마는 가족, 핵가족 속에서 더욱 결속력이 약해진 부부의 모습을 여성의 소외된 삶과 함께 보여준다. 작중의 부부처럼 아이조차 없는 경우에 가족은 사랑이라는 내적 결속력이 깨어져버리면 언제든지 해체의 위기에 놓일 수 있다.

---

4) 송명희, 문학과 성의 이데올로기 (새미, 1994), 258면.

과거처럼 남편이 가부장적 권위로 여성 위에 군림하고 성적 횡포를 행시히는 것이 아님에도 현대의 가족은 그 어느 때보다도 해체의 위기에 직면해 있는 것이다. 도구적 무표현적 남성과 표현적 여성들이 평행선을 긋는 한 남녀는 진정한 통합과 화해에 도달하기는 어렵기 때문이다. 이제 여성은 규격화된 사회의 성공하는 남편이 아니라 개성화된 존재로서 아내의 대화에 귀 기울여 주고 사랑과 교감을 함께 나눌 수 있는 정서적으로 성숙한 남성을 원한다.

현대의 우리나라의 가족은 외형상으로 평등과 상호협력을 유지하는 것으로 보이지만 그 내부에선 여전히 지배복종의 남녀관계가 작용하고, 아내는 정신적 육체적으로 남편에게 종속되어 있다는 견해가 있다.5) 충분히 타당성 있는 견해이다. 하지만 남성은 일방적 가해자이며, 여성은 피해자란 도식은 이제 깨어졌다. 어떤 의미에서 둘은 서로 가해자이며, 서로 피해자의 관계에 놓여져 있다. 왜냐하면 한쪽이 불행하면 다른 한쪽도 따라서 불행해지기 때문이다. 겉으로 유지되는 평화와 평온에만 관심을 기울이며 아내의 내면에 귀기울여 본 적이 없는 남편, 그는 요양원에 아내를 폐기처분하고 돌아와서 아내가 더 이상 '헛된 희망'에 사로잡히는 일이 없을 것이라고 했다. 그렇지만 아내를 폐기처분 할 권리가 주어진 그에게는 과연 어떤 희망이 남아 있는가? 그는 앞으로 훤히 뚫린 늘씬한 포장도로를 한눈도 팔지 않고 달려 나가겠지만 그것이 인간이 추구해야 할 진정한 희망이라고 할 수 있을까, 그 끝에는 과연 행복이 존재할까?

남편이 가는 길이 도식화된 직진도로라면 아내가 가보고 싶어했던 길은 연녹색 산 속의 구부러진 오솔길이다. 아내는 신도시의 고층건물 사이의 구획정리가 잘 된 찻길이 아니라 사람이 걸어 다니는 인간다운 체취가 있는 길, 도식성을 벗어난 길을 원했다. 도식성을 벗

---

5) 박숙자, '가족관계의 변화', 한국가족문화의 오늘과 내일, 101면.

어난 길에 대해 아내는 그 길이 "선택된 사람에게만 열리고 있다가 그 계절이 지나면 사라져 버리는 환상의 길 같다는" 말을 한다. 정말 아내는 봄이 다 지나가고 이듬해 봄이 올 때까지 그 길로 가보는 대신 요양원으로 보내졌다. 어쩌면 도식화된 삶을 벗어날 수 있는 계기가 되었을지도 모를 그 길은 그녀에게서 영원히 사라지고 말았다.

내가 매일 아침 지옥을 향한 진입로이듯 느리게 통과해 가는 길을 두 대의 스포츠카는 경쾌하게 뚫고 지나갔다. 나는 질질 끌 듯이 그들은 칸타빌레로, 노래하듯이.

그 길의 전혀 예상치 못했던 깜찍한 소동에 대해 솔직히 나는 약간 놀랐다. 그들의 차는 다음 신호등에서 좌회전을 받아 갈라져 나갔다. 지리한 회색 포장도로로 직진하는 나와 달리 그들은 풀이 북슬북슬한 방둑길로 접어들었다. 그러고는 연녹색 산 속의 오솔길 뒤로 사라져 버렸다. 그들이 사라진 하얀 길은 알맞게 구부러졌고 꽃이 만발해 있었다.

옆자리를 보니 아내도 그 스포츠카가 사라진 오솔길 쪽을 쳐다보고 있었다. 그 길이 눈 앞에서 완전히 사라지도록 내내 고개를 뒤로 잔뜩 돌리고 쳐다보았다.

저 길로 한 번 가보고 싶어요.

봄이 지나가고, 가을이 깊어갔을 때까지, 그리고 다시 봄이 되어 아내를 요양원으로 보내기 위해 그 길 옆을 지났을 때까지 "연녹색 잎과 희고 붉은 꽃들로 덮혀 있는" 그 길로 가보자는 약속을 지키지 못했음을 남편은 비로소 깨닫는다. 그는 이사를 위해 신도시를 벗어나는 길에 아내가 그토록 가보고 싶어했던 연녹색 오솔길로 접어들어 본다. 그가 연녹색 길로 가기 위해 일년이란 세월이 흘렀으며, 그는 너무 늦게 그 길로 접어들었던 것이다.

길은 몹시 구부러져 있다. 어디서나 볼 수 있는 험하고 좁은 숲길이다. 먼지가 날리고 차가 심하게 흔들린다. 그냥 돌아가야겠다는 생각을 하며 비탈길을 돌아서는데, 갑자기 산이 눈앞을 가로막는다. 무덤으로 가득 뒤덮힌 거대한 산, 그리고는 낮은 하늘과 귀기어린 정적뿐이다.

나는 멈추지 않고 계속 길을 따라간다. 겨드랑이가 땀으로 젖기 시작한다. 화장터와 마을이 갈리지는 길에서 팻말이 나온다. 급하게 마을 쪽을 향해 운전대를 꺾었지만 숲은 점점 깊어지는 것 같다. 무덤만이 끝날 줄 모르고 이어져 있다. 등뒤에서 와이셔츠가 땀으로 달라붙는다. 얼굴로도 땀이 흘러내린다. 차창을 내리자 기다렸다는 듯이 먼지들이 수복이 몰려와 엉겨붙는다. 차는 비틀거리듯이 산길을 달린다. 그렇다 나는 아내를 위해 모든 것을 했다. 그것을 아내는 어떻게 갚아주었던가. (중략)

이윽고 시야가 뚫린다. 반갑게도 저 멀리에 늘씬한 포장도로가 나타나 있다.

그는 삶을 경쾌하게 즐기듯이 사는 젊은이들이 노래하듯이 칸타빌레로 갔던 풀이 북슬북슬한 연녹색 숲속 길로, 알맞게 구부러지고 꽃이 만발한 길로, 아내도 그토록 가보고 싶어했던 길로 도식성과 규격화를 벗어나 본다. 하지만 규격화된 직진의 길만을 통과해온 그에게 그 길은 험하고 좁은 길에 불과하며, 무덤으로 뒤덮힌 귀기어린 정적이 감도는 먼지만이 엉겨붙는 짜증나는 길로 경험된다. 시야가 뚫리고 늘씬한 포장도로가 나타나자 그는 비로소 안심하고 반가움에 사로잡힌다. 그에게는 정해진 길을 벗어나는 일이 두렵고 짜증나는 경험이다. 그 길에 짜증이 나자 그는 "아내를 위해 모든 것을 했다. 그것을 아내는 어떻게 갚아주었던가"라고 분노에 사로잡힌다. 어쩌면 그는 그의 방식대로 최선을 다했을지도 모른다. 하지만 그의 방식은 아내에게 가닿지 못했다. 아내의 말이 그에게 와닿지 않았듯이…… .

규격화된 사회의 열성인자를 타고 태어난, 그래서 선택이론에 의해서 도태될 수밖에 없다고 스스로 자포자기하고만 아내, 그녀는 잠으로의 도피, 옆집 여자와의 외출, 그리고 누군가와의 탈선을 통해서 몸부림을 쳐봤지만 규격화된 사회에 적응하지 못했다는 이유로 지속적인 정신과적 치료가 필요한 존재로 요양원에 폐기처분되고 말았다. 그렇다. 우리가 살아가고 있는 이 사회는 남성에게든 여성에게든 몰개성적 획일화를 요구하고, 그 요구에 적응하지 못하는 인간을 도태시켜버리고 만다. 개성화를 추구하는 인간에게 획일화된 이 사회는 무덤으로 뒤덮힌 험난한 길, 화장터가 나오는 죽음의 길, 혹은 모든 희망을 포기해야 하는 갇힌 공간인 요양원과 같은 길만을 허용할 뿐이다. 폐쇄적 가정이 전업주부에게 '사육되는 애완견'의 운명처럼 갇힌 공간이었다면 이제 요양원은 사회적으로 규정한 표준화된 여성의 역할과 길에 반항한 여성을 '미친 여자'로 규정하며, 치료라는 명목으로 감호체제하에 가두는 정말 벗어날 수 없는 부자유의 공간이 될 것이다.

4. 변화된 가족, 변화된 여성

「아내의 상자」는 각자가 고독 속에 놓여져 있으면서도 타인과의 소통, 그것이 이 세상에서 가장 가깝다고 하는 아내와 남편관계에서마저 그 소통이 겉돌고 불가능해진 현대인의 복원할 수 없는 관계의 불모성과 황폐한 인간관계를 비극적으로 보여주는 소설이다. 정도의 차이는 있겠지만 현대인들은 모두가 이 작품 속의 인물들처럼 상대방과 소통을 꿈꾸지만 소통이 불가능한 현실에 절망하고 고독을 느끼며 살아가고 있다. 이것이 현대라는 시간성이 이 현대를 살아가는 인간에게 허용하는 삶의 방식이라고도 할 수 있다.

이 작품은 겉으로 평온해 보이는 가족의 내부에 존재하는 무형의 갈등을 통해서 가족간의 정서적 기능이 붕괴될 때에 현대의 핵가족은 언제든지 해체의 위기에 놓일 수 있음을 보여주었다. 의사소통과 대화의 단절, 그리고 그것의 연장선상에서 아내의 외출과 탈선이 이루어졌다. 가족 구성원이 가족내에서 사랑과 행복을, 공동체적 유대를 느끼지 못할 때에 그 가족은 정서적 붕괴뿐만 아니라 외적 해체까지 경험하지 않을 수 없다. 라쉬(Lasch)는 가족은 메마르고 인정없고 냉혹한 세계에서 안식처와 같은 기능을 수행한다고 가족을 이상화했고,6) 많은 사람들이 가족을 유토피아의 원형으로 제시하면서 가족을 사랑의 공동체, 이해타산과 경쟁과 갈등이 없고 서로 협력하는 인간관계로 미화해 왔다.

하지만 제츠 스프리(Jetse Sprey)가 지적했듯 전혀 조화롭지도 않고 끊임없는 갈등 속에서 헤어나지 못하는 수많은 결혼생활이 안정이란 이름으로 존속되기도7) 한다. 「아내의 상자」에서도 볼 수 있듯 안정과 평온이란 이름 아래 황폐해지고 병들어가는 여성의 소외된 모습과 붕괴되어 가는 허위의 가족 이데올로기를 보지 않을 수 없는 것이다.

구조기능론적 가족이론가인 파슨스(Talcott Parsons)에 의하면 남성은 남편과 아버지로서 대외적 직업을 통해 가족을 경제적으로 부양하는 수단적(도구적) 역할(instrument role)을 담당하며, 여성은 아내와 어머니로서 대내적인 통합과 긴장관리의 표현적 역할(expressive role)을 담당하는 성별 역할 분담을 통해서 사회구조와 상호연결을 유지하면서

---

6) 손승영, '한국사회의 변화와 가족', 한국가족문화의 오늘과 내일, 45면.
7) 앙드레 미셸, 변화순·김현주 역, 가족과 결혼의 사회학 (한울 아카데미, 1991), 168면.

부모는 사회화의 담당자로서 효과적으로 기능해야 할 것을 강조했다. 파슨스의 가족이론은 인간의 다양성과 창의성을 과소평가하고 개인에게 한정된 적응성만을 강요하는 한계를 지닌다. 더욱이 자본주의 사회에서 성별분업의 가장 기본적 원리는 가족을 생산적인 사회분야와 분리시켜 여성을 소비생활의 담당자인 주부로 단정하려는 데 있다. 즉, 사회는 생산을 담당하는 공적 분야이며, 가정은 노동력의 재생산을 담당하는 사적 분야로 분리시켜 남녀의 전담영역과 역할을 가부장제 이데올로기를 기반으로 하여 정책적으로 유지시킨다. 여기에 남녀를 차별하고 억압하는 가치우열과 위계질서가 가족을 통해 뒷받침되는 것이다.[8]

현대사회는 의식주의 충족과 같은 가족의 물리적 기능이 약화된 대신에 심리적 기능에 대한 기대는 강화되고 있다. 가족 구성원 각자의 기대와 행복이 충족되지 못하고 갈등을 겪게 된다면 현대의 핵가족은 그 어느 때보다도 불안정성이 증가하게 될 것이다.

우리 사회가 가족의 해체에 동의하지 않고, 이에 적절히 대응하고자 한다면 남녀의 역할에 대한 고정관념이나 이상화된 가족 이데올로기에 대한 신비화보다는 가족이 변화하고 있다는 사실 자체를 직시해야 한다. 그리고 가족 내에서의 양성의 평등뿐만 아니라 사회적 생산에 남녀가 함께 참여함으로써 성별 역할구조를 분업구조에서 협력구조로 변화시켜나가야 할 것이다. 그러나 가족이 변화하기 위해서는 가족 내부의 구성원만이 변화해서는 온전한 변화에 이를 수 없다. 가족과 연계된 사회구조가 바뀌어야 하고, 가족에 작용하는 이데올로기도 변화해야 한다. 특히 직장에 모든 에너지를 빼앗긴 남성은 가족에 충실할 수 없다. 넘쳐나는 남성중심의 향락문화도 가족의 건전성

---

8) 이효재, '고전사회학의 가족이론과 파슨스의 핵가족론', 이효재 편, 가족연구의 관점과 쟁점(까치, 1988), 11－32면.

을 해치고 있다. 공적 사회적 생산의 중요성만큼 가족 공동체의 유대 역시 중요하다는 가치의식이 형성되고, 이를 뒷받침할 수 있도록 사회구조가 바뀌어야 한다. 또한, 가족이 공동체로서 기능할 뿐만 아니라 개인의 독립성과 자율성을 인정하는 열린 형태로 전환될 필요도 있다.

「아내의 상자」에서 보듯이 도구적 남성과 표현적 여성의 분리야말로 가족 공동체의 유대와 친밀감 증진에 장애요인으로 작용한다. 가정과 사회의 모든 영역에서 보다 민주적이고 유연하게 남성과 여성의 역할을 변화시켜 나가지 않는다면 현대의 가족은 더 많은 외적 내적 해체에 직면하지 않을 수 없게 될 것이다. 그리고 이런 역할 변화에 여성과 남성은 보다 적극성을 발휘해야 할 것이다.

폐쇄적 여성은 작품 속의 표현대로 선택이론에 의해서 도태될 수밖에 없을지도 모른다. 이제 여성들은 수동적인 여성성 속에 갇혀 있을 것이 아니라 양성성을 공유함으로써 가정과 사회의 양 영역에서 보다 건강하고 적극적으로 삶을 개척해 나가야 할 것이다. 마찬가지로 도구적 남성성의 고정관념에 사로잡혀 개성화에 무관심한 남성, 결혼이라는 제도가 사랑까지도 보장해준다고 믿는 남성, 타인의 차이를 배려할 줄 모르는 무표현적 남성들이야말로 가장 먼저 변화해야 할 대상임을 인식해야 한다.

이 작품에서 작가의 현상에 대한 묘사와 분석은 매우 뛰어나다. 하지만 이에 머물지 말고 미래지향적이고 대안적인 인간상 창조를 위해 창조적 역량을 발휘해 줄 것을 독자의 한 사람으로서 기대한다.(1998)

가족사 소설에서 핵가족 해체로

1. 현대의 가족과 그 해체

　가족의 의미는 역사적·문화적 배경에 따라 달라져왔지만 대체로 어느 정도 고정된 형태의 친족구조에 기반하여 구성되었다고 하겠다. 가족의 보편성은 경제적 협력, 공동거주, 사회적으로 인정받는 성관계, 재생산, 자녀양육 등의 측면이 고려되어야 하지만 현대의 가족은 이와 같은 기준에 들어맞지 않는 경우가 많으며, 심지어는 이러한 기준이 하나도 적용되지 않는 경우도 있다.[1]

　오늘날 '가족' 하면 부부와 자녀중심의 핵가족을 가장 보편적인 형태로 이해한다. 하지만 현대에 와서 가족의 유형은 전통적 핵가족만 아니라 맞벌이 부부, 여가구주 및 편부모 가구, 자녀양육이 끝난 부부, 자녀가 없는 부부 등이 병존하며, 그 개념을 더 확대해 보면 미

---

1) 마가렛 L. 앤더슨, 이동원·김미숙 공역, 성의 사회학 (이대출판부, 1987), 187면 참조.

혼남녀의 동거나 동성연애자 가구, 독신자 가구, 그밖의 여러 유형의 공동거주 등의 다양한 형태를 생각할 수 있다.

가족에 대한 사회적 통념은 전형적인 1차 집단으로서 가족의 성원을 양육하고 그들로 하여금 바깥 세상에 나아가 자기가 맡은 역할을 해낼 수 있게 준비시키는 곳으로 보는 견해가 지배적이다. 또한, 가족은 여성의 직업 유무와 상관없이 여성이 자녀를 돌보고 가사를 처리하며, 가족 구성원의 인성을 개발하고, 그들의 신체적 정서적 욕구를 충족시켜주는 마지막 보루로 간주해왔다. 뿐만 아니라 사회생활과 단절된 영역으로 고립시켜 놓고 온갖 말로 미화해 왔다.2) 바슐라르는 집을 행복의 공간으로 설정했으며, 많은 사람들이 가족을 유토피아의 원형으로 삼는다. 가족은 사랑의 공동체로서 이해타산, 경쟁과 갈등이 없고 서로 협력하는 인간관계로 이해된다. 또한, 약자와 강자, 유능한 자와 무능한 자 사이에 차별이 없고, 능력과 개성을 마음껏 발휘할 수 있는 이상적 공동체로 이해해 왔다.

그러나 이러한 가족에 대한 이상화된 이념에도 불구하고 우리가 실제로 경험하는 가족은 실망, 회의, 고독, 좌절, 갈등을 안겨주며, 각종의 비인간적 억압과 지배-피지배의 구조에서 자유롭지 못하고, 해체의 위기에 놓이기도 한다. 지금까지 가족사회학은 가족을 합의·균형·조화로 여겼고, 이런 개념들을 안정을 의미하는 동의어로 사용했다. 그런데 제츠 스프리(Jetse Sprey)는 전혀 조화롭지도 않고 끊임없는 갈등 속에서 헤어나지 못하는 수많은 결혼생활이 안정이란 이름으로 존속되고 있음을 지적하기도 한다.3)

가족의 해체는 가족간의 통합이나 정서적 기능의 붕괴에 의해 가

---

2) 마가렛 L. 앤더슨, 성의 사회학, 185면 참조.
3) 앙드레 미셸, 변화순·김현주 역, 가족과 결혼의 사회학 (한울 아카데미, 1991), 168면 참조.

족 구성원의 결속이 파괴되는 광의의 의미와 별거나 이혼, 유기, 사망, 배우자의 장기간 부재 등에 의해 혼인관계가 파괴되는 협의의 의미가 있다.4) 다양한 가족 해체 양상 가운데서 가장 대표적인 것은 이혼이다. 최근 발표된 통계자료에 따르면 '혼인 6쌍이 이루어질 때마다 이혼이 1쌍꼴'로 빈번하게 발생한다. 혼인으로 형성된 가족은 이혼, 가출, 사별에 의해 해체된다. 이중 사별은 질병이나 사고 등에 의한 비의도적 가족 해체인데 반해 이혼은 의도적이라는 점에서 과정이 다르다. 또 배우자의 가출은 '악의의 유기'에 해당되어 결국은 이혼에 이르게 되므로 의도적 해체라 할 수 있다.5) 이혼의 원인은 배우자의 부정, 가정폭력과 학대, 고부간의 갈등과 성격차 등 여러가지 이유가 있으며, 이혼 후에는 자녀양육과 경제적 정신적 문제 등 여러 가지 어려움에 직면하게 된다.

본고에서는 의도적으로 일어나는 이혼과 같은 외적 해체와 가족 구성원이 가족내에서 사랑과 행복, 공동체적 유대를 맛보지 못하는 정서적 결속력의 붕괴를 포함해서 가족의 해체라는 주제를 넓은 의미에서 접근하고자 한다.

그리고 이러한 주제에 접근하기 위한 텍스트로서 김원우의 장편소설『모노가미의 새 얼굴』(1996)과 공지영의 장편소설『무소의 뿔처럼 혼자서 가라』(1993)를 중점적으로 분석하고자 한다.

우리 문학에서 가족의 문제는 염상섭의『삼대』, 채만식의『태평천하』, 박경리의『토지』를 비롯하여 주로 친족중심의 가족사의 문제, 즉 출생가족(famille d'orientation)6)의 흥망성쇠와 내적 갈등을 다루어

---

4) 최재석, '가족해체', 김영모 편, 현대사회문제론 (한국복지정책연구소, 1981).
5) 변화순, '가족해체와 재구성', 여성한국사회연구회 편, 한국가족문화의 오늘과 내일, 293-4면 인용.
6) 앙드레 미셸, 가족과 결혼의 사회학, 66-68면. : 파슨스는 가족을 태어난 출생가족(famille d'oriention)과 자아의 결혼에서 비롯한 생식가족(famille de

왔지만 현대에 들어와서는 가족사의 문제가 아니라 친족에서 상대적으로 고립된 부부중심의 핵가족의 갈등과 해체와 같은 가족의 위기를 다루고 있다. 이는 1960년대 이후 우리 사회의 가족형태가 부부중심의 핵가족으로 변화한[7] 데서 연유하는 것이다.

2. 김원우의 『모노가미의 새 얼굴』

김원우의 『모노가미의 새 얼굴』은 제목에서 드러나듯이 '모노가미'에 대해 문제를 제기한다. 모노가미(monogamy)란 일부일처제를 의미한다. 오늘날 '결혼'이라고 할 때에는 으레 일부일처제를 뜻할 정도로 일부일처제는 전 세계적으로 널리 퍼져 있다.

김원우의 『모노가미의 새 얼굴』은 일부일처제 가족의 변화를 '새 얼굴'로 표현했다는 점에서 이를 긍정적으로 다루지 않았나 생각되지만 정작 작품은 변화된 일부일처제의 모습을 사십대 남성의 관점에서 냉소적으로 그려내고 있다.

이 작품에서 중점적으로 다루어지고 있는 가족은 주인공인 '나'(최정완)와 나와 친구관계에 있는 정순달의 경우이다. 나는 결혼 → 가출 → 별거상태에 있고, 정순달은 결혼 → 별거 → 이혼 → 재혼상태에 있다. 즉, 나는 이혼청구소송을 했지만 가사조정위원회에서 별거를 명령받은 상태이고, 정순달은 이혼에 의한 가족해체 이후에 다른 여성과 가족을 재구성(재혼)한 상태이다. 둘다 중매에 의해서 결혼을 했으며, 나는 두 명의 딸을, 정순달은 초혼에서 한 명의 딸을 두고,

---

procreation)으로 구분했다.
7) 조혜정, '가부장제의 변형과 극복 : 한국가족의 경우', 한국여성학 제2집, (한국여성학회, 1986), 181-196면 참조.

재혼에서 한 명의 아들을 두고 있다. 나의 경우에 별거까지 가게 된 직접적 원인은 아내의 도박과 간통(겹간통) 때문이며, 정순달은 그 자신이 가장으로서 가족부양에 대한 책임을 다하지 않음으로써 가족해체를 가속화시켰다고 볼 수 있다.

『모노가미의 새 얼굴』에서 주인공 가족과 처가는 긴밀한 관계를 맺는 것으로 그려진다. 즉, 처가의 경제적 후원으로 집을 늘리거나 장모의 재산증식과정에 사위인 내가 명의를 빌려주거나 하는 등으로 매우 깊숙히 관련을 맺고 있다. 하지만 처가의 경제적 후원은 부부 간의 관계가 원활할 때에만 해당될 뿐 내가 아내의 간통을 고발하자 장인은 즉각 딸 가족이 살고 있는 주인공 명의의 아파트에 대해 '부동산처분 금지가처분'과 같은 법적 행동을 통해서 사위의 재산권을 통제해 버리려고 한다. 이와 같은 처가의 간섭은 나의 자존심에 치명적 손상을 입히며, 이혼청구소송을 제기하도록 만든다. 이처럼 처가의 영향력이 커진 것을 남성중심의 일부일처제가 몰락하고, 모계사회로 진입하는 징후로써 작가는 파악한다. 특히, 정순달은 변화하고 있는 사회 속에서 남성이란 단지 종마의 신세일 뿐이라고 자탄한다. 정순달은 종마신세를 벗어나 아마존강 유역의 오지로 들어가 그들의 결혼, 살림, 가족 양식을 관찰하길 소망하며, 나는 티벳의 고지대로 가서 모계중심 사회의 홀가분한 사내들이 누리는 벌거벗은 성생활, 쓰디 쓴 고적감, 순진 무구한 소유욕 따위를 눈여겨보기를 소망한다.

> 적어도 성적인 면에서, 또 재산권 행사 및 가정에서의 지위라는 측면에서, 벌써 그 부분에 관한 한 여자들의 지배권은 압도적인 게 현실이다. 그런 의미에서도 나는 이 과도기의 한 희생양일지도 모른다. 한 여자가 임의로 어떤 남자라도 불러들일 수 있고, 뜻이 맞으면 살 수도 있는 가족 형태가 모계사회의 골간이다. 오늘날 그것은 이

미 광범위하게 지구 도처에 구현되고 있을 뿐만 아니라 우리가 상상
하고 있는 것보다 훨씬 빠르게 완벽한 모계사회로의 진입이 불가피
하다.8)

작가는 성적인 측면에서나 재산권 행사 및 가정에서의 지위라는
측면에서 가부장적인 일부일처제 가족은 변화하여 모계사회로 진입
했다고 파악한다. 이와 같은 주장을 뒷받침이라도 하듯이 작품 속의
여성들은 겹간통을 저지른 아내를 비롯해서 한결같이 성적으로 자유
롭거나 방종하다. 즉, 주인공의 직장동료였던 미스 구는 결혼한 남자
주인공과 지속적인 성관계를 맺는다. 또한 고속도로상에서 만난 유부
녀 이지숙이 보여준 적극적인 태도 등은 가부장제하에서 수동적이고
억압받던 여성들의 모습은 더이상 아니다. 과거에 성적 자유의 추구
는 남성들의 고유한 권한이었지만 이제 여기에 여성들마저 동참함으
로써 가족의 해체를 가속화시키는 것으로 작가는 파악하며, 이 점에
대해 작가는 냉소적이다.

작중의 아내가 겹간통을 저지른 것은 가히 충격적이다. 하지만 주
인공 역시 신혼초부터 직장의 동료인 미스구와 수년 간에 걸쳐 혼외
정사에 몰입했지만 전혀 죄책감을 느끼지 않으며, 아내의 간통에 대
해선 간통죄로 고발을 한다. 주인공의 간통은 노출되지 않았으므로
간통죄로 기소될 수도, 이혼의 사유가 될 수도 없지만 이를 통해 우
리 사회의 남녀차별적이고 이중적인 성윤리를 볼 수 있다.

또한, 작중의 아내처럼 처가가 재산이 있고, 그 도움을 받았다고
해서 그것을 여성의 경제적 권력이 커졌다고 말할 수 있을 것인가.
그것은 사회적 노동을 통한 경제적 자립과는 구별되어져야 할 아버
지인 남성에 대한 딸의 의존일 뿐이다. 대부분의 전업주부들은 남편

---

8) 김원우, 모노가미의 새 얼굴 하권, (솔, 1996), 360면.

의 경제력에 의존하여 소비권만을 부여받고 있으며, 이 점에선 작중의 아내도 마찬가지다. 그리고 사회적 노동을 하는 여성들의 평균임금은 아직도 남성들의 절반에 불과한 것이 우리나라의 객관적 현실이다.

'나'는 장인의 이 횡포에 재판으로 맞서 승소하며, 가출하여 이혼청구소송을 하기에 이르는데, 현재 가사조정위원회에서 별거를 명령받고 있다. 별거 기간 동안 나는 가족의 생활비와 아이들의 양육비도 제공하지 않는다. 의식주 해결에 다소 불편함을 겪지만 점차 익숙해지며, 가족부양의 책임을 방기해버린 홀가분한 자유를 구가한다. 아니, 별거를 이상적인 상태로 인식하기도 한다. "내 지금의 별난 결혼생활이 가장 바람직할지도 모른다는 거야. 적어도 가식은 없으니까. 자식의 양육권, 면접권, 재산의 소유권, 사용권도 분명히 갈라놓았겠다. 배우자 쌍방의 섹스 재량권도 법적으로는 막아놓았을지 모르지만 실제로는 한껏 열어 놓았으니까."라고…… .

그리고 정순달 역시 처가쪽과 재산문제로 갈등을 빚다가 이혼을 했으며, 한 명의 딸은 전처가 키우고 있다. 이들이 자식에 대해서 집착을 보이지 않는 이유는 그 자식이 아들이 아니라 딸이기 때문인가? 아니면 모계사회로 진입했기 때문에 아이들에 대한 권리와 의무는 어머니에게 소속되어 있다고 여기기 때문일까?

또한 정서적 차원에서 주인공은 가족에게 얼마나 충실했는가? 아내의 도박이나 간통과 같은 사건이 노출되기 전에 주인공은 딸로부터 "아빠, 매일같이 집에 좀 일찍 들어오면 안돼? 낮에도 집에 전화를 좀 자주 하고."나 "아빠는 엄마, 언니, 내 생각보다 일생각을 더 많이 하잖아."와 같은 투정을 받게 된다. 이는 그가 자신의 직업적 일에 몰두한 나머지 가족에 대해서 태만해졌음을 보여주는 대목이다. 파슨스(Talcott Parsons)에 따르면 가족내에서 부모의 역할은 아버지가 가족의 물질적 재산의 공급자 역할과 사회와 관계를 맺는 도구적 역할을 담당하며, 어머니는 자녀양육과 정서생활과 같은 표현적 역할을 담당한다.9) '나'의 가족도 철저히 도구적 남성, 표현적 여성의 역할로 성역할이 분화되어 있다. 그런데 이와 같은 차별적이고 이분법적 성역할의 문제점은 페미니스트들에 의해서 그 역기능이 이미 지적되어 왔고, 작품에서도 남편은 도구적 역할에만 충실했던 결과 아내의 일탈과 그에 따른 가족 해체의 위기에 직면하게 되었다.

그런데도 작품은 시종 남성인 '나'의 관점과 시각에서 그려짐으로써 아내가 어떻게 그와 같은 일탈적 상태에 이르게 되었는지에 대해선 무관심하다. 그리고 이는 단지 서술의 초점상의 문제만은 아닐 것이다. 즉, 페미니즘 비평에서 지적하듯이 남성소설은 남성의 경험과 사고를 중심으로 작품을 쓰기 때문에 여성의 경험과 사고를 소외시키게 된다. 한국의 남성들은 자신의 도구적 역할의 충실만으로 남편과 아버지의 역할을 다했다고 생각하는 남성중심의 사고방식에 젖어 있으며, 이 점에서 작가 역시 예외는 아닌 듯하다. 그런데 도구적 남성, 표현적 여성과 같은 이분법적 성역할의 분리는 이 작품이 보여주듯이 가족의 정서적 유대를 약화시키고, 가족 해체의 위기까지 불러왔음을 부인할 수 없다. 작품상에 전혀 표현된 바 없지만 주인공의 아내가 도박이나 겹간통과 같은 일탈적 행동을 하게 되기까지는 남편의 가족에 대한 무관심과 애정 부족이 중요한 이유로 작용했을 것이다. 왜냐하면 '낭만적 사랑'이야말로 고립된 핵가족 안에서 여성의 소외된 삶을 만족케 하는 주요 기제가 되기 때문이다.10)

작가는 성급하게 모노가미가 해체되어 간다고 주장하지만 변화된 것이 있다면 가장권의 약화일 뿐이다. 작품에서는 아내가 성적으로

---

9) 앙드레 미셸, 가족과 결혼의 사회학, 70－71면.
10) 조혜정, 가부장제의 변형과 극복 : 한국가족의 경우, 182면 참조.

방종함으로써 배타적인 일부일처제의 성윤리를 파괴했지만 현실 속에서 배우자의 부정은 여성보다 남성에 의해서 더 많이 행해지며, 처가의 사위에 대한 횡포보다는 시가의 횡포 때문에 아직도 많은 여성들이 억압받고 있다. 따라서 이런 모순을 뛰어넘기 위해선 보다 평등하고 민주적인 가족과 성역할의 고정관념을 벗어나 각자의 역할을 자유롭게 선택할 수 있는 열린 삶으로의 변화일 것이다. 하지만 가족사회학자들이 전망하듯이, 또한 작품의 결말부분에서 전망했듯이 부부중심의 핵가족을 벗어나 다양한 형태의 가족이 출현할 수도 있다.

우리 사회에는 가부장권이 느슨해지고, 여권이 신장되면 평등한 사회가 되는 것이 아니라 여성 우월의 모계사회가 되지 않을까 우려하는 남성들이 많다. 그와 같은 남성들의 기우를 토대로 하여『모노가미의 새 얼굴』은 쓰여진 것 같다. 이 작품에서 일부일처제가 붕괴하고 우리 사회가 모계사회로 진입해 있다고 본 관점은 설득력이 없으며, 그 붕괴의 원인을 여성쪽에서 찾은 것도 보편성이 결여된 것으로 보인다. 하지만 그 동안 가부장주의에 젖어온 남성들의 사회변화에 따른 피해의식(?)은 적절히 드러내지 않았나 생각된다. 필자는 김원우의 장편소설『세 자매 이야기』(1988)를 읽고, 그가 페미니스트 남성작가라고 생각했었다. 그런데『모노가미의 새 얼굴』에서 김원우의 시각은 남성중심주의로 환원했다는 느낌을 지울 수 없다.

3. 공지영의 『무소의 뿔처럼 혼자서 가라』

이 작품은 삼십대 초반의 중산층의 세 여성을 중심으로 가족의 해체라는 주제를 다루고 있다. 대학교 동창생으로서 친구관계에 있는 혜완, 영선, 경혜는 각기 다른 의미에서 한국사회 가족의 외적 내적 해체를 적극적으로 반영하고 있는 인물이다. 즉, 이들은 이혼, 자살, 그리고 사랑과 신뢰가 부재하는 공허한 결혼생활 등 외적 내적 가족 해체를 첨예하게 보여주고 있다.

먼저 주인공이며, 초점화자로 되어 있는 서른하나의 혜완은 스물여덟에 이혼을 하고 몇 년째 혼자 살아오고 있다. 혜완이 이혼하게 된 직접적 동기는 아이의 죽음으로 인한 남편과의 감정 악화 때문이다. 하지만 오년 간의 결혼생활이 파국을 맞기까지는 남편의 남성중심적 가치관, 육아와 가사노동을 여성에게 전담시키는 차별적 성별 분업 등 근원적 갈등이 내재해 있었다. 이혼을 하고 난 후에도 혜완의 남편은 "대체 알 수가 없어. 내가 바람을 피웠니? 상습적인 구타를 했니?"라고 질문을 던지지만 서로를 이해하지 못한다는 의미에서 철저히 그들은 타인이었다. 혜완 부부의 갈등은 혜완이 편집대행회사에 취직함으로써 구체화된다. 혜완에게는 반드시 경제적인 이유 때문이 아니라 일을 가진다는 것 자체가 기쁨이었지만 남편은 가사노동을 전적으로 혜완에게 전담시킬 뿐만 아니라 육아 역시 아내가 전담해야 한다는 가부장적 가치관을 드러낸다.

　– 아이를 키워 놓고 나가란 말이야, 그땐 내가 말리지 않을게.
　–그래 아이 키워놓고 마흔쯤 되면 온 세상에서 날 채용해 주겠지. 아이 키우느라 수고했다고 칭찬해 가면서. 안 그래? 넌 지금 비겁하게도 단지 내가 여자로 태어났다는 이유만을 들먹이고 있어……
너야말로 대학원에 한번 말해보지 그래? 아이 키우고 한 십 년 후쯤 다시 공부하겠습니다. 하고 말아야.
　– 그걸 말이라고 하는 거야 지금?
　– 그래 그렇게 말도 안되는 걸 넌 지금 나한테 강요하고 있는 거야.
　– 분명히 말하겠어. 니가 어머니이기를 또 여자이기를 포기한다면 나도 이제 상응하는 대우를 해 주겠어…… 알겠니?

> − 뭘 포기한다구?
> − 직장과 가정 둘 중에서 선택하란 말이야. 난 그 꼴 못봐.[11]

결국 두 사람의 갈등은 전통적 성역할관에 사로잡힌 가부장적 남편과 이를 수용할 수 없는 평등한 의식을 가진 혜완 사이의 갈등이다. 직장이냐 가정이냐는 딜레마에 봉착하여 남편은 아내에게 철저히 모성 이데올로기를 요구하는 반면에 혜완은 직장과 가정을 양립하겠다고 주장함으로써 갈등이 치열해지고, 그 연장선상에서 아이가 사고로 죽게 되자 둘은 이혼이란 파국으로 치닫는다. 혜완 가족이 보여주는 갈등 양상은 오늘날 우리 사회가 맞벌이 부부가 증가하고 있음에도 육아나 가사노동과 같은 재생산노동을 여성에게 전담시키는 현실을 적절히 반영한다. 따라서 일하는 여성은 '일도 자녀도' 떠맡은 이중부담이 아니라 임노동·가사·육아를 전부 부담한 불공평한 삼중부담(triple burden)[12]의 고통에 빠지게 된다.

혜완 부부가 겪은 갈등은 결국 우리 사회가 육아와 가사노동에 대한 사회적 지원체계를 제대로 확립하지 않은 채로 여성을 취업시장에 불러냄으로써 야기되는 갈등이며, 개인적으로는 부부간의 가치관 및 기대하는 역할 수행의 갈등에서 비롯되는 문제이다. 만약, 남편이 평등한 의식을 소유한 인물로서 육아와 가사노동을 적극적으로 분담한다고 하더라도 기혼여성이 마음놓고 취업할 수 있도록 사회환경이 충분히 성숙하지 않는 한 맞벌이 핵가족의 기능장애 내지 갈등은 언제나 상존하고 있는 것이다.

두번째 인물 영선의 경우는 어떠한가? 이 작품에서 영선은 희생적 헌신적이란 의미에서 가부장제가 요구하는 전형적 여성상이다. 하지

---

11) 공지영, 무소의 뿔처럼 혼자서 가라(문예마당, 1993), p.125.
12) B. Berch, *The Endless Day : The Political Economy of Women and Work*, New York : Harcourt Brace Jovanovich, 1982

만 그런 의미에서 남성중심적 가족의 가장 큰 피해자로 그려진다. 집안의 반대에도 불구하고 사랑의 신화에 사로잡혀 결혼한 영선 부부는 영화를 공부하기 위해 프랑스로 유학을 떠난다. 하지만 경제난에 봉착하자 영선이 학업을 중단하고 아르바이트로 남편을 공부시킨다. 남편은 그녀가 쓴 시나리오로 영화를 만들어 무사히 졸업하고, 영화감독으로 화려하게 데뷔한다. 남편이 영화감독으로 성공을 거두는 동안 그녀는 두 명의 아이를 낳아서 기르고 남편 뒤치닥거리를 하고 알뜰하게 집안살림을 한다. 하지만 영선은 자기실현이 없는 현모양처로서의 삶에 대해 내적 불안에 사로잡히며, 알콜중독과 우울증에 빠지게 된다. 그녀에 대해 남편은 따뜻한 위로나 격려 대신에 "어쩌면 그렇게 나태하니? 내가 원하는 건 좀 꿋꿋한 여자야. 밖에 나가봐. 가정 가지고도 일 잘하고 똑똑한 여자들이 얼마나 많은 줄 알아? 날 기다린답시고 멍청히 앉아 술을 마시지 말고 책도 좀 읽고 그래…… 난 여편네들이 집에서 늘어져서 긴장 풀어진 눈으로 앉아 있는 게 제일 혐오스러워."라고 경멸과 혐오감을 표현한다. 또한, 별거에 들어가자마자 노처녀 시나리오 작가를 집으로 불러들여 밤을 같이 지내고 그녀 앞에서 아내를 모욕한다. 아내의 무조건적 헌신과 희생에 대한 남편의 비정한 대가에 영선은 분노하고, 자살소동을 불러온다. 그녀는 보상이 따르지 않는 타인지향적인 현모양처로서의 삶과 남편을 통한 대리실현의 허구성을 체험적으로 체득하게 됨으로써 시나리오 쓰기를 통해 자기실현을 도모해보지만 이에도 실패함으로써 우울증에 시달리다가 결국은 자살로 자신의 삶을 파괴해버렸다.

충실한 노예와도 같았던 영선의 삶을 남편이 강요한 적은 없었다. 그녀는 이 사회가 여성을 교육시켜 온 대로, 가부장적 사회가 여성에게 묵시적으로 요구해 온 대로 남편과 아이들을 위해 자발적으로 자신을 희생했던 것이다. 그러나 그 대가는 남편의 경멸과 알콜중독과 우울증이었다. 영선의 불행은 여성을 삶의 주체에서 소외시키는 가부장주의와 그에 대한 여성 스스로의 내면화의 결과인 것으로 파악된다. 작가는 착취적인 가부장적 가족의 실상을 영선을 통해서 극명하게 보여주었으며, 이는 단순히 한 여성의 불행에서 그치는 것이 아니라 가족을 해체 위기에 몰아넣는 원인으로 작용한다는 것을 사실적으로 보여주었다.

작중인물 가운데서 가장 현실적인 인물인 경혜의 경우는 어떠한가? 경혜는 방송국 필기시험에 합격하지만 최종면접에서 떨어지자 헬스클럽에 다녀 날씬해진 몸으로 아나운서 시험에 당당히 합격한다. 그리고 의사인 남편과 중매로 결혼을 하며, 순결 이데올로기로부터도 자유로운 여성이다. 방송국도 그만두고 딸을 낳은 그녀에게 남편은 "아이를 낳은 다음에 같이 잠자는 게 재미가 없다"고 그녀를 성적으로 소외시키고 만다. 이를 따지자 남편은 자기는 결코 이혼 같은 건 집안 챙피해서 안하는 사람이니까 그녀를 보고도 밖에 나가서 재미있게 적당히 즐기라고 대꾸한다. 부부 쌍방간의 외도, 사랑의 부재, 성적 소외에도 불구하고 그녀가 이혼을 하지 않는 것은 이혼을 했을 때에 추락할 생활수준과 이혼녀에 대한 사회적 질시 등 현실적 계산 때문이다. 그녀는 다른 남자와 사랑이 부재하는 혼외정사를 갖지만 내면은 병들고 만다. 경혜의 경우는 부부간의 진실한 사랑과 신뢰의 부재, 일부일처제의 성윤리가 전혀 지켜지지 않고 있다는 점에서 이미 내적으로 해체되어 있는 위기의 가족을 보여주고 있다.

여성작가 공지영은 여성심리에 대한 섬세한 묘사와 여성의 일상에 대한 사실적 관찰로 가부장제가 어떻게 여성의 삶을 병들게 하고, 나아가 가족 해체의 근본적 원인으로 작용하는가를 가부장제의 전형적 피해자인 세 명의 여성을 통해서 탁월하게 그려냈다.

결론적으로 작가는 종속적 결혼보다는 독신생활을, 차별적인 가부장주의에 의해서 내적으로 병든 가족을 기만적으로 유지하기보다는 오히려 이혼과 같은 가족 해체를 통해 여성이 독립과 주체성을 회복하는 것이 바람직하다는 입장을 취한다. 따라서 가족의 재구성(재혼)에 대해서는 상당히 신중하다. 혜완은 선우란 남성의 충분히 신뢰할 만한 애정과 배려 그리고 그의 구혼에도 쉽사리 결혼 쪽으로 마음의 문을 열지 않고 있다. 이와 같은 작가의 가치관은 그녀의 최근작『착한 여자』에서도 그대로 유지되며, 여성끼리의 공동체(동성애적 가족과는 차이가 있다)를 새로운 가족의 대안으로 제시하는 혁신적 측면을 보여주고 있다.

공지영의『무소의 뿔처럼 혼자서 가라』는 가족 해체의 원인을 여성을 억압하고 차별하는 가부장적 가족이념에서 찾음으로써 가부장주의를 벗어나 평등의 이념을 실현할 때에만 가족 해체의 위기는 극복되고 건전한 가족이 될 수 있다고 전망했다.

이는 남성작가 김원우가 여성의 성적 경제적 지위 변화가 일부일처제 가족을 해체한다고 본 것과는 근본적 차이를 나타낸다. 작가의 성(gender)이 무엇이냐에 따라 가족의 해체를 보는 시각의 차이를 드러냈음은 매우 흥미로운 일이다. 동시대를 함께 살아가야 할 남녀의 멀고 먼 거리를 두 작품에서도 실감하지 않을 수 없었다. (1997)

여성의 억압된 욕망과
남성중심의 성적 희롱과 폭력

— 신경숙의 「배트민턴 치는 여자」

1. 머리말

감각적 문체와 여성적 서정주의로 폭넓은 독자층을 형성하고 있는 작가 신경숙은 1990년대에 접어들어 가장 촉망받는 작가의 한 사람이 되고 있다. 1993년에 발간한 소설집 『풍금이 있던 자리』로 <한국일보> 문학상을 수상했는가 하면 중편 「깊은 숨을 쉴 때마다」로는 <현대문학상>(1995년)을 수상하기도 했다. 장편소설 『깊은 슬픔』은 베스트셀러 소설의 목록에 올랐고, 신경숙은 화려한 작가적 경력을 기록하고 있다.

신경숙의 소설은 작가 자신이 의도한 결과이든 아니든 젊은 여성들이 주인공으로 등장하며, 자연히 그들의 실존적 삶이 직면하고 있는 여러 가지 문제를 작품의 제재로써 다루게 된다. 대표작 「풍금이 있던 자리」는 유부남을 사랑한 미혼여성이 겪는 개인적 사랑과 사회적 윤리 사이의 갈등을 그리고 있으며,『깊은 슬픔』은 진실한 사랑을 찾아 갈등하는 여성을 형상화하고 있다. 본고에서 논의하고자 하는 「배트민턴 치는 여자」는 이십대의 미혼여성을 주인공으로 하여 무책임한 성적 희롱 한 마디가 불러일으킨 사랑의 착시현상과 그것이 빚어낸 엄청난 결과인 성폭력을 소재로 삼고 있다.

우리 나라 현대문학에서 성폭력에 관한 모티프는 이광수의『무정』(1917), 김동인의 데뷔작인 「약한 자의 슬픔」(1919)으로 이어지면서 일찍부터 다루어져 왔다. 성폭력이나 여성인권에 대한 관심이 특별해서라기보다는 성이 소설문학의 중요한 제재의 하나로 다루어지면서 이에 수반되는 성폭력의 문제도 부수적으로 취급되어진 것이 아닌가 생각된다. 그러나 80년대 후반에는 페미니즘이 문학에 적극적으로 수용되면서 성폭력은 단순한 소재주의적 차원에서 벗어나 본격적으로 페미니스트 시각에서 새롭게 조명되어지고 있다.

가령, 김향숙은 부천서 성고문 사건에서 소설적 제재를 취했다고 보여지는 「가라앉는 섬」(소설집『수레바퀴 속에서』(1988)에 수록됨)이란 단편소설에서 권력형 성폭력의 여러 문제점을 형상화한 바 있다. 그리고 태평양전쟁시에 일제에 의해서 집단적으로 자행된 성폭력인 소위 정신대 문제는 일본의 사과 및 피해 보상 등을 요구하는 여성계의 활동과 함께 이를 소설로써 형상화한 여러 작품들이 80년대 후반 이후에 활발히 쓰여졌다.『여자 정신대』(백우암),『분노의 벽』(허문순),『은하에 잠긴 별』(성병오) 등의 작품은 정신대란 이름으로 일본이 저지른 야만적인 성폭력을 고발하고 있다.

최근의 성폭력과 성희롱에 대한 관심의 제고는 급진주의 페미니즘(radical feminism)의 대두라는 맥락에서 설명될 수 있는데, 급진주의 페미니즘이란 여성의 억압과 불평등을 생물학적 성적 차별에서 발견하고자 하는 여성운동 제2물결의 중요한 조류이다. 1970년을 전후하여

케이트 밀레트(Kate Millett)의 『성의 정치학』과 슐라미스 파이어스톤(Shulamith Firestone)의 『성의 변증법』과 같은 페미니즘의 고전적 이론서 등을 필두로 시작된 급진주의 페미니즘은 '성'을 여성해방론의 가장 핵심적 부분으로 보고 있으며, 자본주의와 같은 사회제도에 대항하는 혁명뿐만 아니라 자연에 대항하는 혁명이 필요하다고 역설하며, 피임과 낙태, 강간, 포르노그라피, 성폭행 등에 대한 이론적 검증과 실천운동을 전개한다. 어떤 의미에서 페미니즘은 18, 9세기에는 자유주의 속에 규정된 정치적 권리, 19, 20세기의 사회주의 이론 속에 규정된 경제적 권리에 이어, 20세기의 성해방 이론에 규정된 성적 권리를 추구하는 단계를 밟고 있다고 할 수 있다.

한국의 여성운동은 80년대 후반 이후 90년대를 전환점으로 본격적으로 급진주의 페미니즘의 파도를 타고 있는 것으로 파악되는데, 성 문제는 향후 여성운동의 가장 핵심적인 이슈의 하나가 되리라고 전망된다.

그러면 성폭력은 무엇이며, 성희롱은 무엇인가? 그 개념을 간략하게 살펴보자. 성폭력은 강간, 강제추행 등 인격을 가진 인간의 성적 자기결정권을 침해하는 행위를 지칭하는 협의의 개념 규정으로부터 남편의 아내나 자녀에 대한 학대와 구타를 지칭하는 가정폭력을 포함하는 개념이다. 성희롱은 영어로 섹슈얼 허레스먼트(sexual harassment)라고 부르는데, 우리나라에서는 "직장내에서 근로자에 대한 지휘명령권, 인사권을 가지거나 실질적인 영향력을 가진 근로자가 의사에 반해 성과 관련된 언동으로 성적 굴욕감을 느끼게 하거나 성적 접근을 거부할 때 고용 여부나 근로조건에 불이익을 주는 것"(1994년 서울대 우조교사건 판례)이라고 고용조건상의 문제로 해석했다. 성폭력이 강제적 물리력에 초점이 주어지고 있다면 성희롱은 성폭력보다는 가벼운 신체적 언어적 정신적 희롱과 폭력을 지칭하는 개념으로 받아들여지

고 있다. 아무튼, 성폭력과 성희롱은 성차별적인 사회구조와 남성우
월주의적인 이데올로기 속에서 발생하는 성을 매개로 맺어지는 유형
무형의 폭력을 총칭하는 개념이라고 할 수 있다.

2. 여성의 억압된 욕망과 남성중심의 폭력

「배트민턴 치는 여자」는 아름다운 문체 속에 여성이 내면 속에서
겪는 성적 욕망과 그 억압 사이의 갈등과 더불어서 성희롱과 성폭력
이란 엄청나고 끔찍한 사건까지 다루고 있다.

작품의 주인공은 이십대 초반의 미혼여성으로 사무직인 타이피스
트를 희망하지만 화원의 종업원으로 취직한다. 그것도 타이피스트 모
집에 번번이 떨어져 낙망의 날들을 보내고 있던 어느날, 아주 우연하
게 꽃집 유리문에 '꽃을 돌볼 종업원 구함'이라는 광고를 보고 한두
달만 있으리라 생각하고 택했던 것이다. 그녀는 이 직업이 "직장에
나와 있으면서 거리에 나와 앉아 있는 기분"을 들게 했기 때문에 마
음에 들지 않는다. 하지만 차츰 화초를 가꾸는 일이 좋아졌고, 어떤
날은 화초들에게서 마치 피붙이에게서나 느끼는 본능적인 친밀감을
느끼게 되어 퇴근 후에 다시 화원으로 되돌아가기도 한다.

작가는 주인공의 직업으로 미숙련의 비창조적인 하위직종을 부여
했다. 하위의 사무직인 타이피스트조차 되지 못하고 화원의 종업원이
란 열등한 사회적 지위에 속하는 주인공은 꽃들에게 본능적 친밀감
을 느끼는 것 외에는 매일매일의 일상에서 아무런 의미도 창조하지
못하는 권태감과 무료함에 잠겨 있다. 아직 미혼인 그녀에겐 결혼 상
대자나 그 흔한 남녀교제조차 없는 것으로 보인다. 어떤 의미에선 그
녀가 느끼는 권태감이나 무의미성은 바로 이성과의 적절한 교제와

정서적 유대를 갖지 못한 데서 발생되는 권태감과 무료함일 수 있다. 일상의 무의미성과 권태감으로부터 탈출하기 위하여 그녀가 시도하는 일은 글쓰기이다. 글쓰기의 의미에 대해서 전지적 화자는 이렇게 기술하고 있다.

> 그녀에게 있어서 글을 쓴다는 것은, 그 글 속으로 그녀 자신이 숨는 일이었다. 그녀는 본격적으로 글을 쓰는 사람은 아니었지만, 그럴 기회가 그녀에게 온다면 감사하게 여길 것이었다. 그녀는 가끔씩 지금보다 나은 환경에서 글을 쓰고 싶다는 설렘을 갖곤 했었다. 그녀가 생각하는 나은 환경이란 이런 것이다. 그 누구한테도 방해받지 않는 널찍한 방이 있고, 그 방에 널찍한 탁자가 있는 것, 탁자는 넓을수록 좋다고 생각했다…… 탁자가 넓다면 읽던 책을 다시 제자리에 꽂아놓지 않아도 될 것이라고, 그 한쪽에서 밥을 먹어도 될 것이고, 때때로 나는 그 위에 누워 잠도 자리라…… 그녀는 그런 널찍한 방과 널찍한 탁자를 가지고 글을 쓰고 있는 자신을 생각할 때, 그때만큼은 어쩌면 인생은 살 만한 것인지도 모른다는 느낌을 가지곤 했다.

인용문에서 보듯이 글쓰기란 주인공에게 자기정체성을 찾는 행위로써 인식되고 있다. ‘글 속으로 그녀 자신이 숨는’다는 행위는 다름 아닌 외적 세계의 타자화되고 권태로운 일상으로부터 탈출하여 자신만의 내적 세계에 숨음으로써 진정한 자아의 창조성을 회복한다는 의미로 읽혀진다. 그래서 글쓰기를 생각할 때만큼은 인생을 살 만한 것으로 느끼게 되는 것이다. 그런데 그 글쓰기란 무엇인가? 프로이트는 현실과 환상이라는 두 개의 극을 상정하고, 예술을 환상의 한 형태라고 보았다. 다시 말하면, 현실과 대조되는 일종의 환상으로서 예술은 현실적으로 충족시킬 수 없는 욕구를 환상적으로 실현하는 대상만족의 역할을 하게 된다는 것이다. 글쓰기란 예술활동을 통하여

주인공은 현실의 무의미성과 비창조성을 대리충족하기를 희망했던 것이다.

그런데 지난 여름은 그러한 글쓰기에 대한 꿈과 욕망조차 허용하지 않을 정도로, 즉 환상 세계로의 도피마저 허용하지 않을 정도로 삶의 무의미성과 무료함에 강하게 지배되어 있었다. "그러나 지난 여름 동안은 글을 쓴다는 것, 그런 열망을 가슴 속에 품고 있는 것이 더 이상 아무것도 아닌 될 대로 되라는 식으로 내팽개쳐 둔 것같이 세상은 돌아간다고 생각해서이다. 모든 일에 거의 별 주장이 없이 사는 그녀였는데도 어리둥절할 때가 많았다."에서 보듯이 지난 여름에 그녀가 글쓰기에 대한 욕망조차 갖지 않게 된 이유는 세상이 될 대로 되라는 식으로 내팽개쳐 둔 것같이 돌아간다고 생각되었기 때문이다. 즉, 매사에 별 주장이 없는 그녀였음에도 세상의 돌아가는 모습에서 혼란스러움과 무력감을 느꼈던 것이다. 그러면 대체 세상은 어떤 모습으로 돌아가고 있는가?

> 오토바이 납치범 극성, 최근 들어 떼를 지어 다니는 오토바이족들 주택가에까지 침입. 어젯밤 아홉시경 퇴근하던 타이피스트 홍모양을 집 앞 오십 미터 앞에서 납치해 어린이 놀이터에서 폭행하고 도주. 뒤늦게 발견당한 홍모 양 급히 병원으로 옮기던 도중 사망.

인용문에서 보듯 신문의 사회면은 여성에 대한 약취 유인과 성폭행 등 성폭력 범죄가 만연된 사회상을 적나라하게 보여준다. 성폭력이 주택가에서조차 일상화되어 있는 혼돈된 상태, 성적 윤리와 도덕이 아노미상태에 빠져 있는 것이 객관적인 현실세계의 모습이다. 여성이 인권과 생명권에 대한 보호를 주택가에서마저도 받을 수 없이 된 혼돈된 사회상은 글쓰기를 통한 자아실현이란 그녀의 주관적 욕망을 허망한 것으로 느끼도록 만들어버렸던 것이다.

그런데 글쓰기에 대한 욕망조차 느끼지 못하던 권태롭고 무력감에 지배되던 그 여름의 끝에서 그녀는 돌연한 감정의 혼란에 사로잡히게 된다. 전지적 화자는 "권태로웠던 여름은 그녀에게 공허한 함정을 파놓고 떠났던 것이다. 갑자기 사랑이라니"라는 논평을 통해 그녀가 사랑이라고 느끼는 감정이, 권태로웠던 여름이 만들어낸 '공허한 함정'임을 독자에게 환기시킨다. 즉, 권태롭고 혼란스럽고 무력감에 사로잡혔던 여름은 주인공으로 하여금 사랑을 극도로 신비화하는 감정의 함정에 빠뜨렸다고 주지시키는 것이다. 이러한 전지적 논평은 독자가 자칫 주관성에 사로잡힌 주인공의 내면세계만을 따라가지 않도록 개입하는, 즉 객관적 균형감각을 가지도록 일깨워주는 대목이다. 이러한 장치는 다음과 같은 문장에서도 찾아볼 수 있다.

> 그녀는 그녀 자신이 지금 그녀를 관찰하고 있음을 느낀다. 관찰하고 있는 그녀는 엎드려 있는 그녀를 어느 정도 알고 있다. 엎드려 있는 그녀가 지금 탁자 위에 눈물을 쏟고 있는 그녀가 나흘 전부터 무언가에 휩싸여 있다는 것을. 한 가지 것에 휩싸인 그녀는 다른 모든 것에 태만해졌다는 것을. 그녀는 바보같이 군다. 걷다가도 아무 것 하고나 부딪친다. 말투는 평소보다 더 느릿느릿 해졌고, 눈초리는 방심해 있다. 무언가를 바라보고 있지만 아무 것도 보고 있지 않다. 뭔가를 슬퍼하는 것 같은 데도 곧잘 웃는다. 그녀는 자신을 관찰하고 있는 자신이 싫은지 고개를 쳐든다. 고개를 든 그녀의 눈에는, 지금까지 관찰하고 있던 그녀가 전혀 보지 못했던 불안이 넘치도록 담겨 있어서, 관찰하던 그녀는 놀라 사라져 버린다. 고개를 든 그녀는 노트를 꺼내고 거기에 뭔가를 적기 시작한다.

'관찰하고 있는 그녀'와 '관찰당하고 있는 그녀'의 분리는 바로 전지적 화자의 시선이 이중적이라는 것을 보여준다. 작가는 자칫 주관주의에 함몰될 경계를 위태롭게 벗어나면서 최대한의 절제를 통하여

객관성의 균형감각을 유지하려고 노력하고 있다. 우연인 듯 삽입된 신문기사가 보여준 성폭행의 사회상이나 앞에서 인용한 작가의 짤막한 논평, 독자로 하여금 이중적 시선을 갖도록 만드는 화자의 시점 같은 것이 그 예이다.

인용문에서 '관찰하고 있는 그녀'는 프로이트의 개념을 빌려 표현하자면 초자아(super ego)일 것이다. 그리고 '관찰당하고 있는 그녀', 엎드린 그녀는 관능적 충동에 사로잡힌, 그러면서 동시에 억압된 그녀의 이드(id)일 것이다. 그녀의 초자아는 사진기자에 대해 '아무 연대감을 갖고 있지 못한 그 남자'라는 표현을 가능하게 하고, 그녀가 이드의 충동에 사로잡혀 매사에 태만해졌으며, 바보같이 굴고, 정서적으로 매우 불안정한 상태에 있음을 '관찰'한다. 하지만 정작 엎드린 그녀가 고개를 들어 불안한 눈초리로 관찰하는 그녀를 바라볼 때 '관찰하던 그녀'는 놀라 사라져버린다. 이드, 즉 본능적 충동이 더욱 강해진 상태를 고개를 드는 행위를 통해서 암시하며, 강해진 이드는 초자아의 객관적이고 냉정한 시선을 압도해버리는 강력함을 가지고 있다. 초자아의 이드에 대한 통제력이 상실되어버린 것이다. 그녀의 전체적 의식은 지금 초자아와 이드가 분열된 상태에서, 이제는 이드의 충동에 강렬하게 지배된 상태로 바뀌어져 있다.

작품의 발단단계에서 주인공은 비를 맞고 수영장을 찾아가 관능적 욕망을 식히고자 노력함으로써 이드의 강렬한 충동으로부터 벗어나길 희망한다. 하지만 이러한 노력은 실패하고 만다. 비를 맞고 있는 동안에도 "그녀는 자신의 살갗을 통과해 비까지도 함께 맞고 있는 그녀 속의 그를 다시 느낀다. 불안이 와아, 하고 솟아난다. 빗속을 찰박찰박 뛸 때마다 불안도 자꾸만 와아 와아 와아, 솟아나서 잔 올챙이들처럼 와글와글거린다"처럼 공감각적인 불안감에 온통 사로잡혀 있다. 이때의 불안감은 그에 대한 관능적 충동과 이를 억압해야 한다는 초자아의 명령 사이에서 발생하는 팽팽한 긴장감으로부터 발생하는 것이다. 관능의 열기를 식히고자 찾아간 수영장 안에까지 그의 환영은 따라와 그녀의 내면을 지배하며, 수영장에서 나와 빗속을 걸을 때에도 "그녀 속에서 일렁이던 관능은 차거워"졌지만 그의 환영은 그녀의 의식을 계속 강하게 사로잡는다. 이 작품은 전체적으로 볼 때에 그에게 이끌리는 충동과 그 충동을 억압해야 한다는 준거 사이에서 과도한 갈등을 반복하는 여성의 내면적 갈등을 핵심적 플롯으로 삼고 있다.

여주인공은 우연히 두 번 만났을 뿐인 잡지사의 사진기자인 유부남, 더욱이 여자킬러라고 그의 동료로부터 불리워지는, 잘 알지도 못하는 남자를 향해 사랑의 감정에 사로잡히게 되는데, 이 감정은 어떤 면에서 정상적인 차원을 훨씬 벗어나 있다. 즉, 흥미를 느끼게 된 화원의 일과 같은 정상적인 일상 업무를 수행하지 못할 만큼 불안정한 정서 상태로서 신경증적인 편집증세까지 보이고 있다(주인공의 편집증적 성격은 타자치기에의 몰입, 화원 일에의 지나친 몰두에 이어 사진기자에 대한 편집증적 집착 등에서 반복된다는 점을 주목할 필요가 있다). 인간은 누구나 이성으로부터 사랑받고 싶다는 욕구를 지니지만 그렇다고 하여 작중의 주인공처럼 과도한 집착과 불안감 그리고 거부당할지도 모른다는 사실에 대한 민감성을 보이는 것은 아니다. 애정에 대한 과도한 집착과 거부당할지도 모른다는 사실에 대한 민감성은 모두 그녀의 애정에 대한 신경증적 욕구를 나타낸다.

두번째로 그를 우연히 만났을 때, "분명히 그때 그 남자의 눈은 반가움으로 흔들렸다"라고 느끼고 있는데, 이 느낌은 그녀의 감정을 그에게 투사(projection)시킨 것이라고 할 수 있다. 정작 반가움을 느낀 것은 그가 아니라 그녀일 수 있다. 그런데도 그녀는 자신의 감정을 왜곡하고 은폐한 채 그의 눈이 반가움으로 흔들렸다고 투사시키는 방

어의 메커니즘을 사용한다. 지난 여름의 무한정한 권태를 뚫고 그 남
자는 돌연하고도 즉홍적으로 다음과 같은 말과 행위로 그녀를 감정
의 혼란 상태에 빠뜨렸던 것이다.

> 나 할 말이 있어. 이런 말하는 사람이 아니지만 솔직히 말하지만
> 내가 지난 여름에 그놈의 바이올렛 때문에 당신을 처음 봤을 때 내
> 가슴이 얼마나 뛰었는지 알아? 당신 내 카메라 바라보느라고 눈 내
> 리깔고 있을 때, 아 이 세상에 저렇게 아름다운 눈썹도 있구나, 내내
> 생각했지. 내 마음 몰랐지요?

> 헤어질 때 그는 자연스럽게 손을 뻗어 그녀의 팔에 내려놓았다.
> 그때 그도 느꼈을 것이다. 그녀의 팔 위에 돋아난 오소소한 소름들
> 을. 추운가 보군, 그는 그녀의 팔을 쓸어내렸고, 소름들은 그의 손바
> 닥에 쓸려 내려갔다. 그 짧은 순간 그녀는 울 뻔했다.

그녀가 아름다운 눈썹을 가졌다는 다분히 즉홍적인 칭찬과 헤어질
때의 찰나적 접촉에서 유발된 관능적 욕망(팔 위에 돋아난 소름들은 추위
때문만이 아니라 남자의 말에서 자극받은 관능적인 긴장감을 표현하고 있다.) 때
문에 그녀는 지난 나홀 내내 그에 대한 억제할 수 없는 그리움에 사
로잡히게 된 것이다.

여주인공이 그토록 억제할 수 없는 그리움에 사로잡혀 있었음에도
그 나홀간의 망설임 속에서 자신의 욕망을 억압하는 모습은 이 사회
가 여성에게 부여하고 있는 성적 억압의 단면을 여실히 보여주고 있
다. 신문기사가 보여주듯이 오토바이 흉악범에 의한 성폭행이 난무하
는 성범죄의 아노미 상태에서 여성은 피해자요 희생자가 될 뿐 그들
자신의 성적 욕망에 대해서는 소극적이고 수동적이며 억압적일 뿐이
다. 즉, 전형적으로 표현적인 여성성을 나타낼 수밖에 없다. 남성들이

아무런 책임없이 여성의 관능을 자극하는, 성적 희롱이라고 불리워질 만한 말과 행위를 연출하며, 약취 유인 폭행을 가하는 전형적인 공격성과 기능적 성향을 보여주는 것과는 뚜렷이 대비되는 것이다. 즉, 성적 욕망과 성적 표현에 대해서조차 철저히 남성중심적인 이분법을 읽을 수 있다. 소위 기능주의 사회학자 파슨즈가 말한 '표현적(expressive) 여성'과 '도구적(instrumental) 남성'의 이분법은 여성으로 하여금 성적 욕망을 부정하게 하며, 남성의 욕망에 무주체적으로 순응하도록 여성을 대상화시킨다. 즉, 성적인 측면에서도 남성중심적 권력을 행사함으로써 여성에 대한 사회적 억압을 계속해 나가고, 여성을 소외시켜 버리는 것이다.

주인공은 제정신을 차리지 못할 정도로 그에게 사로잡힌 정신 상태에서 그의 사무실 부근까지 찾아간다. 하지만 "전화를 하면 그는 나를 멸시할 것이야"라는 생각 때문에 전화는커녕 그녀가 앉은 찻집의 유리창 밖으로 걸어가고 있는 그를 보고서도 불러세우지 못한다. 남성의 경우 폭력적인 성적 표현조차도 남성다움으로 권장되지만 여성의 경우에 이성에 대해서 관심을 보이면 정숙하지 못하다고 멸시받을 것이 두려워서이다. 또한, 그녀의 어린 시절에 경험했던 '미나리밭'의 에피소드가 보여주듯이 아직도 파릇파릇한 상처로 남아있는, 거절당한 사랑의 쓰라림 등 복합적인 감정이 그녀로 하여금 그를 찾아갔으면서도 전화도 못하게 만들었고, 눈 앞에서 그의 모습을 보고서도 속수무책으로 있을 수밖에 없도록 무력하게 만들었던 것이다. 따라서 미나리밭의 삽화는 단순한 과거에 대한 기억으로서의 의미가 아니라 바로 현재 그녀가 겪고 있는 그에 대한 감정을 은유하고 있다. 즉, 그녀의 그에 대한 감정을 표현하면 그로부터 멸시받을지도 모른다는 불안감과 거부당할지도 모르는 사랑에 대한 두려움을 은유하고 있는 것이다. 사랑 표현에서의 망설임과 자신감이 결여된 태도가 과거 유년기의 미나리밭의 삽화 즉 거부당할지도 모른다는 데 따른 두려움으로부터 비롯된 콤플렉스임을 작가는 암시한다. 이 거부에 대한 공포가 그녀로 하여금 애정에 대해 정상적인 욕구를 갖지 못하도록 장애하고 신경증적 태도를 유발한 한 원인이 될 수도 있는 것이다.

그녀가 "나흘 동안 그의 명함을 주머니에 넣고 다니면서, 그에게 전화하고 싶은 마음과 사투를 벌이듯이 지냈"음에도 불구하고 그녀는 자신의 욕망을 그녀 내부에서 소외시켜 버리고 만 것은 거부에 대한 두려움뿐만 아니라 더 근본적으로 여성에게 가해지는 뿌리깊은 성적 억압에 지배되고 있기 때문이다. 철저히 타자화된 관능, 표현하지도 못하는 사랑의 감정, 성적 존재로서 자신의 욕망을 철저히 소외시켜야 하는 성적 무력감은 무책임하게 내뱉는 사진기자의 성적 희롱과 특히 화원의 고객인 최의 성폭행과의 극단적인 대비를 통하여 성에 집중된 남녀의 권력관계와 남녀에 대해서 차별적으로 적용되는 성의 이중구조를 극명하게 보여준다.

주인공이 그에 대한 그리움에 사로잡혀 화원을 나와 거리를 방황하는 행위 자체가 이미 사랑 표현에 있어서 여성의 무주체성을 드러내고 있다. 사진기자에 대한 감정 표현을 소외시켜 버린 대신에 그녀는 언제나 그녀가 예뻐서 못 견디겠다는 표정을 짓곤 했던 최라는 남성에게(그는 그동안 직장을 매개로 하여 주인공에게 성적 희롱을 일상적으로 해왔던 인물이다.) 전화를 하여 만나자고 한다. 그녀는 전화를 하고 곧장 후회하지만 그곳을 떠나지 못하는 우유부단함을 보이는데, 그녀의 마음의 근저에 최를 통해서 욕망을 대리실현하려는 무의식적 동기가 작용한 탓이라고 할 수 있다. 사진기자에 대한 감정을 과도하게 억압함으로써 발생한 바람직스럽지 못한 반동형성인 셈이다. "오늘은 이렇게 반항해도 내일은 너 스스로 전화할 걸. 여기에서 나를 기다리겠다고 말야…… 니 얼굴에 씌어져 있어. 나 죄 없어. 다만 니가 말 못 하는 걸 내가 알아서 해주는 것 뿐이야… 자 그러니 좀 얌전하게 굴 어”에서 보듯 지하계단으로 그녀를 강제로 끌고가서 성폭행하려는 그에게 반항을 하자 그는 오히려 성폭행이 그녀가 원하는 바로써 그 녀가 요구하지 못하는 것을 그가 해줄 뿐이라는 철저히 남성중심적 인 왜곡된 태도를 드러내고 있다.

즉, 성적 폭력은 정상적인 여성이 기꺼이 바라는 바요, 오히려 그 녀가 필요로 하는 바이며, 그녀에 의해서 암시되거나 요구되기도 한 다는 잘못된 믿음이 남성세계에 얼마나 굳게 신뢰되고 있는가를 최 는 잘 보여주고 있는 것이다. 그런데 최의 성폭력 행위를 합리화하는 그릇된 믿음은 바로 주인공과 같이 성적 표현에서 주체성을 결핍한 태도와 성규범에 있어서 남녀의 이중구조가 뒷받침해 주고 있음을 간과할 수 없다.

여성이 욕망을 극단적으로 억압하고 소외시키는 것과는 달리 남성 들은 사진기자의 경우처럼 아무런 책임감 없이 성적 욕망을 언어적 신체적 행위를 통하여 표현함으로써 여성의 정신에 혼란을 주고 상 처를 입히거나 40대 남성 최의 경우처럼 극단적인 폭력 형태로 표출 시킴으로써 여성의 정신과 육체를 파괴시키기도 한다. 신문 사회면에 보도된 성폭력 범죄가 만연된 사회상은 신문기사 속에서만 존재하는 남의 이야기가 아니라 바로 여주인공이 나날의 일상적 경험세계 속 에서 일어나는 일상화된 현상인 것이다. 사진기자나 최로 표상되는 남성중심적 폭력성은 그녀가 화원을 나와 “방향도 없이 공허하게 앞 을 향해 걷”다가 다달은 미술관 근처 지하철 공사장의 포크레인의 상징을 통하여 적절히 암시되고 있다.

땅을 파먹은 포크레인이 입벌린 공룡처럼 우뚝 버티고 서 있다.

그녀는 그 공룡의 입 속으로 빨려 들어가는 듯 힘없이 미술관 뜰로 옮기다가 주저앉는다.

포크레인은 입벌린 공룡에 비유되지만 정작 작가는 거대한 공룡과 포크레인을 통하여 남성적인 폭력성과 그 완강함을 환기시키고 있다. 작가는 포크레인을 통해서 공격적이고 폭력적인 남근 이미지를 상징한 것으로 보이는데, 폭력적인 남성세계는 여성의 저항에 의해서는 결코 손상되지 않는다. 여성의 남성에 대한 저항은 오히려 여성 자신에게 상처를 입히고 말뿐이다. 그녀가 강간하려는 최에게 반항을 해보았자 얻는 대가는 "얻어맞을 때 터진 그녀의 귀가 뺨 쪽으로 퉁퉁 부어올라서 갸름한 그녀의 얼굴형이 야릇해진" 것 외에는 없었으며 포크레인에 몸을 부딪혔을 때에도 자신의 몸에 상처만 깊어질 뿐이다.

그녀가 힘껏 손톱으로 포크레인 몸체를 긁어본다. 포크레인은 긁혀지지 않는다. 그래도 계속 긁어대니, 그녀 손톱이 부서져 달아난다. 그녀가 이제 포크레인 아무 곳이나 몸으로 밀어보고 있다. 미는 게 아니라 부딪쳐보고 있다는 표현이 맞을 것이다. 몇 발짝 떨어져서 힘껏 달려들어도 포크레인은 꿈쩍도 안 한다. 그녀는 어마어마한 곳을 쳐다보는 양, 포크레인 아가리를 오래 쳐다보더니, 신발을 팽개치고 낑낑대며 포크레인 위로 올라가기 시작한다. 정강이가 쇠붙이에 부딪혀 깨어지는 소리가 났고, 기어가느라고 엎드린 몸을 펼 때는 포크레인 모서리에 그녀의 가슴살이 패여 찢겨진다.

남성세계의 완강함은 단지 물리적인 폭력 속에만 존재하는 것이 아니다. 그녀가 그에 대한 그리움에 사로잡혀 거리를 방황하다가 엉뚱하게 최에게 강간을 당해도 그 그리움을 그에게 알릴 수조차 없는, 즉 여성은 자신의 욕망을 결코 표현할 수도 표현해서도 안

되는 남성중심의 언어적 심리적 억압, 그 완강함에 주인공은 절망
한다. 남자는 기분대로 아무 말을 내뱉어도 되지만 여성에게는 언
어적 표현마저 억압해야 하는, 여성의 심리 속에 뿌리깊게 작용되
고 있는 성의 정치학, 그 완강함에 대한 절망감은 길거리를 배회
하던 주인공이 하늘의 무지개를 바라보다가 "따라갈 수 없는 서러
움. 닮아볼 수 없는 안타까움. 먼, 멀디먼 그리움."과 같은 단절감
을 느끼는 데서 잘 드러나고 있다. 주인공은 무지개를 행해서가
아니라 그에 대해서 단절감을 느끼고 있는 것이다. 무지개에 대한
단절감은 바로 그에 대해 느끼는 단절감을 메타포하고 있다.

  남성중심적인 완강함에 그녀는 저항해 본다. 자학적으로 포크레
인에 몸을 부딪혀보거나 심지어 포크레인 아가리 속으로 들어가
흙에 자신을 매장하는 자학적이며 분열된 행동을 해 볼지라도 그
녀의 마음을 그에게 알리고, 그녀에 대한 기억을 그에게 환기시킬
방법은 없다(포크레인의 아가리 속으로 들어간다는 것은 남성의 폭력 한가
운데 자신의 몸을 내맡겨 본다는 뜻일 것이다.) 자학적으로 최의 폭력에
자신의 몸을 내맡겨 보아도 그녀의 마음 속에 자리잡은 그리움은
치유되지 않는다. 어린 시절 미나리밭의 추억이 환기시켜 주듯이
슬픔 때문에 또는 상대의 마음을 돌려놓을 수만 있다면 죽을 수도
있다고까지 생각하여도, 그래서 포크레인 아가리 속의 흙으로 자
신을 매장하는 상징화된 죽음의 의식을 통해서도 결코 도달할 수
없는, 표현할 수 없는 성적 욕망과 사랑의 소외된 모습을 이 작품
은 너무도 끔찍하고 처연한 주인공의 모습을 통하여 보여주고 있
는 것이다.

3. 맺음말 — 허무적 결말이 보여준 성의 정치학

　미혼여성에게 일어난 사랑이란 감정의 혼란을 통하여 이 작품은 성과 사랑에 은폐된 남녀의 권력관계를 적절히 보여주고 있다. 사랑이란 존재하지 않으며, 다만 사랑이란 이데올로기, 그 허위의식만이 존재한다는 것을 사진기자의 무책임한 성적 희롱, 지하철 인부들이 배트민턴 치는 여자를 향해 내뱉는 욕설, 그리고 최의 폭력을 통해서 이 작품은 보여주고 있다. 이들 남성들은 모두 여성을 욕망의 대상으로 객체화하며, 유형 무형의 폭력을 가하는 인물들이다.

　주인공이 사진기자에 대해 아무런 감정 표현을 하지 못한 채 끝없이 접근-회피의 갈등에 빠져 있는 상황성은 여성에게 억압적인 남성중심의 사회구조와 남녀차별적인 성의 이중규범에서 비롯되고 있다. 즉흥적인 성적 희롱과 진실한 사랑을 구별하지 못하고 혼돈된 감정에 빠져드는 여주인공의 도착된 의식 상태는 진실한 사랑이란 대등하고 주체적인 사귐을 통해서만 이루어지는 것이라는 최소한의 사랑관조차 갖지 못하게 만드는 우리의 차별적이고 억압적인 현실을 반영해 준다. 그 결과 여성도 남성도 진정한 사랑이 무엇인가를 알지 못한 채 즉흥적인 성적 희롱이나 강간과 같은 성폭력을 남성다움이나 용기와 혼동하게 되며, 여성은 성적 희롱인지 사랑인지도 구별하지 못하는 도착된 사태에 이르게 된다. 여성의 성적 욕망을 금기시하고 억압하는 사회에서 작중의 주인공처럼 자신을 끝까지 억압하는 데에 성공하지 못할 경우(최에게 전화를 걸어 만나는 행위), 남성중심의 사회는 여성을 향해 응징을 가하게 된다. 여성은 그로 인해 돌이킬 수 없는 정신적 육체적 상처를 입으며, 타락된 존재로 전락하고 마는 것이다. 그리고 남성중심적 욕망에 무주체적으로 반응하는 형식, 더구나 폭력적 강간을 통해서는 결코 여성의 욕망은 진정한 실현에 이를 수 없다.

그러면 이러한 폭력을 피하기 위하여 여성은 어떤 행동을 할 수 있는가? 남성들의 욕망에 무반응과 무감각을 보여주든가 아니면 한 남성의 집, 즉 소유적 결혼과 가족관계에 의존하는 삶을 통해서만 그나마 불특정 다수 남성의 폭력으로부터 보호받을 수 있다. 불특정 다수 남성의 폭력으로부터의 보호가 특정한 한 남성의 소유가 되는 예속적 결혼에 순응할 때에만 가능한 것이다. 그렇지만 가정이 여성에게 성폭력의 안전지대일 수 없음은 가정 내에서 일어나는 아내 구타, 부부간의 강간에서 쉽게 찾아볼 수 있다.

거리(이때 거리란 성폭력에 노출될 가능성이 큰, 집과 대위되는 개념이다)와 같은 느낌을 주는 직장인 화원을 매개로, 거리에서 만난 남성인 사진기자나 최로부터의 폭력을 피할 수 있는 유일의 길이 그나마 가부장제에 순응함으로써, 즉 남성에게 자발적으로 종속하는 결혼을 통해서만 가능하다는 사실은 여성에게 정상적 욕망 실현과 자아완성을 근원에서부터 저해시킨다. 더욱이 사회적으로 하위에 속하는 주인공은 적당한 결혼 상대자조차 없는, 성적으로 매우 소외된 상태에 있다. 주인공의 결혼에 대한 관심은 화원에 부케를 맞추러 온 여자 이야기―여자의 눈썹에 반한 신랑 이야기―를 통하여 간접적으로 제시되었다(이 작품에서 빈번히 사용된 여성의 눈썹은 관능적 이미지의 상징이다.). 이러한 소외상태가 결국 무심한 한 마디의 성희롱에도 무감각할 수 없는 과민한 감정상태를 빚었다고 할 수 있다.

남성중심사회의 성의 정치학과 이로 인한 여성의 성적 소외를 치밀하게 그려냈으면서도 이 작품의 결말은 독자를 허무감에 빠뜨린다. 왜냐하면, 결말에 이르도록 주인공은 여전히 사진기자에게 사로잡힌 감정의 혼란 상태를 정리하지 못하며, 글쓰기를 통한 정체성의 확인에도 성공하지 못하기 때문이다. 즉, 최로부터 성폭행을 당하고서 포크레인 아가리 속에 자신의 몸을 매장하면서도 주인공은 줄곧 "당신은 잊었지? 그날 밤 내 소매 없는 실크 블라우스 밑의 팔뚝에 돋아 있던 좁쌀만한 소름들, 그걸 쓰다듬어 주었던 일을, 당신은 잊었어, 내가 어떻게 해야 당신이 나를 기억할까"와 같은 생각에 매몰되어 있다. 성폭력을 당하는 위기의 경험을 통해서도 사랑의 신비화에서 깨어나지 못하는 안타까운 의식 상태를 보여주고 있는 것이다.

결말에서 주인공은 화원으로 다시는 돌아가지 않겠다고 결심하는데, 이는 어떤 의미인가? 강박적일 만큼 그녀는 사랑의 감정에 집착한 나머지 흥미를 느끼던 직업마저 포기해버리고 말겠다는 뜻이며, 다시는 무료한 일상의 세계로 복귀하지 않겠다는 의미일 것이다. 그렇다고 하여 그녀에게 다른 창조적 대안이 열려져 있는 것은 아니다. 결말의 마지막 대목인 "꾸물꾸물 웃옷 주머니에서 노트를 꺼내 아무 장이나 펼치고서, 해사하게 웃기까지 하며, 뭔가 꾹꾹, 눌러 적어 넣을 양을 하다가는, 힘이 팽기는지 눈물 젖은 얼굴을 푹 수그리는 일이었다."가 시사하는 바는 단순한 글쓰기의 실패가 아니라 여성의 진정한 정체성에 대한 추구가 실현되지 못하는 객관적 현실을 암시해 준다고 할 것이다. 성적 욕망의 실현은 물론이며, 글쓰기를 통한 자아실현과 내적 각성 그 어느 것에도 도달하지 못하는 여성상으로 작품이 마무리되고 말았다.

박혜경은 소설집 『풍금이 있던 자리』의 해설에서 "망설이고 머뭇거리는 마음의 움직임을 가장 잘 보여주는 것이 신경숙의 문체"라고 지적하고 있다. 주인공의 망설이고 머뭇거리는 수동적이고 소극적이며 자기은폐적인 성격은 그녀의 개성이기 이전에 이 사회가 여성에게 부여하고 있는 표현적 성격의 전형성에 부합된다. 따라서 신경숙의 문체는 성차별적인 이 사회가 여성에게 부여하고 있는 표현적 특성을 잘 구현하고 있는 인물을 그리는 데 적합한 여성중심적 문체의 특징을 나타낸다고 할 수 있겠다.

망설임이 많은 소극적이고 수동적인 주인공의 성격은 이 작품에서 서술의 시간과 허구의 시간의 간극과 불일치에서도 잘 드러난다. 이 작품의 서술의 시간은 하루 동안이다. 이 하루 동안의 서술 시간 속에 그를 다시 만났던 지난 나흘의 시간, 그녀가 화원에서 일하게 된 시간, 그리고 이십여 년 전 유년기의 미나리밭의 삽화까지 허구의 시간이 삽입되며, 주인공의 심리적 갈등 묘사가 반복됨으로써 작품의 서술 속도를 지연시키고 있다. 그리고 이 서술 속도의 지연은 우유부단하고 수동적인 주인공의 성격을 반영하고 있는 것이다.

이 작품은 뚜렷한 행동구조 없이 여성의 내적 심리적 갈등을 정교하고 치밀한 시각으로 그리는 여성중심성을 보여주는 듯하지만 작가의 시각은 때로 남성중심적이다. 가령, 여주인공이 그를 만난 날 "팔소매가 없는 자줏빛 실크 블라우스를 입었고, 그래서 생긴 팔뚝의 그 좁쌀 같은 소름"을 그가 매만졌다는 사실을 여러 차례 강조하고, 또한 배트민턴 치는 여자의 "무릎 위까지 올라간, 그리고 아주 타이트한 짧은 진치마 아래로 두 여자의 다리는 미끈"했다고 묘사한 이유는 어디에 있는가? 마치 여성 자신이 정숙하지 못한 옷차림으로 관능적인 행동을 함으로써 남성의 욕망을 자극하고, 결국 남성들의 성적 희롱과 폭력을 유발시켰다는 남성중심적인 가치의식에 작가가 물들어 있는 탓은 아닌가 하는 의문을 가지게 한다. 즉, 이 작품에서 작가는 여성중심의 시각에 서 있는지 아니면 남성중심의 시각에 서 있는지는 때로 분명하지 않다. 그만큼 작가의 작중인물에 대한 태도는 이중적이고 모호하다.

외적 행동구조가 불분명하고, 내면적 갈등 묘사에 치우친 신경숙의 문체는 바로 외적 행동을 억압하며, 욕망을 내면화할 수밖에 없는 여성을 형상화하는 데 적합한 여성중심의 문체라고 할 수 있다. 이러한 내면화되고 주관적인 문체를 통하여 리얼리즘 문학에서조차 취급하기 어려운 성의 정치학을 매우 예리하게 그려냈다는 점에서 이 작품은 작가적 시각의 애매함에도 불구하고 페미니즘 문학으로서, 특히 성폭력과 성희롱이 사회적인 관심사로 떠오른 오늘의 현실 속에서 일단 성공적인 작품이라고 평가할 수 있다.

그러나 남성중심적인 성의 정치학을 변혁해 나가는 바람직한 사랑의 대안 제시, 성적 주체로서 건강하게 욕망을 실현할 수 있는 새로운 여성상에 대한 전망을 전혀 보여주지 못했다는 점에서, 더욱이 주인공이 내적 각성조차 전혀 이루지 못하고 결말에 이르렀다는 점에서 안타까움과 아쉬움이 크게 남는 소설이라고 하지 않을 수 없다. (1995)

대모적 여성과 그림자 남성
— 『선택』의 여성과 남성

1.

이문열의 『선택』(1997)만큼 페미니즘과 관련된 논쟁이 대중매체에서 치열하게 전개된 작품도 드물 것이다. 이문열 소설의 관념노출과 현학취향은 그 특징의 하나라고 지적할 정도로 여러 소설에서 빈번히 사용되어 온 기법의 하나이다. 그런데 『선택』의 경우에는 지금으로부터 4백 년 전 여성의 자전적 삶을 다루면서 엉뚱하게도 현대의 페미니스트들과의 논쟁거리를 끼워놓음으로써 페미니즘 논쟁에 작가 스스로 불을 지피고 있다.

작중 주인공이며, 1인칭의 서술자이기도 한 정부인(貞夫人) 장씨(張氏)는 "조선 왕조 선조 연간에 태어나 숙종 연간에 이 세상을 떠난 한 이름없는 여인의 넋"으로, "이 세상에서 나를 특정하는 유일한 기호는 아버지의 핏줄을 드러내는 장(張)이라는 성씨와 훌륭한 아들을 기려 나라에서 내린 정부인(貞夫人)이란 봉작(封爵)뿐이다. 그나마 그

둘을 결합해서야 겨우 딸이라거나 아내거나 어머니거나 며느리 또는 할머니라는 여인 보편의 이름에서 나를 특징해 낼 수 있다."라고 시작되는 장씨의 행장기이다.

이 작품은 경당 장흥효의 딸로 태어나 열아홉에 남편 이시명에게 시집을 가서 재령 이씨 집안의 가모(家母)로 성숙해 간 한 여인의 일생을 다루고 있다. 주인공이며, 화자인 '나'는 작품의 발단 모두(冒頭)에서 오직 남성들과의 관계하에서만 자신의 정체성과 '기호'가 드러나는 '한 이름없는 여인'으로 자신을 지칭한다. 조선조의 가부장적 사회에서 여성의 존재론적 정체성은 남성 누구의 딸이며, 아내이며, 어머니이며, 할머니로서 오직 남성과의 관계 속에서만 드러날 뿐이다. 남성지배의 삼종지도에 따른 관계론적 정체성으로 규정되는 여성의 운명에 대해 내비치는 사뭇 자조적이며 비애적인 톤은 결코 저항감이나 비애감에서 나온 것이 아니다. 그녀는 자신의 팔십 년의 삶을 "고단하고 성가실 때도 있었지만 아쉬움 없고 뉘우침 없는" 것으로 평가하며, 자신의 삶은 가부장제 사회의 강요에 의해서가 아니라 선택에 의해서 스스로 개척한 삶이라고 누차 진술해 왔다. 그런데 무엇 때문에 자조적 톤을 내비쳐 독자들을 혼란에 빠뜨리는가? 작가의 의도는 무엇인가? 그것은 그 뒤에 바로 이어지는 현대여성에 대한 공격을 위해서 준비된 어조라고 할 수 있다.

내가 살았던 시대와 견줄 수는 없지만 지금 너희 몸은 그 어느 때보다 배부르고 따뜻하며 너희 주거는 안락하다. 문명의 여러 이기들은 옛적 수십 명의 노비가 하던 일을 대신해 주고 발달한 사회제도는 미래까지도 일부 보장해준다. 거기다가 대가족의 중압도 없고 남존여비에서 오는 차별도 거의 철폐되었다. 그런데도 너희 괴로운 부르짖음이 지금처럼 이 땅에 울려퍼진 적은 일찍이 없었다.

즉, 자신이 살았던 조선조와는 비교할 수도 없이 풍요롭고 안락하며, 대가족제도의 중압도, 남존여비의 차별도 사라진 시대에 살면서 무엇 때문에 "남성들의 질서로 조직된 세계에 대한 항의"와 그 불합리에 저항하자고 서로간에 고무하고 격려하는 여성해방의 깃발을 높이느냐에 대한 질타이다. 조선조와 현대 사이에는 작가도 지적했듯이 삶의 양상이 엄청나게 변화했다. 그런데 이러한 삶의 변화 속에서 오로지 여성만이 변화된 사회를 외면한 채 현모양처의 봉건적 삶에 지체되어 있어야 한다고 작가는 주장하고 있는 것이다. 그것도 정부인 장씨의 삶을 이상적 여성의 모델로 제시하면서……. 4백 년을 건너뛰어 여성의 삶을 동일한 것으로 파악하는 작가의 시대착종은 실로 놀라운 것이다.

이문열의 보수적 내지는 과거로의 퇴행을 보이는 역사의식은 『그대 다시는 고향에 가지 못하리』에서는 영남지방의 남인계열 문중의 고상한 법도와 사람 사는 도리 및 예절에 대한 복고주의적 향수로 표현됐고, 『변경』에서는 문중에 대한 강렬한 집착과 관심으로 나타났으며, 『선택』에서는 직계조상 장씨에 대한 칭송과 페미니즘에 대한 공격의 형태로 반복되고 있다. 특히, 장씨가 동서들의 순절을 "애절한 아름다움"으로 찬양하고 미화하는 대목에서 작가의 시대착오적 윤리의식은 극에 달한 느낌이다. 작가는 과거 가부장제 사회가 여성에게 가한 가혹한 성적 통제와 비인간적 생명경시의 대표적 표본이랄 수 있는 순절을 엉뚱하게도 현대의 정사(情死)에 비유하고 "자신이 가장 큰 가치를 부여한 것, 혹은 가장 옳다고 믿는 것을 위해 목숨을 던지는 일은 섬뜩하지만 또한 얼마나 아름다운가"라고 찬양함으로써 아예 휴머니즘을 포기한 듯한 인상마저 준다.

그는 "특히 여성해방과 성적인 방종은 어디서나 단단히 혼동되고 있다"며 여성해방을 성적 방종으로 매도하며 도덕적으로 비난한다.

하지만 이 시대의 성적 방종이 어디 페미니즘 탓인가? 그것은 우리 시대에 총체적으로 퍼진 소비향락문화의 한 현상에 불과하다. 또한 그는 여성의 사회적 자아성취를 "가정에 사장되어 있는 값싼 노동력을 거리로 끌어내기 위해 창안해 낸 효과적인 구호"라고 공격한다. 즉, 여성의 사회적 자아성취를 부추기는 여성해방의 논리를 "영악하고 탐욕스런 자본주의의 간계"라고 매도하는 것이다. 그러면서 장씨의 삶을 통해서 시대를 초월하는 여성의 길을 강조한다.

> 그러나 나는 믿는다. 틀림없이 세상의 많은 것은 변하지만 더러는 변하지 않는 것들도 있다. 어떤 것들은 시간의 파괴력을 이겨내어 존재하고 어떤 원리들은 시대의 변화를 뛰어넘어 작용한다. 사람의 딸로 태어난 너희가 이 세상에서 걸어가야 할 길에도 그런 것들은 있다. 나는 바로 그 믿음에 기대 이제 너희에게는 자칫 뜻없이 지루하기만 할지도 모르는 내 한 살이를 되돌아보려 한다.

때로 그의 지적대로 여성해방이란 이름하에 저질러지는 도덕적 타락도 있을 것이다. 하지만 작품에서 작가가 얼치기 페미니즘으로 몰아 부치며 비난한 것들은 페미니즘과 상관없는 것이 대부분이다. 그리고 여성의 사회적 성취를 고무하는 논리의 밑바탕에는 여성의 노동력에 대한 자본주의의 탐욕이 끼어든 측면도 없지 않아 있다. 하지만 여성을 값싼 노동력으로 전락시키며, 이를 지속적으로 이용하고자 하는 자본의 논리는 실로 남성은 공적 영역, 여성은 사적 영역과 같은 이분법에 기초해 있다. 즉, 자본주의는 가부장제의 성별분업구조를 이용하여 여성의 위치를 가정으로 한정지움으로써 여성을 가정에 복귀시키려는 것이 아니라 여성의 노동력을 값싸게 지속적으로 공급받고자 한다. 작가가 주장하는, 여성의 역할을 가정적 존재로 한정지우고 사회적 성취를 비난하는 논리야말로 자본주의의 이윤 추구에 이용당할 수 있다. 페미니즘이야말로 이런 것을 경계한다. 특히, 사회주의 페미니즘에서는 자본주의 체제와 함께 가부장제를 변혁시킴으로써 이러한 성차별 구조를 변화시키고자 한다.

2.

정부인 장씨는 경북 안동 춘파마을에서 안동 장씨 경봉의 무남독녀로 태어난다. 경봉은 영남 학맥 이퇴계 학통의 학봉 김성일의 문하에서 학문을 시작한 학자로서, 그는 무남독녀 외딸에게 학문을 가르친다. 장씨는 당시의 다른 여성들과는 달리 학문과 서예, 문인화, 게다가 의약에 관한 약간의 조예까지 폭넓은 교양을 닦게 된다. 그런 장씨가 당시로서는 과년한 열여덟의 나이가 되자 자신의 길에 불안을 느끼고, 자신이 바치는 학문에 대한 노력과 열정의 효용에 대해서 의심을 품게 된다. 그도 그럴 것이 자신과 비슷한 시기에 공부한 남자들은 관자(冠者)가 되고, 소과(小科)에 입격(入格)한 이도 있으며, 어떤 이는 사림(士林)에 뜻을 두어 학문에만 전념하기도 했지만 여자에게는 그 어떤 것도 바랄 수 없다는 것을 인식했기 때문이다. 그러던 차에 모친이 장질부사에 걸려 눕게 되자 집안 대소사를 비롯하여 접빈객 등의 안주인이 하는 모든 일을 대신하게 된다. 그녀는 여성이 담당하는 아무런 생산도 없는 소모적 일과 불공평한 역할 배분에 회의와 반발을 느끼고, 여성이 가야 할 길에 대해 암담함에 빠지게 된다.[1]
 이 작품을 통해서 주인공이 회의와 갈등을 느끼는 대목은 여성의 역할에 따른 갈등과 가문을 내 것으로 받아들이는 과정에서 느끼는 회의뿐이다. 하지만 이 갈등과 회의도 지극히 미약하며, 곧 현실에

---

1) 송명희, 이문열의 『선택』, 왜 반페미니즘인가, 라쁠륨 97년 가을호, 393-4면.

대한 순응 쪽으로 결론이 나고 있다. 그 밖의 경우에는 강요된 운명
이 아니라 자신의 자발적 선택에 의해 만족스런 삶을 살았다고 반복
적으로 진술하고 있다.

　장씨야말로 조선조 가부장제 사회가 요구하는 이상적 여성, 즉 페
르조나(persona)로서의 여성상이다. 하지만 소설적 형상화가 제대로 이
루어진 인물은 아니다. 즉, 장씨는 소설에서 필요한 갈등이라는 심리
적 공간이 거의 부재하는 추상적 인물이며, 소설적 생동감을 결여한
역사적 실존인물에 불과하다.『선택』의 장씨가 그토록 빈번히 자신의
삶이 페르조나와의 맹목적 동일시가 아니라 자발적이며 자각된 선택
이며, 개성화(individualism)의 길이었다고 강조하고 있음에도 이에 대해
서 독자가 수긍하기 어려운 이유는 간단하다. 즉, 개성화의 과정에서
필요한 갈등과 고통이 너무도 미약하기 때문이다. 잘 알다시피 소설
은 갈등관계를 드러내는 서술양식이다. 따라서 소설의 발단, 전개(갈
등), 절정, 결말의 구조에서 가장 긴 부분을 차지하는 것은 바로 전개
(갈등)이다. 그만큼 소설에서 갈등이 중요하다는 뜻이다. 그런데 이 작
품은 처음부터 여성의 진정한 성취와 자아실현은 현모양처의 길이라
는 결론을 미리 내놓고 작품이 전개되고 있기 때문에 주인공의 행동
을 통한 갈등은 거의 배제된다. 그리고 이 점은『선택』의 예술적 긴
장을 여지없이 감소시킨다.

　어떤 의미에서 장씨는 가부장주의에 사로잡힌 작가 이문열의 가부
장적 관념을 투사시킨 인물로 이해된다. 특히, 페미니즘 공격에 있어
장씨와 작가와의 거리가 전혀 느껴지지 않을 만큼 거리 조정에 실패
하고 있다. 그 결과 장씨가 생동감 없는 인물로 그려졌을 뿐만 아니
라 역사적 실존인물 그대로의 진실마저 왜곡되었을 가능성이 있다.
이문열이 자신의 직계조상인 장씨의 삶을 칭송하는 순수한 뜻에서
소설이란 형태를 빌어 세상에 널리 알리고자 했다면 그녀를 무갈등

의 생동감 없는 인물로 만든 것은 잘못이다. 오히려 치열한 갈등의 고비를 넘어 대모적 삶을 일궈낸 여성으로 장씨가 형상화되었더라면 그녀의 삶은 독자를 보다 잘 설득할 수 있었을 것이며, 이문열의 작가적 의도는 더욱 잘 달성될 수 있었을 것이다.『선택』에서의 작가의 가부장적 관념에 대한 지나친 투사는 관념편향적 창작방법 때문에 『영웅시대』가 초래했던 실패를[2] 되풀이하게 만들고 있다.

이문열은 장씨 부인의 행적과는 상관도 없는 현대여성의 삶의 양태와 페미니즘을 공격함으로써 소설적 성취와는 전혀 관계가 없는 토론(debate)의 센세이셔널리즘으로 독자를 몰아갔다. 그 결과 장씨 부인의 행적은 당대적 가치에서는 충분히 존경받을 만한 것임에도 불구하고 존경심을 불러일으키지 못했고, 대신에 논쟁거리로 추락되는 어이없는 결과를 초래했다. 그가 염려했듯 그는 자신의 직계조상에 대한 불경의 죄를 범하고 만 것이다. 그리고 현대여성의 삶의 형태나 역할에 대해서도 전혀 여성들을 설득해 내지 못하였다. 세간에서 벌어졌던 숱한 논쟁은 결국 작가가 의도한 목표가 달성되지 못했을 뿐만 아니라 오히려 역효과를 불러일으켰음을 반증한다. 관념취향과 현학성을 노골적으로 들어내서 독자와 관념적 토론을 즐겨온 이문열의 『선택』에서의 페미니즘 논쟁은 실패가 분명한 것이다.

남성들과 똑같이 학문의 세계에 탐닉하던 장씨는 병에 걸린 어머니를 대신하여 집안일을 수행하면서 남성의 삶이 화려한 광휘와 해방 속에 놓여졌음에 비하여 여성의 삶은 지아비에 대한 헌신과 회임·출산의 고통과 양육의 성가심, 시부모에 대한 봉양과 봉제사 등의 까다롭고 번다한 낭비의 삶이라는 자각에 암담함을 느끼고, 이러한 불공평한 역할 배분에 강한 반발을 느낀다.

---

2) 정호웅, '관념편향적 창작방법의 한계', 김윤식 외, 이문열론(삼인행, 1992), 287-301면.

하지만 그녀의 이러한 여성 역할에 대한 회의와 반발은 신체적 차이를 토대로 하는 역할의식과 "볼 수 없고 들을 수 없고 만질 수 없어도 존재하는 것이 있음을 아는 것이 사람의 귀함이다. 사람이 가장 높이 치는 가치는 오히려 그렇게 몸으로는 느낄 수 없는 형태로 존재하는 것"이라는 부덕과 모성에 대한 찬양과 미화로 곧 무마되고 만다. '몸으로 느낄 수 없는 형태로 존재하는 것'이란 바로 가부장적 질서이며, 유교적 현모양처 이데올로기이다. 장씨가 그 때까지 배운 학문이 유교였다는 것을 감안한다면 그녀가 가부장적 이념을 수용하고 , 이를 적극적 실천해 나가기로 한 것은 매우 자연스럽다.

작가가 장씨의 입을 통해서 말하고 있는 신체의 차이가 역할을 결정짓는다는 개념은 생물학적 결정론이다. 생물학적 결정론은 흔히 성차별주의자들이 성차별의 근거로 삼아온, 마치 성차별이 자연의 법칙인 양 미화시킴으로써 성차별을 합리화시켜 온 논리이다. 그것은 장씨가 살았던 조선조 중기의 사회에서나 통용될 수 있는 논리였다. 생물학적 결정론과 같은 성차별적 논리로 현대의 페미니스트들과 논쟁할 수 있다고 생각했다면 이문열은 너무도 순진하다고밖에 말할 수 없을 것이다. 남성독자인 평론가 최원식마저 장씨가 학예를 버리고 결혼이라는 일생일대의 결단을 내리는 동기는 너무 허술하며, "이제부터는 안채와 부엌을 떠나지 않고 여자의 본업을 배우겠다"는 결단을 여성의 길에 대한 위대한 자각으로 의도적으로 찬양하기에 바쁜 작가의 태도는 지나치다고[3] 논평하고 있다.

장씨는 열아홉에 나랏골의 재령 이씨 가문의 시명(時明)에게 출가를 한다. 처녀의 몸으로 상처한 홀아비의 재취가 되었음에도 그것이 당시의 법도로서는 흠될 일이 아니었으며, 자신의 혼인을 "그것은 또

---

3) 최원식, 중세와 자본의 제휴 : 이문열의 선택을 읽고, 포에티카 2호, 97년 여름, 160−1면.

내가 새로운 선택과 그 성취를 향해 떠나는 길이기도 하다"라고 표현하고 있다.

그녀는 겨우 열아홉의 나이에 그것도 셋째 며느리임에도 불구하고 두 분의 시아주버님이 이미 타계하고, 손위동서가 이미 순절했으며, 맏동서마저 순절할 뜻을 굳히고 있는 상황에서 맏며느리의 역할을 대신하지 않으면 안 되었다. 그로 인한 노동과 긴장을 요구받을 때, 그녀는 "그러나 그로 인한 손발의 수고로움보다도 더 견디기 힘든 것은 절로 내게만 쏠려오는 가문의 무게였다. 시부모님의 기력이 쇠해 가실수록, 그리고 군자께서 학문에 몰두하면 하실수록, 가문을 지탱하고 일으키는 자잘하고 궂은일뿐만 아니라 그 정신적인 바탕의 형성까지 내게로 넘어왔다. 그런데 내게는 아직 그런 것까지 감당해 낼 마음의 채비가 되어 있지 않았다."와 같은 갈등에 사로잡힌다. 하지만 결국 가문의 짐을 받아들였으며, 자신의 가문에 대한 수용이 맹목적인 순응이 아니라 나름대로의 논리를 통해서 적극적으로 그 이념을 껴안았고, 그것을 결혼한 이후에 자신이 한 첫번째 선택이라고 주장한다.

> 어차피 세상에 확실한 것은 아무 것도 없다. 중요한 것은 우리가 그렇게 느낀다는 것, 그리고 그렇게 믿는다는 것이다. 나는 우리 존재가 죽음으로 온전히 무가 되는 것보다는 증명하기 어려운 영혼이라도 영원히 이어가는 것이기를 바란다. 작고 무력한 개별성보다는 비록 거듭된 의제일지라도 피로 확대된 존재의 큰 틀에 더 많은 기대를 걸고 싶다.
>
> 세상은 얼마나 많은 믿기 위한 미신으로 가득차 있는가. 엄밀히 따지면 세상의 모든 가르침은 우리가 진정으로 믿어서가 아니라 그렇게 믿고 싶어서 만든 믿음의 체계에 지나지 않을는지도 모른다. 주관적인 환상에 지나지 않더라도 불가지의 혼란과 방황보다는 낫다. 시간과 공간에, 그것들이 강제하는 허무와 고독에 속절없이 드러

나 있는 존재를 감싸줄 수 있는 것이라면 전혀 검증될 수 없는 미신
일지라도 나는 믿고 싶다.

　피할 수 없는 강요에도 선택의 여지는 있게 마련이다. 맹목적인
순응과 적극적인 수용은 다르다. 우리 시대 여성들에게 가문은 피할
수 없는 강요였다. 그러나 나는 맹목적으로 순응한 게 아니라 그런
나름의 논리를 통해 적극적으로 그 이념을 껴안았고, 그런 뜻에서
감히 가문을 내가 결혼 뒤에 첫번째로 한 선택이었다고 말하고 싶
다.

　장씨가 가문을 받아들이는 논리는 가문의 허구성에 대한 탁월한
분석에 비한다면 너무도 취약한 타협의 논리일 뿐이다. 어쩌면 미신
이며 주관적인 환상이 지나지 않을지도 모를 믿음체계를 불가지의
혼란과 방황보다는 낫기 때문에 수용한다고 한 것은 그야말로 궁색
하기 짝이 없는 타협의 논리이다. 이 작품의 제목이 '선택'인 것은 벼
슬과 학문과 결혼의 여러 갈래의 길 가운데서 자유롭게 한 가지를
선택했다는 의미는 결코 아니다. 여성의 운명에 맹목적으로 순응한
것이 아니라 현실과 타협하는 과정에서 이를 적극적으로 수용했다는
의미일 뿐이다.

　가문을 적극적으로 수용키로 한 장씨는 재령 이씨 집안의 안주인
으로서 접빈객과 봉제사에 정성을 다했으며, 그녀의 요리솜씨는 「규
곤시의방(閨壼是議方)」이란 요리서를 써낼 정도의 수준에 이르렀다. 장
씨는 시부모에 대한 봉양에 지극했을 뿐만 아니라 홀로 된 친정아버
지를 보살피기 위해서 삼년씩 시가를 떠나 있는 특이한 행적을 보여
주었는가 하면 적극적으로 친정의 가문잇기에 나섰으며, 부친 사후에
는 친정집의 여가장처럼 가족을 돌보았다. 장씨는 출가외인이란 말이
부모에 대한 자식의 도리로부터의 해방을 뜻하는 것이 아니며, 출가
한 딸에게도 효의 본분이 있음을 역설했고, 이를 실천했다. 장씨는

여섯 아들과 두 딸을 낳았고, 전처 소생의 한 아들과 두 딸까지 모두 일곱 아들과 네 딸을 길렀다. 특히, 셋째 아들 현일은 이조판서라는 최고의 벼슬에 이르렀으며, 아들들의 학문은 모두 깊었다. 그러나 할머니가 된 후 "작은 어미됨에서 벗어나 보다 큰 어머니의 길"로 접어들었으며, 이순을 넘어 집안의 큰 어머니로서, 나아가 향당(鄕黨)의 안어른으로서 모성을 확대했으며, 다시 지필을 가까이 하고, 향약방(鄕藥方)도 삼가지 않았다.

장씨는 유교적 교양을 닦은 여학사에서 재령 이씨 집안의 가모(家母)로서, 나아가 향당의 안어른으로서 모성을 적극적으로 확대하는 삶을 살았다. 어떤 의미에서 그녀의 삶의 외양은 현모양처였지만 장씨 자신이 누차 강조했듯 내적으로는 수동적인 현모양처로의 범주를 벗어난다. 즉, 강요된 현모양처가 아니라 그녀는 자발적으로 모성을 적극적으로 확대시킨 대모(大母), 즉 큰 어머니의 길을 걸었다. 그리고 그녀의 그러한 성취는 처녀시절 아버지 경당으로부터 학문을 배울 수 있었기에, 즉 배움이 있는 여성이었기에 가능한 것이었다고도 볼 수 있다. 이문열은 장씨의 삶의 궤적을 통해서 여성은 결혼하여 현모양처의 길을 가는 것이 시대를 초월한 본분이며, 사회봉사나 자기실현은 할머니가 된 이후에나 가능하다고 결론을 내리고 있는 것 같다.

장씨의 삶은 조선조 중기 이후의 가부장제 사회가 요구하는 이상적 여성 모델을 그야말로 이상적으로 구현하고 있다. 조혜정이 조선조 중기의 가부장제는 성역할에서 남성이 공식적 대표권, 토지·제사 상속권을 지니며, 여성은 혈통계승자 출산, 경제생산(살림일으키기), 봉제사·접빈객, 남성세계 보완과 같은 성역할을 담당한다. 그리고 인성적 특성에서는 남성이 명분적·정서적·의존적이며, 여성은 고된 시집살이를 통해서 실리적·도구적·독립적이라고 구분했던[4] 것과

---

4) 조혜정, 한국의 여성과 남성(문학과 지성사, 1988), 109-110면.

대체로 일치한다.

실로 이 땅의 여성들은 명분만을 중시하는 공허한 껍데기 남성들을 대신하여 현실적으로 궂은 일을 도맡아 하는 과정에서 강인한 알맹이 인간으로 성숙해 갔다. 시집살이의 고단한 역정 속에서 그녀들은 위대한 어머니가 되어 가고, 안방마님이 되어 간 것이다. 즉, 자기희생과 고난의 감내 속에서 부드럽고도 강인한 모성상이 정립되어 간 것이다.5) 장씨야말로 그와 같은 한국여인이 걸어간 보편적 삶의 역정과 그 성숙의 과정을 모범적으로 수행하고 성취한 인물이다. 장씨의 삶은 여성의 개인적 자아성취가 통제된 조선조 중기의 가부장제 사회 속에서는 충분히 빛이 날 가치를 획득하고 있다. 하지만 그와 같은 삶을 현대여성들에게 강요한다는 것은 시대착오일 뿐이다. 더욱이 작품에서 나타나고 있는 작가의 독선적이고 교조적인 톤은 여성독자들의 적대감을 불러일으키기에 충분했다.

3.

그러면 『선택』에서 남성인물은 어떤 성격으로 제시되고 있는가? 『선택』에서 결혼전 장씨의 아버지인 경당과 결혼 후의 남편 이시명에 대해서 살펴보자. 『선택』이 장씨 부인의 일대기적 행장의 기술이 목표라고는 하지만 여성인 장씨의 행적이 비하여 남성들은 그림자로서 존재할 만큼 그 존재가 미미하다.

먼저 결혼 전 장씨의 부친인 소장학자 경당은 그의 무남독녀 외딸에게 다른 남자 제자들과 똑같이 학문을 시킨다. 이 점은 그가 당시

---

5) 김열규, '한국여성의 전통적 종교심성의 원형', 김열규 외, 한국여성의 전통상(민음사, 1985), 107-8면.

의 가부장적 형식률에 얽매인 인물이 아님을 보여주는 바라고 하겠다. 그는 자신의 귀한 외딸을 나랏골 재령 이씨 집안의 홀아비에게 시집 보내는 일에 조금도 망설임이 없는데, 그의 사윗감을 고르는 안목은 다음과 같다. "첫째로 학문이 제대로 갖춰져 있어야겠지. 벼슬이야 하건 말건 사마시(司馬試)쯤은 입격해야 하고⋯⋯"와 "가문은 시들어가는 명문보다는 차라리 기세좋게 뻗어나는 토반 쪽이 낫겠네. 행신도 반듯했으면 좋겠고⋯⋯ 인물 역시 여럿 속에 있어도 눈에 띌 만은 해야지"가 그가 사윗감을 고르는 기준이며, 그 기준에 합당하면 홀아비라도 상관없이 딸을 출가시킨 것이다. 그는 평생 학문과 제자 기르는 일에만 전념한 명망 높고 고지식한 선비였을 뿐 집에는 재물이 없어 적빈한 가세를 면치 못했고, 딸의 혼사에도 큰 욕심을 부리지 않는 등 현실에서는 한 발쯤 비켜선 인물이었다. 그는 부인이 죽은 뒤, 딸 장씨의 주선에 의해 나이 예순에 계실를 얻어 득남을 하고 비로소 가문의 혈통을 잇게 된다.

장씨의 남편인 이시명은 어떤 인물이었을까? 그는 신행 첫날밤에 "무슨 운수로 이 복없는 사람의 집에 왔는가. 앞으로 천근을 지고 높은 산을 오르는 듯할 것이니 그 어린 몸이 지탱해낼까 실로 알시럽네(안쓰럽네). 허나 차일시(此一時)면 피일시(被一時)라 종내 그러하지는 않을 터인즉 과히 분별(걱정) 마소."와 같이 부인 장씨에게 연민의 정을 보이는 인물이었으며, 부인이 친정집을 돌보기 위해 긴 기간 동안 집을 떠나 있겠다는 것도 허용하고, 친정 아버지가 돌아가신 후 친정의 어린 동생들과 새어머니를 나랏골로 데려와 돌볼 때에도 "효에 따로 아들 딸의 분간이 있겠는가"라고 격려하는 관용의 인물이다.

하지만 "군자께서는 일생을 의롭고 개결하게 살고자 애쓰셨고", "그러나 세상과 시절이 맞지 않으니 군자께서도 지나치고 치우친 바 없지 않으셨다"에서 보듯이 병자호란으로 나라가 치욕을 겪자 수비

산으로 들어가 세상을 등진다. 게다가 "세상에 뜻을 잃지 않으심과 아울러 가사조차 돌보지 않으시니 집안살이가 전 같을 수 없었다."에서 보듯 세상을 등진 채 가사를 돌보지 않았다. 그는 명분을 중시하는 선비였으나 현실적 면에는 관심이 없었으며, 모든 것을 부인에게 의존한 인물로 파악된다. 그는 부인 장씨의 지극한 권고가 있은 몇 해 뒤에야 비로소 제자들을 가르치기 시작했고, 수비산에 은거한 지 스무 해만에 안동 두실원의 대명동으로 나와 본격적으로 인재를 양성하기 시작했다. 아무튼 남편은 장씨의 표현대로 "일생을 자기 완성을 위해 싸우신 참다운 선비"였다. 그는 관료로 나아간 양반이 아니라 명분을 중요시하는 곧은 선비상을 보여주었다. 그렇지만 현실적인 면에서는 부인인 장씨에게 모든 것을 의존한 나약한 인물로 비춰진다.

장씨의 부친 경당이나 이시명은 조선조의 충과 효라는 명분을 매우 중요시하는 선비상을 보여주고 있다. 그 장씨의 부친 경당은 부인 사후에 딸 장씨에게 모든 것을 의존했으며, 남편 이시명은 부인 장씨에게 봉제사와 접빈객만이 아니라 자녀교육과 생존의 모든 책임을 의존하고, 자신은 충과 효의 유교적 덕목을 지키는 올곧은 선비로서 학문만을 연마했던 남성이었다. 그들이 명분에만 사로잡혀 가문을 돌보지 않는 사이에 장씨는 그들을 대신하여 가문을 일으키고, 가부장제 유지의 임무를 훌륭히 수행했던 것이다. 그 결과 남성들은 장씨의 삶이 대모적(大母的) 자아완성을 이룬 것과는 상반된 모습, 즉 공허한 가부장의 모습을 보여준다. 하지만 그 대모적 성취란 어디까지나 가부장제 안에서의 성취이며, 이들 여성이야말로 유약한 그림자 남성들을 대신하여 가부장제의 유지에 앞장섰고, 그것으로서만 인정받을 수 있었던 남성적 여성이었음은 말할 필요도 없다.

부친 경당과 남편 이시명은 삼종지도로 표현되는 남성지배, 여성종

속의 형식적 남녀관계의 내면에 작용하고 있는 실질적 모권, 즉 강인한 여성에게 의존하며 살아온 유약한 양반남성의 모습을 보여준다고 하겠다. 이는 조선중기의 가부장제가 성역할에서 남성은 공식적 대표권을 지녔지만 여성은 혈통계승자로서 남성세계를 보완하는 역할을 담당했으며, 남녀의 인성적 특징에서는 남성 —명분적·정서적·의존적, 여성— 실리적·도구적·독립적으로 구분하였던 것과도[6] 대체로 일치한다.

따라서 『선택』의 여성상과 남성상은 당시 양반계층의 여성과 남성의 전형성을 반영한 것으로 이해할 수 있다. 즉, 조선 중기의 보편적 양반계층의 여성상과 남성상에서 크게 벗어나지 않는 전형성을 포함하고 있다.

그런데 이러한 여성상과 남성상은 이문열의 다른 소설에서도 반복되는 어떤 패턴을 드러낸 것으로 보여진다. 가령, 이문열의 자전적 가족사를 그린 소설 『영웅시대』(1984)가 그것이다. 『영웅시대』의 시대적 배경은 한국전쟁을 전후한 1950년대이다. 이 작품에서의 남성과 여성은 영웅을 추구한 남성 이동영이 실제로는 관념적이며, 나약하고, 우유부단하며 패배하는 인물로 그려진 반면에 그를 둘러싼 동영의 어머니, 처 정인, 그리고 북에서의 후견인이자 애인인 안나타샤 모두 생존을 위해서 강인하고 현실적인 여성으로 변화해간 인물로 그려진 것과 좋은 대조가 된다. 어떤 의미에서 『영웅시대』는 강인한 모성으로의 상승적 성숙과정과 관념적 영웅의 하강적 몰락과정을 교차시킨 소설로서 파악된다. 즉, 『영웅시대』는 동영과 정인을 교차시키는 복합구성을 취하고 있는데, 월북한 이동영을 중심으로 플롯을 파악했을 때에는 관념적 공산주의자 이동영이 한국전쟁 과정에서 공산주의 이데올로기에 회의를 느끼고 현실세계에서 몰락하는 과정, 즉

---

6) 조혜정, 앞 책, 110면.

환멸의 플롯(the disillusionment plot)을 보여준다. 반면에 남쪽에 남겨진 정인을 중심으로 한 서사는 전쟁이란 민족사의 위기와 가족 분리의 시련을 통해서 점차 강인한 모성을 지닌 여성으로의 성숙 과정을 그린 성장의 플롯(the maturing plot)으로 전개되는 것이다.

『영웅시대』의 남성상과 여성상은 한국 가부장제의 변화과정에서 1950년대의 남성이 공허한 가장권을 지닌 반면에 여성은 생존을 책임진 여가장의 성역할을 맡았고, 인성적 특징면에서도 나약한 지식인 남성, 센 한국여성의 특징을 나타낸 것[7]으로 설명했던 것과 그대로 일치한다.

그리고 이것은 김명인이 이문열의 문학을 부정적 아버지 콤플렉스의 심연으로부터 솟아 나온 것으로[8] 파악했던 것과 관련지어 해석해 볼 수 있다. 이문열은 월북하여 부재하는 아버지, 즉 남성을 공허한 존재로 인식했고, 남겨진 가족의 생존을 책임진 어머니의 고단한 삶의 역정을 지켜보면서 강인한 여성상을 깊게 새기게 되었으리라고 생각된다. 즉, 이문열의 무의식 속에 강인한 여성상, 공허한 남성상이 각인되어 졌다가 작중 인물에 투사되어 나오지 않았나 여겨진다. 따라서 『선택』의 대모적 여성과 그림자 남성에서도 이문열 소설의 원형적 패턴의 흔적을 느끼게 된다. (1999)

---

7) 조혜정, 앞의 책.
8) 김명인, '한 허무주의자의 길찾기', 김윤식 외, 이문열론, 172면.

강경애의 『인간문제』에 대한 여성비평적 연구

1. 머리말

강경애는 1907년 황해도 송화(松禾)에서 출생하여 1943년에 사망했다.[1] 강경애는 「파금」(1931)이 조선일보의 부인문예란에 게재된 이후 『어머니와 딸』(1931), 『인간문제』(1934)를 비롯하여 20여 편의 소설과 7편의 시, 그리고 20여 편의 수필을 남겼다. 강경애는 여성작가로서는 거의 유일하게 간도 체험을 통하여 식민지하에서의 빈궁의 문제를 밀도있게 다룬 치열한 작가의식의 소유자로 평가된다.

1930년대 여성작가 가운데 강경애는 가장 긍정적으로 평가받고 있다. 그간 문학사에서의 단편적 언급의 수준을 넘어서서 꾸준히 석사학위논문이 쓰여졌고, 여성학자들이 쓴 박사학위논문에서 심도있게 연구되어왔다.[2] 더욱이 여성작가에 대한 평가에 인색해왔던 남성 학

---

1) 강경애의 출생 및 사망 연도는 최근 중국 연변조선족 자치주에서 발행된 『조선문학간사』에 의하면 1906－1944년으로 되어 있어 우리 쪽의 자료와 차이를 보이고 있다.

자와 평론가들마저 강경애에 대해서만큼은 예외적으로 긍정적인 평가를 내리고 있다. 이는 강경애의 작가적 역량의 뛰어남을 반증하는 것으로 해석할 수 있다.

장편소설 『인간문제』를 중심으로 그간의 연구성과를 알아보자.

채훈은 강경애에 대해 박화성과 함께 1930년대의 심각한 사회문제였던 빈궁에 대한 폭넓은 관심과 작품 자체의 특출함을 지닌 역량있는 작가라고 평가한다.3) 이재선은 강경애는 '여성다움'에 대한 내면적 추구보다는 사회적 현실 속에 내재되어 있는 생활의 빈곤 현상과 그런 모순구조 속에서 야기되는 삶의 착종(錯綜)과 참담성에 더 깊이 관련되어 있으며, 외향적이고 비판적인 이념을 중시하는 리얼리스트이며, 자본주의적인 인간타락에 대해 비판을 가하는 특수한 이데올로기적 지평도 가지고 있는 것으로 평가했다.4) 송백헌은 『인간문제』에 대해 역사적 주체를 민중 속에서 찾고자 하는 작가의 의도가 담겨진 작품으로, 국민의 대부분이 처해 있던 빈궁한 상황이 당대 사회의 구조적 모순에서 연유한 것으로 이해하고 있으며, 이의 극복을 위해 민중의 자아각성과 삶의 권리를 위한 투쟁을 제시하고 있다고 평가했다.5) 조남현은 강경애가 '나'의 문제에서 '우리'의 문제로 작가적인 시선을 돌릴 줄 알았는데, 사회적 관심이나 시대인식이 성숙된 기교의 뒷받침을 받을 수 있었더라면 한국근대소설사의 가치목록에 포함

---

2) 서정자, 일제강점기 한국여류소설연구(숙대 대학원박사학위논문, 1988).
   정영자, 한국여성문학연구(동아대 대학원 박사학위논문, 1988).
   김정화, 강경애 소설연구(동국대 대학원 박사학위논문, 1992).
   김미현, 한국 근대 여성소설의 페미니스트시학(이대 대학원 박사학위논문, 1996).
3) 채훈, '한국여류소설에 있어서의 빈궁의 문제', 아세아여성연구 23집(숙대 아세아여성연구소, 1984).
4) 이재선, 한국현대소설사(홍성사, 1979), 435-7면.
5) 송백헌, '강경애의 인간문제연구', 여성문제연구 13집,(효성여대 여성문제연구소, 1984).

될 수 있었을 것이다라고 평가했다.6) 김윤식은 강경애가 여류문인의 범주를 벗어나는 작가로서『인간문제』에서의 인천부두와 방적공장은 한국근대소설 공간에서 처음으로 포착된 소재라고 지적했다.7) 임헌영은『인간문제』를 농민에서 노동자로, 노동자에서 각성된 노동자로, 각성된 노동자에서 조직적 활동가로 변모해가는 식민지 시대 투쟁적 인간상을 그린 비판적 사실주의 작품으로 평가했다.8)

이상경은『인간문제』가 일제시대의 친일지주·자본가와 농민·노동자의 대립구조 속에서 노농대중의 목적의식적 조직적 투쟁을 부각시키고, 현실변혁의 주체와 그 역량을 현실성있게 그려내는 데 성공한 작품으로 평가한다.9) 서정자는『인간문제』를 주인공 선비의 자기발견소설이자 페미니스트 성장소설의 한 유형이라 규정하면서 ‘선비’의 여성적 자기를 형성하는 데 있어 전통적인 가부장제의 모순을 드러내고 그 모순을 극복하기 위한 처방과 아울러 행동을 보여줌으로써 사회적 성장까지를 다룬 작품으로 평했다.10) 송지현은『인간문제』를 짓밟힌 여성의 자각과 일어섬을 그린 수작으로 평가했다.11) 안숙원은 여성작가 강경애가 사회성 짙은 작품들로 모처럼 당대 ‘여류’의 통념을 불식시키고도 유사남성적 언술과 생존의 비명에 압도된 <젠더>의식 때문에『인간문제』에서 물레질 하는 여성인물들의 운명적 이중고— 가난과 가부장적 제도—를 간과하지 않았나 싶다라고 평가

---

6) 조남현, ‘강경애 연구’, 예술원 논문집 25집(예술원, 1986).
7) 김윤식, 속 한국근대작가논고(일지사, 1981).
8) 임헌영, ‘비판적 사실주의의 소중한 열매’, 강경애 전집1(열사람, 1988).
9) 이상경, ‘만주 항일혁명운동의 문학적 수용’, 김윤식·정호웅 편, 한국 리얼리즘과 모더니즘(민음사, 1989).
10) 서정자, ‘페미니스트 성장소설과 자기발견의 체험’, 한국여성학 제 7집(한국여성학회, 1991).
11) 송지현, ‘강경애 소설에 나타난 여성의식 연구’, 한국언어문학 제28집(한국언어문학회, 1990).

했다.12) 그리고 여성 사회학자 강이수는『인간문제』는 계급문제와 인간문제의 접점은 잘 그려내고 있으나 여성문제에 대해서는 한계를 보였다고 평가하기도 했다.13)

본고는 강경애의 장편소설『인간문제』를 여성비평적 시각에서 접근해봄으로써『인간문제』가 페미니즘 소설로서 어떤 특징과 한계를 가지는가를 살펴보고자 한다.

2. 식민지 농촌과 미자각의 인물들

1)

『어머니와 딸』, 그리고『소금』이 장편이라고 하기에는 다소 짧은 중편 정도의 분량임을 감안한다면『인간문제』는 강경애의 유일한 장편소설이며, 그의 대표작이다.

『인간문제』는 작품의 전반부에서 농촌 용연동네를 중심으로, 지주 정덕호와 선비, 간난이, 첫째 등의 젊은이의 운명을 지배ー 피지배의 권력관계에서 그려내고 있다. 선비, 간난이, 첫째와 같은 농촌의 젊은이들은 지주 정덕호의 피해자란 공통점을 공유하는데, 이들의 삶터인 용연마을은 식민지 농촌의 수탈경제의 모순을 총체적으로 드러내준다. 말하자면 용연동네는 지주 소작제의 모순과 이에 따른 농민의 절대빈곤, 그리고 그로 인한 이농현상까지 식민지 농업정책의 모순을 집약적으로 보여준다.

---

12) 안숙원, ‘유사남성적 언술과 <젠더> 의식의 착종’, 한국여성문학비평론(개문사, 1995), 141ー167면.
13) 강이수, ‘식민치하 여성문제와 강경애의 인간문제’, 역사비평, 1993년 가을호.

당시 식민지 농업정책의 가장 중요한 목적은 조선을 일본의 식량 공급지로 묶어두는 데 있었으며, 이에 따라 토지조사사업, 산미증식계획, 농촌진흥운동, 공출제도 등으로 농민을 빈궁에 몰아넣고 몰락시켜 나갔다. 또한 식민지 농업정책은 지주제를 강화하여 보호한 대신 자작농 및 자소작농을 몰락시켜 소작인으로, 더 나아가서 이농민으로 만들었다. 자작농 및 자소작농의 몰락은 농촌인구를 지주와 소작인의 두 계층으로 고정시켜 농촌 부루주아지의 성장을 저지했고, 농민운동을 탄압하고 지주제를 강화하여 이농민을 증가시킴으로써 값싼 노동력을 대량으로 만들어 침략전쟁에 이용한 것이다. 이러한 식민지 농업정책의 결과로 농촌은 몰락하고 농민은 절대적 빈곤에 시달리다가 농촌을 떠나지 않을 수 없게 되었다.14)

작품은 용연동네에 대한 묘사와 원소(怨沼)의 전설을 소개함으로써 발단단계부터 지주 정덕호와 마을 소작농 사이의 갈등관계를 암시하는 한편, 강화된 지주 소작제도로 인한 농민들의 궁핍과 한 서린 삶을 암시하고 있다.

> 이 산등에 올라서면 용연동네는 저렇게 뻔히 들여다 볼 수가 있다. 저기 우뚝 솟은 저 양기와집이 바로 이 앞벌 농장 주인인 정덕호의 집이며, 그 다음 이편으로 썩 나와서 양철집이 면역소며, 그 다음으로 양철집이 주재소이며, 그 주위를 싸고 컴컴히 돌아앉은 것이 모두 농가들이다.
>
> 그리고 그 아래 저 푸른 못이 원소(怨沼)라는 못인데 그 못은 이 동네의 생명선이다. 이 못이 있길래 저 동네가 생겼으며 저 앞벌이 개간된 것이다. 그리고 이 동네 개 짐승까지라도 이 물을 먹고 살아가는 것이다.
>
> (중략)

---

14) 강만길, 한국현대사(창작과 비평사, 1985), 88－102면.

옛날, 이 원소가 생기기 전에, 이 터에는 장자첨지가 수없는 종들과 전지와 살찐 가축들을 가지고 살았다는 것이다. 그런데 그 첨지는 하도 인색하여서, 연년이 추수하는 곡식을 미처 먹지 못하고 곳간에서 푹푹 썩어나도 근처 어려운 사람들을 구제할 생각은 고사하고 어쩌다 걸인이 밥 한 술을 구걸하여도 그것이 아까와서는 대문을 닫아걸고 끼니도 끓여 먹었다는 것이다.

그런데 마침 몇 해를 거듭하여 흉년이 들어서 이 동네 사람들이 모두 굶어죽게 되었을 때 그들은 하루에도 몇 번씩 장자첨지에게 애걸을 하였다. 그러나 첨지는 들은 체도 하지 않고 오히려 그들을 나무라고 문간에도 들이지 않았다는 것이다.

그러므로 그들은 하는 수 없이 몰래 작당을 하여 가지고 밤중에 장자첨지네 집을 습격하여 쌀과 살찐 짐승들을 끌어냈다는 것이다.

이런 일이 있은 후 며칠만에 장자첨지는 관가에 고소장을 들여 이 근처 농민들을 모두 잡아가게 하였다. 그래서 무수한 악형을 하고 혹은 죽이고 그나마는 멀리 쫓아버렸다는 것이다.

아버지 어머니 혹은 아들 딸을 잃어버린 이 동네 노인이며 어린 것들은 목이 터지도록 아버지 어머니를 부르며 혹은 아들과 딸을 찾으며 장자첨지네 마당가를 떠나지 않고 울었다는 것이다.

그래서 울고울고 또 울어서 그 눈물이 괴고 괴어서 마침내는 장자첨지네 고래잔등 같은 기와집이 하룻밤새에 큰 못으로 변하였다는 것이다. 그 못이 즉 내려다보이는 저 푸른 못이다.(7-8면)[15]

작품의 모두(冒頭)에서 작가는 우뚝 솟은 양기와집과 면역소와 주재

---

15) 강경애, 인간문제, 임헌영·오현주 엮음, 강경애 전집1(열사람, 1988) 『인간문제』는 동아일보에 1934년 8월부터 12월까지 연재되었던 작품으로, 신문에 실릴 당시의 원작과 그후 성음사(1970), 삼성출판사(1978), 양우당(1987), 열사람(1988) 등에서 출판되면서, 일부의 내용이 누락되거나 개작된 것으로 알려졌다.(송영순, '강경애의 『인간문제』 원작과 개작의 비교연구', 성신어문학 제4호(성신여대 국문학과, 1991) 참조) 하지만 1992년에 출판된 <창작과 비평사>본은 가장 신뢰할 만한 것으로 여겨지고 있으며, <열사람>본도 91회분이 누락된 것 외에는 텍스트로서 큰 문제가 없다고 여겨져서, <열사람>본을 본고의 텍스트로 삼았다.

소의 양철집, 그리고 컴컴히 돌아앉은 농가의 모습을 대조적으로 묘사함으로써 지배자인 식민지 지주와 이를 지지하는 면역소와 주재소, 그리고 피지배자인 농민의 모습을 암시하고 있다. 정덕호와 농민의 관계는 지배－피지배의 권력관계이며, 중심과 주변의 관계이다. 우뚝 솟은 양기와집은 식민치하에서도 식민지 통치계급의 비호를 받으며 권력을 과시하는 지주계층의 위력을 상징하며, 이와 대조적으로 주변으로 컴컴히 돌아앉은 농가의 모습은 소외되고 주변화된 농민들의 삶에 대한 상징성을 띠며 분위기를 조성하고 있다. 그리고 기와집과 농가의 중간에 위치하는 양철집으로 지어진 면역소와 주재소는 사회적 중간계층을 의미하며, 이들 행정기관과 주재소는 기만적 논리로 농민을 통제하고 탄압함으로써 결국 지주의 이익에 봉사하는 권력의 하수인들이다.

또한, 원소의 전설은 단순히 과거의 이야기거리로써 의미를 가지는 것만은 아니다. 즉, 지주 정덕호가 원소 설화 속의 인물 장자첨지처럼 인색하기 짝이 없으며, 이로 인해 마을 사람들의 빈궁은 더욱 처참한 지경에 이르고, 갈등은 심각해지리라는 것을 암시한다. 작품의 모두(冒頭)는 용연동네의 묘사와 원소설화를 소개함으로써 소설의 핵심적 갈등을 암시하며 분위기를 창조하고 있다. 즉, 착취적 소작제도로 인한 빈궁과 이에 따른 한서린 농민들의 삶에 대한 상징적 의미 기능을 띠고 있는 것이다.

용연동네는 1920, 30년대 조선 소작농의 빈농계층적 성격과 지주의 횡포를 다양한 인물 설정을 통해서 전형적으로 보여주고 있다. 먼저 빈농이란 토지가 전혀 없거나 매우 작은 규모의 토지, 대체로 1정보 내외 및 그 이하의 경지 규모의 토지를 소유하기 때문에 지주로부터 토지를 소작하지 않으면 안되고, 또한 고율 소작료 부담과 영세 소농 경영으로 인해 농업생산 잉여를 거의 취득하지 못하여 이들은 노동력을 판매하거나 겸부업에 종사하려 가구경제를 재생산해 나가는 농민을 일컫는 개념이다.16) 식민지적 상품화폐경제 속에서 고율의 소작료와 소작인의 열악한 지위, 소작권의 불안정 및 소작농의 농업경영에서의 경영자적 독립성 상실 그리고 영세 소농 경영을 특징으로 하는 반봉건적 지주 소작관계를 맺고 있는 소작 빈농층은 소작지 경영만으로 가구 경제를 재생산해 나가지 못했다.17)

우선 정덕호는 지주이자 면장으로 마을의 경제권과 행정권력을 장악한 인물로 주재소를 마음대로 주물러 소작권에 대한 횡포는 물론이며, 마을사람들의 생존권 자체를 위협하는 막강한 권력자로 묘사된다. 덕호가 던진 산판에 맞아 숨진 선비의 아버지, 고율의 소작료 수탈로 인한 부채에 시달리다가 추수할 논이 입도차압을 당하자 결국 아무 것도 가진 것 없이 마을을 떠나고 마는 풍헌영감, 풍년의 농사에도 불구하고 비료값과 장리쌀 빚에 그것도 저가에 농사지은 쌀을 다 빼앗겨버리는 개똥이, 풍헌과 개똥이에 대한 덕호의 불합리한 처사에 저항하다 소작마저 떼이고 만 첫째…… . 소작 빈농의 열악한 상태는 여기서 끝나지 않는다. 첫째의 어머니의 매춘과 병신 이서방의 구걸행각에서 빈궁의 참혹함은 거듭 폭로된다. 용연마을 사람들은 한결같이 소작지 경영만으로는 가구경제를 재생산해 나가지 못함으로써 부채에 시달리다 야밤 도주하는가 하면 매춘이나 구걸로 연명해 나갔던 것이다. 작가는 소작료의 고율화와 지주에 의한 소작권의 횡포, 그로 인한 이농 현상 등 일제하 식민지 농촌의 모순을 용연동네를 통해 총체적으로 고발하고 있다.

특히, 이들 소작농의 열악한 생존조건은 이들이 먹는 밥에서 구체

---

16) 문소정, '일제하 농촌가족에 관한 연구', 한국사회사연구회, 일제하 한국의 사회계급과 사회변동(문학과 지성사, 1988), 72면.
17) 문소정, '일제하 농촌 가족에 대한 연구', 앞의 책, 91면.

적으로 드러나는데, 선비의 아버지가 방축골에 빚 독촉을 하러갔을 때, 나온 밥상의 조죽과 그 죽마저 먹지 못하는 아이들을 통해 생생하게 전달된다.

> 밥상이 들어온다. 민수는 배고프던 차에 한술 떠 보리라 하고 술을 드니, 밥이 아니라 죽이었다. 조죽에 시래기를 넣어서 끓인 것이다. 민수는 비록 남의 집을 살았을지언정, 일생을 통하여 이러한 음식을 먹어보기는 처음이었다. 그리고 조겻내까지 나서 그의 비위에 몹시 거슬리나 꾹 참으며 국물을 후루루 들이마셨다.

> 그때 아랫목에서 애들이 벌떡벌떡 일어났다.
> "엄마 나 밥!"
> "엄마 나 밥! 응야!"
> 이 모양을 바라보는 주인은 눈을 부릅뜨며,
> "저놈의 새끼들을 모두 쳐죽이든지 해야지, 정……"(24면)

조죽마저 충분히 먹지 못하고 굶주림에 시달려야 하는 궁핍상은 당시 소작 빈농의 극심한 빈궁을 잘 드러내준다. 일제하의 소작 빈농층에 있어서 쌀보다 보리 소비량이 많으며, 주식으로 하였던 것으로 빼놓을 수 없는 것이 만주에서 들여온 조였다. 이들은 고율의 소작료를 부담하고 수중에 남은 얼마 안되는 미곡을 궁박 판매하여 미곡과 보리의 부족을 보충하기 위해 품질이 열악하고 대신 값이 싼 조를 구입하여 식생활을 영위해 나갔다.[18)]

또한, '첫째'는 항시 배고픔에 시달리는데, 첫째 어머니의 매춘과 이서방의 구걸로 겨우 연명하곤 한다. 첫째는 어머니가 구걸해온 바가지에 담긴 밥과 도토리를 수저도 들지 않고 손으로 움켜먹으며, 어머니에게 같이 먹자는 권유는커녕 어머니가 밥이었더라면 하는 상상

---

18) 문소정, 앞의 책, 125-8면.

을 할 정도로 해결되지 않는 식욕에 고통을 당한다. "첫째는 바싹 대든다. 그의 눈에서는 불이 펄펄 날아 나오는 것 같았다. 첫째 어머니는 너무나 어이가 없어서 돌아앉으며, 그만 벽을 향하여 누워 버렸다. 어머니의 모양을 물끄러미 바라보는 첫째는 어머니가 밥이라면 그저 이 배가 터지도록 먹으련만…… 하였다."에서 보듯이 인류을 저버리는 첫째의 야만적 태도에서 빈농층의 궁핍과 기아의 심각성은 여지없이 폭로되고 있다.

따라서 용연동네는 식민지 농업정책의 결과로 절대적 빈곤에 빠진 농촌의 모습을 전형적으로 보여주며, 지주 정덕호는 강화된 지주제하에서 농민을 수탈하고 그들 위에 군림하는 악덕지주의 한 전형으로 그려졌다. 더욱이 선비, 간난이, 첫째, 풍헌영감 등이 야밤도주하지 않을 수 없었던 상황은 농촌 몰락의 과정 속에서 농촌을 떠나지 않을 수 없었던 빈곤에 빠진 농민의 이농상황을 전형적으로 반영하는 것이다.

2)

지주 정덕호는 악덕지주로서 마을의 소작농들을 향해 막강한 권력을 행사할 뿐만 아니라 남아선호의 숭배자로서 마을의 가난한 여인들을 아들을 낳기 위한 첩으로 들였다가 마음대로 내쫓는 파렴치한 가부장주의자이기도 하다. 그런데 빈농의 농촌여성의 경우, 이들의 생존조건은 남성들보다 더욱 열악했다. 즉 1920, 30년대의 소작 빈농층에 있어서 생계 유지의 불충분성과 부채로 인해 호주에 의한 여성의 조혼과 강제혼 및 매매혼이 성행하였다. 소작 빈농층의 여성에게 조혼, 매매혼, 강제혼이 강제된 것은 무엇보다도 이들의 열악한 경제적 조건과 아들과 딸에 대한 소유관념의 차이 때문이다.[19)]

작품 가운데서 신천댁이 덕호의 첩이 된 것은 빈농인 아버지가 그녀를 팔았기 때문이다. 즉, 그녀는 매매혼의 희생자로서 씨받이를 위한 첩살이를 왔으나 아들을 낳지 못하자 쫓겨나고 만다.

> "그전에는 큰댁 아지머님을 때리지 않았어? 그런데 오늘은 신천댁을 사정없이 때리네, 아이 불쌍해!"
> 선비는 무심히 바가지에 손을 넣어 휘저어 보면서 얼굴에 슬픈 빛을 띠운다.
> "남의 첩질 하는 년들은 매를 맞아야 하지, 그래 큰 어미만 밤낮 없이 맞아야 옳겠니?"
> 딸의 새침한 얼굴을 바라보았다. 올봄부터는 선비의 두 뺨에 홍조가 약간 피어오른다.
> "그래두 어마이, 신천댁은 말을 들으면 그가 오고 싶어 온 게 아니라 저의 아부지가 돈을 많이 받고 팔아서 할 수 없이 왔다고 그러던데 뭐."
> "하긴 그랬다고 하더라…… 그러기에 돈밖에 무서운 것이 없어."(19면)

정실도 못 되고 첩이 된 여인들은 그나마 가족제도의 보호조차 받지 못하고, 멸시를 당하거나 아들을 낳는 도구로써의 기능을 제대로 수행하지 못할 경우 온갖 학대에 시달리다가 쫓겨나는 운명이 되고 만다. 신천댁을 쫓아낸 덕호는 간난이를 첩으로 들이고, 간난이가 도망하자 이제는 선비에게 마수를 뻗친다. 신천댁, 간난이, 선비는 남아 생산을 구실로 가난한 마을 여자들을 마음대로 농락하고 버리는 파렴치한 인물 덕호의 희생자들이다. 남성인 첫째나 개똥이가 식민지 농촌의 반봉건적 지주 소작제도의 희생자들이라면 신천댁, 간난이, 선비는 거기에다 가부장제의 희생자라는 질곡이 추가된다. 이들은 지

---

19) 문소정, 앞의 책, 121−3면.

주 덕호의 성적 욕망의 노예이자 아들 낳는 도구로 이용되다 버림을 받게 되는 공동운명의 소유자들이다. 이들이 이중의 희생자가 된 것은 경제적으로 가난할 뿐만 아니라 여성이었기 때문이다. 즉, 이들은 생리적 육체적으로 생명 재생산의 역할, 즉 모성의 기능을 담당함으로써 남성의 아이, 즉 지주 정덕호의 아들을 낳아주는 도구로 전락하게 된다. 이 점에선 덕호의 처인 옥점 어머니도 마찬가지로 희생자이다. 그녀는 할멈과 선비에게 가사노동을 대신 시킨다는 점에서 가사노동에서 벗어난 부르주아 여성의 모습을 보여준다. 하지만 아들을 낳지 못했다는 이유로 남편으로부터 구타를 당하는가 하면 남편의 공공연한 축첩을 방관해야만 하는 점에서는 다른 계층의 여자들과 다를 것 없이 가부장제의 희생자이다. 엥겔스가 남성이 부르주아지라면 그의 아내는 프롤레타리아이다라고 한 말을 확인시켜 주듯이 그녀는 그녀보다 낮은 계층의 여성들에 대해서는 다소 우월한 신분을 지녔을지 모르지만 남편에게는 여전히 열악한 하녀에 불과했다. 그녀는 계층을 초월하여 남성의 지배를 받고 있는 여성억압의 단면을 보여준다. 엥겔스가 『가족·사유재산·국가의 기원』에서 첫번째 계급탄압은 남성에 의한 여성의 탄압이라고 했듯이[20] 여성은 계급적 기반을 떠나 모두 남성의 욕망의 노예가 되었고, 자식을 생산하는 단순한 도구로 전락한다. 그러나 『인간문제』는 부르주아 여성과 프로레타리아 여성을 동일하게 그려내지는 않았다. 마르크스주의 페미니스트들은 자본주의 체제하에서 부르주아 여성들은 프로레타리아 여성들과 똑같은 종류의 억압을 경험하지 않는 것으로 간주한다. 이 작품에서 지주의 딸로 신교육을 받은 미혼의 옥점이야말로 억압과 예속으로부터 자유로운 부르주아 여성을 대표하며, 그녀가 같은 또래의 프로레

---

20) Friedrich Engels, *The Origin of the Family, Private Property, and the State* (1884), (New York: International, 1942), p.58.

타리아 여성 간난이나 선비와 같은 똑같은 억압을 받지 않음은 자명하다. 강경애 역시 마르크스주의적 시각에서 여성을 두 계급으로 구분짓고 있다.

부모의 사망으로 부모의 보호조차 받을 수 없게 된 순진한 시골처녀 선비는 덕호의 욕망 앞에 무방비 상태로 노출되는데, 덕호는 그녀에게 공부를 시켜준다고 유혹하는가 하면 자신의 딸 옥점과 조금도 달리 생각지 않는다는 미사여구로 선비의 판단을 흐려놓는다.

> 덕호는 언제나 술이 취하면 자식없는 푸념을 하곤 하였다. 덕호는 한참이나 선비를 물끄러미 바라보더니, 한숨을 푹 쉰다.
> "잘 생각해서 말해라. 내가 너는 옥점이년과 조금도 달리 생각지 않는다. 너는 나를 어떻게 생각하는지는 모르겠다마는…… "
> 그 때 선비는 돌아가신 어머니나 아버지가 살아온 듯한 그러한 감격에 눈물이 핑 돌았다. 그리고 뭐라고 말하여 자기의 맘을 만분의 하나라도 표현시킬까, 두루두루 생각해 보나 그저 가슴만 뛸 뿐이지 아무 말도 생각나지 않았다.(94면)

덕호로부터 성적 유린을 당한 후에 그녀가 깨달은 것은 자신과 간난이가 모두 덕호의 희생자란 점이다. 덕호 처의 학대와 옥점의 모함, 이에 따른 덕호의 모욕에 견디다 못한 선비는 마침내 서울로 간난이를 찾아 상경한다.

고향을 떠나는 선비의 새로운 삶을 찾겠다는 내적 각오와 결단은 번개치는 밤의 묘사를 통해 드러난다. 미래에 대한 막막함 속에서도 뭔가 희망이 보이는 듯한 밤의 묘사는 덕호의 억압적 권력을 벗어나는 희망과 불확실한 미래에 대한 두려움을 적절히 환기한다.

> 그날 밤! 선비는 봇짐을 옆에 끼고 덕호의 집을 벗어났다. 사방은 먹칠을 한 듯이 캄캄하였다. 그리고 낮에부터 쏟아질 줄 알았던 비

는 쏟아지지 않으나 바람이 실실 불기 시작하였다. 선비는 읍으로
가는 신작로에 올라섰다. 선들선들한 바람만 그의 타는 볼 위에 후
끈후끈 부딪치고 지나간다. 저편 동쪽 하늘에는 번갯불이 번쩍 일어
서 한참이나 산과 산을 발갛게 비치어 주었다. 그때마다 우루루……
타는 소리가 들린다. 선비는 전 같으면 이런 것들이 무서우련만 이
순간 그에게 있어서 아무것도 두려울 것이 없었다. 그는 죽음으로써
모든 것을 당하리라고 최후의 결심을 굳게 하였던 것이다.(174면)

　선비가 용연마을을 떠나는 것은 단순한 공간탈출만을 의미하지 않
는다. 그것은 덕호에게 성적으로 유린당하고 있으면서도 자신의 객관
적 상태를 제대로 깨닫지 못한 미자각 상태를 벗어날 최소한의 조건
을 갖춘다는 것을 의미한다. 즉, 선비는 덕호의 배신에 분노하며 마
을을 떠나기 직전까지도 "차라리 이렇게 몸을 더럽힌 바에는 아들이
라도 하나 낳아서 이 집안의 세력을 모두 쥐었으면……" 하는 자포
자기의 심정에 사로잡히는 둥 미자각 상태에 빠져 있었다. 첫째 또한
지주에게 저항한 자신을 잡아 가둔 법에 대해 "그 법…… 그는 날이
갈수록 이 법에 대하여 점점 의문의 실뭉치가 되어 그의 가슴을 안
타깝게 보채인다. 그는 생각지 말자 하다가도 가슴 속에서 뭉치어 일
어나는 이 뭉텅이!"라고 의문을 표시하며 마을을 떠나갔지만 아직 자
신이 처한 객관적 상태를 충분히 파악할 만큼 의식화가 이루어지 않
았다. 아니 두 사람만이 아니라 용연동네 전체가 미자각상태에 빠져
있음은 지주에 저항했던 의협심 강한 첫째의 행동에 대해 마을 사람
들이 보여준 원망 어린 태도에서 잘 드러나고 있다.
　마르크스주의자 강경애는 의식화되지 못하고 비조직적인 농민들에
게 현실개혁의 희망과 기대를 걸지 않았던 것 같다. 따라서 1920, 30
년대의 농민이 조직적 비조직적 소작쟁의로 수탈적인 지주 소작제에
수없이 항거했음에도 이를 작품 속에서 전혀 그리지 않았으며, 선비,

간난이, 첫째로 하여금 농촌을 떠나도록 플롯을 전개시켜갔다고 생각
된다. 그리고 도시로 이주한 이들을 계급의식을 갖춘 노동자계급으로
성장케 만듦으로써 농민이 아니라 도시의 노동자계급을 주체세력으
로 한 현실개혁을 이상으로 제시했던 것 같다.

3. 방적공장과 노동자로서의 각성

1)

작품의 후반부에서 소설의 배경은 서울과 인천의 도시공간으로 옮
겨지면서 방적공장을 중심으로 식민치하의 자본주의와 가부장제의
결합을 통한 여성 억압의 구체상과 공장노동운동의 실상이 그려지고
있다. 그런데 작품에서 선비, 간난이, 첫째 등이 농촌에서 도시로 옮
겨가는 과정은 식민치하의 자본주의화 과정, 공업화 과정과 일치한
다. 즉, 1930년대 초반 우리나라의 상황은 일제가 조선을 일본의 식
량 및 공업원료의 공급지로 재편하기 위한 착취적인 경제정책하에서
농촌경제의 파탄이 증대되는 한편, 도시에서는 공업화로 인한 노동자
계급의 성장이 급격하게 이루어지고 있었다.21) 소설공간이 농촌에서
도시로 옮겨진 것은 당시 공업화 과정을 사실적으로 반영하는 것이
지만 동시에 작가는 자본제하의 계급모순을 폭로하고 노동자 중심의
현실개혁이란 주제를 표방하기 위해 전략적으로 공간을 이동시키고
있다. 작가의 이러한 의도에 따라 선비와 첫째는 도시공간 속에서 노
동자로서 성장하며, 자아의 각성을 이루게 된다.
　선비, 간난이, 첫째 등은 인천으로 옮겨 공장노동자, 또는 부두노동

---

21) 강이수, ‘식민치하 여성문제와 강경애의 『인간문제』’, 앞의 책, 335-7면.

자로 살아가지만 이들을 둘러싼 억압구조와 열악한 현실은 전혀 개선되지 않고 모습만 바뀌어 이들을 너욱 압박하게 된다. 즉, 소작 빈농의 딸 선비와 간난이는 고향 용연에서 목화를 따고 물레를 돌리며 길쌈을 하는 대신에 대규모의 방적공장에서 공업화된 과정의 실을 뽑는다. 또한, 소작농민이었지만 지주에 대항하다 소작을 떼이고 고향을 떠난 첫째는 부두노동자가 되어 연명해나간다. 『인간문제』는 식민지 초기의 봉건적 농촌구조가 가중되는 탄압과 수탈로 농민분해과정을 거치면서 이농 － 도시빈민 － 노동자계급화 해가는 모습을 보여주며, 농민문제에서 노동자문제로 승화시켜 이를 사회구조적인 전반적 문제해결이라는 운동논리로 이끌어간다.[22]

　즉, 작품의 후반부는 1920, 30년대 식민지 공업의 착취적 실상을 인천의 대동방적공장을 중심으로 구체적으로 폭로하고 있다. 당시 조선의 공업은 일본독점자본의 본격적인 침투로 일본공업에 종속된 상태였으며, 특히 1930년대 이후에는 본국의 경제공황에 쫓긴 독점자본의 조선침투가 한층 더 적극화하고 일본제국주의의 대륙침략이 본격화함에 따라 조선이 병참기지화 하면서 공업구조 전체가 군수공업 체제로 바뀌어 간 것이 일반적인 추세였다. 1920년대 후반기의 경제공황으로 격심한 타격을 입은 일본자본은 그 돌파구의 하나를 풍부한 자원과 값싼 노동력이 있는 식민지 조선에서 찾았다. 특히, 식민지 농업정책의 결과로 양산된 이농인구는 값싼 노동력을 제공해주었다. 1930년대 조선 공업이 지닌 특징 중의 하나는 경공업부문의 발달인데, 방직공업은 식료품공업 다음으로 공업생산액에서 차지하는 비율이 높았다. 즉, 1930년에는 12.8%, 1937년에는 14%, 1943년에는 17%로 높아져 갔다. 방직공업은 조선이 가진 풍부하고 값싼 원료와 노동력을 바탕으로 막대한 식민지 초과이윤을 얻을 수 있는 부문이

---

22) 임헌영, '비판적 사실주의의 소중한 열매', 강경애 전집 1, 314면.

었기 때문에 일찍부터 발달했다.23)

『인간문제』는 방직공업 중 실을 만드는 방적공장을 중심으로 식민지 조선에 대한 일제의 수탈경제의 실상과 노동자들에 대한 탄압과 착취, 공장노동운동의 모습을 그려내며, 노동자로서 계급의식에 눈떠가는 인물들을 형상화하고 있다. 또한, 아버지의 옥점과의 결혼강요에 가출하여 인천의 부두노동현장에서 첫째의 계급의식을 각성시키고 조직활동에 끌어들이는 역할을 하지만 검거되자 전향하고 마는 기회주의적 지식인 신철, 신철과의 연애와 결혼에만 관심을 기울이는 나태한 부르주아 여성 옥점 등을 대비시키며, 일제강점기의 우리 민족의 삶의 실상이 생동감있게 전개된다.

강경애의 페미니즘은 근우회의 이념체계와 맥락을 같이하며, 좌파적 경향성을 띠었던 것으로 필자는 『어머니와 딸』의 연구에서 밝힌 바 있는데,24) 이러한 이념적 맥락은 『인간문제』에서 그대로 승계된 것을 보여진다.

당시 우리나라를 강타했던 마르크시즘에 깊게 영향을 받은 것으로 보여지는 강경애는 좌익문학단체에 가입하여 활동한 적은 없으나 여성단체 근우회(槿友會)의 장연지회를 이끌었다고 알려지고 있다. 근우회는 1927년에 발족한 여성단체로서, 1926년에 민족운동의 통합을 위해 남성들이 '신간회'를 조직한 데 시사를 얻어 좌우 양파의 여성운동단체가 연합하여 범여성적으로 탄생시킨 단일한 민족운동단체다. 근우회는 반제 반식민의 민족 자주독립운동과 더불어 반봉건적 가부장적 제도로부터 여성해방이야말로 민족을 해방시키는 관건으로 믿고 여성운동을 추진시켰다. 근우회는 처음에 여성 전체의 단결과 지

---

23) 강만길, 한국현대사, 113 − 125면.
24) 송명희, '문학적 양성성을 추구한 여성교양소설', 문학과 성의 이데올로기, (새미, 1994), 354 − 7면.

위향상을 추구하는 창립이념을 추구했으나 좌우파 간에 이념과 행동에서 많은 차이와 갈등을 노출했으며, 1928년에는 우파의 내표급 여성들이 조직을 떠났는가 하면, 좌우파를 통합한 이념적 지향성에도 불구하고 우파적 성향보다는 좌파적 성향에 더 강하게 지배되어 있었다.25)

서울로 간난이를 찾아온 선비는 인천에 천여 명의 여직공을 고용하는 대동방적공장에 취직하게 된다. 선비와 간난이뿐만 아니라 실제로 당시 여성노동자의 대부분은 빈궁 농가의 자녀들이었다. 여공으로서 선비와 간난이 경험하는 생활은 바로 이같이 농촌에서 도시로 유입되어 노동자 생활을 시작하는 이른바 '출가여공'의 전형을 보여주는 것이라고 할 수 있다.26)

식민지하에서 여성노동자를 고용한 대표적 업종은 방직공업, 고무공업, 정미공업 등의 세 분야라고 한다. 그 중에서도 방직공업은 대규모의 기계화된 공장을 중심으로 미혼의 어린 여공들이 취업하고 있었다. 특히, 1930년대에는 일본의 방직독점자본이 식민지 노동력의 초과착취를 통한 이윤확보를 위해 대량진출 하였는데, 『인간문제』가 대규모 방적공장을 모델로 한 것은 이와 같은 당대의 시대상을 적절히 반영하는 것이다. 대규모 방직공장은 설립 자체가 사회적 관심사가 되기도 했지만 노동조건은 다른 작업장에 비해 여전히 열악했으며, 오히려 엄격한 감시와 규제로 '공장 감옥소'로 불릴 정도로 악명이 높았고, 또한 여공의 불만이 높아 가장 빈번하게 쟁의가 발생하는 전략 사업장이기도 했다.27)

선비와 간난이가 입사한 공장은 과연 대단한 규모였다. "우선 기숙

---

25) 박용옥, '근우회의 여성운동과 민족운동', 역사학회 편, 한국근대민족주의운동연구(일조각, 1987) 참조.
26) 강이수, '식민지하 여성문제와 강경애의 『인간문제』, 앞 책, 338-9면.
27) 강이수, 앞 논문, 340-1면.

사며 공장은 내놓고라도 그 안에 설비된 온갖 기계가 서울서는 보지도 못하던 것이었다. 대개 발전기라든가 제사기라든가 흡사한 것이 일부 일부에 없지는 않으나 서울의 것보다는 아주 대규모적"이었다. 하지만 그와 같은 대규모의 공장시설은 그곳에서 일하는 직공들에게 정신을 차릴 수 없는 소음에 시달려야 하고, 삼십 명이나 되는 감독의 감시하에서 일해야 하는 열악한 조건을 제공할 뿐이었다. 그들이 하는 일이란 "선비는 얼굴이 뻘개서 가마에서 뽑혀 나오는 실끝을 들여다 보았다. 벌써 간난이의 손은 끓는 물에 익어서 빨갛게 타오른다. 그리고 손끝은 물에 부풀어서 허옇게 되었다.(207면)"와 같은 위험하고 소외된 노동의 세계에 불과했다. 게다가 석유내가 후끈후끈 끼치는 안남미로 지은 밥과 소금덩이가 와그르르한 새우젓이 전부인 형편없는 식사가 제공될 뿐이었다. 뿐만 아니라 폐쇄된 감옥과 같은 외출이 불허되는 기숙사제도, 저임금에다 벌금이 부과되는 임금제도와 독점적 일용품 배급을 통한 임금착취, 그리고 통장으로 지급되는 임금, 3년의 장기고용 계약, 공장감독의 여공에 대한 성희롱과 착취, 야학을 빙자한 정신교육, 주야를 교대하는 장시간 노동 등 가능한 모든 열악한 조건들이 주어져 있었다. 더욱이 이렇게 3년의 계약기간이 끝이 나더라도 온갖 명목으로 공제를 당하고 오히려 빚을 진 경우마저 있었다. 노동자들은 거대한 공장제도하에서 여전히 소외된 삶을 살아가야 했다. 즉, 생존을 위협하는 열악한 노동조건하에서 선비는 고된 노동과 감독의 성적 위협에 시달리다 폐병으로 죽음에 이르고 만다. 선비의 죽음은 그 모든 열악한 공장제도의 모순을 첨예하게 드러내준다. 그러나 이 작품은 선비의 죽음을 통한 패배만을 그린 것은 아니다. 현실적 죽음을 통해 선비는 패배했을망정 이 과정에서 한 명의 노동자요, 여성으로서 소중한 계급의식의 각성을 이룬다는 데에 이 작품의 초점이 있을 것이다.

2)

　농촌 용연동네의 지주와 소작농의 권력관계는 도시로 소설공간이
바뀌면서 공장이라는 생산공간을 중심으로 거대한 공장제도와 그 하
수인인 감독과 여공들과의 관계로 재차 구조화된다. 사실 용연마을에
서 갈등 관계는 덕호라는 구체적 인물과 마을의 소작농 사이에 이루
어지는 가시적이고 구체성을 띤 반면에 인천 대동방적에서의 권력관
계는 익명의 거대한 공장제도와 노동자 간의 관계로 불가시적이고
구체적 대상이 없다. 식민지의 착취적 자본가는 각종의 제도를 통해
서 노동자들을 통제하지만 그 구체적 모습을 드러내지 않고, 단지 그
하수인인 감독을 통해서 모습을 드러낼 뿐이다. 자본가의 하수인인
공장감독은 용연마을에서 지주계층의 이익을 위해 농민을 통제하는
주재소나 행정기관과 같은 비호세력의 다른 이름에 불과하다. 그들
역시 그럴 듯한 논리로 여공들을 기만한다.

　　“이 공장은 다른 작은 공장과 달리 직공들의 장래와 편의를 생각
해주는 점이 많습니다. 그것은 눈앞에 보는 바와 같이 이 기숙사라
든지, 또 야학이라든지, 기타 여러분이 소비하기 위한 일용품까지 배
급하는 설비라든지 다대한 경비를 들여 맨드어 놓지 않았소?……”
　　감독은 장한 듯이 상반신을 뒤로 젖히고 배를 내밀며 장내를 한
번 돌아본다.
　　“여러분이 늘 쓰는 화장품이나 양말이나 기타 일용품을 시가에
나가 산다고 합시다. 값이 비쌀 뿐 아니라 속기도 쉽습니다. 그러니
여러분이 필요한 경우에는 이 공장에서 원가대로 배급해 주는 시설
이 있습니다. 이 시설은 전혀 여러분을 위함이나 공장측에서는 도리
어 손해를 봅니다.
　　이 때 긴장하였던 여공들은 한숨을 내쉬었다.

"그러고 에…… 이 공장에는 여러분의 장래를 생각하여 저금제도를 맨들었소. 저금은 인생의 공명이오! 그러니 여러분들은 노동만 하면 공장에서 밥을 먹여주고 일용품을 대주고 나머지는 저금을 시켜주니 여러분의 맘에 따라 얼마든지 벌 수가 있지 않소? 여러분은 그저 저금 통장만 가지고 있다가 3년 후 나갈 때 그것으로 결혼 비용에 쓸 수도 있지 않소? 허허……"

감독은 입 모습에 야비한 웃음을 띠었다. 여공들도 따라 웃는다. (211면)

선비와 간난이가 입사한 대동방적공장의 실상은 앞에서도 말했듯 저임금에 3년의 장기고용 계약, 일용품의 독점적 배급과 저금제도를 통한 임금착취, 감금적인 기숙사제도, 열악한 작업환경과 장시간 노동, 형편없는 식사, 야학을 빙자한 정신교육, 그리고 공장감독에 의한 성희롱과 폭행 등으로 요약된다. 그런데도 공장감독은 공장제도의 비인간적이고 착취적인 본질을 속이며 현실을 호도하고 있다. 즉, 여공들로 하여금 공장이 여공들의 복지와 이익을 위해 최대한의 배려를 하는 것이라고 믿겠금 기만한다. 마치 용연마을에서 군수가 마을 사람들을 기만하던 논리와 동일하다.

그러고 어…… 마지막으로 말할 것은 면이라는 기관은 당신들이 잘 살고 건강하게 사는 것을 위하야 힘써 지도하는 곳이니, 조금도 면사무소를 허수히 알아서는 못 쓰오. 면에서 지세나 혹은 호세나 기타 여러 가지 세금을 당신들한테 받아내는 것은 다 당신들을 잘 살게 하기 위하여 통치하는 데 소비하는 것이우. 그러니 그런 세금들을 꼭꼭 잘 바쳐야 하오. 할 말은 많으나 훗 기회로 미루고 우선 그만하니 이 면사무소의 지도를 잘 받으시오.(107면)

그러나 공장노동운동을 주도하기 위해서 소위 위장취업한 간난이는 감독의 말이 속임수에 불과하며, 이러한 기만적 논리가 노동자들

로 하여금 진정한 계급의식에 도달하는 것을 방해한다는 것을 선비
에게 깨우쳐 주고자 한다.

> "그런데, 선비야, 너 아까 감독이 한 말을 다 곧이 들었니?"
> 그는 이 경우에 어떻게 대답할지 몰라 한참이나 망설이다가,
> "그건 왜 물어? 갑자기."
> "아니 글쎄…… 감독의 한 말이 참말일까."
> "난 몰라, 그런 것……"
> "선비야! 그런 것을 몰라서는 안된다. 저 봐라! 지금 야근까지 시
> 키면서도 우리들에게 안남미 밥만 먹이고, 저금이니 저축이니 하는
> 그럴 듯한 수작을 하여 우리들을 속여서 돈 한푼 우리 손에 쥐어보
> 지 못하게 하고 죽도록 우리들을 일만 시키자는 것이란다. 여공의
> 장래를 잘 지도하기 위하여 외출을 불허한다는 둥, 일용품을 공장에
> 서 저가로 배급한다는 둥 전혀 자기들의 이익을 표준으로 하고 세운
> 규칙이란다. 원유회를 한다느니 야학을 한다느니, 또 몸을 튼튼케 하
> 기 위하여 운동을 시킨다는 것도, 그 이상 무엇을 더 빼앗기 위하여
> 눈 가리고 아웅하는 수작이란다."
> 선비는 간난이가 어째서 이런 말을 하는지 알 수가 없었다. 그렇
> 게 그른 줄을 아는 바에는 처음부터 공장에 들어오지 말 것이지 왜
> 서울서 그만두고 이리로 오고서는 하루도 지나기 전에 이런 불평을
> 토하는가? 하였다.
> "선비야! 우리들을 부리는 감독들과 그들 뒤에 있는 인간들은 덕
> 호보담도 몇천 배 몇만 배 더 무서운 인간들이란다."(214면)

그러나 아직 이 단계에서 선비는 간난이의 말을 불평으로 간주하
며 현실을 제대로 직시하지 못한다. 지배계층의 기만적인 허위의식을
통찰할 수 있음 만큼 선비는 노동자로서 성숙된 의식을 채 갖지 못
했던 것이다. 하지만 간난이라는 조력자의 도움과 무엇보다도 공장생
활을 직접 체험해 나가는 가운데 선비는 점차 현실의 진면목을 깨달

아 나가기 시작한다. 간난이를 통해서 들여오는 전단내용, 감독의 성
희롱에 이용되는 상금제도와 감독의 자신을 향한 성적 위협, 그리고
월미도 야유회에서 얼핏보았다고 생각되는 첫째에 대한 그리움의 환
기를 통해서 노동자로서 자신이 처한 객관적 현실과 여성으로서의
자각에 눈떠 갔던 것이다. 즉, 덕호에게 일생을 망쳤다는 자각과 함
께 그는 세상에는 덕호와 같은 적이 많음을 깨닫는다. 그리고 선비,
간난이, 첫째 등의 같은 노동자 계급의 사람들이 단결해야 된다는 자
각도 얻게 된다.

> 그때 그는 간난이가 일상 하던 말을 얼핏 깨달으며, 세상은 우리
> 들의 적이 많은 것이다. 그것을 대항하려면 우리들은 단결하지 않으
> 면 안될 것이라던 그 말을 그는 다시 생각하였다. 선비는 어떤 힘을
> 불쑥 느꼈다. 그러고 간난이가 가르쳐 주는 그대로 하는 데서만이
> 선비는 첫째의 손목을 쥐어보리라 하였다. 흙짐을 져서 괄아진 첫째
> 의 등허리! 실을 켜기에 부르튼 자기의 손끝! 수많은 그러고 그 등
> 허리와 그 손들이 모여서 덕호와 같은 수 없는 인간과 싸우지 않으
> 면 안된 것이라…… 하였다. 보다도 선비의 앞에 나타나는 길은 오
> 직 그 길뿐이다.(227면)

그러나 아직 선비가 충분하게 의식화가 되었다고 신뢰되지 않는
가운데 간난이는 "XX의 지령에 의하여 모든 것을 네게 인계하고 나
는 오늘 밤 이 공장을 벗어나야 하겠구나!"하는 긴박한 상황에 직면
한다. 간난이가 인계한다는 내용은 "공장 내부 조직방침, 밖의 동지
들과 민활하게 연락 취할 것, 그리고 밖에서 들어노는 문서며 삐라
등을 교묘히 배부할 것" 등이다. 말하자면 지금까지 간난이가 맡아온
공장내의 지하 노동운동의 책임이 선비에게 맡겨진 것이다. 간난이가
탈출하고 선비만 남겨진 가운데 선비의 의식화는 급격하게 완성된다.

그러나 그때 월미도 가는 길에서 첫째를 만났을 때 일을 미루어 생각하니, 첫째는 어떤 공장 내에 있지 않고 그날그날 품팔이를 하는 것 같았다. 그러니 웬걸 지도자를 만났으리…… 아직도 그는 암흑한 생활 속에서 그의 나갈 길을 찾지 못하고 동분서주만 하는 것 같았다. 이렇게 생각하고 나니 선비는 첫째를 꼭 만나고 싶었다. 그래서 무엇보다도 먼저 계급의식을 전해주고 싶었다. 그러면 그는 누구보다도 튼튼한, 그러고 무서운 투사가 될 것 같았다. 그것은 선비가 확실하게는 모르나 그의 과거생활이 자신의 과거에 비하여 못하지 않는 그런 쓰라린 현실에 부대끼었으리라는 것이다. 그는 아직도 도적질을 하는가? …… 지금 생각하니 어째서 그가 도적질을 하게 되었으며, 매음부의 자식이었던 것을 깊이 깨달았다. 그러니 선비는 어서 바삐 첫째를 만나서 그런 개인적 행동에 그치지 말고 좀더 대중적으로 싸워야 한다는 것을 가르쳐 주고 싶었다. 그가 인천에나 있는지? 혹은 딴 곳으로 갔는지? 왜 나는 시골 있을 때 그를 무서워하였던가? 이렇게 생각하고 나니 그가 소태나무 뿌리를 캐어들고 새벽에 찾아왔던 기억이 떠오르며 소태나무 뿌리를 웃방 구석에 던지던 자기가 끝없이 원망스러웠다. 그리고 그 느글느글한 덕호가 주던 돈을 이불 속에 넣던 자신을 굽어볼 때, 등허리에서 땀이 나도록 분하고 부끄러웠다. 그뿐이랴! 마침내는 그에게 정조까지 빼앗기고 울던 자신! 몇 번이나 죽으려고 했던 자기! 얼마나 유치하고 어리석었는가! 그리고 그 덕호를 보고 아버지! 아버지! 하며 부르던 그때의 선비는 어쩐지 지금의 자기와 같지 않았다. 여기까지 생각하니, 이때껏 의문에 붙였던 그의 아버지의 죽음이 얼핏 떠오른다. 옳다! 서분 할멈의 말이 맞았다! 그는 무의식간에 벌떡 일어났다. 그때 손끝이 아파왔다. 그래서 손끝을 볼에 대며 덕호를 겨우 벗어난 자신은, 또 그보다 더 무서운 인간들에게 붙들려 있다는 것을 강하게 느끼며, 오늘의 선비는 옛날의 선비가 아니라……고 부르짖고 싶었다. (247면)

선비는 지금껏 자신을 둘러싸고 있던 불확실한 현실을 확실하게 객관적으로 깨닫게 된다. 억압과 지배하에 놓여 있었으면서도 무지하고 몽매했던 인물 선비는 막연하게 계급의식을 깨달아가다가 간난이의 공장 탈출을 계기로 확고한 계급의식을 획득하게 된다. 고향 용연에서의 삶뿐만 아니라 현재 자신을 둘러싸고 있는 적대적 현실에 대한 깨우침이다. 자본제하의 공장이 노동자를 경제적으로 억압하고 착취하는 권력체계이며, 마찬가지로 지주 덕호가 자신을 성적으로 유린했던 것도 동일한 권력체계라는 것을 깨닫게 된다. 이로부터 지금껏 제대로 이해되지 않았던 첫째의 도둑질, 첫째 어머니의 매춘, 자신과 간난이의 성적 유린 등이 계급관계과 그로 인한 빈곤에서 기인되었음을 각성하게 된다. 그리고 선비의 현실파악은 노동자계급의 각성과 이들의 조직적이고 집단적인 대중투쟁에 의해서만 현실은 변화될 수 있다는 진정한 계급의식으로 확대된다. 느리게 이루어지는 선비의 자각과정은 마르크스의 명제대로 의식이 존재를 결정하는 것이 아니라 존재가 의식을 결정짓는다는 것을 적절히 입증해주었다고 할 수 있다. 그러나 냉혹한 현실은 각성된 선비를 폐병에 의한 해고와 죽음이라는 가혹함 속으로 몰아넣고 만다.

이 작품에서 민족차별적 저임금과 남녀 노동자 간의 임금차별은 직접적으로 드러나지 않고 있다. 그러나 이미 구조화된 열악한 노동조건과 착취적인 저임금, 감옥과도 같은 기숙사제도 등을 통해 식민지 조선을 지배하는 일제 자본주의의 위력은 충분하게 폭로되었다고도 할 수 있다. 일제의 파시즘은 값싼 노동력의 착취를 목표로 한국에 진출했으며, 각종의 비인간적이고 착취적인 제도를 통하여 노동자들을 통제하고 착취해왔던 것이다.

소설 『인간문제』의 전개과정은 세계와의 외적 시련을 통한 내적 각성의 성취, 즉 여성 젠더(gender)의 발견이라는 관점에서는 이 작품을 성장소설(교양소설)로의 분류가 가능하게 만든다.28) 하지만 각성된 삶을 실천하지 못하고 폐병으로 사망하는 결말을 중시할 때에는 선락의 플롯(the degeneration plot)으로 해석되어진다. 1930년대의 반여성적 시대상황에서 내적 각성을 넘어서서 세계와 진정한 화합과 조화를 이룬 자아완성의 이상은 리얼리스트의 소설에서는 불가능하다고 여겨지며, 각성된 개인은 아직 각성되지 않은 현실세계 속에서 패배할 수밖에 없을 것이다. 낸시 밀러가 '교양소설의 곤경, 또는 반교양소설화'라고 표현했듯이 여성교양소설은 자아성취의 기록이 되기보다는 사회에 대한 부적응의 기록이 될 수밖에 없을 것이다.29)

그나마 당시의 자유주의 여성해방론자들이 자유연애 등에 매달려 있을 때에 강경애는 마르크스주의자로서의 시각을 가졌기 때문에 가정 밖의 노동여성의 삶을 생동감있게 그릴 수 있었으며, 방적공장이란 노동공간을 통해 산업생산의 영역이 여성을 해방시키지 못하고 놀랍게도 소외된 노동의 세계에 지나지 않음을 여실히 보여줄 수 있었다. 즉, 자본주의 체제가 그대로 유지되는 한 그것이 농촌이든 도시의 공장이든 또는 여성이든 남성이든 각종의 비인간적 조건하에서 기진맥진하도록 노동한 대가로 최저의 생존임금만을 받으며 비참하게 살아갈 뿐이라는 것이다.30)

한편, 선비의 미모에 마음이 사로잡힌 상태에서 아버지의 옥점과의 결혼강요로 갈등을 빚다가 가출하여 한때 노동운동의 지도자로서 첫째의 의식화 과정에 깊게 개입하고, 간난이의 공장노동운동과도 연관된 인물 유신철은 유약한 소시민적 지식인이요, 기회주의적 인물로

---

28) 서정자, '페미니스트 성장소설과 자기발견의 체험', 한국여성학 7집, 44-67면.

29) 송명희, '서정자의 「페미니스트 성장소설과 자기발견의 체험」 논평', 한국여성학 제7집, 72면.

30) 로즈마리 통, 페미니즘 사상, 이소영 역(한신문화사, 1995), 66면.

묘사되는데, 부두노동파업과 관련되어 검거되자 육체적 고통을 이기지 못하고 전향하고 만다. 그의 전향은 첫째에 의해서 "그렇다. 신철이는 그만한 여유가 있었다. 그 여유가 그로 하여금 전향을 하게 한 게다. 그러나 자신은 어떤가? 과거와 같이, 그리고 현재와 같이 아무런 여유도 없지 않은가? 그러나 신철이는 길이 많다. 신철이와 나와 다른 것이란 여기 있었구나."라고 비판되며, 계급투쟁은 같은 계급의 인물들에 의한 단결에 의해서만 이루어질 수 있음을 작가는 신철의 전향을 통해서 보여주고 있다.

강경애는 여러 작품에서 지식인에 대해서 부정적으로 묘사한다. 이는 혁명의 주체세력은 결코 지식인일 수 없으며, 노동자 계급의 단결에 의한 집단적 계급혁명이란 마르크스시즘의 명제에 충실한 세계관의 소산으로 이해된다. 『인간문제』는 많은 부분에서 지식인 내지 부르주아계급에 대해서 부정적으로 묘사하고 있다. 옥점이의 자기 방조차 제대로 치우지 않는 나태한 생활태도와 신철과의 사랑타령, 신철의 선비를 향한 막연한 연애감정과 기회주의적 속성, 신철이가 가출하여 한 때 동거하던 무능한 룸펜 인텔리층에 대한 묘사를 통해서 작가는 반복적으로 부르주아층의 부정적 측면과 지식인의 기회주의적 속성에 대한 비판의식을 노정한다. 그들은 결코 그들이 속한 계급적 기반으로 하여 계급투쟁의 주체가 될 수 없으며, 동시에 새로운 사회를 건설할 주체세력도 될 수 없다는 강경애의 철저한 작가의식의 투영을 읽을 수 있다.

작품은 죽은 선비의 시체를 부둥켜 안고 통곡하는 첫째의 절규로 끝나고 있다. 인용문은 아직 미해결의 장으로 남겨진 인간문제를 해결하기 위하여 투쟁의 장에 나설 첫째의 활약을 기대하게 만든다. 즉, 선비가 각성한 내용을 첫째의 실천을 통해서 구현되리라는 기대감이다.

　　그러고 불불 떨었다. 이렇게 무섭게 첫째 앞에 나타나 보이는 선비의 시체는 차츰 시커먼 뭉치가 되어 그의 앞에 콱 가로질리는 것을 그는 눈이 뚫어져라 하고 바라보았다.

　　이 시커먼 뭉치! 이 멈점 크게 확대되어 가지고 그의 앞을 캄캄하게 하였다. 아니, 인간이 걸어가는 앞길에 가로질리는 이 뭉치…… 시커먼 뭉치 이 뭉치야말로 인간문제가 아니고 무엇일까?

　　이 인간문제! 무엇보다도 이 문제를 해결하지 않으면 안될 것이다. 인간은 이 문제를 위하여 몇 천만 년을 두고 싸워왔다. 그러나 이 문제는 풀리지 않고 있지 않은가! 그러면 앞으로 이 당면한 큰 문제를 풀어나갈 인간이 누굴까?(262면)

　　그런데 작가 강경애는 첫째가 선비의 시체를 부둥켜 안고 인간문제를 해결하고자 하는 각오를 보여주는 것을 통해, 또한 선비가 덕호나 공장감독에 의한 여성들에 대한 성적 유린을 단순한 계급 억압의 문제로 파악케 함으로써 고전적인 마르크스주의자로서의 면모를 보여주고 있다. 즉, 선비와 첫째를 노동자라는 점에서 동일한 계급으로 묶어버림으로써 여성억압의 문제는 계급억압이란 인간문제만큼 충분히 부각시키지 못하고 말았다. 이는 고전적 마르크스주의의 여성 억압을 보는 시각의 한계이며, 동시에 이 작품에서 강경애가 여성억압의 실상을 반봉건적 지주 소작제, 식민지 조선의 참략적 자본제, 그리고 가부장제하의 다중의 억압 체계하에서 그려냈으면서도 정작 작품의 결말에서 경제적 계급관계뿐만 아니라 가부장제가 여성을 억압하고 지배한다는 사실을 간과하게 만들었다. 즉, 지주 덕호의 선비에 대한 성적 유린, 그리고 공장감독의 여공들에 대한 상벌제도를 통한 성희롱은 그들이 경제적으로 우월한 계급의 지배자일 뿐만 아니라 남성이라는 성적으로 우월한 계급이기 때문에 가능했던 것이다. 첫째가 받은 소작농이나 노동자로서의 억압에다 선비나 간난이는 여성으로서 받는 가부장적 억압이 추가되었음을 결말단계에서 충분히 고려하지 못하고 있다. 고전 마르크스주의에 의하면 여성 억압은 계급 억압이라는 더 본질적인 형태가 반영된 것으로 전제한다. 마르크스와 엥겔스에 의하면 성별에 의한 분업이 최초의 계급억압이라고 지적하면서도 여성 억압이 계급 억압에서 비롯된 것으로 상정하여 부차적인 것으로 취급하고 만다. 따라서 성차별주의는 계급혁명이 성공하면 이와 더불어 불식될 것으로 설정하고 있다. 이 점이 고전적 마르크스 여권론에 대해서 사회주의 여권론과 급진주의 여권론이 불만을 느끼는 부분이다. 사회주의 여권은 자본주의와 가부장주의가 동시적으로 여성억압에 관련하다고 보고, 급진주의 여권론에서는 여성 억압은 자본주의보다도 성차별적인 가부장주의가 더 본질적인 것이라고 설정하고 있다.31)

4. 맺음말

『인간문제』는 작품의 전반부에서 농촌 용연을 배경으로 하여 지주 소작제의 횡포와 이에 따른 농민의 절대빈곤, 그리고 이농에 이르기까지 식민지 농촌의 경제적 모순을 집약적으로 그려내었다. 그리고 작품의 후반부에서는 인천의 대동방적공장을 중심으로 식민지 조선에 대한 일제의 수탈경제와 노동자에 대한 탄압, 그리고 노동자로서 계급의식을 획득해가는 인물을 형상화해 냈다. 농촌과 도시 두 공간은 식민지적 자본주의 경제체제의 모순을 첨예하게 드러내는 대표적 공간으로, 작가는 마르크스주의의 관점에 따라 농민보다는 도시의 노

---

31) 마가렛 L.앤더슨, 성의 사회학(이대출판부, 1987), 430면, 439면.

동자 계층의 단결과 조직적 투쟁에 의해 그와 같은 모순구조가 해결되리라는 전망을 결말단계에서 보여주었다.

　그런데 작가는 주인공 선비를 중심으로 자본주의의 경제적 모순 이외에 가부장제의 억압하에 놓여진 여성운명을 탁월하게 그려냈음에도 이에 대한 해결은 고전적 마르크스주의에서 제시하였듯이 계급의 해방이 이루어지면 여성문제도 자동적으로 해결되리라는 전망을 제시하는 데서 그치고 말았다. 즉, 가부장제의 여성의 억압을 인정하지만 이에 대한 해결은 계급해방에 부차적인 것으로 취급하고 말았던 것이다.

　이렇듯이 여성문제에 대한 마르크스주의적 시각의 한계에도 불구하고 『인간문제』는 식민지적 자본주의의 모순과 여성 억압의 실상을 농촌과 도시의 공장을 중심으로 탁월하게 형상화해냈고, 이에 대한 해결의 전망까지 제시했다는 점에서 1930년대의 대표적 마르크스주의 페미니즘 소설이며, 사실주의 문학의 소중한 성과라 평가하지 않을 수 없다. (1996)

김정한의 『수라도』에 나타난 여성원리

1. 김정한과 부산지역

김정한은 부산(경남 동래군 북면 남산리 — 현재 부산광역시 금정구 남산동)에서 태어나 중앙고보에 입학(1923)했던 시기와 일본에 유학했던(1929~1932) 몇 년을 제외하고는 거의 부산지역을 떠나지 않았다. 부산작가 김정한은 그의 작품에서 낙동강을 둘러싼 부산 지역을 문학적 공간으로 설정하면서 이 지역에서 살아가는 인간들의 삶을 충실하게 그려왔다.

하지만 작가가 어느 지역에서 살아왔다는 것만으로, 또한 단순히 어느 지역을 소설적 배경으로 삼았다는 것만으로 진정한 지역 작가라고 말하기엔 무리가 있다. 지역이 단순한 지리적 공간개념만이 아닐진대1), 진정한 지역작가란 지역민의 삶에 애정과 관심을 가지고

---

1) 1) UN/ESCAP 편, 한국농촌경제연구원 역, 『농촌중심권 개발의 이론과 지침』

지역민의 주체적 입장에서 지역의 문제를 파악하며, 이를 진실하고 핍진하게 그려냄으로써 지역의 구체성과 특수성 그리고 개성을 표현하고 창조하는 지역주의자가 되어야 할 것이다

　지역주의란 지역에서 생활하고 있는 주민들이 그들의 자연. 역사. 풍토를 배경으로 그들의 지역사회 또는 공동체에 대하여 일체감을 가지고, 경제적인 자립성을 근거로 하여 스스로의 정치적. 행정적 독자성을 추구하는 것으로 사회과학(경제학 등)에서는 말한다.[2] 하지만 문학적 관점에서 지역주의란 지역사회, 또는 지역공동체에 대해 일체감을 가진 작가가 주민 주체적 시각에서 지역의 자연. 역사. 문화. 풍토를 배경으로 지역의 문제를 소재로써 다루며, 지역의 역사적 공감성과 운명공동체적 연대의식, 문화적 동질성과 개성을 표현하며, 지역주민의 자존과 자주와 자유와 발전을 추구하는 문학이 되어야 할

　　　(한국농촌개발연구원, 1981), 7-8면에 의하면 지역(region)은 (1)행정적 경계내에 들어가는 구역(area)을 포함할 수 있다. (2)기능적 바탕 위에 설정할 수 있다. 즉 사람들은 기능(시설)이 필요하며 그들의 거주지에서 그 기능과의 코뮤니케이션도 필요하다. (3)동질화시키는 측면에 의하여 결정될 수 있다. 여기에는 지리적, 인종적, 경제적 측면에 포함될 수 있다.

　2) 송병순 · 차경수, 『학교와 지역사회』(학문사, 1980) 257면에 의하면 지역사회(community)에서 지역적 공간 그 자체는 무의미하며, 인간의 생활과 밀접한 지역적 생활이 핵심이 되어야 한다고 본다. 따라서 국민이 있어야 하고, 일정한 지역적 공간이 있어야 하며, 국민들의 활동을 분업적으로 조직할 수 있는 사회체제가 있고, 공통적인 역사적 문화적 유산을 공유하고 있으며, 단결과 협동을 통하여 하나의 지역사회에 소속한다는 소속감과 정신적 일체감이 있어야 한다.

　3) 김종서 · 황종건, 『학교와 지역사회』(익문사, 1973) 43-46면에 의하면 지역사회는 일정한 지역이나 인구집단 어느 한쪽을 강조하는 것이 아니라, 일정한 지역 안에 모여 사는 일정한 주민들의 공동생활체, 또는 공동생활권을 뜻하는 것으로서, 그 안에서 사람들은 일정한 문화와 경험을 공유 또는 공동 분배하는 곳으로, 주민들의 공동의욕과 그 해결을 위한 여러가지 사회조직과 기관이 있고 협동의 가능성이 내포되어야 한다고 정의한다.

2) 玉野井芳郎, 地域主義の思想(農山漁村文化協會, 1978), 19면 인용.

것으로 생각된다.

그러면 지역문제란 무엇인가? 지역문제는 각기 지역의 특수한 사회적 역사적 상황에 따라 달라지기 마련이지만 지역경제와 주민경제 생활의 위기에 기초를 두고 있는 것으로 그 집중적 표현은 대도시와 농촌의 위기에 따른 지역주민의 생활 위기와, 서울에 지배거점을 둔 중앙집권적 권력과 재벌의 지역지배에 따른 비서울지역(주민)의 정치 경제 사회 문화의 소외와 낙후성 문제이다. 그리고 지역 문제의 본질은 밖으로는 중앙집권적 권력과 재벌중심의 성장구조 및 정책과 그에 따른 서울 중심의 지역 불균등 발전구조 및 정책, 그리고 모든 중추관리 기능의 서울 집중 구조이며, 안으로는 지역과 주민의 주체적 관점을 중시하는 지역 노동운동 및 주민운동의 취약성에 있다고 본다.3) 사회과학자(경제학자)가 제시하는 이와 같은 지역의 문제들은 작가의 작품에서 지역문제의 핵심적 소재로 다루어질 수 있을 것이다.

한편 지역주의는 지역의 주체성과 발전을 지향하는 측면과 함께 타지역과의 상호공존, 관용, 타협의 자유정신에 의해 조절되지 않는다면 고질적인 지역이기주의, 지역 간의 분열과 갈등을 조장할 수 있기 때문에 지역주의의 선양에서 이 점을 유의해야 한다.

김정한은 그의 정식 등단작인 「사하촌」(1936)을 위시하여 문단 재복귀작인 「모래톱 이야기」(1966), 「뒷기미나루」(1969), 「인간단지」(1970), 「산거족」(1971), 그리고 본고에서 다루고자 하는 『수라도』(1969)에 이르기까지 그의 중요한 작품에서 부산(경남 포함)과 낙동강을 소설의 배경으로 설정하며, 이 지역의 문제와 이 지역에서 살아가는 지역민의 삶을 민중적 시각에서 핍진하게 그리는 데 소설적 관심을 바쳐왔다.

1969년에 발표한 중편소설 『수라도』(월간문학)는 제6회 한국문학상

---

3) 황한식, '부산지역사회의 현실과 진로', 지역사회연구 제1집(지역사회연구회, 1993) 4면 인용.

을 수상하기도 한 작품인데, 지역적 배경을 알 수 있는 대목을 찾아
보면 다음과 같다.

  1) 그녀들은 할머니의 친가가 김해라 해서 가야마님이라고 불렀
     다.(206면)4)

  2) 할머니의 친정 곳은 김해 고을에서도 저 남쪽 끝에 가 붙은 명호
     란 소금곳이었다.
       할머니의 친가에서도 소금을 구웠다고 한다.
                          (중략)
     아무튼 그런 먼 곳에서 차도 발동선도 없던 옛날에 바다 같은 강
     까지 건너가며 시집을 오자니 사흘이 걸렸다는 것도 거짓은 아니
     었다. 할머니의 말로는 하늘이 안 보일 정도로 길길이 자란 갈밭
     속을 십리도 더 빠져 나와야 되는데, 그 갈밭 속 길이란 게 또 예
     사로 미끄럽지가 않은 데다, 돌이 지난 첫아이까지 달고서 가마를
     탔으니까, 네 사람이 메는 가마라고는 하지만 교군들이 땀을 팥죽
     같이 흘렸더란 거다.
                          (중략)
     [제우(겨우) 황산 앞벌에 배가 밀쳐 닿자, 인자는 살았다싶으더라
     구만!]
     하고 숫제 그때의 기쁨을 얼굴에 되살리는 것 같았다.
                          (중략)
       비록 서울로 빠지는 국도라고는 해도 그 당시의 <황산 베리끝>
     하면 좁기로 이름난 벼룻길로서, 시가 측에서 마중나온 사람만 보
     태도 서른 명이 넘었을 텐데, 구경군까지 합치면 줄잡아도 오륙십
     명 가까운 사람들이 외줄로 늘어섰다고 하니 과연 얼마나 볼만했
     을까, 분이는 늘 자랑스럽게 생각했고 또 못내 부럽기도 했다.(207

---

4) 본고의 텍스트는 김정한소설선집(창작과 비평사, 1974)에 의거하며, 괄호 안
   의 숫자는 인용된 면수를 의미한다. 작품 『수라도』에 대한 인용은 앞으로 본
   텍스트에 의하며, 별도의 각주는 생략한다.

    −8면)

  3) 오봉선생의 장지는 그의 호가 유래된 바로 그 오봉산의 주봉이
    흘러내리는 중턱 <싸릿등>이라고 불리는 등성이었다. 벌써 거기는
    비명으로 객사한 이녁 아버님과 독립만세를 부르다 참살된 아들
    이 앞서 묻힌 자리니까, 새로 마련된 선영이라 할 수 있다.(236면)

  4) 물금까지 나가면 기차편도 있었지만 차는 위데에서 오는 그러한
    사람들로 항상 만원이었다.(250면)

이상의 검토에서 보면 가야부인의 친정은 지금의 낙동강 오른편의 끄트머리 육지인 현재의 명지 신호부근으로 짐작되며, 시가는 구포, 물금 지나 원동 가기 전의 양산군(현재 양산시) 어디쯤으로 짐작된다. 양산에 오봉산이 실재하며, 오봉산 부근의 화제마을쯤이 『수라도』의 배경적 공간이 되었을 것으로 추정된다.5) 그리고 부인의 강을 건너 시집오는 신행 장면, 죽은 딸의 체봉(假葬)과 오봉선생의 장례식 장면, 그리고 경남방언의 적절한 활용 등에서 지역의 특수한 풍속과 향토적 분위기는 충분하게 환기되고 있다. 특히, 옥이의 정신대(종군위안부) 공출사건 같은 것은 일본과 가까운 부산지역에서 일어났음직한 현장감있는 역사적 사건이라고 할 수 있다.

김정한은 『수라도』에서 낙동강을 중심으로 한, 마을 어디쯤에서 일어났음직한 사건들을 다루고 있다. 그러나 가야부인의 일제강점과 해방, 그리고 6·25 발발에 걸친 40여 년의 생애는 단순히 지역적 특수성만을 보여주는 것이 아니라 지역성을 통해서 격변의 민족사를 다룸으로써 민족문학의 보편성으로 확대된 바람직한 예라고 하지 않을

---

5) 김정한 연구자이며, 부산 지역 작가인 조갑상 교수와의 대화(96. 5. 3)에서
   내린 결론임.

수 없다.

김정한의 작품은 일제치하를 배경으로 했을 경우에, 우리 민족이 일제로부터 그 민족적 자존과 자유를 박탈당함으로써 야기된 민족사의 모순을 그렸으며, 해방 이후의 역사공간에서는 일제하의 모순의 미청산, 또는 미국에 의한 군정 및 계속적인 한미관계나 한일관계와 같은 대외적 관계에 관련된 연속적 모순이라는 구조적 시각에서 민족 모순을 그려왔다. 또한, 그는 도시를 선진 서구에 의한 종속과 매판의 현장으로 파악하며, 농촌과 도시의 변두리를 소설의 공간적 배경으로 삼아 작품을 썼다.6) 이 때의 농촌과 도시 변두리가 낙동강 주변의 농촌이며, 부산 변두리임은 의심할 여지가 없다.

2. 가모(家母)로서의 외적 인격

소설 『수라도』는 1968년에 발표한 『축생도』에 이은 작품으로 작가의 뚜렷한 불교적 인간관과 세계관이 드러나는 작품이다. 그의 불교적 인간관과 세계관은 '축생도'와 '수라도'란 표제에서 단적으로 드러난다. 축생도(畜生道), 아귀도(餓鬼道), 수라도(修羅道)는 불교에서 지옥을 이르는 삼악도(三惡道)를 의미한다. 축생도는 죄업으로 죽은 뒤 짐승이 되어 괴로움을 받는 축생의 세계를 일컫는다. 아귀도는 이승에서 욕심꾸러기로 지낸 사람이 죽은 뒤에 태어나게 된다는 곳으로, 늘 굶주림과 목마름으로 고통을 겪는 세계를 말한다. 아수라도(阿修羅道)라고도 불리우는 수라도는 싸움을 일삼는 나쁜 귀신 아수라가 살며, 늘 싸움이 그치지 않는 세계를 의미한다. 김정한에 의하면 이 세상은 정

---

6) 송명희, '사하촌과 모래톱 이야기의 거리', 우리문학 90년 겨울호, 58면 참조.

법의 진리가 구현되는 세계가 아니라 축생도나 수라도의 지옥처럼 고통스러우며, 인간으로서의 품위를 지키지 못하는 짐승 같은 세계이며, 또는 수라도와 같은 싸움이 그치지 않는 세계로 파악된다. 그리고 그 싸움은 개인과 개인의 사적 분쟁과 갈등도 포함되지만(사적 분쟁마저도 그 근본적 원인이 일제강점에서 비롯된 것으로 작가는 설정한다) 일제 치하에서 식민통치에 저항하는 우리 민족의 수난, 그리고 해방후의 사회적 혼란상과 6·25를 암시하는 포성소리를 통해 볼 때에 민족간의 동족상쟁까지 포함하는 우리 민족사에 가해진 집단적이고 구조적인 대립과 갈등을 의미하는 것으로 받아들여진다. "멀리서 또 포성이 쿵! 울려왔다.—왜 사람들은 싸우지 않음 안될까? 가야부인은 무슨 말이라도 할 듯이 입을 약간 우물하다 만다. 이마에서 잇달아 솟는 땀이 드디어 그녀의 열반을 알리는 것 같았다."로 작품의 대미는 장식된다. '싸움'이란 화두는 결국 가야부인이 임종하는 순간까지도 완전히 풀지 못한 숙제가 되고 말지만, 가야부인은 수라도와 같은 세계에서 미륵불의 화신처럼 그려지고 있다. 『수라도』는 제목을 통해 시대와 인간에 대한 김정한의 비판의식이 드러나는데, 주인공 가야부인은 수라도와 같은 세상에 대한 구원의 존재로 성격화되고 있다.

이 작품의 서술 시간은 6·25의 포성이 간간히 들려오는 가운데 가야부인이 임종을 맞는 짧은 시간이다. 그러나 가야부인의 손녀인 분이의 회상을 통하여 내포되고 있는 허구의 시간은 가야부인이 시집을 오던 한일합방의 다음 해로부터 일제치하, 그리고 해방을 거쳐 6·25의 포성이 들려오는 40여 년의 긴 역사적 시간이다. 결국 가야부인의 결혼 전의 삶은 의미가 없으며, 시집을 와서 허씨 집안의 며느리, 어머니, 시어머니, 할머니로서 산 40여 년의 생애를 통한 가족사에 투영된 민족사의 파란만장함이 소설적 관심을 이룬다. 이 점을 백낙청은 "이 작품은 일제 식민통치하 우리 역사의 암흑기를 살아가는 어느 시골 양반집안의 이야기를 쓰고 있는데, 그것이 식민지 한국 민중의 수난과 지향을 바로 자기 것으로 삼는 뜨거운 연대의식에 의해 씌어졌기 때문에 예술적으로 성공한 동시에 문화사적 자료로서도 흥미진진한 것이다."라고 극찬된다.[7] 가야부인의 삶은 "할머니가 하시는 모든 일들, 즉, 할머니의 전생애가 대견스럽고 우러러보"이며, "그만큼 할머니는 다른 집 할머니들과는 달라 생애의 폭의 넓고 깊었던 것이다. 괴로운 과거와 의젓한 처신들이 많았다."라고 손녀 분이에 의해 평가된다. 그녀는 할머니의 임종을 장엄하다고 표현하며, 임종하는 할머니의 얼굴에서 미륵불의 모습을 본다. 그런데 그녀가 보고 있는 것은 정작 할머니 가야부인의 장엄한 임종이 아니라 미륵불의 화신에 비견되는 장엄한 일생의 드라마이다.

> 그러나 이상한 것은, 눈이라든가 이마에는 그렇게 열반의 고통이 뚜렷한데도 불구하고, 굳게 다물린 입 언저리만은 여느 때와 조금도 다름이 없다. 금방 미소라도 떠오를 듯한 부드러운 모습 그대로다.
> 「관자재 보살 행심반야바라밀다시……」
> 그녀의 머리맡에서 반야심경을 읽고 있는 안면있는 스님의 나지막한 목청은, 분이의 생각을 줄곧 어린소녀 시절로 이끌어갔다. 할머니의 얼굴에 미륵불의 얼굴이 자꾸만 겹쳐보였다. 할머니가 미륵불로도 보이고 미륵불이 할머니로도 보이고……. (205면)

가야부인이 허씨 집안의 며느리로 살아온 40여 년의 삶은 손녀 분이의 회상으로 구성된 액자 안의 이야기란 별도의 플롯을 가지고 있으며, 분이는 단순히 할머니의 이야기를 전달하는 전달자로서의 의미 이상을 갖지 못한다. 하지만 분이의 할머니에 대한 존경심은 주인공

---

7) 백낙청, '문화연구의 자세와 민족문학', 민족문학과 세계문학(창작과 비평사, 1978), 253-4면 인용.

에 대한 작가의 태도를 반영하며, 아울러 주인공에 대한 독자의 태도 형성에도 영향을 미친다.

액자 안의 이야기는 할머니가 3년간의 친정살이를 마치고 아들을 낳아 시집인 허씨 집안으로 들어오는 신행장면으로부터 시작되어 임종으로 끝나는 일생의 드라마이다. 강을 건널 때의 기후조건상의 어려움과 시련은 여성으로서의 입사(initiation), 즉 혼인의 통과의례를 상징하고 있다. 즉 신행길이 사흘씩이나 걸리는데, 미끄럽기 짝이 없는 갈밭길을 십리도 더 빠져나와 시위가 내린 위에 바람까지 사나와 배를 띄우기가 어려웠으며, 시위나불로 파선의 위험이 있는 바다 같은 강을 아이와 함께 죽을 각오로 건넜다는 악천후는 단순한 기후조건상의 문제만은 아니다. 그것은 여성이 겪는 혼인이란 통과의례의 어려움을 상징하며, 동시에 앞으로 가야부인의 시집살이의 어려움과 수난을 예고하고 있다.

미성숙한 여인이 아들을 낳아가지고 성숙한 성년 여성이 되기 위해 허씨 집안의 며느리로 입사하는 과정의 시련으로부터 작품이 발단되는 것은 의미심장하다. 가부장제 사회에서 여성은 결혼을 함으로써만이 성인으로 인정되고, 더욱이 아들을 낳음으로써만이 가부장적 가족제도에 정식으로 편입될 수 있다. 이 작품은 가야부인이 가부장적 제도와 관념에 맞는 여성으로 어떻게 성숙하는가, 나아가 단순히 가부장제에 적응하고 편입되는 과정만이 아니라 자신의 주체성을 실현하는 대모(大母) 여성으로의 성숙의 과정을 그리고 있다. "여성의 성장은 여성의 결혼 체험 이후, 삶의 늦은 시기에 이루어진다. 결혼은 여성 성장의 중요한 계기의 하나이다. 결혼은 여성이 여성을 둘러싸고 있는 여성적 환경을 비로소 발견하는 계기이며, 결혼이라는 문턱을 넘으면서야 여성은 여성이 처한 억압적 환경이 어떠한 것인지 체험적으로 인식하게 된다고[8] 했듯이 가야부인은 몰락해가는 허씨 집

안으로 시집을 온 이후 갈등적이라고 여겨지는 상황에 대해서 능동
적으로 대처하며 성숙한 인격을 실현시켜 나간다. 그 과정은 며느리
에서 한 가정의 경영자로서의 부덕을 갖춘 시어머니, 할머니가 되는
삶의 전 과정에 다름아니다.

　김열규는 "혼례는 필견 예비시련 내지 예비 통과의례에 불과하고,
시어머니가 되기까지 기나긴 한 평생에 걸친 입사식적인 시련기를
이루게 된다. 이것을 평생에 걸친 입사식이라고 불러도 무방하지만,
그것은 결국 한 여성의 평생이 통과의례적인 과도기에 대해서 증언
하게 된다. 이것이야말로, 가부장제 사회에서 여성이 겪게 되는 갖가
지 상처 중의 원상(原傷)이라고 해도 좋을 것이다."라고 했다.9) 또한
김열규는 환 쥬넵의 통과의례의 단절(격리)－시련(과도기)－재귀환(재편
입)의 삼분절의 도식에 비추어볼 때, 여성 혼례는 단절(격리)과 시련
(과도기)만이 있을 뿐, 재귀환도 재편입도 없으며, 따라서 통과의례 치
고도 끝마무리 없는 의례를 치르는 과정이라고 표현한다. 전통사회의
윤리에 순응된 여성에게 주어진 길이란 시련의 과정을 평생을 통해
감내해 나가야 하는 수난사이며 동시에 여성이 고유하게 갖춘 '대모
상' 및 '대모성'이 모양을 갖추면서 그 자체를 형상화하는 과정이라
고 말한다. 한 여성이 신부에서 며느리로, 다시 시어머니로 성장하여
마침내 안채 안방에 좌정하게 되었을 때, 한 여성은 드디어 그 평생
에 걸친 입사의식을 마감하고 집의 집, 태의 태라는 자리를 누리기에
이르고, 여기서 한 여성의 대모상이 최종적으로 완성된다고 했다.10)
『수라도』에서 대모로 성숙하기까지의 가야부인의 삶은 상대역인 시

---

8) 서정자, '페미니스트 성장소설과 자기발견의 체험', 한국여성학 제7집(한국여
　　성학회, 1991), 50면 인용.
9) 김열규, '여성과 집에 관한 시론', 가와 가문 (서강대학교 인문과학연구소,
　　1988), 10면 인용.
10) 김열규, 앞 논문, 10－18면 참조.

아버지 오봉선생의 신뢰받는 며느리, 그리고 존경받는 시어머니가 되는 역할만이 클로즈업되고 있다. 가야부인의 여성성은 부덕을 갖춘 며느리와 한 집안의 주부로서만 강조되며, 어머니로서도, 심지어 아내로서의 역할까지도 상대적으로 위축되며 약화되고 있다. 가야부인은 작품의 어느 단계에 이르기까지는 단순히 유교원리를 구현해나가는, 단순히 가부장적 가족제도에 능동적으로 적응하고 자발적으로 편입해나가는 여성으로서만 그려지고 있다. 즉, 가부장제가 요구하는 부덕을 철저히 내면화함으로써 이를 갈등없이 자발적으로 수행하는 인물인 것이다. 돌부처를 발견하고 절을 세우는 문제로 시부와 가치관의 대립을 겪기 전까지 가야부인의 독립적 인간으로서의 개성은 철저히 유교적 부덕에 가려져 드러나지 않는다.

이 작품에서 가야부인의 삶은 상승적 구조를 그리며, 상대적으로 오봉선생의 삶은 하강적 구조를 가진다. 또한, 시종일관 성격 변화가 일어나지 않는 남편 명호나 시어머니는 인물 자체의 비중이 매우 약화되어 있을 뿐만 아니라 처음부터 앞의 두 인물에 비해서 열등한 존재로 그려지고 있다. 작품은 허씨 집안의 가부장인 오봉선생과 그 며느리인 가야부인 두 인물을 중심축으로 해서 전개되며, 두 사람의 변화하는 관계가 플롯의 핵심을 이루고 있다. 두 사람의 변화하는 관계에서 이 작품의 배경이 되고 있는 일제치하의 가부장제의 특징을 엿볼 수 있다. 조혜정은 전통적 가부장제는 일제 시대를 전후한 역사적 혼란기를 통하여 변질된다고 말한다. 즉, 공식적 영역은 축소되고 따라서 남성의 영역이 줄어든, 특히 아버지 부재의 상황에서 어머니의 실질적 권한은 확대된다는 것이다. 즉, 모중심적 가족의 성격을 두드러지게 나타내게 되는데, 이념상으로는 여전히 삼종지도의 규범과 아버지의 상징적 권위가 강조되지만 이는 마치 껍데기만 남은 가부장적 틀을 여성들이 '자발적' 노력으로 메워간 형태로 볼 수 있다는 것이다. 그러나 생활세계의 면에서는 이 시대의 가부장제가 전시대의 것과 질적으로 다르다고 보기는 어렵다고 한다. 이 작품의 시대적 배경과 일치하는 조선조 말에서 1950년대의 한국 가부장제의 특성을 구조적 면에서 1)외세에 의한 공업자본주의화, 2)식민지배, 전쟁혼란기, 비공식 영역의 확대기, 3)부계적 가족주의 ; 소규모 가족 단위의 생존, 4)자유주의 이념 ; 교육·취업상의 기회균등 원리 도입·성역할 면에서 남성－유학, 독립운동, 임금노동으로 부재·공허한 가장권, 여성－여가장, 생존의 책임, 지위 재생산과 자녀 양육 및 교육 전담. 권위의 특성으로 부의 권위는 상징화됨 ; 공허한 대표권, 모중심가족－여성 자신들에 의한 가부장제의 유지(아들에 집착). 인성적 특성 면에서 남성－나약한 지식인, 실향민, 여성－실리적 생존인으로 가족 집단의 생존을 책임지는 '센 한국여성'의 특성이 나타난다고 설명된다.11) 조혜정의 설명과 작품 『수라도』에 나타난 가부장제의 특성이 모든 면에서 일치하지는 않지만 일제 식민지배하에서의 성역할과 권위, 인성적 특성면에서 많은 일치점을 발견할 수 있다.

즉 『수라도』에 등장하는 4대에 걸친 허씨 집안의 남성상은, 합방은사금을 거절하고 만주에서 독립운동을 하다가 사망한 시할아버지, 허씨 집안의 가장임에도 불구하고 그 역할은 정신적 권위 이상의 어떤 의미를 지니지 못하는 시아버지 오봉선생, 3·1운동에 생죽음을 당한 시숙, 글만 읽는 서생으로 어른들의 눈치나 살피는 나약한 양반의 후예인 남편 명호, 일제 때는 학병을 피하여 도망치고, 해방 후엔 농민조합을 만든다고 분주하지만 반거충에 불과한 일본 유학생 아들로 제시된다. 이들은 공허하고 상징적인 가장권의 권위를 보여주거나 나약한 지식인 남성으로서의 인성적 특성을 나타낸다. 이들은 조혜정의 설명에서 보듯이 일제하 가부장제의 특성을 반영하는 그 시대 양반

---

11) 조혜정, 한국의 여성과 남성(문학과 지성사, 1988), 108－110면 참조.

가의 전형적 남성들이다. 즉, 이들은 독립운동과 유학으로 인해 현실적으로 부재하는 남성이며, 단지 시아버지 오봉선생만이 집안을 지키지만 그 역시도 상징적 권위가 강조될 뿐 현실적으로는 공허한 가장권을 행사하는 인물로 그려지고 있다. 그는 작품의 발단으로부터 결말에 이르는 과정에서 시간이 경과하면 할수록, 작품이 진행되면 될수록 권위가 약화되는 인물이며, 그의 잦은 출타는 그가 가정내에서 뚜렷한 실질적 역할을 갖지 않았으며, 그 없이도 가정은 며느리인 가야부인에 의해서 아무런 문제없이 잘 경영되고 있음을 반증한다.

오봉선생의 권위의 감소는 허씨집안의 몰락과 비례하며, 가모로서 가야부인의 권위 획득의 과정에 반비례하는데, 작품을 통해서 확인해 보자.

1) 그러나 그와같이 거추장스럽고 호들갑스럽던 우귀 행렬이었건만, 정작 가야부인이 실려간 허진사댁은 그때만 해도 여간 까다로운 유교 가문이 아니었다. 게다가 한 때 요부하던 가산마저 거의 탁방이 난 무렵이었다. 물론 이런 정도의 사정은 친정 오라범으로부터 미리 듣고는 있었다.

   칠보화관의 구슬잠이 떨리는 대례를 마친 뒤에도 고풍을 따라 삼년을 친정에서 묵는 동안 한 해 두어 번씩은 으레 찾아 주시던 시아버지의 얼굴은 익혀 알았지만, 우귓날 그 앞에서 새삼 큰절을 드릴 때는 어련히 내립떠보실 눈이 더욱 두렵게 느껴졌다.

   「오냐, 수로에 고생이 많았겠구나. 시할아범이 못 오셨으니 절은 내가 먼저 받게 됐다마는……」

   시아버지 오봉 선생(오봉산 밑으로 오고부터 부른 호라 한다)은 점잖게 닦인 말씨에 약간 울적한 표정을 짓다 말았다.(208면)

2) 게다가 소위 합방 이후 낙동강 연안 일대의 그 질펀한 갈밭들이 모조리 동척의 손아귀에 들어가고, 이내 그들의 논밭이 되어가는 꼴을 보고는, 당신은 당신대로 더욱 참을 수가 없는 듯이, 툭하면

구두덜거리며 어디론지 핑 떠나기가 일쑤였다. 그러자니 사실 살림이리고는 끽듯이 돌아볼 경황도 생각도 없었던 깃이다. 따라시 집안 식구들도 자연 그렇게 된 어른에게 기댈 도리가 없어지고 도리어 세상을 등진 듯 새침하게 세월을 보내는 그의 비위나 거슬릴까 조마조마 할 따름이었다.(210면)

3) 허구한 풍상과 세월은 시아버지 오봉선생께도 놀랄 만한 변화를 가져오게 했다. 우선 옛날처럼 집이 쩌렁쩌렁하게 울리도록 호통을 치는 일은 거의 없어졌다. 소위 양반의 티도 줄어지고, 다만 예사날보다 더 잦게 출타를 할뿐이었다.(213면)

4) 그러나 당신이 사랑에 있을 때는 이녁이 부르기 전에는 아무도 맘대로 들어가지 못한다. 그것이 당신의 체통이고 또 가풍이기도 했다.
  며느리 가야부인이 술상을 보아 갔을 때 그는 며느리를 일부러 들어오라 했다. 이러한 일은 그녀가 시집 온 뒤 처음 있는 일이었다. 가뜩이나 조마조마 하던 차에 가야부인은 약간 섬뜩해졌다. 그러나 나들이 갓을 관으로 바꿔 쓰고 정좌한 시아버지의 말은 역시 예상 외로 부드러웠다.(214면)

5) 오봉 선생은 외로웠다. 가다가 무엇이 마뜩찮거나 몹시 울적해보이는 날은 곧잘 아버지와 아들이 산으로 올라갔다. 그밖에는 대개 문을 굳게 닫고 사랑방에 접치고 있었다. 그리고는 때묻은 고서들을 뒤적거리거나 혼자서 골패를 달그락거리는 것이 거의 일과처럼 되어 있었다. 원래 말이 적은 데다 웃어 본 적이 별로 없는 그는 더욱 말이 없었고 웃음이란 건 아주 잊어버린 듯했다.(215면)

6) 이러한 며느리의 말 가운데서, 공자님과 석가님과 석가를 함부로 겨누는 소행이라든가, 승병이 어쩌고 저쩌고 했다는 따위는 듣기에 심히 거슬리기도 했지만 점잖은 시아버지의 입장에서 그런 걸 가지고 이러쿵저러쿵 힐란을 할 수도 없을 뿐더러, 이미 중년 나이를

훨씬 넘어선 며느리의 그렇게까지 굳어진 신심을 어떻게 할 도리가
없을 것 같았다.(223면)

7) 쇠약해질 대로 쇠약해진 오봉선생은 마지막 숨을 거두기 직전, 모
   여앉은 가족들에게 다음과 같은 말을 했다.
   「다들 듣거라, 명호 메누리가 이 집안에서는 제일 큰 어른이 데
   잇! 그 어른의 말을 잘 들어야 한다.」
   그러고는 점점 멀어져가는 의식을 억지로 잡아매기라도 하듯, 눈
   까풀에 힘을 주어 가야부인 쪽을 쏘아보면서,
   「공자의 인(仁)이나 석가의 자비심이…… 근본에 있어서는 같다고
   했─제?」
   겨우 이렇게 더듬거리고는 눈을 감은 것이 결국 최후가 되고 말
   았다.
   그만큼 그는 유교사상에 무서운 집념을 가졌던 것이었다. 감옥에
   서 받은 앞이마의 푸렁덩이가 이내 시커매져 갔다.(236면)

예문에서 보듯이 오봉선생은 가야부인이 시집올 당시만 해도 까다
로운 유교가문의 웃어른으로서 위엄을 지닌 인물이었다. 하지만 일제
의 식민통치로 남성으로서의 공적 영역이 상실되고, 아울러 집안도
몰락해감에 따라 세상을 등진 듯 살림도 돌보지 않으며, 형식적 상징
적 권위만을 지닌 인물로 변화해간다. 일제치하가 되고부터는 유교의
최고가치인 충(忠)이란 덕목은 정상적으로 실현할 수 없었으며, 양반
남성으로서의 공적 삶은 보장받지 못한다. 따라서 시할아버지처럼 합
방은사금을 거부하고 만주에서 독립운동을 하다가 유해가 되어 귀환
하거나 오봉선생처럼 형식적 권위만을 지닌 빈 껍데기의 공허한 남
성으로 살 수밖에 없다. 민족의 자존이 훼손된 일제강점하에서 남성
으로서 공적인 삶을 보장받기 위해선 작품 중의 이와모도 집안처럼
친일파가 되어 출세하는 반민족적이고 타락된 방법만이 허용될 뿐이

다. 따라서 오봉선생의 공허한 가장권이란 그 개인적 성격 탓이라기보다는 일제강점하의 민족현실에서 비롯된 불가피한 것이었다.

그런데 다른 관점에서 볼 때, 오봉선생의 성격은 완고한 유교적 권위주의에서 점차 벗어나 부드럽고 인간적인 그리고 타인의 권위를 인정하는 평등주의적 인물로 변화했다고도 볼 수 있다. 작품이 전개될수록 엄격한 내외 구분도 완화되고, 그는 며느리에게 부드러운 태도로 대하는데, 절을 짓겠다는 며느리에게 호통을 치거나 힐란을 하지 못하며, 임종 직전에는 며느리가 집안의 제일 큰 어른임을 인정할 뿐만 아니라 불교신앙까지도 인정하는 변화를 보여준다. 이는 오봉선생의 남성으로서의 자아실현이 차단된 외적 사회적 측면과는 다른 그의 인간적 인격적 성숙을 드러내주는 측면이라고 하겠다.

가야부인의 변화를 살펴보자.

1) 칠보화관의 구슬잠이 떨리는 대례를 마친 뒤에도 고풍을 따라 삼 년을 친정에서 묵는 동안 한 해 두어 번씩은 으레 찾아 주시던 시아버지의 얼굴은 익혀 알았지만, 우귓날 그 앞에서 새삼 큰절을 드릴 때는 어련히 내립떠보실 눈이 더욱 두렵게 느껴졌다.(208면)

2) 역시 고풍 따라 시집온 사흘째 되는 아침부터 가얏댁은 부엌으로 들어갔다. 우선 훤칠한 키가 사람들의 눈에 띄었다. 데리고 온 몸종 이외에도 삼월이나 구월이니 하는 부엌 식구들이 있긴 했었지만, 가얏댁은 부엌일을 그녀들에게만 맡기지를 않았다. 어른들의 식성을 알고부터는 더욱 그러했다.(209면)

3) 그 당시만 해도 웬만한 가문의 부녀자들은 비록 굶는 한이 있더라도 손끝 하나 꼼짝하지 않는 것을 무슨 자랑처럼 여기었지마는, 그녀는 타고난 천성이 그러질 못했다. 집안 형편을 따라서 진일 마른 일 할 것 없이 닥치는 대로 해 내었다. 일을 하는 것을 조금도 부

끄럽게 여긴다거나 꺼리지는 않았다. 그래서 일찍 배우지 못한 일이라도 이내 손에 익숙해졌다. 머슴이나 부엌식구들이 도리어 송구스럽게 여길 정도로 부지런했다. 벌써 그녀는 한다한 양반의 집 며느리가 아니라 흔해 빠진 농삿군의 마누라처럼 되어갔다.(210면)

4) 그렇게 해서 시아버지가 안 계시면 가야부인이 실제 주인 구실을 하였다. 그럴 수밖에 없는 것이, 명호양반은 아직 글만 읽는 서생인데다 시할머니는 일찍 돌아가셨고 시어머니는 워낙 눌려서만 살아어던 분이 돼서 매사에 자기의 의견이라고는 내세우는 일이 거의 없었기 때문이다.(211면)

5) 그러고부터 시어머니는 식음을 전폐하다가 결국 종신 속병을 얻게 되고, 시아버지 오봉 선생은 돌부처처럼 입을 다물었다. 가야부인은 서른도 채 못되는 나이에 그러한 시부모를 모시고 연방 기울어져 가는 집안을 거의 혼자서 다스려 나가야만 했던 것이다.
  이미 기울어진 가세에 권속만 웅성거릴 필요가 없었다. 어려운 기운데서도 삼월이는 곧 짝을 지어 내보내고 구월이는 – 육순이 넘도록 부려 온 종이라 아쉰 대로 평생 입을 옷가지를 지어서 제 아들에게로 돌려 보냈다. 많찮은 농사에 머슴도 여럿을 둘 필요가 없었다. 가야부인은 직접 안내던 모도 내고 길쌈도 하였다. 길쌈은 집안식구들의 입성을 마련하는 데만 그치지 않고, 그것으로써 아이들의 학비에까지 보태었다. 이렇게, 손아 날 살려라 하고 애면글면 영세판을 허둥거리는 동안에 다시금 십여 년의 세월이 흘러갔다. 그녀는 <가얏댁>에서 <가야부인>으로 칭호가 바뀌고, 어느덧 육남매의 어머니일 뿐 이나리, 자부도 몇이나 거느린 버젓한 시어머니가 되었다. 손자녀도 분이를 비롯해서 여럿이 났다.(213면)

6) 오봉선생은 다 말이 없었다. 그가 물러가라 할 때 그의 장죽에 성냥을 그어 대주던 가야부인은, 그때야 비로서 시아버지의 얼굴이 한결 초췌해져 있음을 발견하고 갑자기 송구스런 생각이 들었다. 단순히 노독의 탓만이 아니라는 생각이 들자, 무언지 모르게 처절

한 것이 느껴졌다.(214면)

7) 이렇게 스스로 세상을 멀리하고 또 가정에서까지 외돌토리가 된 듯한 오봉선생은 그저 친구와 술로써 시름을 잊는 것 같기도 했다. 그래서인지 멀리서 친한 선비들이 찾아오는 것을 무척 반가워했다. 옛날 같은 펄펄한 기상은 찾으려 해도 찾아볼 수 없었지만 그래도 용기를 내어 술이야 밥이야 하고 서슴치 않고 분부를 내렸다. 여유가 있고 없고는 알 바 아니다.

(중략)

다행히 가야부인은 일찍이 그러한 가정에서 자라났기 때문에 아무런 불평이 없이 이리 공대를 해갔다. 옛날처럼 나라에서 빌려주는 환자도 없어진 세월이라 쌀이 떨어지면 여기저기서 꾸어와야 했고, 닭도 돈도 그렇게 해서 구해와야만 했다.

「말 말아라, 그렇다고 궁한 표를 보일 수도 없고…… 한번은 할 수 없이 어른들 몰래 친정 오라범에게까지 사람을 안 보냈디이나.」

할머니는 그 무렵의 고충을 이렇게 회고하기도 했다.

이러한 일들로 해서 가야부인은, 나이 많은 시어머니가 있어도, 동서나 시숙들로부터 자연 가모의 대접을 받게 되었다.

「인물이나 키만 보아서가 아니라, 제반 범절이 방가위 의관의 집 맏며누리감이지.」(215면)

가야부인은 아들을 낳아 안고 시집에 들어온 이후 5남 1녀의 혈통 계승자 출산으로부터 집안의 봉제사와 시부 오봉선생의 손님에 대한 헌신적 접대를 비롯해서 남성세계를 보완하는 존재로서 위치를 정립해간다. 집안의 가세가 기울어감에 따라 양반 며느리의 형식적 체통보다는 농사일과 길쌈 등으로 가정의 경제와 경영을 책임지는 실질적 여가장의 역할을 능동적으로 수행하는 인물인 것이다. 시집 올 당시 시부인 오봉선생을 두려워하던 그녀는 세월이 지나는 동안 가얏댁에서 가야부인으로 호칭이 바뀌고, 며느리에서 버젓한 시어머니로 변화한다. 봉제사와 접빈객에 헌신적으로 봉사해온 그녀는 가모로서 집안에서 존경받는 위치를 획득하며, 무엇보다도 시부인 오봉선생의 두터운 신뢰를 얻게 된다. 가야부인이 집안의 가모가 되는 과정에서 전통적인 효와 부덕뿐만 아니라 근면성과 과단성, 진취성, 과감성이 결합된 성격의 인물로 파악되고 있다.[12]

조선조 후기의 역사적 상황과 사회변동은 적극적 능동적인 새로운 여성상을 형성시킨 것으로 이해되고 있다. 고전소설인『박씨전』『정수경전』등의 여주인공의 대두가 그 좋은 예이다. 한국사회가 겪어온 끊임없는 내우외환은 여성들의 역할을 증대시켜 왔으며, 그것이 여성들의 지위를 높여준 것이라는 견해가 있다.[13] 가야부인과 같은 적극적 능동적 여성상도 조선조 후기 이후의 사회변동의 과정에서 새롭게 형성된 여성상을 반영하는 것으로 이해할 수 있다.

3. 내적 인격의 실현과 불교

위에서 살펴보았듯이 가야부인은 가모로서 시집살이를 능동적 주체적으로 수행한다. 그렇다고 하여 그 길이 한명의 독립적 전인으로서 주체성을 실현하는 과정이라고는 볼 수 없다. 그 길은 오히려 가부장제의 가치를 자발적으로 내면화하여 능동적으로 행동에 옮긴 과정에 불과하다. 이러한 전통적 여성상은 외적 인격에 불과한 페르조나(persona)로서의 여성상으로 그 형성과정에는 전통사회의 남성들의

---

12) 조갑상, ‘수라도 연구’, 한국문화논총 제 11집(한국문학회, 1990), 404−405면 참조.

13) 하현강, ‘한국 여성상의 형성’, 김열규 외 공저, 한국여성의 전통상(민음사, 1985), 24−27면 참조.

아니마 원형상의 투사가 개입되고, 또는 여성 자신에게도 있는 여성 원형에서 산출되면서 시대의식에 의해서 어떤 형으로 굳어진 것으로 이해된다. 따라서 이러한 여성상은 자칫 남성들이 바라는 여성상이 될 위험성마저 있다.14) 한 인간에 있어 페르조나와의 맹목적 동일시는 개성을 살리는 데 저해가 될 뿐만 아니라 자아의 궁극적 목표는 페르조나와의 맹목적 동일시가 아니다.15) 자아와 페르조나와의 동일시는 인격의 작은 부분을 실현할 따름이며, 무의식 속의 내적 인격을 의식화함으로써 비로소 전일에의 길에 접근할 수 있다. 그리고 이런 작업은 왕왕 세속과의 알력, 고독이라는 고통을 수반하게 된다.16)

　가모로서 그 역할과 권위를 인정받은 이후 가야부인은 크게 변화한다. 즉, 그녀의 억압되었던 내면의식이 발현되고, 억제되었던 표현적 자아가 표출된다. 몰락해가는 허씨 집안의 튼튼한 경영자요, 존경받는 가모가 되기까지 그녀는 적극적이고 이성적이고 능동적 측면, 즉 아니무스만이 발현된 인격을 표현한다. 작품에서 그녀의 외모에 대한 묘사는 "우선 훤칠한 키가 사람들의 눈에 띄었다"에 불과한데, 이러한 외면 묘사는 가야부인의 성격적 대범함을 확인시켜줄 뿐이다. 기능주의 심리학자 파슨즈(T. Parsons)는 도구적 남성, 표현적 여성이란 이분법에 의해서 남녀의 역할 및 심리적 특성을 구분한다. 이제까지의 가야부인의 삶은 감정의 억제, 합리성, 능동성, 일의 수행 및 성취, 생산성과 효율성을 존중하는 도구적 자아의 표현이었다. 대체로 도구적 역할은 아내와 어머니에 의해서 수행되는 것이 아니라 남편과 아버지에 의해서 수행되며, 남성적인 것으로 인식되어왔다.17) 가야부인

---

14) 이부영, '한국민담 속의 여성원형상', 김열규 외 공저, 한국여성의 전통상, 78－79면 참조.
15) 이부영, 분석심리학(일조각, 1978), 65－70면 참조.
16) 이부영, '한국민담 속의 원형상', 한국여성의 전통상, 98면 참조.
17) 린다 M. 글레논, 여성과 이원론(이대출판부, 1990), 40－51면 참조.

의 도구적 역할은 현실적으로 여가장의 임무를 수행해야 할 처지로
서는 불가피하고도 당연한 선택이었다. 따라서 가야부인은 표현적
자아가 극단적으로 억압되며 도구적 자아, 또는 아니무스만이 극단
적으로 확대된 불균형한 인격적 특성을 나타냈다고 할 수 있다. 즉,
그녀의 감성적이고 감정적 측면은 억압되어 전혀 드러나지 않았던
것이다.

그러나 어느날 밤을 전기로 하여 가야부인은 이제까지 보여주었던
대찬 가모로서의 도구적 자아에 가려져 보이지 않던 감정적이고 표
현적인 자아의 새로운 측면은 노출한다.

> 그녀의 시가는 워낙 완고한 유교의 집안이었던 것이다. 그러던 어
> 느날 – 바람이 몹시 불던 밤이었다. 집 뒤를 에워싼 참대 숲이 워
> 썩워썩 울어댔다. 그렇게 대숲이 워썩거리는 밤이면 가야부인은 곧
> 잘 고향인 명호 앞바다가 생각나고, 처녀 때 읽은 『사씨남정기』란
> 고대소설의 한 대목이 잇달아 머리에 떠오르는 것이었다. – <하늬
> 바람에 대숲은 일렁이는데, 창창한 바다는 만리나 펼쳤도다>라고 하
> 는 관세음보살의 화상을 칭송한 부분이었다. 그날 밤에는 이상하게
> 도 죽은 딸까지 생각나서(가야부인은 시집까지 간 고명딸을 달포 전
> 에 잃었던 것이다) 더욱 잠을 이루지 못하고 늦게까지 분이의 버선
> 을 꺼내놓고 뜨게질을 하던 참인데, 뜻밖에 시어머니의 방에서 염불
> 외는 소리가 나지막하게 들려왔다.
>
> (중략)
>
> 가야부인은 뜨게질을 하던 손을 멈춘 채 가만히 귀를 기울이고
> 있다가, 자기도 모르는 사이에 눈시울이 뜨거워졌다. 틀림없이 시어
> 머니는 또 죽은 밀양양반을 생각하고 있으리라 싶었던 것이다.
> 가야부인은 곧 시어머니에게로 건너갔다. 그냥 있을 수가 없었던
> 것이다. 그러나 그때 무슨 말을 여쭈었는지 기억에 확실치 않았다.
> 다만. – 어머니 내일이라도 어느 절에 좀 다녀오이소! 통도사도 좋
> 고, 밀양 표충사도 안좋겠능기요. 밀양 같음 밀양 동시를 데리고……

밀양동시도 저래 외롭게 지내이 칸에!…… 아마 이러한 내용이 아니었던가 짐작되었다 뚜렷이 생각나는 것은 그때 시이미니께서 눈이 오꿈해가지고서 자기를 뚫어지게 건너다 보았다는 사실이다. 그러고 하신 말씀이다.

「오냐, 늬가 내 눈엔 꼭 관세음보살 같구나!」 (216－7면)

대숲의 우는 소리에 대한 묘사, 고향 생각, 무엇보다도 죽은 딸의 생각으로 가득차 있는 가야부인의 모습은 더 이상 대찬 가모로서의 모습이 아니다. 그녀는 꿋꿋히 시집살이를 해나가는 동안 친정에 대한 그리움마저도 억압해야 했고, 또한 일제하의 민족 수난을 통해 시할아버지와 시숙의 죽음을 겪어내야 했던 분위기 속에서 정작 고명딸의 죽음을 슬퍼할 수조차 없었다. 그런데 대숲이 워썩거리며 울던 날 밤에 그녀는 고향생각에 잠기고, 관세음보살을 칭송한 소설대목을 떠올리는가 하면, 죽은 딸에 대한 생각으로 잠을 못 이룬다. 그리고 둘째 아들을 잃고 정신 나간 사람처럼 되어 오로지 불도에만 낙을 붙이지만 완고한 유교집안의 관습 때문에 절에도 가보지 못하는 시어머니에 대해 감정적 유대를 느끼며, 남편을 잃고 외롭게 지내는 동서에 대해서도 연민의 감정에 휩싸이는 감성적이고 표현적인 자아를 표현한다. 가모로서의 페르조나(persona)가 도구적 자아의 표현이었다면 이에 가려지고 억압되어온 표현적 자아는 내적 인격에 해당될 것이다. 바로 이 억압된 내적 인격이 고개를 든 것이다.

가야부인의 불교에의 신앙은 가모라는 유교적 페르조나에 동일시해 온 그녀의 인격이 개성화를 통해서 진정한 자아, 통합된 자아로 나아가는 과정에서 모티베이션을 제공한다. 집안의 존경받는 가모로서의 역할과 위상의 획득은 사실 외적 인격의 실현이라는 한 측면에 불과하다. 따라서 그녀가 보다 성숙한 인격의 실현, 통합된 자아의 실현에 이르기 위해서는 내적 인격과의 조화를 이루어야 한다. 땅 속에 묻혀 있던 돌부처가 가야부인의 눈에 뜨이고, 가야부인에 의해서 미륵당에 모셔졌다는 의미는 가야부인의 통합적 인격과 자아실현에 매우 중요한 상징성을 지닌다. 그녀의 무의식의 그림자 속에 감추어진 표현적 자아, 내적 자아의 발견을 의미하는 것으로 읽혀지는 것이다. 그녀가 흙에 파묻힌 돌부처를 발견한 순간 신비감에 휩싸인 것은 바로 그녀의 내적 인격의 투사라고 할 수 있다. 돌부처의 발견은 유교적 가부장주의에 동조하고, 가부장적 신념과 가치를 내면화해온 유교적 부덕을 갖춘 여성으로서만이 아니라 주체적이고 독립적인 여성으로서 거듭나는 자기발견의 의미를 가지는 것이다.

> 「장작개비 같이 언 팔에 힘을 주어서 머리에 였던 장바굼지를 겨우 내려 놓고 막 웅크리고 앉일라카니 발끝에 수상한 기 안 비이나! 거기만은 이상스럽게도 눈이 녹아 땅이 푸석푸석한데 반들반들 돌뿌리가 하나 쑥 볼가져 있더라카이. 그래서 조금 긁적거려 보았디이……」
> 가야부인은 그때의 신비감을 만면에 되살렸다. ― 그것이 바로 한 쪽 귀퉁머리가 이지러진 돌부처 ― 지금 미륵당에 모셔져 있는 돌부처의 정수리였다는 것이다. 마침 산에 눈이 무덕지게 덮혀 있던 때라, 그녀의 머리에는 석가여래가 눈을 맞아 가며 수도를 했다는 설산 생각이 문득 떠오르고, 그때까지 오장육부가 다 어는 듯싶던 추위가 금시에 가시어지는 것 같더라고 했다. 그래서 다시 흙으로 덮어두고 돌아왔지만, 가야부인의 머리에는 그것이 떠날 날이 없게 되었다. (219면)

이 작품에서는 내적 인격 실현의 계기를 불교라는 신앙이 제공하는데, 이 신앙에의 추구는 시부와의 알력이라는 갈등적 상황을 초래하게 된다. 그것은 페르조나와의 맹목적 동일시에서 벗어나 통합된 인격을 실현하는 과정에서 필연적으로 요청되는 갈등이요, 고통이라고 할 수 있다. 그녀는 내적 인격과의 만남에서 매우 강렬한 감정을 촉발받는데, 그것은 조그만 절을 세워 부처를 모시사는 구제석 욕망으로 표출된다. 하지만 엄격한 유교적 가풍 속에서 그녀의 절을 짓고자 하는 욕망은 필연적으로 장애를 받게 된다. 절을 짓고 싶은 욕망과 이를 실현할 수 없는 현실 사이에서 겪는 심적 갈등은 마침내 노이로제 증세까지 유발한다.

> 결국 가야부인은 그 일로 말미암아 마음에 병이 생겼다 — 하필 그 부처님이 자기의 눈에 뜨인 것은 정녕 무슨 심상치 않은 인연의 탓이리라, 그냥 모른 척하고 내버려 둔다는 것은 그야말로 억겁의 죄를 짓는 것만 같았다. 그녀는 잠을 제대로 이루지 못하게끔 되었다. 어쩌다 어렴풋이 잠이 들었다가도 꿈에 그 돌부처의 머리가 불쑥 나타나서 소스라쳐 일어나곤 하였다. 물론 음식도 먹히질 않았다. 먹어도 삭여내질 못했다. 시름시름 자꾸만 말라 들어갔다.(219면)

지금까지의 시집살이가 시부 오봉선생의 정신적 지지와 신뢰 속에서 이루어진, 몰락해가는 집안을 다스리는 외적 환경과의 갈등의 과정이었다면 지금부터 표출되는 갈등은 시부인 오봉선생의 유교적 가치와 가야부인의 불교적 가치와의 내적 가치관의 충돌과 대립이라는 새로운 양상으로 발전한다. 그녀는 마침내 시부에게 불려나가 정면으로 치열한 갈등을 겪게 된다. "무당과 중을 멀리하는 것이 선비집안의 체통인 줄 알 터인데―", 또는 "어째서 자네는 요사스런 불교를 버리지 못하겠다는 건고?", "기어코 생각을 고치지 못하겠는가?" 하고 위엄과 분노에 찬 시부의 호령 속에서도 그녀는 침묵으로 일관하다가 까닭을 말해보라고 했을 때에야 비로소 자신의 생각을 밝힌다. 그녀의 태도는 분명했고 당당했다. 아무런 결론 없이 시부가 출타를 해버리자 그녀 역시 집을 나와 죽은 딸 체봉의 시체를 화장해버리고,

미륵당의 터를 닦는다. 화장은 바로 불교의 풍속이며, 절터를 닦는 직접적 행동을 통해서 가야부인은 불교신앙을 적극적으로 표출한다.

> 가야부인은 집을 나올 때 정말 머리를 깎으려고 했다. 늙으막까지의 시집살이가 고되어서가 아니었다. 그런 건 오히려 아무렇지도 않았다. 오직 신심의 탓이었다. 허씨 가문을 위해서는 자기로선 할 만큼은 했다고 생각했다. 그런데도 불구하고 그녀의 마지막 조그만 소원 – 땅에 묻혀 있는 부처 하나 꺼내는 일까지 허락하지 않는다는 것은 억울한 일이었다. 여지껏 애써 살아온 보람, 그리고 자신의 존재가 고작 그것뿐인가 생각하면 어떤 의미로는 분하기까지 하였다. 게다가 억겁의 죄를 범하는 것이라고 느꼈다.(226-7면)

시부와의 갈등은 그녀에게 지금까지의 삶에 강한 회의를 안겨준다. 지금까지의 삶이 시부의 가치, 즉, 유교적 덕목을 따른 것이었다면 이 삶에 대해서 그녀는 강한 회의와 억울함과 분노를 나타낸다. 즉 불교에 대한 신앙은 단순한 신앙심의 표출이 아니라 가야부인이 이전의 무주체적 삶과 단절하며, 내적 자아를 발견하고, 인간적 주체성을 실현하는 복합적 의미와 연결되어 있다. 작가는 "그러나 아버지의 성 하나 타 가지고 남의 가문에 와서 <삼종지례>니 <칠거지악>이니 하는 무쇠 같은 유교의 계율에만 억눌려 사는 멀쩡한 노예인 그녀들에게는 뚫고 나갈 구멍이라고는 까마득했다."고 갈등적 상황에 대한 논평을 가하는데, 이 사건이야말로 가부장제하의 노예적 삶을 청산하고 주체적 삶을 실현할 전기로 작용하는 것이다. 즉, 가야부인의 자아는 지금까지의 시집살이의 적응을 통한 입사(initiation)의 시련을 무난히 수행함으로써 대모란 신화적 원형상을 형성해 왔다. 그러나 그녀가 진정으로 성숙한 인간이 되기 위해서는 가부장을 상징하는 시부 오봉선생과의 정신적 유대의 단절(seperation), 가부장제를 뒷받침해

주는 이념인 유교의 여성상과의 단절을 필요로 한다. 불교는 그런 의미에서 가야부인이 진정으로 주체적이고 독립적인 인산이 되기 위한 성숙과 주체성 실현의 과정에서 필요한 시련과 갈등, 그리고 단절을 제공한다고 볼 수 있다.

그런데 왜 같은 종교인 유교로는 안되며, 불교라야 되는가? 전통 한국사회에서 종교생활은 몇 가지 층위로 이루어지는데, 국가적인 관료종교인 유교는 조상숭배와 천도숭앙(天道崇仰)을 지고의 이념으로 삼았다. 여기서 여성은 철저하게 배제되었다. 관료종교로서의 유교는 가정내에 전리되어 가부장적 조상숭배로 일관되었고 여기서도 여성은 금기시되고 분리되었다.[18] 신앙행위에 나타나는 남녀의 성차와 분리, 그리고 유교의 여성에 대한 소외는 필연적으로 남성의 종교인 유교 아닌 새로운 종교를 여성들에게 요청하도록 만들었다고 할 수 있다. 여기에는 무속신앙이나 불교와 같은 대안이 있을 수 있는데, 이 작품에서는 무당 천금새의 몰락을 통해 무속신앙에 대해서는 부정적 가치를, 불교에 대해서는 긍정적 가치를 나타냈다고 볼 수 있다.

『수라도』에서 불교는 권위주의적 종교가 아니라 불행한 여성들을 위한 위안의 기능, 치유적 기능을 띤 것으로 제시되고 있다. 그리고 불교의 위안적 치유적 기능은 가야부인의 표현적 자아, 내적 인격을 반영한다. 불교는 고명딸을 잃은 가야부인은 물론이며, 아들을 잃은 그녀의 시어머니와 남편을 잃은 동서에게도 위안과 치유의 기능을 띠고 있다. 뿐만 아니라 그녀가 세운 미륵당은 그녀의 가족을 넘어서서 이웃과 마을의 불행한 여성들에게도 치유적 기능을 담당하는데, 그녀들의 불행이란 식민지 백성으로서 겪는 아들, 딸, 남편, 손자녀를 일제에 억울하게 빼앗긴 민족적 불행인 것이다. 일제는 태평양 전쟁

---

18) 김열규, '한국여성의 전통적 종교심성의 원형', 한국여성의 전통상, 111면 참조.

말기에 식량공출, 유기 제기의 강제공출을 비롯하여 사람 공출을 시
작했는데, 남자들은 탄광과 전장으로, 여자들은 공장과 위안부로 끌
려갔던 것이다. 즉, 불교는 일제하의 불행한 민족에 대한 치유적 위
안적 기능을 띤 것으로 제시되었다.

> 가야부인은 결코 남들에게 절에 와달라고 권하지 않았다. 절을 맡
> 아주는 스님에게도 그렇게 시켰다. 시주는 더욱 권하지를 않았다.
> 「촌사람들이 무슨 여유가 있다고! 오다가다 찾아주는 것만 해도
> 고맙지.」
> 늘 이런 투로 말했다. 염전을 하는 친정 오라범이 막내동생인 그
> 녀와 그 절을 위해서 강 건너 대동면에 사준 논 열두 마지기의 수입
> 으로 미륵당의 유지는 가능했기 때문이다. 절을 세울 때부터 그런
> 생각을 했거니와 그야말로 가야부인 자신을 위한 절이요, 불행한 아
> 낙네들을 위한 사랑 같은 곳이었다. 무슨 기도를 드려 소원성취를
> 한다기보다 아들, 딸, 남편, 손자녀들을 억울하게 빼앗긴 그녀들은
> 거기서 어떤 마음의 위안을 얻곤 하였던 것이다. 그래서 특별한 불
> 사가 없는 날에도 할머니들은 곧잘 모여 들었다. 대밭각단 양접장의
> 할머니도 손자가 학병에 끌려가 죽은 뒤부터는 역시 미륵당에 나왔
> 다.(250면)

가야부인은 불교의 신앙을 통해서 개인적 소원을 비는 것이 아니
라 가족을 넘어선 이웃과 민족에 대한 이타적인 사랑을 실천한다. 이
점에서 미륵불의 화신인 것이다. 이타적 사랑의 절정은 정신대(위안부)
로 공출되는 종 옥이에 대한 사랑에서 극대화되는데, 그녀는 양반과
종이라는 계급의식을 넘어서서 평등주의적 인간관을 실천한다. 사위
박서방과 옥이의 결혼은 단순한 남녀의 결합을 의미하는 것이 아니
라 계급을 넘어선 평등한 인간관의 실현, 나아가 일제 식민주의에 대
한 민족적 저항이라는 복합적 의미를 지닌다. 가야부인의 인간적 성

숙은 가족제도를 넘어서서 이웃과 민족의 차원으로 확대된 더 큰 차원을 보여주었으며, 한 여성의 인간적 성숙을 다루었다는 점에서 이 소설을 여성교양소설로 평가해도 좋을 것이다.

정신대 공출에 대해서 작가는 "일본 <시즈오까>라든가 어딘가에 있는 비행기 낙하산 만드는 공장과 또 무슨 군수공장에 취직을 시킨다고 했었지만 막상 간 사람들로부터 새어나온 소식에 의하면 모조리 일본병정들의 위안부로 중국 남쪽지방으로 끌려갔다는 것이었다, 말하자면 기만과 강제에 의한 그들의 전쟁 희생물이었다. 어리석고 가난하고 힘없는 식민지 농민들의 딸들은 그렇게 끌려가게 마련이었다."(252면)라고 논평한다. 정신대 공출 사건은 일제 식민지하에서의 제국주의 민족모순과 계급모순을 드러내는 사건이며, 여성을 성적 도구화하는 파시즘과 가부장주의의 모순을 복합적으로 드러내는 사건이다. 작가는 단편소설 「오끼나와에서 온 편지」(1977)에서도 정신대 문제를 다룬 바 있다. 양반의 후예인 박서방이 옥이를 처로 호적에 올림으로써 그녀는 정신대 공출에서 구출되는데, 이를 인정하는 가야부인에 의해서 작가의 평등주의적 가치관은 드러난다. 그리고 개인적 사건을 민족적 차원으로 승화시키는 민족주의적 작가의식은 표출된다.

가야부인의 주체성 실현과정에서 죽은 딸의 남편인 사위 박서방이란 남성 협력자를 만나게 되며, 친정 오빠의 물질적 지지를 받게 된다. 여성의 주체적 자아실현의 과정에서 남성 협력자, 조력자의 대두는 중요한 의미를 지니는데, 이 작품에서 협력자가 시가인 허씨 집안의 남성이 아니라는 것은 많은 생각을 갖게 한다.

한편, 시부 오봉선생이 한산도사건으로 피검되자 가야부인은 가정으로 복귀하며, 이전의 가모로서의 면모를 회복한다. 그녀는 일가친척 모두가 속수무책인 상황에서 아들이 도경 고등계에 경부보로 있

는 친일파 이와모도 참봉을 찾아가 시부의 면회를 주선해줄 것을 부
탁한다. 이 과정에서 가야부인은 유연성 있는 현실주의적 태도를 보
여주는데, 이에 대해 조갑상은 현실의 억압에 굴절하고 타협하는 것
이 아니라 가문의 비극을 이겨나가면서 가문을 유지하는 생존이며,
저항성을 내포한 강인한 정신이라고 지적한다.19)

시부가 피검되는 사건은 가야부인의 가모 위치로의 복귀, 집으로의
귀환을 매우 자연스럽게 만들어준다. 하지만 이 때의 복귀는 이전의
페르조나에 불과했던 무주체적 가모상과는 다른 주체적 가모로의 복
귀라고 하겠다. 대부분의 페미니즘 소설에서 여성은 주체성을 실현하
기 위하여 집 밖으로 가출하며, 이는 페미니즘 문학의 원형적 모티프
가 되고 있다. 엘렌 모어스(Ellen Moers)는 이를 '산책의 은유'로써 설명
될 수 있으며, 삶의 제한성에 대한 반응기제로서 산책은 불가피하다
는 견해를 피력한 바 있다.20) 하지만 이 작품은 가출과 복귀 내지 재
귀환의 구조를 지니며, 이는 가출로 결말되는 많은 페미니즘 소설과
는 그 플롯을 달리한다. 이는 어떤 의미에서는 가부장제를 완전히 부
정하지 않는 남성작가의 절충적 태도를 반영한다고도 보이며, 다른
한편으로는 어느 정도의 현실과의 절충을 고려하는 작가의 현실주의
적 태도를 나타냈다고도 해석된다.

그리고 이 가모상은 외적 인격인 페르조나와 내적 인격의 전일과
조화를 이룬 통합된 자아를 의미하며, 동시에 도구적 자아와 표현적
자아의 조화를 이룬 양성적 자아의 모습이라고 하겠다. 벰(Sandra L.
Bem)에 의하면 적응력이 뛰어난 양성적 인간은 여성적 특질과 남성
적 특성을 포괄적으로 동시에 수용한다는 것이다.21)

---

19) 조갑상, '수라도 연구', 앞의 책, 406면 참조.
20) Ellen Moers, *Literary Women*, (N.Y.Doubleday Company, 1976) p.130.
21) Sandra L. Bem, "Probing the Promise of Androgyny," in *Beyond Sex—role
    Stereotypes : Readings Toward a Psychology of Androgyny*, ed. Alexandra G.

그녀가 집으로 복귀한 이후 시부와의 갈등은 자연스럽게 해소된다. 작품의 결말에서 시부는 "「다들 듣거라, 명호 메누리가 이 집안에서는 제일 큰 어른이데잇! 그 어른의 말을 잘 들어야 한다.」"라는 유언으로 가야부인의 확고한 위치를 인정하며, 두 사람 사이에 가치의 갈등을 빚었던 불교에 대한 인정도 하게 된다. "「공자의 인(仁)이나 석가의 자비심이…… 근본에 있어서 같다고 했─제?」"는 불교의 일방적 승리를 의미하는 것이 아니라 유교와 불교의 두 가치에 대한 대등한 인정이라고 볼 수 있다. 작가는 오봉선생의 장례식에 모인 선비들의 의연한 모습에 대한 긍정적 묘사를 통해서도 유교나 불교에 대해 가치중립적 태도를 보여주었다고 생각된다.

그런데 작품은 두 사람의 갈등 해소에서 끝나지 않고, 친일파 이와모도의 이상한 와병과 죽음, 무당 천금새의 몰락으로 이어지며, 옥이의 정신대 공출사건이란 절정을 향해 치닫는다. 이는 이 작품의 핵심적 갈등이 종교를 문제로 삼은 시부와 며느리의 갈등에 있지 않음을 보여주는 것이다. 사실 이 작품에서 가야부인과 시아버지 오봉선생과의 갈등은 일시적이고 부분적인 갈등관계였다. 불교라는 종교를 두고 가치관의 갈등을 빚기까지 두 사람의 관계는 시아버지와 며느리라는 어려운 관계임에도 불구하고 상호신뢰의 관계였던 것이다.

이와 같은 작품의 플롯은 일제하의 가족 수난을 통한 민족 수난과 저항을 작품화하고자 한 작가의 의도를 드러내준다. 즉, 시할아버지의 만주에서의 독립운동과 죽음, 3·1운동으로 인한 시숙의 죽음, 시부 오봉선생의 죽음, 아들의 학병을 피한 도피, 그리고 옥이의 정신대 공출에 이르기까지의 일련의 허씨 집안의 수난은 일제하의 민족이 겪는 수난과 저항을 전형적으로 반영한다. 작품은 대단원에서 해방 이후의 민족적 혼란과 모순을 묘사하는데, 독립운동을 했던 허씨

Kaplan and Joan P Bean(Boston : Little, Brown, 1976), pp.51ff.

집안의 계속적 영락과 이와모도 집안의 승승장구를 대조시킴으로써 민족사의 모순과 혼란을 다시 한번 극명하게 드러낸다. 즉, 수라도와 같은 무질서한 세계는 끝나지 않고 민족사의 비극은 계속되는 것으로 작가는 파악했던 것이다.

4. 결론

작가는 『수라도』에서 남녀차별 문제를 적극적으로 다루지 않았다. 하지만 가야부인이라는 일제하의 민족적 수난과 모순 구조 속에서 살아온 한 여성의 통합적 인격실현과 정체성 찾기라는 교양소설적 제재를 통해서 페미니즘이라는 문제에 충분하게 접근했다. 가야부인은 가부장제가 요구하는 여성상인 전통적인 가모이자 존경받는 여성으로서 불교를 통해 내적 인격을 자각하고, 여성적이기보다는 양성적인 특성을 갖춘 통합된 인격을 실현함으로써 가정의 울타리를 넘어서서 이웃과 민족에 대한 이타적인 삶을 실현하는 미륵불 같은 여성으로 형상화되었다.

더욱이 이 작품에서 고부간의 관계를 대립적으로 다루거나 부부간의 관계를 적대적 관계로 설정하지 않으면서 가부장제하에서 여성의 주체적 인격실현의 어려움과 그 성취를 보여주었다는 점에서 작가의 페미니즘 의식의 탁월성이 드러냈다. 하지만 가부장제란 대명제를 부정하지 않음으로써 남성작가의 절충적 또는 현실주의적 태도를 반영했다는 해석도 가능해진다. 식수스(E. Cixous)는 경험적 저자의 성별을 문제삼기보다는 글쓰기의 종류를 문제삼아야 한다고 했다. 즉, 글쓰기를 산출해낸 저자의 성별과 글쓰기 자체의 성별을 혼동하지 말아야 한다는 의미이다. 식수스는 남성작가인 장 쥬네를 여성적인 또는 양성적인 작가라고 평가했는데,[22] 김정한에게도 이와 같은 평가가 가능하지 않은가 한다. 즉, 김정한은 경험적 성별이 남성임에도 불구하고 글쓰기에 있어서 일정한 페미니스트 의식을 형상화해냈다는 점에서 양성적 작가라고 말할 수 있을 것 같다. 이것은 김정한의 민중의식이 계급적 평등원리를 넘어서서 남녀관계에도 적용됨으로써 가능하지 않았나 여겨진다.

부산의 작가로서 김정한은 『수라도』에서 부산지역을 배경으로 설정하면서 지역의 문제를 구체성 있게 다루었고, 동시에 지역적 특수성에 머물지 않고 이를 민족주의적 관점에서 민족적 보편성으로 확대시키는 데 성공했다고 생각된다.(1995)

---

22) 토릴 모이, 임옥희 외 공역, 성과 텍스트의 정치학(한신문화사, 1994), 126－9면 참조.

해녀의 체험공간으로서의 바다*
― 김정한·오영수·심상대·이태준·강인수의 소설을 중심으로

1. 머리말

해수가 충만한 바다, 이런 바다를 가지고 있는 것은 태양계의 행성 중에서도 오직 지구뿐이다. 지구 표면의 약 3분의 2는 바다로 덮여 있고, 지구 위의 생명체는 바다에서 탄생되었으며, 인간을 비롯하여 지구 위의 생명체의 혈액은 성분상으로 해수와 닮았다고 한다.[1]

인간의 식량과 자원 공급원으로서, 교통의 수단으로서 오랫동안 중요한 역할을 해온 바다는 21 세기에 접어들면서 고갈되어 가는 육상 자원을 대신하여 식량, 광물, 에너지, 의약품 등 무한한 자원이 매장된 무궁무진한 보고이며, 휴양과 각종 해양스포츠의 공간으로 그 중요성이 새롭게 인식되고 있다.

---

* 본 논문은 1997년 8월 2일 부산문인협회 주최 제2회 해양문학심포지엄(부산일보사 대강당)에서 발표한 논문임.
1) 이광우·손영수 역, 바다의 세계 1(전파과학사, 1993), 3-4면 참조.

거친 바다를 삶의 터전으로 삼아온 '해녀'는 바다밭, 곧 지정된 공동어장에 무자맥질하여 해조류·패류를 캐고, 그 수익으로써 생계를 삼거나 살림에 이바지함으로써, 즉 나잠어업(裸潛漁業)을 직업으로 삼는 여성으로 정의할 수 있을 것이다. 그런데 직업인으로서의 해녀는 한국과 일본 등지에만 그 분포가 국한된다고 한다.2) 즉, 해녀들에 의한 잠수어로의 형태는 제주도와 한국연안의 일부, 일본의 본주(本州)와 오끼나와, 그리고 대만의 남동부에 있는 난도(蘭島) 홍두서(紅頭嶼)의 야미족에서만 볼 수 있다는 것이다.3)

그리고 '해녀'라는 용어는 남성 나잠업자를 자리키는 해남(海男), 해사(海士)의 상대어로서, 그 용어 사용에는 다소의 논란이 있다. 즉, 해녀란 표현이 일제의 잔재요, 식민정책으로 말미암은 호칭으로 제주 해녀를 천시하는 어휘라는 주장을 펴며, 이를 대신할 용어로 잠수(潛嫂)라는 용어를 대안으로 제시하는 주장도 있다.4)

하지만 해녀는 기록에 의하면 기원전 268년에 지어진 『위지왜인전(魏志倭人傳)』에서부터 그 용어가 등장하며, 일본의 고대시집인 『만엽집(萬葉集)』(759)에도 해녀를 비롯하여 잠녀(潛女) 등의 용어가 등장한다고 한다. 즉, 일본에서 오래 전부터 해녀(あま, ama)는 바다에서 일하는 사람이라는 의미로 남녀 모두에게 쓰여진 용어이며, 특별히 한국의 해녀를 천시하는 의도는 전혀 없다고 한다.5) 따라서 본고에서는 현재 보편적으로 널리 사용되는 용어인 해녀를 그대로 사용하겠다. 본고의 텍스트가 된 작품에서 강인수는 잠녀, 김정한은 해녀와 잠녀를 고루 사용하고 있으며, 오영수는 '보재기(海女)'라는 고유어를 사용

---

2) 김영돈 외, 제주의 해녀(제주도, 1996), 22면 참조.
3) 최성애, '해녀의 이주 생활사─부산 용호어촌계 해녀에 관한 사례연구', 수산업사연구 제2권(수산업사연구소, 1995), 65면.
4) 강대원, 개정판 해녀연구(한진문화사, 1973), 22면 참조.
5) 김영돈, 제주의 해녀, 42─50면 참조.

하고 있음을 밝혀둔다.

최근 제주도를 비롯하여 해녀의 수는 급격히 감소하고 있다. 특히, 제주도의 경우, 관광주도형의 산업화와 감귤농장의 확대 등으로 해녀의 수는 급격히 감소하는 추세에 있다. 또한 소녀들의 높은 진학률, 재래적 직업관의 변화 등은 획기적 대책이 없는 한 해녀의 명맥마저 끊기고 말 것으로 예상되고 있다. 한편 제주도가 국제적 관광지로 발돋움하면서 해녀들의 물질을 관광객들이 직접 체험케 하는 '체험어장'이 생김으로써 관광상품화되어 가기도 한다.6)

지금까지 해녀는 산업의 측면, 문화적 측면, 일상생활의 측면에서 중요한 역할과 위치를 점하여 왔음에도 불구하고 점점 사라져가는 이들에 대한 보호대책 및 연구는 아주 미미한 상태에 있다.7)

2. 체험공간과 원형(archetypes)으로서의 바다

볼노브(O. F. Bollnow)에 의하면 체험 공간(der erlebte Raum)이란 지금 현재 거기에 있는 문제로서, 인간이 그 속에서 구체적 생활을 하고 있는 공간이며, 인간의 구체적 생활에 대해 열려 보여주는 공간을 의미한다. 체험공간은 인간에게 보호자이면서 협박자로, 통로이면서도 체류로서의 의미를 가질 뿐 아니라 이국 또는 고향이 되며, 충실한 처소 또는 전개의 가능성으로서의 의미를 가지는 동시에 저항체가 되기도 한다. 인간은 공간의 이러한 이중적 가치양상 가운데서 어느 한 요소만을 가지게 된다. 따라서 인간의 경험과 상황에 따라 공간은 추진과 억제로서, 또는 인간의 손발처럼 편리하고 용이한 것이면서도

---

6) 김영돈 외, 위 책, 492−7면 참조.
7) 최성애, '해녀의 이주 생활사', 수산업사연구 제2권, 65면 참조.

적대적 존재로서 인간에게 가치를 가지게 되는 것이다.8)

또한, 바다는 인간의 무의식과 예술적 문학저 상상력에 무한힌 영향을 미쳐『구약성서』를 비롯하여 수많은 신화와 동서양의 문학·예술작품들 속에서 아름답고도 무서운 대상으로 묘사되어 왔다. 문학작품 속에서 바다의 원형적 이미지는 모든 생의 어머니, 영혼의 신비와 무한성, 죽음과 재생, 무궁과 영원, 무의식에 대한 보편적 상징으로 그려져 왔다.9)

바다는 물 중에서 신화적 원수(原水) 관념을 가장 크고 뚜렷하게 구현해준다. 바다는 우주만물이 비롯되고 생성되는 원천으로서의 물 그 자체로 인식되는 것이다. 문학에서 바다는 환생과 재상의 공간으로, 광막과 고난의 소재로, 이상향과 새 시대, 희망, 힘을 상징하는 대상으로, 모태와 요람으로서의 상징성과 죽음을 상징하는 세계로도 그려져 왔다.10) 또한, 물은 창조력의 원천, 즉 원수로서의 여성의 생산적 원리를 상징하며, 생명의 근원과 재생을 상징하고, 이는 다시 신성과 풍요라는 복합적 상징으로 사용되어 왔다. 또한 물은 여성, 욕정을 상징하는 성적 이미지를 가지며, 정화(淨化)와 죽음까지를 상징하게 된다.11)

바슐라르의 4원소론에 따르면 물은 죽음과 상실을, 대지는 의지와 휴식을, 불은 본능과 정열을, 공기는 움직임과 초월을 표상한다.12) 그리고 물의 이미지는 크게 부드러운 물(l'eau douce)과 난폭한 물(l'eau

---

8) 1) Otto. Friedrich Bollnow, *Mensch und Raum*, W. Kohlhammer, Stuttgart, 1963
  (3), Aufl, 1976.
  2) 김정자, 한국여성소설연구(민지사, 1991), 57-64면 참조.
9) 윌프레드 L. 게린 외, 정재완·김성곤 역, 문학의 이해와 비평(청록출판사,
  1978), 122면.
10) 한국문화상징사전 상, '바다' 항목(동아출판사, 1992), 297-300면 참조.
11) 한국문화상징사전 상, 물 항목, 284-288면 참조.
12) 곽광수·김현, 바슐라르연구(민음사, 1976), 274면 인용.

violente)의 두 가지로 구분되어진다.13) 그리고 융(Carl Jung)은 물을 무의식의 가장 일반적인 상징으로 보았다. 프라이(Northrop Frye)는 물의 상징도 그 자체의 주기를 갖고 있어 비에서 샘으로, 샘이나 분수에서 시내나 강으로, 강에서 바다나 겨울의 눈으로, 그리고 다시 먼저의 상태로 회귀하는 것으로 파악했다. 그리고 이러한 순화적 상징은 보통 네 개의 주된 양상과 대응하는 것으로 보았다. 즉, 일 년의 사 계절(봄, 여름, 가을, 겨울)은 하루의 네 시기(아침, 정오, 저녁, 밤), 물의 주기의 네 측면(비, 샘, 강, 바다), 인생의 네 시기(청년, 장년, 노년, 죽음) 등으로 대응되는 순환 속에 놓여 있다고 했다.14) 따라서 바다는 겨울, 밤, 죽음과 대응관계에 놓이는 것이다.

본고는 거친 바다를 삶의 터전으로 삼고 살아가는 해녀에게 있어 바다는 어떤 체험공간으로 인식되고 있는가를 살펴봄으로써 한국인의 바다에 대한 의식과 무의식의 일단을 알아보고자 한다.

3. 해녀의 체험공간으로서의 바다

『한국해양문학전집』15)에 따르면 해녀가 등장하는 소설은 김정한의 「월광한」(1940), 오영수의 「갯마을」(1953), 강인수의 「밀물」(1979), 현길언의 「껍질과 속살」(1986) 등이다. 이 가운데서 현길언의 「껍질과 속살」은 본고의 주제와 거리가 멀기 때문에 제외하겠다. 하지만 이태준의 「바다」(1936)와 심상대의 「저 시퍼런 바다」(1992)의 경우 해녀는 아

---

13) 가스똥 바슐라르, 이가림 역, 물과 꿈(문예출판사, 1992).
14) N. 프라이, 임철규 역, 비평의 해부(한길사, 1982), 223−4면.
15) 최영호 편, 한국해양문학전집(한국경제신문사, 1995)은 전 8권으로 되어 있지만 제7, 8권은 논픽션으로 되어 있어 소설작품은 제1에서 제6권까지 수록되어 있다.

니지만 어촌16)에서 살아가는 여성이 주인공으로 등장하는 소설로서
본고의 주제와 관련하여 힘께 실펴보고자 한다. 그리고『한국해양문
학전집』에 수록되지 않았지만 현길언의 장편소설『바람 타는 섬』은
해녀들의 생존을 치열하게 그렸을 뿐만 아니라 일제의 수탈에 조직
적으로 항거하는 적극적이고 투쟁적인 해녀상을 보여준 작품으로, 본
고에서는 다루지 못하지만 앞으로 별도의 논의가 필요한 작품이라
하겠다.

1) 자유와 동일성 회복의 낭만적 바다 ―김정한의 「월광한(月光恨)」

　「월광한」(문장, 1940. 1)은 1939년 9월 <문장>지에 발표한 수필「섬
색시」를 소설화한 단편소설이다.17) 이 작품은 김정한의 다른 작품들
과는 성격이 판이하다. 왜냐하면, 김정한의 소설은 주로 토지를 둘러
싼 현실의 모순을 고발하며 사회비판적 리얼리즘과 농민소설의 범주
에서 논의되어 왔다.18) 그런데「월광한」은 우선 공간적 배경이 포구
및 바다로 되어 있으며, 주인공은 농민이 아닌 하급관리이다. 더구나
이 작품에서 사회비판 내지 현실에 대한 관심은 거의 찾아볼 수 없
다. 대신에 인간의 성적 욕망과 현실도피에의 꿈을 그렸으며, 김정한
의 작품으로서는 보기 드물게 낭만적 환상적 색채를 띠었다는 점에
서 특이하다고 하지 않을 수 없다.
　화자이며 주인공인 '나'는 "젊은 여자에 대해서는 언제나 얼뜨기

---

16) 어촌이란 바다―포구와 어장―가 있어야 하고 사람들이 바다를 이용하여
　　경제생활을 영위하며 촌락공동체를 이룩한 형태를 말한 것 ; 한규설, 어촌
　　경제구조의 관찰 (참한, 1996), 17면.
17) 김종균, '김정한 초기소설연구', 한국외국어대학교 논문집 제 22집(한국외국
　　어대학교, 1989), 61면.
18) 송명희, '「사하촌」과 「모래톱 이야기」의 거리', 우리문학 90년 겨울호, 32―
　　59면.

노릇"에다, 십 년 가까이 충실한 하급관리 생활을 해온 인물이다. 여름철에 S포구로 출장 온 '나'는 이방인으로서의 해방감과 다소 들뜬 감정에 사로잡혀 소심한 하급관리로서의 초라한 행색에도 불구하고, 내면에서는 "제법 워즈워스의 '헤브라이 먼 섬에서 들리는 뻐꾸기 소리' 따위의 시구를 웅얼거리면서 포구를 향해 터덕터덕 떡심 풀린 걸음"을 걷는 낭만적 감정상태를 노정한다. 평소 해녀에 대해서 호기심이 있었던 '나'는 한창 자맥질에 바쁜 한 무리의 해녀를 발견하게 된다. 은순이는 바로 이 무리에 끼어 있던 있었던 것이다. 그는 첫날 저녁에 친구에게 부탁하여 어렵사리 그녀를 만나게 된다. 사흘씩 출장일을 더 미루고서도 그가 특별히 은순이와 다시 만나기 위해 어떤 행동을 한 것은 아니며, 그저 멀리서 지켜볼 따름이었다. 그러다 우연히 은순이가 그가 머물고 있는 여관의 들창 밑을 지나갈 때, 이어도로 같이 가자고 제안하기에 이른다. 그토록 소망했음에도 불구하고 바다에 나온 '나'는 두려움에 빠져 그만 돌아가자고 말한다. 하지만 은순이의 청승스런 뱃노래를 듣는 순간 죽음에 대한 공포는 적막감으로 바뀌며, 뻐꾸기섬보다 더 먼 곳으로 가자고 재촉하기에 이른다.

「월광한」에서 해녀 '은순이'는 남성화자인 '나'란 인물의 시각을 통해서 대상화되고 있다. 따라서 이 작품은 해녀의 삶이 작품의 중심에 놓이지 않고, 남성화자의 성적 대상, 현실도피의 대상, 낭만적 감정의 대상으로 대상화되고 있음에 주목할 필요가 있다. 작품에서 해녀가 잠수어로를 하는 장면, 그 채취물을 판매하는 장면까지 묘사되지만 정작 그것은 "여태껏 궁금하게 여겨오던 그들의 생활과 풍속에 대한 가벼운 호기심"에 끌린 남성화자의 엿보기를 통해서 이루어지고 있을 뿐이다. 화자가 바라본 은순이의 모습은 다음과 같다.

곁에 앉은 그 젊은 아주망의 탱자같이 탐스러운 꼭뒤와 수줍게

내려 뜬 눈매에만 주제넘게 마음이 쏠리기 시작했다.19)

그럴수록 나는 연방 더 그의 토실토실한 용모에 반색하였다. 둥그스럼한 턱과, 자그마한 입과, 또렷한 콧잔등과, 짧은 듯한 이마 밑에 별같이 빛나며 남국의 섬색시답게 정이 소복소복 사무친 듯한 그 아미, 나는 일순간에 그것을 다 보았다.20)

옥으로 깎은 듯이 푼더분한 얼굴에는 붉은 빛이 저절로 더해 오고, 매무새 좋은 흰 저구리 밑의 동그란 허구리며, 아기자기한 몸짓이 그야말로 이어도 간 영혼을 부추기기 하는 듯이 흥겹고도 예쁘다.21)

나오겠다고 해말쑥한 얼굴을 가웃해서 눈짓을 하더니, 거짓부리가 아니라고 다짐이나 하는 듯이 다시 쌩긋 웃어보이고는, 한댕한댕 제 집으로 돌아갔다. 약간 짧은 듯한 도랑 치마 밑의 그 미끈한 종아리가 뉘엿뉘엿한 석양을 가로 받아서 유달리 더 탐스럽게 빛났다.22)

화자로 하여금 출장 기일을 사흘씩 미뤄가며, 바다로의 모험을 감행하게 한 힘은 은순이가 환기하고 있는 강렬한 육감적 매력 때문이라고 할 수 있다. 이 작품에서 남편이 바닷일을 나가 돌아오지 않고 있는 기혼여성 은순이는 해녀라는 직업을 가진 여성으로서가 아니라 '나'를 사로잡은 성적 매력이 있는 여성으로 대상화된다. 바다의 의미 역시 해녀들의 생산공간, 노동공간으로서의 의미가 아니라 육지로부터 온 남성 '나'의 일탈의 공간, 기존의 규범으로부터 벗어나는 해방의 공간, 성적 욕망의 공간으로 제시된다. 은순이와 바다로 나온

---

19) 한국해양문학전집 3, 61면.
20) 한국해양문학전집 3, 62면.
21) 한국해양문학전집 3, 70－1면.
22) 한국해양문학전집 3, 72면.

화자는 처음에는 두려움에 빠지지만 두려움은 곧 적막감으로 바뀌며, 은순이에게 노를 더 빨리 저으라고 재촉하는 적극성으로 바뀌고 있다.

> 배는 바위 끝을 끼우뚱하고 떠나서 점점 바다 한가운데로 향해 갔다. 바다는 어둡고 뱃전을 때리는 물결 소리도 철썩철썩 더 높아진다.
>
> 원래 물에 익숙지 못한 나는 차츰차츰 일종의 공포를 느끼기 시작했다. 물론 만약 나 혼자였다면 필연코 외마디 소리를 내질러서 먼 포구 사람들을 놀라게 했을 터이지만, 여자의 몸으로써 노를 젓는 은순이가 늠름한데 사내로 무어라고 하기는 영 불가능한 일이다. 나는 달이나 어서 떠올랐으면 싶었다. 그러나 그 달이 뜨고 바다 위가 밝아지면 질수록 두려운 생각은 더욱더 일어났다. 여태껏 철썩철썩 소리만 들리던 물결이 검은 구렁이떼처럼 비늘을 히번덕거리며 꿈틀꿈틀 차례로 밀려와서는 낮은 뱃전을 아찔하게 떠밀어 버린다. 배가 끼우뚱할 때마다 자칫하면 물살이 곧 넘어 들 것만 같다.[23]

바다에 대한 두려움과 공포는 단순히 물에 익숙지 못한 화자의 물에 대한 내면적 두려움만을 표상하는 것은 아니었다. 그것은 현실로부터 일탈한다는 것에 대한 두려움, 규범을 파기하는 데 따른 불안을 의미하는 것으로 받아들여진다. "검은 구렁이떼처럼 비늘을 히번덕거리며 꿈틀꿈틀 차례로 밀려" 오는 물결은 화자가 본능적 리비도의 강력한 힘에 휩싸이고 있는 무의식 상태를 상징한다. 그렇지만 화자의 공포심은 은순이의 "이야사 이야사/ 이야사 소리 배가 올라간다./ 연기만 나―가/ 요네 가슴 타는데/ 연기도 김도 없이/ 자―리 탄다." 란 정념에 타는 가슴을 읊은 애절한 뱃노래에 적막감으로 바뀐다.

---

23) 한국해양문학전집 3, 75―6면.

이미 포구의 불은 멀어져 보이지 않고, 적막은 비디와 같이 확대된다. 내가 오랫동안 생활 속에서 길러 오고 또 그 속에서 참고 숨겨오던 그 적막의 확대는 여태까지의 죽음에 대한 공포조차 송두리째 삼켜버렸다. 오직 무한한 적막, 그것밖에 내게는 벌써 아무 것도 보이지도 들리지도 않았다.

배가 뒤엎어질까 저어하던 바로 일순 전의 내 자신이 새삼스레 우습게 생각된다. 물론 바로 내 앞에서 옷깃을 휘날리며 배를 젓는 은순이에게 대해서도 아무런 생각도 남아 있지 않다. 삶도 죽음도 사랑도 그밖에 어떠한 것도 벌써 내 가슴을 두근거리게 할 수는 없다. 오직 영원한 달과 내 고독한 영혼만이 엄숙한 적막 속에서 이글이글 타오를 뿐이다.[24]

바다는 그의 무의식에 숨겨져 있던 적막을 확대시키며, 그의 고독한 영혼에 동일성을 획득하게 만든다. 「월광한」에서 바다는 성적 일탈, 일상적 현실로부터의 도피의 공간으로 의미화되지만 성적 일탈과 도피에의 감정은 승화된다. 그리고 궁극적으로 바다는 규범적 현실적 자아로부터 벗어나 진정한 자아로 통합되고 동일성을 회복하는 공간으로 제시된다. 그리고 이 과정에서 은순이는 성적 본능을 일깨우는 여성의 의미를 넘어서서 '나'로 하여금 자기동일성을 회복하여 창조적 자아와 만나게 하는 창조적 아니마(anima)로서의 의미기능을 가진다고 하겠다. 그리고 달빛은 화자로 하여금 성적 일탈에 휩쓸리지 않고, 이를 승화하여 창조적 자아로 통합되도록 작용한 밝은 이성으로 의미화된 것 같다. 하지만 성적 리비도의 감정이 승화되어 창조적 자아가 회복되는 소설적 과정은 비약되어 있음을 지적하지 않을 수 없다.

---

24) 한국해양문학전집 3, 75-6면.

「월광한」에서 육지가 규범과 현실, 권태, 억압, 일상성이 지배하는 공간이라면, 바다는 그러한 억압과 질곡으로부터의 탈출, 일탈, 그리고 해방과 자유의 공간이다. 또한 젊은 여성 은순과의 도피를 가능케 해주는 유혹과 모험의 공간이며, 환상의 섬 이어도로의 이행을 가능케 해주는 환상의 공간이기도 하다. 육지에 살던 나는 S포구로 왔다가 바다에까지 진출하는 용기를 보여준다. 그리고 그 과정은 현실과 규범으로부터 벗어나는 과정이요. 하급관리로서만 충실했던 삶으로부터 벗어나 진정한 자아를 찾는 창조적 과정이요, 자아동일성 회복의 과정과 일치한다. 끝없이 넓은 바다로의 진출을 통해서 그는 관습적 삶의 테두리를 벗어나게 된다. 하지만 남성화자, 어부가 아닌 하급관리의 시각에서 그려진 바다는 해녀인 은순이의 삶의 구체성과는 거리가 먼 추상성을 면하지 못한다고 하겠다.

「월광한」의 남성중심성은 이미 지적한 바지만 남편까지 있는 기혼여성 은순이가 "예끼 생 논다니 같은 년! 니네 서방 오건 보자꾸나."라는 시어머니의 앙칼진 비난에도 아랑곳하지 않고 '나'의 유혹에 능동적으로 반응하고 있음은 매우 흥미롭다. 바다로 같이 나가자는 나의 권유를 받은 이후 적극적으로 남성을 리드하는 은순이는 수동성에 지배된 보편적 한국여성상과는 거리가 있는 개성을 보여준다. 이는 경제적으로 자립성이 있는 해녀들의 여성성이 육지의 일반여성들과 다를 수 있음을 보여준다고 해석할 수도 있을 것이다. 하지만 이는 남성의 유혹에 적극적으로 반응하는 능동적 여성상을 원하는 남성작가 김정한의 무의식을 투사한 것이라고 보는 것이 타당할 듯하다. 아무튼 은순이에게 낮의 바다는 물질하는 노동의 공간이지만 외간남자와 달밤에 배를 저어나온 밤바다는 낮의 일상성과 규범으로부터 벗어난 일탈공간이란 새로운 의미로 전환된다.

2) 원초적 고향으로서의 바다 ― 오영수의 「갯마을」

오영수의 「갯마을」(1953)은 가난하고 평범한 이십여 채의 가구가 살고 있는 동해 바닷가 H라는 작은 어촌을 배경으로 펼쳐진다. 이 마을에는 여덟 명의 떼과부가 발생하는데, 고등어 출어를 나간 고깃배가 풍랑을 만나 돌아오지 않았기 때문이다. 23세의 청상과부 해순의 남편도 이 때 실종된다. 갯마을에서의 삶은 다음과 같이 그려진다.

> 더께더께 굴딱지가 붙은 모 없는 돌로 담을 쌓고, 낡은 삿갓 모양 옹기종기 엎딘 초가가 스무 집 될까 말까? 조그마한 멸치 후리막이 있고, 미역으로 이름이 있으나, 이 마을 사내들은 대부분 철따라 원양출어에 품팔이를 나간다. 고기잡이 아낙네들은 썰물이면 조개나 해조를 캐고, 밀물이면 채마밭이나 매는 것으로 여느 갯마을과 별다름이 없다. 다르다고 하면 유독 과부가 많은 것이라고나 할까? 고로(古老)들은 과부가 많은 탓을 뒷산이 어떻게 갈라져서 어찌어찌 돼서 그렇다느니, 앞바다 물발이 거세서 그렇다느니 했고, 또 모두 그렇게들 믿고 있다.[25]

어촌의 여성들은 멸치 후리질을 하여 잡어를 나누어받거나 조개나 해조를 캐고, 채마밭을 매는 것으로 생계를 꾸려간다. 주인공 해순도 크게 다를 바 없는 삶을 살아가는데, 그녀는 어머니가 제주해녀였기 때문에 어촌의 다른 여성들과는 달리 열 살 때부터 잠수를 배웠다. 그녀는 결혼한 이후 물일을 중단했지만 남편이 죽은 후에 다시 물질을 시작한다.

---

[25] 한국해양문학전집 3, 77−78면.

「갯마을」에서 바다는 어민들의 생산공간으로 그려진다. 그들은 바다에서 고기를 잡고, 조개를 캐고, 미역을 따서 생계를 꾸려간다. 따라서 이 바다는 삶의 터전이며, 생명의 젓줄이다.

> 바다를 사랑하고, 바다를 믿고, 바다에 기대어 살어온 그네들에게는, 기상대나 측후소가 필요치 않았다. 그들의 체험에서 얻은 지식과 신념은 어떠한 이변에도 굽히지 않았다. 날(출어일)을 받아놓고 선주는 목욕 재계하고 풍신과 용신에 제를 올렸다. 풍어도 빌었다. 좋은 날씨에 물떼 좋겠다, 갈바람이라 무슨 거리낌이 있었으랴!
> 하늘과 바다가 맞닿은 곳, 솜구름이 양떼처럼 피어오르는 희미한 수평선을 향해 배는 벌써 까마득하다.
> 대부분의 사내들이 고기잡이로 떠난 갯마을에는 늙은이들이 어린 손자나 데리고 뱃그늘이나 바위 옆에 앉아 무연히 바다를 바라보고, 아낙네들이 썰물에 조개나 캘 뿐 한가하다.[26]

그러나 이처럼 평화롭고 한가로운 바다, 그들의 삶을 지탱시켜주던 바다는 기상이 변화하면서 공포의 바다로 변모하고 만다.

> 그새 구름은 해를 덮었다. 바람도 딱 그쳤다. 너울이 점점 커 왔다. 큰 너울이 올 적마다 물컥 갯냄새가 코를 찔렀다. 두 노인은 말 없이 일어나 헤어졌다. 그들의 경험에는 틀림이 없었다. 올 것은 기어코 오고야 말았다. 무서운 밤이었다. 깜깜한 칠야. 비를 몰아치는 바람과 바다의 아우성, 보이는 것은 하늘로 부풀어오른 파도뿐이었다. 그것은 마치 바다의 참고 참았던 분노가 한꺼번에 터져 흰 이빨로 뭍을 마구 물어뜯는 것과도 같았다. 파도는 이미 모래톱을 넘어 돌각담을 삼키고 몇몇 집을 휩쓸었다. 마을 사람들은 뒤 언덕배기 당집으로 모여들었다. 이러는 동안에 날이 샜다. 날이 새자부터 바람이 멎어 가고 파도도 낮아 갔다. 샌 날에 보는 마을은 그야말로 난

---

26) 한국해양문학전집 3, 83-4면.

장판이었다.[27]

이처럼 풍랑에 휩싸인 바다는 공포의 바다, 죽음의 바다로 묘사된다. 마을의 젊은 남자들의 생명을 삼켜버린 공포와 저주와 죽음의 바다인 것이다. "솜구름이 양떼처럼 피어오르는 희미한 수평선을 향해 배는 벌써 까마득하다"와 같은 부드러운 물의 이미지는 "무서운 밤이었다. 깜깜한 칠야. 비를 몰아치는 바람과 바다의 아우성, 보이는 것은 하늘로 부풀어오른 파도뿐이었다. 그것은 마치 바다의 참고 참았던 분노가 한꺼번에 터져 흰 이빨로 뭍을 마구 물어뜯는 것과도 같았다. 파도는 이미 모래톱을 넘어 돌각담을 삼키고 몇몇 집을 휩쓸었다"와 같은 폭풍(공기)과 결합된 난폭한 물의 이미지로 바뀐다. 이렇게 바다는 서로 공존하기 어려운, 부드러움과 난폭함, 평화와 공포, 또는 생명과 죽음이라는 대립적 이중성으로 인식되고 있다.

또한, 바다는 돌아오지 않는 남편을 그리워하며 잠 못 이룰 때, 그리움과 성적 욕망의 의미를 띠게 된다.

> 창이 밝아 왔다. 해순이는 방문을 열었다. 사리섬 위에 달이 솟았다. 해순이는 달빛이 산산조각으로 부서진 바다를 바라보면서 이렇게 뇌어본다.
>
> '죽었는지 살았는지—'
>
> 눈시울이 젖는다. 한숨과 함께 혀를 한번 차고는 문지방을 베고 누워버린다. 달빛에 젖어 잠이 들었다.[28]

더구나 아직 23세의 젊은 여성 해순에겐 남자의 유혹이 있다. 후리를 당기는 어둠 속에서 허리를 감싸안는 억센 남자의 손, 미역바리를

---

27) 한국해양문학전집 3, 84면.
28) 한국해양문학전집 3, 81면.

하고 피곤하여 쓰러져 잠든 사이 어둠 속에서 그녀를 겁탈한 남자는 두 해 전에 상처를 하고 이모집의 후리막에 와서 뒹굴고 있는 상수임이 밝혀진다. 고향에서 남부럽지 않게 농사를 짓는 농민 상수는 그녀에게 그의 고향에 가서 농사를 지으며 살자고 청혼을 한다.

마을에선 작년에 풍랑을 맞아 배가 돌아오지 않은 날을 제삿날로 잡아 여덟 집이 제사를 지내는데, 간혹 문을 꼭 닫아걸고 자라고 당부하던 시어머니는 "애야 성구 제사나 마치거든 개가 하두룩 해라!"고 개가할 것을 권한다.

마을의 유일한 해녀인 해순은 뚜렷한 의식이 없이 상수를 따라 갯마을을 떠났고, 일 년만에 다시 바다로 돌아온다. 해순의 바다로의 회귀는 새남편 상수가 징용으로 끌려갔기 때문이기도 하지만 근원적으로는 바다에서 태어난 그녀의 무의식이 바다(물)에 깊게 지배되어 있기 때문이다.

> 오뉴월 콩밭에 들어서면 깝북 숨이 막혔다. 바랭이풀을 한 골 뜯고 나면 손아귀에 맥이 탁 풀렸다. 그 때마다 눈 앞에 훤히 바다가 틔어 왔다.
>
> 물옷을 입고 첨벙 뛰어들면 해순이는 못 견디게 바다가 아쉽고 그리웠다.
>
> '고등어철, 해순이는 그만 호미를 내던지고 산비탈로 올라갔다. 그러나 바다는 안 보였다. 해순이는 더욱 기를 쓰고 미칠 듯이 산꼭대기로 기어올랐다. 그래도 바다는 안 보였다.
>
> 이런 일이 있은 뒤로 마을에서는 해순이가 매구 혼이 들렸다는 소문이 자자했다.[29]

바슐라르에 의하면 인간의 꿈은 본질적으로 물질적인 것이다. 우리

---

29) 한국해양문학전집 3, 93면.

들의 꿈은 어린 시절에 탄생지에서 이미 물질화된다. 고향이란 하나의 영역이 아니라 차라리 하나의 물실인 것이다. 시냇물이나 강이 흐르는 곳에서 태어난 사람은 물에 의해 그의 무의식이 지배된다.[30] 헤순이 산골에서 적응을 하지 못하고 바다로 회귀한 이유는 그녀의 무의식이 바다(물)에 의해 지배되어 있기 때문이다. 이 때의 바다는 단순한 영역이 아니라 해순의 무의식을 지배하는 원초적 공간, 물질화된 고향인 것이다.

> "난 인자 안 갈테야 , 성님들하고 여기서 같이 살래!"
> 그러고는 훌쩍 일어서서 바다를 바라보고 가슴 가득히 숨을 들이켰다. 오랜만에 맡는 그렇게도 그립던 갯냄새였다.[31]

「갯마을」은 바다에서 육지(산골)로, 다시 바다로 회귀하는 순환적 구조를 가지고 있다. 이재선은 이 「갯마을」을 정감적 톤으로 삶의 원점회귀적 순환을 그린 소설로 평가한 바 있다.[32] 해순은 바다로 되돌아오기 위해서 바다를 떠났을 뿐이다. 그녀는 바다에서만 건강한 삶을 유지할 수 있다. 볼노브에 의하면 "인간의 삶은 단지 어떤 그러한 아늑함의 공간을 지니고 있을 때에만 비로소 건강하게 유지될 수 있다는 것이다. 왜냐하면 이러한 아늑함의 공간 안에서 인간은 낯선 사람들과 격리되어 자신의 가족들과 더불어 평화와 안정을 유지하면서 살 수 있을 뿐만 아니라 인간이 바깥세상의 여러가지 일들에 지쳤을 때에도 그러한 '세상의 소용돌이'로부터 물러나 이 아늑함의 공간 안으로 돌아와서 다시금 마음의 안정을 회복할 수 있기 때문이다. 그러므로 바슐라르는 집은 '하늘과 삶의 어떠한 폭풍우 속에서도 인간을

---

30) 가스똥 바슐라르, 이가림 역, 물과 꿈, 281면.
31) 한국해양문학전집 3, 93면.
32) 이재선, 한국현대소설사(민음사, 1992), 315면.

똑바로 서 있도록 지탱시켜 준다.' 집은 '우주에 맞서기 위한 하나의 도구이다'라고 강조하였다."33) 그녀가 바다를 떠난 것도 자발적인 선택에 의해서가 아니라 밤중에 겁탈을 당하고 마을에 소문이 돎으로써 "남녀가 한번 관계를 맺으면 으레 그렇게 되나 보다"고 생각함으로써 어쩔 수 없이 이루어졌던 것이다. 산골에서의 일 년의 삶은 그녀의 회고를 통하여 간접적으로 드러났을 뿐 작품의 직접적 서술의 시간에서마저 완전히 제외되어 있다.

「갯마을」은 바다를 쉽게 벗어나지 못하고 다시 회귀함으로써 심리적 안정감을 얻는 여성 해순을 통해서 마치 '집'과 같은 내적 결속과 심리적 유대를 느끼는 장소로, 고향이라는 낭만적 공간으로 의미화되었다. 해순이 회귀한 것은 바다이지만 정작 그 바다는 단순한 자연공간으로서가 아니라 그녀가 태어나서 자라고 살아온 근원으로서의 고향이며, 또는 비경쟁적 유대관계를 보여주는 일차적 공동사회인 어촌의 의미로 해석된다. 이 때 바다는 해순이 노동하고 생활하는 현실적 외적 공간이면서 동시에 휴식과 평화와 심리적 안정을 느끼는 내적 공간이다. 인간은 근본적으로 상이한 성격을 지닌 외적 공간과 내적 공간이란 두 공간의 상호 긴장 속에서 살아가고 있다고 한다.34) 그런데 두 공간의 긴장과 대립은 경제적 경쟁의 이익사회에서의 일일 뿐 마을 사람들이 비경쟁적 유대를 보여주는 공동사회인 갯마을에서 두 공간이 대립하고 분열해야 할 이유가 없다.

오히려 「갯마을」에서 바다와 대립되는 외적 공간은 육지(산골)이며, 이 때의 육지는 고향과 대립되는 타향이란 의미에서 적대적이며, 낯선 세계로 의미화되고 있다. 더욱이 육지는 성수란 남성을 매개로 하

---

33) Otto. Friedrich Bollnow, 오인탁·정혜영 공역, 교육의 인간학(문음사, 1990), 114면.
34) 볼노브, '인간과 그의 집', 열린 세계 닫힌 사회(새론출판사, 1981), 145－161면.

여 그녀의 정절 이데올로기를 훼손하는 부정적 가치를 지닌 공간으로 제시되었나.

어촌 여성이 일상생활을 생동감있게 그린 「갯마을」은 해녀를 주인공으로 내세우면서도 바다를 정작 해녀의 노동 공간으로 제시하는 리얼리스트로서의 시각은 부족하다. 즉, 해순은 해녀로 설정되었으면서도 물질하는 장면은 한번도 직접적으로 그려진 바 없으며, 남편 성구가 말려서 하고 싶어도 하지 못하는 상황만이 대화를 통해서 제시되었을 뿐이다.

그리고 「갯마을」에서 개가한 해순이 일 년만에 바다로 복귀하도록 플롯을 설정한 것은 여성의 개가에 대해서 크게 긍정적이지 않은 작가 오영수의 다소 보수주의적인 의식의 일단을 드러냈다고도 생각된다.

3) 정절 이데올로기의 바다 — 심상대의 「저 시퍼런 바다」 · 이태준의 「바다」

해녀가 등장하는 것은 아니지만 오영수의 「갯마을」과 관련하여 논의할 수 있는 작품으로는 젊은 작가 심상대의 「저, 시퍼런 바다」(1992)와 이태준의 「바다」(1936)가 있다. 비교적 최근작이라고 할 수 있는 「저, 시퍼런 바다」에서는 바다처럼 꿈쩍도 하지 않는 여성이 등장한다. 남편이 바다에서 실종된 지 3년이 되자 시어머니는 며느리의 나이가 서른둘의 젊은 나이인 것을 이유로 간곡히 청혼하는 양서방에게 개가할 것을 권한다. 그러나 한과 숙명론에 사로잡힌 여성, 영순 어머니는 요지부동이다.

"저……, 저 놈에……, 저 시퍼런 바다를 평생 자그자그 씹어먹을

랍니다. 자그자그 씹어먹으며 살랍니다. 저놈의 바다가 쫄아 없어지던지, 저놈의 바다가 뒤집어 쏟아지던지, 주면 줄수록 양양거리는 저놈의 바다가 내 앞에서 피 토하고 자빠지는 꼴을 꼭 보고야 말랍니다.”

(중략)

“우리 영순이 영호가 장대같이 자라서 저놈의 바다 뒤집어 엎는 꼴을 보고야 말랍니다. 꼭 보고야 말랍니다. 요기 서서 내 두 눈으로 꼭 보고야 말랍니다.”35)

“영순이 아버지와 나는 이곳에서 함께 살다 이곳에서 함께 죽기로 했으니 같은 날 죽지는 못해도 이곳에서 함께 죽어야지요. 후우…… . 어디서 어떻게 죽든지 언젠가 모두 죽겠지만, 그 죽는다는 것 때문에 사람 소리를 듣는 게 아니라 죽기 전에 살아가기 위해 애쓰는 것 때문에 사람 소리를 듣는 거라고 생각합니다. 내가 내 살자고 저 바다를 떠나간다면 산다는 게 나를 손가락질할 거라구요. 잘 살아도 내 팔자 못살아도 내 팔자, 나는 절대로 이 바다를 안 떠날랍니다. 바다가 저렇게 철썩거리는데 내가 등을 보이고 돌아서면 저 시퍼런 바다는 곧 나를 삼키려고 달려들 테니.”36)

시모의 진심어린 권유와 나머지 가족도 같이 부양하겠다는 양서방의 간절한 청혼에도 불구하고 영순 어머니는 부동의 정절 이데올로기를 보여준다. 여기서 바다가 정절과 모성적 가치 수호의 공간이라면 육지는 그 가치의 훼손이라는 대립적 이분법이 적용되고 있다. 양서방은 바다를 떠나 안정된 생활을 하자고 권하지만 남편을 죽인 그 바다를 벗어나기는커녕 꿈쩍도 하지 않겠다는 영순 어머니의 자세에서 정절 이데올로기와 모성 이데올로기에 깊게 내면화된 한국적 여성상을 발견할 수 있다. 그리고 현실을 극복하거나 변화시키겠다는

---

35) 한국해양문학전집 6, 316면.
36) 한국해양문학전집 6, 326-7면.

적극적 의지보다는 한에 깊게 뿌리박힌 한국적 여성성의 일단도 볼 수 있다. '저, 시퍼런 바다'는 결국 '남편을 바다에 잃어버리고도 바다를 떠날 수 없는 '저, 시퍼런 한국여성의 숙명적 한'을 표상하고 있는 셈이다. 한국적인 전통적 여성상을 긍정적으로 그렸다는 점에서 「저 시퍼런 바다」는 아직 젊은 남성작가의 보수주의적 의식이 투영된 작품으로 읽혀진다.

이태준의 「바다」(1936)는 카롱 콤플렉스(complex de Caron)와 더불어 오필리아 콤플렉스(complexe d'Ophelie)를 나타내는 바다 이미지를 보여준다.37)

해녀는 아니지만 어촌에서 살아가는 처녀 옥순은 바다에서 아버지와 정혼한 남자를 한꺼번에 잃는다. 작품은 "파도는 정말 소리만 들어도 무서웠다. 비도 채찍처럼 휘어박지만 빗소리쯤은 파도가 쿵하고 나가떨어진 뒤에 스러지는 거품소리만도 못한 것이요, 다만 이따금 머리 위에서 하늘이 박살이 나는 듯한 우렛소리만이 파도와 다투어 기승을 부린다."와 같이 여러 차례에 걸쳐서 난폭한 바다, 공포의 바다를 그림으로써 사랑하는 두 사람과 죽음으로 인한 이별을 나타내고 있다. 즉, 카롱 콤플렉스를 표현한 것이다. 아버지를 잃고 생계가 막연해진 옥순은 구장으로부터 육지인 청진으로 나가 요릿집의 접대부가 될 것을 권유를 받는다. 빚과 어머니의 생계가 걱정된 옥순은 구장에게 청진으로 나가겠다고 대답을 하지만 결국 바다에 빠져 자살을 하고 만다.

> 날씨는 아름답다기보다 고요하였다. 잔물결 하나 일지 않았다. 해당화가 반이나 모래밭에 떨어진 것은 며칠 전엣 바람인 듯하였다.

---

37) 1)가스똥 바슐라르, 김현 역, 몽상의 시학(홍성사, 1980), 9면.
  2)곽광수 · 김현, 바슐라르 연구, 215면.

> 웅웅거리는 꿀벌의 소리, 반짝반짝거리는 금모래, 정신의 마취를 느
> 끼곤 하였다. 그러다가는 몇 번이나 발바닥이 뜨끈뜨근한 바위 끝으
> 로 기어나가 세 길도 더 될 물 밑이 한뼘처럼 모래알 하나 하나까지
> 들여다 뵈는 물 속을 엿보곤 하였다.
> 　구름이 뭉게뭉게 무슨 아름다운 동리처럼, 꽃밭처럼, 아늑한 골짜
> 기처럼 피어올랐다. 가깝거니하고 쳐다보면 까맣게 바다 저편이었다.
> 　그 구름 동리, 그 구름 꽃밭, 그 구름 골짜기에 가면 꼭 왈룡이가
> 있을 것 같았다. 가만히 귀를 옹송거리면 왈룡이의 부르는 소리조차
> 들려오는 것 같았다.38)

난폭하고 공포스런 죽음의 바다는 낭만적이고 환상적이며 맑은 물
의 이미지로 바뀌고 있다. 그런데 이 때의 고요하고 맑은 물은 마조
히스트적인 자살에의 유혹을 환기시키는 원소가 된다. 즉, 사랑하는
사람과의 사별 후에 남아 있는 자의 죽음지향의식과 여성적이고 마
조히스트적인 자살 이미지를 나타내는 오필리아 콤플렉스를 보여주
는 것이다.39) 그리고 맑은 물은 접대부로 타락할 수 없다는 옥순의
도덕적 순수에 대한 의지를 보여준 것으로 해석된다.

「바다」에서 육지는 바다의 가치를 훼손시키는 적대적 공간으로 의
미화된다. 즉, 육지는 순결 이데올로기를 훼손시키는 타락의 공간으
로 그려지고, 옥순은 바다에 빠져 자살함으로써 순결한 처녀로서의
가치를 지키게 된다. 아버지가 바다에서 죽음으로써 경제적 생존 위
기에 직면한 처녀가 순결이란 내면적 가치를 지키기 위해서 바다에
서 자살하는 것은 1930년대 우리 나라 여성들이 보편적으로 가졌음
직한 순결 이데올로기를 적절히 보여준 것이라고 할 수 있다.

---

38) 한국해양문학선집 4, 19－20면.
39) 가스똥 바슐라르, 이가림 역, 물과 꿈, 103－132면.

4) 탈출해야 할 적대적 노동공간 - 강인수의 「밀물」

1979년에 발표된 강인수의 「밀물」은 남편을 바다에 잃은 42세의 해녀(작품에는 잠녀로 표현됨) 길녀가 작품의 주인공이며, 초점화자로 등장한다. 거제도 해평리를 배경으로 설정하고, 해녀의 삶을 본격적으로 다룬 이 소설에서 바다는 김정한이나 오영수의 낭만적 바다와는 매우 다른 의미기능을 띠고 있음을 발견하게 된다. 즉, 바다는 남편이 죽은 이후 여성가장이 된 해녀 길녀의 생계를 지탱하는 노동의 적대적 공간으로 제시된다.

> 따스한 한낮이라고는 하지만 초겨울의 동짓달 찬바람은 뼈마디를 아리게 했다.
> 길녀는 물 위로 머리를 솟구쳐 올리자 휘이익 하고 긴 휘파람을 불었다. 가슴이 통째로 터져 나오는 듯한 압박감을 길녀는 느꼈다. 찬바람에 얼굴이 따가웠다. 길녀는 뒤웅박을 안은 채 머리를 들어 물가 바위 쪽을 바라보았다. 그녀보다 먼저 물가에 나간 화순댁이 모닥불을 피우고 있었다. 길녀는 두 다리를 천천히 그러나 길게 죽죽 내뻗어 차면서 물가로 헤어나갔다.
> 물가까지는 얼마 되지 않는 거리였지만 까마득하다는 생각이 문득 들었다.
> 길녀는 잠시 얼굴을 반쯤 물 속에 잠그고는 망시리 속을 들여다보았다. 전복이 두 마리 고동이 세 마리 담치가 네 마리였는데, 이들은 서로 엉켜 곰지락거리고 있었다. 모두 해서 2천 원이 될까 말까 했다. 길녀는 절로 한숨이 나왔다.[40]

작품의 모두(冒頭)에서부터 거친 바다의 난폭한 물은 초겨울의 찬바람과 어울어져 주인공 길녀의 거친 삶의 시련과 고난을 상징하고 있

---

[40] 한국해양문학전집 5, 105-6면.

다. 난폭한 물은 인간의 의지력에 대한 적, 또는 대립자로 나타난다. 무엇보다도 정복하고 넘어서고자 하는 인간의 의지력에 대한 방해물이며 도전자인 것이다.41) 42세의 해녀에게 물질은 가슴의 통증과 같은 육체적 고통을 수반하는 거친 노동이다. 하지만 길녀는 아들의 학비를 벌기 위해서 물질을 그만둘 수 없다. 길녀의 절박하고 열악한 경제적 상태는 물질의 결과를 그때 그때 돈으로 환산해 보는 데서 극명하게 드러난다. 그런데 해녀들이 경제적으로 열악한 상태가 된 것은 거제도의 변화, 구체적으로는 해평리에 3년 전부터 들어선 공장의 폐수로 인한 바다의 오염 때문이라는 점이 제시되어 시대상을 반영하고 있다. 즉, 산업화의 피해자로서 해녀를 그린 점이 주목된다.

> 원래 이곳 해평리는 거제도에서도 제일 이름 난 패조류의 천연어장이었다. 그 중에서도 옥녀봉 남쪽 고래골은 깎아지른 벼랑 아래이지만 물 밑 바닥이 좋고 물도 깨끗해서 특히 전복 해삼 멍게 등이 많은 곳이었다. 마음만 먹고 보면 물때 좋은 날은 하루에 세 망시리도 잡아낼 수 있었던 것이다. 조용하고 평화로웠던 해평리에도 가까이 공장이 들어서자, 경치가 좋은 곳이라 곧장 관광호텔이 들어서고 부산에서 역시 관광 여객선이 다니기 시작했던 것이다.42)

바다는 공포와 광기의 적대적 공간으로, 남편을 비롯하여 영신호에 탄 어부들의 생명을 삼키는 죽음의 공간으로 묘사된다. 즉, 바다는 남편을 앗아감으로써 길녀의 안락한 삶을 파괴하고, 그녀를 거친 노동의 세계로 내몰았던 것이다. 따라서 바다는 여성가장으로서 살아가야 할 거친 세상살이에 대한 불안과 공포, 끝내는 바다를 벗어나는 일에 실패하고 말지도 모른다는 두려움과 불안까지를 표현하고 있다.

---

41) 가스똥 바슐라르, 이가림 역, 물과 꿈, 284-5면.
42) 한국해양문학전집 5, 108면.

> 멀리 바다는 허옇게 뒤집혀 미친년들처럼 바락바락 울었고 하늘
> 은 검은 구름빛을 바다 위끼지 드리우고 있었다.
> 한낮이 되어도 바다는 계속 물사태질이었고 스산히 부는 바람은
> 가끔 찔금찔금 비를 뿌리게 했다.43)

또한, 바다에서 나서 자라고 시집을 와서 남편을 잃고 살아가야 할
길녀에게 바다는 벗어날 수 없는 운명 같은 것으로, 여자의 숙명성을
나타내주는 공간으로 표현되기도 한다.

> 차르르차르르 귀에 들려오는 파도소리는 길녀로 하여금 이 생각
> 저 생각에 잠기게 했다.
> 바다 저 쪽, 길녀가 물질을 배웠던 고향마을, 아버지 어머니의 뼈
> 가 묻힌 친정 성상포 앞바다에서 들려오는 밀물소리.
> '길녜야, 이를 옥물고 살아라. 여자란 그런 것이여……' 44)

새벽잠을 설친 길녀의 이 생각 저 생각 속엔 아들 진구의 학비 걱
정, 죽은 남편 생각, 고향의 돌아가신 부모님 생각, 어린 시절의 친구
들이 차례차례로 떠오른다. 무엇보다 남편이 물귀신이 되었는데도 바
다를 벗어날 수 없는 자신의 운명에 대한 한스러움에 깊게 사로잡힌
다. 그녀의 유일한 희망은 "아들 진구가 어서 커서 도회의 일류 실업
학교를 나와서 훌륭한 기술자가 되는 것이었다. 그리하여 진구만큼은
어떤 일이 있어도 바다에서 살게 해서는 안된다는 강렬한 욕심"45)이
다. 그러나 어찌 이것을 욕심이라고 할 수 있을까? 그것은 남편을 바
다에 빼앗기고, 바다를 벗어나야 할 적대적 공간으로 인식하는 그녀

---

43) 한국해양문학전집 5, 111면.
44) 한국해양문학전집 5, 114면.
45) 한국해양문학전집 5, 110면.

에게 있어 거의 본능적인 소망일 터이다. 그러나 그러한 소망조차도 바다를 통해서라야 가능하다는 데에 현실적 모순이 있다. 즉, 남편도 없이 그녀가 아들의 학비를 조달하기 위해서 할 수 있는 일은 유일하게 물질밖에 없기 때문이다.

> 바깥섬은 육지와 거리가 멀고 물목이 사나워 여간 잔잔한 날이 아니고는 나갈 수 없는 곳이다. 여름철에도 한 달 치고 네댓 번밖에 물질을 나갈 수 없는 곳이었다. 바깥섬에는 여(조수가 썰 때 드러나 보이는 물 속 바위)가 많고 간혹 울퉁불퉁한 얼케도 있어 전복이 많을 뿐 아니라 펄밭과 미역 등도 심심찮게 딸 수 있는 곳이다.[46]

해녀들이 배를 빌려 위험을 무릅쓰고 바깥섬에까지 물질을 나갈 수밖에 없는 상황은 해평리가 공장폐수 때문에 어장으로서의 기능을 제대로 하지 못하기 때문이다. 결국 바깥섬에서의 물질에서 순이네가 죽는 사고를 당하는데, 그곳은 4년 전에 민녀 어멈이 불법으로 깔아 놓은 정치망에 걸려 죽은 장소였다. 해녀의 죽음을 단순한 사고가 아니라 인재가 겹친 사고로서 작가는 파악한다. 또한, 길녀는 물속에서 인골을 보고 놀라 기절을 하는데, 결국 바다는 해녀와 어부들에겐 죽음이란 극한상황 속에서도 일하지 않으면 안되는 노동의 적대적 공간으로, 아들세대에서는 벗어나야 할 공간으로 인식되고 있다. 하지만 "잠녀들은 이장댁을 보고서 역시 남자가 돈을 벌어야 집안이 잘 되는 것이며, 어떻게든 자식들을 고등학교는 보내줘야 제 팔자대로 살 수 있다고도 했다."에서 보듯이 생계보조적 성격을 띤 해녀들의 나잠어업을 통해서는 아무리 처절히 일을 하여도 열악한 경제상태는 벗어날 수 없으며, 따라서 바다를 벗어나겠다는 그녀들의 꿈 또한 실

---

46) 한국해양문학전집 5, 117면.

현될 수 없으리라는 좌절감을 보여주기도 한다.

> 잠녀생활 20년이 넘는 이날끼지 물질을 히디 인골(人骨)을 본 것은 처음이었다. 어쩌면 상어나 죽은 고래의 뼈다귀인지도 모른다. 그러나 길녀의 머리에 다시금 똑똑히 떠올라 오는 것은 누렇게 뜬 하얀 덩어리에 움푹 패인 세 개의 구멍과 가지런한 이빨이었던 것이다. 길녀는 어느 순간 정신이 말짱해지면서 — 매물도 앞 바닷물이 해류에 따라 현제섬을 감아 돌다가 이곳 바깥섬에 머물러버린 게 아닌가 하는 생각이 들었고, 곧 이어 단말마의 비명을 지르며 죽어가는 남편의 얼굴이 떠올랐다. 길녀는 가물가물 혼미해지는 의식을 느끼며 진땀을 흘리고 있었다.[47]

길녀가 물질을 하다가 인골을 보고 정신을 잃은 것은 앞당겨서 본 그녀 자신의 죽음, 또다른 해녀인 순이네의 죽음을 암시하고 있다. 즉, 해녀들의 처절한 몸부림에도 불구하고 여자 혼자의 몸으로 바다를 벗어나는 꿈을 실현하기가 어려우리라는 절망감을 암시한다. 마을의 이장댁은 일종의 경작의 형태인 양식어업을 통해서 아들을 둘씩이나 대학교육을 시켜 바다를 벗어나 육지에서 살게 하고 있다. 반면에 원시적 채취어로를 하는 해녀들은 목숨을 걸고 일을 해보아도 그 꿈을 실현하기가 어려운 것이다.

「밀물」에서 바다는 죽음과 직면하여 노동해야 할 적대적 공간이다. 특히 여성가장이 된 해녀들에게 남편의 부재로 인하여 삶의 안정성을 위협받는 가난과 좌절의 숙명적 공간으로 그려졌다. 따라서 해녀에게 바다는 탈출해야 할 공간으로 인식된다. 지금까지의 여타의 작품들과는 대조적으로 육지는 가난과 죽음과 좌절을 벗어날 수 있는 희망과 꿈의 공간으로 제시된다. 하지만 해녀들의 열악한 경제상태로

---

47) 한국해양문학전집 5, 122면.

는 그 꿈도 좌절되고 말 것이다. 「밀물」은 산업화 시대의 소외지대로 변화해가는 어촌과 물질을 직업으로 살아가는 해녀들의 소외된 삶을 리얼리스트의 시각에서 그려냈다.

4. 결 론

해녀(또는 어민여성)가 작중인물로 등장한 김정한, 오영수, 심상대, 이태준, 강인수의 단편소설을 통해서 해녀들의 체험공간으로서 바다가 어떻게 의미화되었나를 살펴보았다.

김정한의 「월광한」에서 바다는 육지와 대비되는 공간으로 규범으로부터의 일탈과 자기동일성 회복의 공간으로 제시되었다. 오영수의 「갯마을」에선 따뜻한 공동체적 유대가 있는 원초적 고향의 의미를 가진 공간으로 제시되었다. 심상대의 「저 시퍼런 바다」와 이태준의 「바다」는 두 작품의 60여 년의 세월의 간격에도 불구하고 한국여성의 정절과 순결 이데올로기를 수호하는 공간으로 제시되었다. 강인수의 「밀물」에서 바다는 노동의 적대적 공간이며, 지금까지의 다른 작품과는 달리 탈출해야 할 공간으로 제시됨으로써 산업사회의 소외지대로 변화해가는 어촌사회의 변동을 사실적으로 보여주었다.

오영수, 심상대, 이태준, 강인수의 소설에서 바다는 모두 남성이 부재하는 공간으로, 남성들이 바다에 나가 죽음으로써 남겨진 여성들의 가치의 갈등과 생존의 절박함을 다루었다. 하지만 여성들은 바다를 떠나지 않거나 떠났다가 다시 되돌아오고, 떠나야 할 상황 속에서도 이에 저항하여 자살하며, 한편 떠나고자 하지만 떠나지 못하는 좌절을 그림으로써 새로운 세계로 나아가고자 하는 생의 적극성과 용기를 보여주지 못하였다. 이 점에서 한국여성의 정신적 수동성을 표현하지 않았나 생각된다.(이 점은 남자 주인공이 등장하는 소설과의 대비를 통해서 좀더 분명히 밝혀질 수 있을 것이나.)

그리고 바다가 남성중심의 시각과 가치를 반영하는 추상적 공간으로 그려진 점도 지적하지 않을 수 없다. 이태준은 처녀의 순결성을 자살이라는 오필리아 콤플렉스를 통해서 그려냈다. 김정한은 여성을 성적 일탈의 대상으로 대상화하는 한편 남성의 자기동일성 회복을 돕는 창조적 아니마로 그려냈다. 오영수는 떠남과 회귀의 순환을 통해서 여성의 개가에 부정적 입장을 취했으며, 젊은 작가 심상대마저 정절 이데올로기를 철저히 내면화한 여성을 긍정적으로 그림으로써 남성적 가치를 여자 주인공에게 투사하고 있다. 반면에 강인수의 작품만이 비교적 중립적인 관점에서 노동하는 여성인 해녀의 체험공간으로서의 구체적 바다를 그려냄으로써 그들의 절박한 삶의 사실성에 접근하고 있다.

53년에 쓰여진 오영수의 「갯마을」은 일차적 공동사회로서의 어촌을 그린 반면에 79년에 발표한 강인수의 『밀물』에서는 공동사회적 유대가 훨씬 약화되고, 돈의 가치가 강조되며, 부분적으로나마 경쟁이 존재하는 이차적 이익사회로 변모해나가는 어촌사회를 그린 점도 주목된다.

바다의 원형적 이미지는 매우 복합적이다. 생명과 죽음의 이중성, 일탈과 자유, 성적 욕망, 원초적 고향, 노동의 적대적 공간 등으로 의미화되었다. 그리고 바다에 반응하는 해녀들의 태도는 진출, 회귀, 탈출 등 다양성을 보여준다.

그리고 바다가 난폭한 물의 상상력에 압도된 죽음의 이미지로 빈번하게 그려진 것은 바다와의 관계에서 바다를 정복하고 지배하기보다는 바다에 지배되어 살아온 어민들의 거친 삶의 단면을 보여준 것이라고 생각된다.

반면에 육지는 긍정적이든 부정적이든 바다와는 대립적 의미를 가진 공간으로 제시되었다. 규범에 억압된 공간, 정절과 순결 이데올로기를 훼손하는 공간, 그리고 바다를 탈출하여 인간답게 살아갈 수 있는 희망의 공간 등으로 의미화되었다. (1997)